KIM LENOX

Shadow Guard

So still die Nacht

Zu diesem Buch:

Der Unsterbliche Marcus Helios ist der Sohn von Kleopatra und Marc Anton. Einst gehörte er zu den Schattenwächtern. Aber dann beging er einen furchtbaren Fehler und droht seither dem Wahnsinn zu verfallen und zu einem *brotoi* zu werden – zu einem der Wesen, die er bisher jagte und zur Strecke brachte. Rettung erhofft er sich von einer alten Handschrift, die sich im Besitz der schönen Mina Limpett befindet. Da ihr Vater einst sein Leben riskierte, um die Ergebnisse seiner Forschungen in Sicherheit zu bringen, denkt Mina nicht daran, sich von den Schriftrollen zu trennen. Dennoch ist sie fasziniert von dem gut aussehenden Lord, der immer wieder ihre Nähe sucht und ihr den Hof macht. Doch Marcus ist ein Gejagter. Die Schattenwächter haben seine Zwillingsschwester Silene darauf angesetzt, ihn zu vernichten, bevor er als dunkle Seele Verderben über die Menschen bringen kann. Und er ist nicht der Einzige, der hinter dem Geheimnis der Schriftrollen her ist. Die mysteriöse Dunkle Braut, die verschmähte Geliebte von Jack the Ripper, setzt sich auf Marcus' Spur, und bald gerät auch Mina in höchste Gefahr ...

Über die Autorin:

Kim Lenox lebt mit ihrem Mann und zwei Kindern in Texas. Ihre Leidenschaft für Bücher führte zur Entstehung ihres ersten eigenen Romans. Weitere Informationen unter: www.kimlenox.com

Die Romane von Kim Lenox bei LYX:

1. Shadow Guard – Wenn die Nacht beginnt
2. Shadow Guard – So still die Nacht

Weitere Romane von Kim Lenox sind bei LYX in Vorbereitung.

Kim Lenox

Shadow Guard

So still die Nacht

Roman

Ins Deutsche übertragen von
Michaela Link

LYX
EGMONT

Die Originalausgabe erschien 2009 unter dem Titel *So still the night*
bei Signet Eclipse, Published by New American Library,
a division of Penguin Group, USA Inc.

Deutschsprachige Erstausgabe April 2013 bei LYX
verlegt durch EGMONT Verlagsgesellschaften mbH,
Gertrudenstraße 30–36, 50667 Köln

1. Auflage
Redaktion: Catherine Beck
© Umschlaggestaltung: Birgit Gitschier, Augsburg;
Umschlagmotiv: © Artwork Carolin Liepins, München unter Verwendung
mehrerer Motive von Shutterstock (Martin Valigursky, Fedyaeva Maria)
Satz: Greiner & Reichel, Köln
Printed in Germany (670421)
ISBN 978-3-8025-8634-7

www.egmont-lyx.de

In Liebe, für Mom und Dad

Prolog

»*Sie haben uns gefunden.*« Professor Limpett kam ins Zelt gestürzt. Eiskristalle glitzerten in seinem grauen Bart, und in den Maschen seiner Wollmütze und auf den Schultern seines schweren Mantels hatte sich Schnee festgesetzt.

Mina blickte von der Kladde auf, in die sie im Licht einer Öllaterne gerade die Koordinaten ihres Lagers eingetragen hatte. Leutnant Maskelyne, ihr britischer Führer, hatte sie ihnen mitgeteilt. Mit den Handschuhen, die sie trug, konnte sie den Stift kaum halten, und trotz des Feuers, das in dem kleinen Ofen hinter ihr brannte, war sie in so viele Schichten wollener Kleidung eingemummelt, dass sie kaum die Ellbogen beugen konnte. Ein stürmischer Wind zerrte am Leinenzelt. Die Zeltwände flatterten, und die Abspannseile knarrten.

»Wir bekommen Besuch?«, fragte sie. Vielleicht war es einer der einheimischen Stammesführer – wie an vielen anderen Orten, wo sie während ihrer Expedition durch Indien nach Tibet ihr Lager aufgeschlagen hatten. »Soll ich Tee kochen?«

Einige Blätter Tee und eine halbe Dose gefrorene Kekse waren alles, womit sie ihre Gastfreundschaft zeigen konnten.

Zwei Nächte zuvor – sie hatten gerade erst den Rückweg von dem Bergtempel, ihrem Reiseziel, angetreten – war einer ihrer Sherpas aus dem Lager verschwunden. Sie hatten ihn am nächsten Morgen gefunden, blutverschmiert, mit gebrochenen Gliedern und tot am Grund einer Felsspalte. Das ganze Lager war in Aufruhr gewesen. Gerüchte über flüsternde Nebel und lebende Schatten hatten unter den bengalischen Lastenträgern die Runde gemacht. Aber es war noch schlimmer gekommen: An diesem Morgen hatten die englischen Reisenden feststellen müssen, dass über Nacht mehr als die Hälfte der Bengalis zusammen mit dem größten Teil der Vorräte und Lasttiere verschwunden war. Leutnant Maskelyne hatte sofort nach Ersatzvorräten aus Yangpoong schicken lassen. Weil sie die Reise nach Kalkutta nicht fortsetzen konnten, bis die notwendigen Dinge eingetroffen waren, blieb den Mitgliedern der Expedition nichts anderes übrig, als abzuwarten, dezimiert und unleugbar beunruhigt über die Ereignisse der vergangenen Tage. Obwohl Mina den Verdacht nicht laut ausgesprochen hatte, war es beinahe so, als hätte ein Fluch die Expedition befallen, nachdem die tibetischen Mönche ihnen vier uralte Elfenbeinstäbe überlassen hatten, von denen je eine an den Anfang und eine ans Ende einer Schriftrolle gehörten. Der Klang der Tempelgongs hallte noch immer in Minas Ohren wider.

Statt ihre Frage zu beantworten, zog ihr Vater den Vorhang beiseite, der ihre Schlafplätze voneinander trennte. Er beugte sich über seine hölzerne Pritsche und tastete suchend unter den Kissen. »Ich habe dich in schreckliche Gefahr gebracht, als ich dir erlaubt habe, mich auf dieser Reise zu begleiten.«

Mina schob die Kladde langsam zur Seite und bemühte sich um einen unbeschwerten Ton. »Nein, das hast du nicht, Vater. Dergleichen passiert eben. Erinnerst du dich an den Tag in Gangtok, als man unsere Pferde stahl und wir fast eine Woche festsaßen?« Sie rieb ihre noch in den Handschuhen steckenden Hände. »Unsere Vorräte werden morgen oder vielleicht übermorgen eintreffen, und wir werden unseren Abstieg wie geplant fortsetzen.«

»Ich rede nicht von Vorräten.« Als er sich umdrehte, hielt er eine Pistole in der Hand. »Sondern davon, dass sie *uns gefunden haben.«*

Sie starrte die Waffe an. Ein Schauer, der nichts mit der Temperatur im Zelt zu tun hatte, lief ihr über den Rücken. »Sag mir, wer, Vater. Wer hat uns gefunden?«

Der Professor benahm sich schon seit Monaten seltsam, seit das Britische Museum ihn bezichtigt hatte, sich Museumsartefakte »zweckwidrigerweise ausgeborgt« zu haben. Seine Vorgesetzten hatten ihn gezwungen, seine Stelle als Sprachforscher aufzugeben.

Mina fragte sich wieder einmal, ob die Anspannung ihn nicht an die Grenzen seiner emotionalen Belastbarkeit getrieben hatte, denn seit diesem Zeitpunkt zeigte das, was er sagte und tat, Züge von Verfolgungswahn. Sie hatte ihm strengste Verschwiegenheit schwören müssen, worauf er ihr von einer Geheimgesellschaft von Männern erzählt hatte, die wie er die Geheimnisse der Unsterblichkeit zu entdecken wünschten – aber aus dunklen und niederträchtigen Gründen. Er hatte sie gewarnt, dass diese Männer alles tun würden, um die beiden uralten akkadischen Schriftrollen in ihren Besitz zu bringen – die Schriftrollen, die er gegenwärtig in einem verschlossenen Kasten unter seiner Pritsche aufbewahrte und die nur Tage zuvor mit ihren ursprünglichen Aufwickelstäben aus Elfenbein wiedervereint worden waren.

Unglücklicherweise konnte Mina nicht einschätzen, ob die gefährlichen Männer real oder ihre »Geheimgesellschaft« nur die Schöpfung eines alternden und verfallenden Geists waren.

Der Professor trat an sie heran, den Lauf der Waffe auf den mit einer Wolldecke ausgelegten Boden gerichtet. »Versprich mir, dass du sie ständig bei dir tragen wirst.«

»*Vater.*« Sie stand vom Stuhl auf, versteckte die Hände hinter dem Rücken und weigerte sich, die Waffe anzunehmen.

»Nimm sie.«

»Nein.«

»Tu, was ich sage.« Eine ungeduldige Schärfe stahl sich in seine Stimme.

»Sag mir, was geschehen ist«, verlangte sie. »Hast du sie gesehen? Sind sie hier im Lager? Kannst du mir sagen, wer sie sind?«

Mit fest aufeinandergepressten Lippen und bebenden Nasenflügeln steckte er die Waffe in ihren breiten Gürtel. Dann holte er tief Atem, legte seine eiskalten, nackten Hände um ihr Gesicht und drückte ihr einen inbrünstigen Kuss auf die Wange.

Danach wich er zurück und flüsterte: »Du musst nach Kalkutta zurückkehren.«

Ihre Bestürzung wuchs. »Und wohin gehst du?«

Er packte ihre Schultern, vermied es jedoch, ihr in die Augen zu sehen. »Wir müssen uns trennen. Das ist die einzige Möglichkeit.«

Sie schüttelte den Kopf. »Nein.«

Er wandte sich von ihr ab. »Du wirst nach England zurückkehren. Nach London. Dein Onkel wird dich nicht abweisen. Du musst dort allen sagen, ich sei tot.«

»Tot?« Vor Schreck blieb ihr der Mund offen stehen.

»Ja, dass ich hier auf dem Berg in Nepal gestorben sei.«

Seine Worte hallten in ihren Ohren wider, und doch konnte sie immer noch nicht glauben, dass er sie tatsächlich ausgesprochen hatte.

»Du redest Unsinn, Vater«, flüsterte sie. »Das ist Wahnsinn.«

Er hob einen Rucksack vom Fußende der Pritsche hoch und sprach über seine Schulter weiter. »Dieser arme Sherpa, Liebes … sein Tod war kein Unfall. Seine Verletzungen waren so grauenvoll, dass sie nicht von dem Sturz herrühren konnten. Sie haben ihn getötet, als Warnung an mich. Ich will nicht, dass sie mit dir das Gleiche machen.« Er atmete bebend aus. »Willomina, lass mich neben deiner lieben Mutter bestatten. Sorg dafür, dass es alle erfahren.« Er zog einen zerknitterten Schnipsel Papier aus der Tasche. »Dies ist der Name eines Mannes in Kalkutta, der dir die notwendigen Papiere geben wird und … alles andere.«

Sie starrte auf den Zettel, als sei er eine riesige, gefährliche Spinne. Ihr Vater langte an ihr vorbei und legte den Zettel auf den Tisch.

»Dies muss unser Lebewohl sein.«

Sagte er ihr die Wahrheit? Hatten diese Männer, die sie nie zuvor gesehen hatte, den Sherpa ermordet, oder hatte ihr Vater den Verstand verloren? Aber das lief sowieso aufs Gleiche hinaus.

»Ich werde es nicht tun«, flüsterte sie. »Ich werde dich nicht verlassen, und du wirst mich nicht verlassen. Wir bleiben zusammen, was auch geschieht.«

Ihr Vater erstarrte.

»Vater«, flehte sie. »Sieh mich an.«

Mit steifen Schultern griff er nach seinen zusammengelegten Wollsachen und stopfte sie in den Rucksack. Dann kniete er sich hin und nahm die schmale Kiste mit den Schriftrollen. Auch die verstaute er im Rucksack.

»Das ist es dann also?« Tränen brannten ihr in den Augen. »Du wirst mir nicht mehr sagen?« Sie wich zum Zelteingang zurück. »Du lässt mir keine andere Wahl. Ich werde Leutnant Maskelyne verständigen.«

Ihr Vater packte ein in Leder gebundenes Tagebuch und eine runde Dose mit Zahnpulver ein.

Mina nahm ihren Mantel von dem hölzernen Kleiderständer und verließ das Zelt. Eisige Luft schlug ihr entgegen. Eine Gruppe von ernst dreinschauenden Bengalis blickte auf; die Männer hockten um eine Feuergrube herum, aus der Flammen schlugen, und wärmten sich die Hände. Über dem Lager ragte im purpurnen Zwielicht ein zackiger Gebirgszug empor und verlor sich in einer dichten Wolkendecke. Mina verknotete den

Gürtel an ihrer Taille und vergrub ihre Arme in den Mantelärmeln. Der Schnee knirschte unter ihren Stiefeln, als sie sich durch das Labyrinth der Leinenzelte einen Weg bahnte. Es hatte wieder zu schneien begonnen.

Plötzlich erschien im Schneetreiben vor ihr eine breite Brust. Große Hände schlossen sich um ihre Arme. Unter einer dunklen Fellmütze spähten Leutnant Maskelynes Augen aus seinem scharfkantigen Gesicht auf sie herab.

»Mina, Sie wirken erregt.« Sein Atem bildete eine kleine Wolke. »Was ist passiert?«

»Bitte, Sie müssen mit ihm reden.« Sie unterdrückte die Tränen und deutete über ihre Schulter. »Ich glaube, er hat den Verstand verloren. Er behauptet die wildesten Sachen.«

»Die wildesten Sachen?«, wiederholte der Leutnant stirnrunzelnd. »Welche zum Beispiel?«

»Dass wir verfolgt werden, dass der Tod des Sherpas kein Unfall gewesen sei.«

Er drückte ihre Schultern und legte den Kopf in den Nacken. »Vielleicht ist einfach die Höhe der Grund. Manchmal haben große Höhen seltsame Auswirkungen auf den Verstand eines Menschen. Ich werde sofort zu ihm gehen.«

Sie nickte, schob sich an ihm vorbei und ging zum Rand des Lagers.

»Wohin wollen Sie?«, rief er ihr nach.

»Einen Spaziergang machen.« Sie musste allein sein, brauchte Zeit zum Nachdenken.

»Gehen Sie nicht zu weit«, warnte er sie.

Ihr Blick fiel auf einen Steinhügel. »Das werde ich nicht.«

1

»Ich werde Ihnen einen ordentlichen Stoß versetzen. Ja, das werde ich.«

Mark nahm die Worte durch den schweren Schleier des Schlafs wahr, dachte aber nicht, dass die Drohung ihm galt. Schließlich war er unsichtbar. Unbesiegbar.

Ein Schatten.

»… verdammt leid, auf Sie zu warten …«

Die Stimme, männlich und quälend vertraut, durchdrang zusammen mit anderen fernen Lauten den Vorhang aus Dunkelheit. Ein angenehmes, sich stetig wiederholendes Knarzen. Wasser, das gegen Holz klatschte.

Der Fluss.

Mark ergab sich der samtenen Umarmung. Vergessen zerrte ihn in die Tiefe, hinunter in die traumähnlichen Bilder, die er für einen kurzen Moment hinter sich gelassen hatte. Wohlgeformte, treibende Gliedmaßen, Arme und Beine, alle befleckt von einem warmen, verführerischen Scharlachrot.

Etwas stieß ihm in die Rippen. *Fest.*

Zorn wallte in ihm auf. Wie eine provozierte Schlange bäumte sich Mark auf … nur um gegen eine flammende Wand aus Sonnenschein und Klängen zu stoßen. Schiffssirenen, das Klirren von Metall. Ferne Stimmen. Sein Leinenhemd und die Wollhosen klebten ihm nass auf der Haut. Jede Sehne in seinem Körper, jeder Muskel und jeder Zentimeter Haut ächzten entsetzt, als erwachte sein Körper aus einem tausendjährigen Schlaf. Als wachte er von den Toten wieder auf.

Sein Gehirn pulsierte und drohte, ihm den Schädel zu zersprengen. Mit einem dumpfen Klatschen fiel er in das Wasser zurück, das sich in der Bilge des schmalen Boots gesammelt hatte. Wenn das Ruderboot auf den kabbeligen Wellen hüpfte, klapperten seine Zähne.

Stöhnend rollte sich Mark auf der Seite zusammen und rieb sich mit den Fäusten die Augen. Er war zu schwach, um sich darum zu scheren, dass das braune Flusswasser an seiner Wange leckte.

»*Hölle*«, knurrte er. Selbst seine Stimmbänder brannten.

»Nein, Lord Alexander«, korrigierte ihn die Stimme wohlgelaunt. »Nicht die Hölle. *London.*«

Durch schmale Augenschlitze musterte Mark das sehr bald sehr bedauernswerte Individuum, das ihn in diesen qualvollen Zustand der Wachheit gezwungen hatte. Ein grauhaariger, schnurrbärtiger Herr in Hosen, einem frisch gebügelten weißen Hemd und einer grün-schwarz gestreiften Weste grinste ihn von seinem erhöhten Sitz am Bug des Holzboots an. Ein dünner schwarzer Riemen zog sich ihm schräg über die Stirn und hielt eine schwarze Klappe über einem Auge fest. Der Mann lachte, hob einen Bootshaken und deutete mit der Spitze auf Mark.

»Wenn Sie mich noch einmal mit diesem Ding stechen, Leeson, werde ich Sie umbringen«, knurrte er.

Der Unsterbliche lachte bellend und legte sich den Bootshaken über die Knie. »Ich bitte um Entschuldigung, Euer Gnaden. Ich glaubte, Sie würden wieder völlig wegdriften. Ich habe eine ganze Weile gewartet, bis ich Sie geweckt habe. Seit der Passage von Tilbury in der Themsemündung, um genau zu sein.«

Mark stemmte sich mühsam auf die Ellbogen. Dann stützte er sich mit den Absätzen seiner Stiefel am Kiel des Boots ab und schob sich einige Zentimeter nach hinten, bis er sich mit den Schultern an die hölzerne Sitzbank lehnen konnte. Gott, ihm tat alles weh. Mit seinem geistigen Auge nahm er eine vertraute Szene in sich auf: die Kais und Lagerhäuser der Londoner Docks, auf denen es nur so von Arbeitern und Fährleuten wimmelte. Im Westen waren die schartigen Silhouetten des Uhrenturms und des Parlamentsgebäudes erkennbar. Ein gewaltiger Lastenkahn schob sich vorbei. In seinem Kielwasser begann das Boot erneut zu schaukeln. Mark bog die Finger um das Dollbord.

Wie zur Hölle bin ich hier gelandet?

»Ich kann nicht behaupten, dass ich die Antwort darauf wüsste, Sir«, erwiderte Leeson. »Ich weiß nur, dass Sie um die halbe Welt gereist sind, um diesen Professor und seine Schriftrollen zu finden.«

Unsterbliche konnten nicht die Gedanken eines anderen Unsterblichen lesen, aber sie waren in der Lage, stumm zu kommunizieren. Mark rief sich ins Gedächtnis, dass er in Leesons Gegenwart nicht auf solche Weise sprechen sollte, es sei denn, er wünschte, belauscht zu werden. Im hintersten Winkel seines unwilligen Geists versuchte er, seine Erinnerungen zu rekonstruieren. Das Letzte, woran er sich entsann, war der Golf von Bengalen; dort war er vor Anker gegangen und hatte sich angeschickt, an Land zu rudern, um Professor Limpetts Expedition zu folgen, als ein dichter Nebel vom Meer her aufgekommen war.

Aber London? London war der letzte Ort, an dem er zu sein wünschte, wenn er am Leben bleiben wollte. Er nestelte an seiner Hemdtasche und zog eine dunkle Brille hervor, deren Bügel hoffnungslos verbogen waren. Mit unsicheren Händen setzte er sie auf. Glücklicherweise milderte sie das obszöne Funkeln des Tageslichts. Gott, es war schwül. Seine Kleidung und die Luft erstickten ihn schier.

»Elendes Wetter für Februar«, stieß er mit zusammengebissenen Zähnen hervor.

»Ah, für Februar wäre es in der Tat elend, Sir«, stimmte

Leeson ihm sanft zu. »Aber wir haben Mai. Den neunundzwanzigsten Mai achtzehnhundertneunundachtzig.«

Das verschlug ihm die Sprache, seine Kopfhaut kribbelte. Alles um ihn herum – die Temperatur der Luft, das Sonnenlicht und die täglichen Verrichtungen der Menschen – bewies, dass Leesons Feststellung der Wahrheit entsprach. *Drei Monate, die ihm einfach fehlten.*

Obwohl er sich hütete, seine Gedanken preiszugeben, mussten seine Züge entgleist sein – vielleicht war er sogar erbleicht –, denn das joviale Lächeln auf Leesons Lippen verblasste.

Mark flüsterte: »Die *Thais* …«

Leeson neigte den Kopf und richtete den einäugigen Blick auf einen Punkt direkt über Mark. »Sie ist direkt hinter Ihnen.«

Als sich Mark umdrehte, um einen Blick hinter sich zu werfen, ließ ihn ein heißes Reißen seiner Muskeln zusammenzucken. Eine lange Leine schlängelte sich durchs Wasser und führte zum Bug seiner Neunhundert-Tonnen-Dampfyacht hinauf, die beunruhigenderweise unbemannt im Fluss trieb. Mark nahm alle Kraft zusammen, hievte sich auf die Holzbank und fischte die Leine aus dem Wasser.

Leeson, beweglich wie eh und je, kam herbeigehuscht. »Erlauben Sie mir, das zu übernehmen, Euer Gnaden.«

Mark ignorierte ihn und zog an der Leine das Boot an die Yacht heran. Durch die Bewegung und die Anspannung erwachten seine Muskeln zum Leben. Drei Monate. Drei verdammte Monate. Die Auswirkungen waren erstaunlich. Er manövrierte das Boot unter eine Strickleiter, die am Rumpf der Yacht hing. Dann ergriff er die seitlichen Seile und stellte seinen durchweichten Stiefel auf die unterste Sprosse.

»Hat Black Sie geschickt?«, fragte er.

Unter ihm hüpfte das Boot auf und ab, während sich Leeson auf der Bank niederließ.

Er antwortete leise: »Ich stehe nach wie vor in seinen Diensten.«

»Aber er ist noch nicht auf diese Seite zurückgekehrt?«

»Nein, Sir …« Leesons Stimme verlor sich. Er schaute in die Ferne. »Aber bald, denke ich.«

Mark stieg die Leiter hinauf, bis er die polierte Holzreling erreichte. Dann öffnete er die darin eingelassene Halbtür, biss die Zähne zusammen und ging an Bord. Unter ihm griff Leeson jetzt ebenfalls nach der Strickleiter.

Mark spähte hinunter. »Sparen Sie sich die Mühe, alter Mann.«

Wenn möglich, nahm er weder Leesons Hilfe noch die irgendeines anderen in Anspruch, um das Schiff zu manövrieren, obwohl er es um des äußeren Anscheins willen vorzog, wenn die *Thais* voll bemannt war. Außerdem war Leeson ihm nicht vertrauenswürdig genug. Seine Loyalität gehörte Archer, Lord Black, Marks ehemaligem Mentor bei den Schattenwächtern. Black würde wahrscheinlich auch der Vollstrecker sein, den die drei Ahnen entsenden würden, um ihn zu töten.

Bedächtig zog Mark die Leiter hinauf. »Sagen Sie ihm einfach, dass ich für ihn bereit sein werde.«

Mark ließ die schwere Strickleiter aufs Deck fallen, drehte sich um und streifte das Hemd ab. Unmut brodelte in ihm. Gott allein wusste, wo sich der Professor jetzt aufhielt. Bevor er wieder in See ging und die Jagd erneut aufnahm, musste er sich zuerst orientieren und dann seine Vorräte auffüllen. Er schloss die Augen und stellte sich das Ruder seines Schiffs vor. Die Yacht reagierte, und er änderte ihren Kurs langsam nach Westen.

Er hatte die Finger schon an den Knöpfen seiner Hose, als sein Blick durch die Glasfenster der Doppeltür in die Kajüte fiel und ihn innehalten ließ. Die gerahmten Kunstwerke hingen schief an den Wänden, die eleganten Vorhänge waren in Fetzen gerissen, die Truhen umgekippt und ihr Inhalt überall verstreut.

Alles, was nicht niet- und nagelfest war, befand sich in einem heillosen Durcheinander, als sei die Yacht durch einen Taifun gefahren. Dennoch war er – zunächst – erleichtert. Es gab keine Leichen, keine Spuren von Blut, keine Spur seiner sterblichen Mannschaft. Er betete, dass sie irgendwo am Leben waren und sich nicht in den Tiefen seines Geists die Erinnerung an ihre Ermordung durch seine Hand oder andere verbarg.

Er mochte Stück für Stück den Verstand verlieren, aber er war kein Idiot. Zumindest noch nicht. Offensichtlich war er aus irgendeinem triftigen Grund über den Ozean nach London gezerrt worden. Aber von wem? Weil er ein Mitglied der Schattenwächter war, war bis vor Kurzem jeder Schritt Marks vom Rat der Ahnen kontrolliert worden.

Aus ihrem Bollwerk innerhalb des geschützten Inneren Reichs, das auf einer Ebene parallel zu der der sterblichen Bevölkerung der Erde existierte, entsandten die drei Ahnen – Aitha, Hydros und Khaos – Schattenwächter in alle Winkel des Erdballs, um die Interessen der Amaranthiner zu wahren. Die wichtigste Aufgabe der Schattenwächter war die Jagd auf die gefährlichsten Seelen der Menschheit; Seelen, die moralisch so verderbt waren, dass sie einen mächtigen, übernatürlichen Zustand erreichten, der als Transzendenz bezeichnet wurde. Solche extrem entarteten Seelen waren fähig, in das Innere Reich überzuwechseln und den Unsterblichen Zerstörung und Tod zu bringen. Jack the Ripper war eine solche Seele gewesen.

Und während der Jagd auf Jack, der nicht nur transzendiert, sondern – von Tantalos, dem Herrscher im Tartaros, rekrutiert – auch schnell zu einer unvergleichlichen Macht des Bösen geworden war, zu einem der *Brotoi*, der Priester des Tantalos, hatte Marks Schicksal als Unsterblicher eine gefährliche Wendung genommen. Allerdings war es seine eigene Entscheidung gewesen.

Mark, der unsterbliche Sohn von Kleopatra und ihrem römischen Geliebten Marcus Antonius, hatte jahrhundertelang darum gekämpft, sich von dem tragischen elterlichen Vermächtnis aus Leidenschaft und Tod zu befreien. Entschlossen, durch seine eigene Geschichte und Siege seine Bestimmung selbst in die Hand zu nehmen, hatte er sich in einem tollkühnen, heldenhaften Akt dazu hinreißen lassen, zu transzendieren. Dieses Opfer hatte den Schattenwächtern bei der Jagd auf Jack den Weg geebnet und Archer die Eliminierung des ungezügelten und bösartigen *Brotos* garantiert, den Tantalos als seinen Sendboten auf Erden auserwählt hatte – als den, der eine schlafende Armee von *Brotoi* erwecken und dabei helfen sollte, Tantalos aus seinem Gefängnis im Tartaros zu befreien.

Nein, er war nicht der erste Schattenwächter, der transzendiert war, um den Sieg über einen mächtigen Gegner sicherzustellen – aber ihn sollte nicht das gleiche Schicksal ereilen wie die anderen vor ihm: nämlich aus der Garde der Schattenwächter ausgeschlossen zu werden, eventuell dem Wahnsinn zu verfallen, am Ende aber garantiert gefangen genommen und hingerichtet zu werden. Denn so heroisch seine Tat auch war, konnte der Rat der Ahnen doch die gefährliche Bedrohung des Inneren Reichs, die er nunmehr darstellte, nicht bestehen lassen.

Mark hatte nur noch wenig Zeit, um seine unsterbliche Existenz zu retten und seinen Platz unter den Schattenwächtern wiederzuerlangen – eine Leistung, die ihn zu einer unvergleichlichen Legende in der Geschichte der Unsterblichen machen würde. Dieser Zeitraum wurde mit jedem Herzschlag und jedem Atemzug kleiner. Manchmal wisperten Stimmen und luden ihn ein aufzugeben, aber bisher war er stark geblieben und hatte sie hinter eine dicke, schalldichte Mauer in seinem Kopf verbannt.

Ah, aber sein verdammtes Glück schien zu enden. Er hatte jetzt drei Monate kostbarer Zeit verloren. Hatte sich währenddessen der schleichende Wahnsinn in ihm abgeschwächt – oder war er mächtiger geworden? Mächtiger als Marks Stärke, ihn zu bezähmen? Die kommenden Tage würden es zeigen.

Sie sind hier in London, wissen Sie.

Leesons Stimme hallte in seinem Kopf wider.

Die, die Sie suchen.

Etwas kam über die Reling geflogen. Direkt neben seinem Stiefel landete eine eingerollte Zeitung. Er bückte sich und hob die Rolle auf. Dann zog er die Schnur ab und entrollte die Zeitung, die so gefaltet war, dass sogleich die Seite mit den Todesanzeigen obenauf lag. Eine Ankündigung war mit schwarzer Tinte umrandet worden.

William Demerest Limpett, Professor für Alte Sprachen und Geschichte
Geboren: Egremont, Cheshire
Gestorben: 12. Februar 1889, Kalkutta
Beisetzung auf dem Friedhof Highgate am Donnerstag, den 30. Mai, 18.00 Uhr

Mark war wieder an die Reling getreten und schaute hinunter. Im Schatten der Yacht schaukelte das leere Boot auf den Wellen.

»Wollen Sie sich nicht bedanken?«, erklang eine Stimme neben ihm.

Mark knirschte mit den Zähnen. »Warum tun Sie das? Für den Fall, dass Sie es vergessen haben – ich bin ein Ausgestoßener. Verbannt. Ich verliere langsam den Verstand. Wer weiß, wann ich mich in einen geifernden Unhold verwandeln und Ihnen den Kopf abreißen werde.«

Leeson kicherte. »Ich würde mich schon wieder erholen. Bis jetzt bin ich immer wieder auf die Beine gekommen.« Er zuckte die Achseln. »Sie haben Ihre Entscheidung aus noblen Gründen getroffen. Um die anderen zu retten. Um Archer und Miss Elena zu retten. Dafür stehe ich in Ihrer Schuld.«

Angesichts des übertrieben freundlichen und unzutreffenden Bilds, das Leeson malte, zuckte Mark zusammen. »Lassen Sie uns offen miteinander reden, Leeson, oder Sie gehen jetzt und kommen nie wieder zurück. Welche Anweisungen haben Sie vom Rat der Ahnen – oder von Archer – in Bezug auf mich erhalten?«

Langes Schweigen entspann sich zwischen ihnen.

Schließlich antwortete Leeson: »Ich habe keine Anweisungen aus dem Inneren Reich erhalten. Nicht in Bezug auf Sie oder auf irgendetwas anderes.«

Daraufhin kniff Mark die Augen zusammen. Leesons einzige Aufgabe als Sekretär von Lord Black war Kommunikation. Er war der Mann mit den Antworten, derjenige, der zweckdienliche Informationen aus dem Inneren Reich übermittelte. »Warum nicht, zur Hölle?«

Leesons Worte überschlugen sich. »Weil die Portale geschlossen sind.«

»Was heißt das, sie sind geschlossen? Alle?«

Leeson nickte langsam.

»Seit wann?«, fragte Mark scharf.

Der kleine Mann zögerte.

Mark zischte: »Wie ich bereits bemerkte, entweder Sie sagen mir alles, oder Sie gehen.«

Leeson platzte heraus: »Seit seine Gnaden Miss Elena hindurchgebracht hat. Wir haben noch die Nachricht erhalten, dass sie die Passage überlebt hat, und dann … nichts mehr.«

Noch niemals in der Geschichte der Erde waren die Portale für mehr als einige wenige Tage geschlossen gewesen. Sie waren nur in Fällen geschlossen worden, in denen das Innere Reich geschützt werden musste, weil eine besonders abscheuliche transzendierte Seele auf freiem Fuß war. Aber sobald die Identität der verderbten Seele erfolgreich aufgedeckt und sie in das Ewige Gefängnis, den Tartaros, überstellt worden war, hatte man die Portale wieder geöffnet.

»Warum sind sie so lange versiegelt?«

Sein Gefährte sah ihn gelassen an. »Nach den Berichten zu urteilen, die ich auf dieser Seite gehört habe, hat es eine Vermehrung von verkommenen Seelen gegeben, die die speziellen Symptome des Brotoismus zeigen. Sie scheinen sich zu organisieren. Unsere Schattenwächter haben auf der ganzen Welt alle Hände voll zu tun.«

»Aber die Garde *konnte* sie in Schach halten?«

Leeson nickte. »Doch ich vermute, dass die Portale versiegelt bleiben werden, bis sie entscheiden, was unten vor sich geht – ob es nur ein Rumoren oder eine ausgewachsene Rebellion ist. Abscheulicher Bastard, dieser Tantalos. Ich hoffe, sie bestrafen ihn und erinnern ihn daran, wer das Sagen hat.« Er ballte die Fäuste, richtete seine Aufmerksamkeit aber schnell wieder auf Mark. »Überflüssig zu sagen, Sir, dass ich ohne spezielle Befehle ziemlich hilflos bin.«

Mark schlug düster vor: »Warum tun Sie sich nicht mit meiner Schwester zusammen? Sie sucht immer nach jemandem, den sie herumkommandieren kann.«

Leeson rümpfte die Nase. »Sie informiert mich nicht über ihre Aufträge oder Aktivitäten, und ich informiere sie nicht über meine.« Er blies die Wangen auf. »Nachdem Sie uns im Oktober verlassen hatten, hat sie meine ganze Sammlung von Groschenromanen verzehrt.«

Mark konnte sich ein Grinsen nicht verkneifen. »Hat sie das?«

Seine Schwester hatte eine ungewöhnliche Vorliebe für das Verschlingen des geschriebenen Worts – buchstäblich. Und obwohl sie dabei normalerweise einen ausnehmend guten

Geschmack bewies, stürzte sie sich, wenn sie wütend oder frustriert genug war, auf alles, was in ihrer Reichweite lag.

Leeson fuhr fort. »Sie war nicht nur erregt über Ihre Entscheidung zu transzendieren, sie war außerdem wütend, weil es ihr noch nicht gelungen war, ihren Themse-Mörder zu töten.«

Marks Blick wanderte über die Metropole. Vor Monaten, als sie alle mit der Jagd auf den Ripper beschäftigt gewesen waren, hatte Selene erwähnt, dass sich ihr gegenwärtiger Auftrag – das Aufspüren eines Mörders, der seine weiblichen Opfer zerstückelte und ihre Einzelteile in London verteilte – als schwierig erwies.

Dann war Selene also hier, immer noch in der Stadt.

»Sie ist auf sich allein gestellt, soweit es mich betrifft.« Leeson zuckte die Achseln. »Für meinen Geschmack war dieses Mädchen schon immer etwas überspannt – ohne Ihnen oder Ihren illustren Vorfahren zu nahe treten zu wollen, Sir.«

»Ich bin nicht beleidigt. Aber warum haben Sie sich dafür entschieden, mir zu helfen? Es würde mich nicht überraschen, wenn die Ahnen Sie dafür bestrafen würden.«

»Sir, ich war schon immer ein Spieler. Ungeachtet dessen, was Sie sagen, glaube ich, dass Sie diesen Weg aus den richtigen Gründen gewählt haben – um die anderen zu retten. Ich habe mein Geld auf Sie und Ihren Erfolg gesetzt. Ich bin stolz, wenn ich Ihnen helfen kann … bis … bis …« Er drückte eine Faust in seine Magengrube und fügte ernst hinzu: »Sie verstehen, wenn Lord Black mit dem Auftrag zurückkehrt, Sie zu töten, muss ich ihm dabei helfen, diesen Befehl auszuführen.«

»Gewiss«, antwortete Mark tonlos.

Mina vermisste ihren Vater schrecklich, aber trotz aller Bemühungen konnte sie auf seiner Beerdigung keine Tränen heraufbeschwören. Stattdessen kribbelte ihre Nase, und sie verspürte den Drang zu niesen – ein Resultat des Weihrauchs, der die kleine anglikanische Kapelle erfüllte, und der großen Sträuße duftender weißer Blumen. Sie hielt sich ein Taschentuch an die Nase.

»Nun, nun«, tröstete Lady Trafford sie.

Ihre Tante Lucinda mit ihrem goldblonden Haar war nur ein oder zwei Jahre älter als sie und die zweite Ehefrau von Minas verwitwetem Onkel, dem distinguierten Earl Trafford. Die schöne junge Frau legte einen schlanken Arm um Minas Schultern. »Sie sind jetzt bei uns in Sicherheit. Sie brauchen keine Angst mehr zu haben, nie wieder.«

Lucindas blumiges Parfum hüllte sie ein. Mina nickte; ihr war übel. Die gotische Kapelle. Die Gerüche. Der Sarg. Ihr lächerlich enges Korsett. Wirklich, es war alles ein wenig zu viel. Sie erstickte in schwarzer Seide.

»Trafford«, drängte Lucinda ihren Ehemann, »hol einen Stuhl. Ich fürchte, deine Nichte ist einer Ohnmacht nahe.«

Stoff raschelte. Stimmen murmelten, leise vor Mitgefühl. Obwohl der Gottesdienst gerade erst zu Ende gegangen war, ließ sich Mina auf einen Stuhl drücken. Sie war noch nie im Leben ohnmächtig geworden – niemals auch nur nah daran gewesen –, aber es war kein gar so schreckliches Gefühl, umsorgt zu werden. Widerstrebend kehrte ihr Blick zu dem Rosenholzsarg zurück, der auf einer mit blauem Samt bedeckten Bahre aufgestellt war. Das Licht der Kerzen ringsum glitzerte auf seinen silbernen Griffen. Der Sargdeckel war verständlicherweise verschlossen – in den notwendigen Dokumenten war ein Todesdatum ihres Vaters in Kalkutta verzeichnet, das jetzt gut drei Monate zurücklag.

Es hätte den Professor erzürnt zu wissen, dass keiner seiner Kollegen aus dem Britischen Museum oder aus der Universität anwesend war, um ihm die letzte Ehre zu erweisen. Aber in Wahrheit hatten sie ihn bereits vor langer Zeit im Stich gelassen, noch bevor die Anschuldigung über die regelwidrige Aneignung von Artefakten kursierte.

In einer wohlgeordneten Schlange kondolierten die schwarz gewandeten Trauergäste und sprachen Mina ihr Mitgefühl aus, alles Bekannte von Lord und Lady Trafford und Fremde für sie. Zweifellos wären sie auch für ihren Vater Fremde gewesen. Nach einigen weiteren Momenten spähte ihr Onkel über seine schmale Hakennase und bot ihr den Arm. »Fühlen Sie sich wohl genug, Liebes?«

Mina nickte, stand auf und akzeptierte seine Begleitung. Er führte sie an Lucinda und seinen beiden Töchtern vorbei. Astrid, blond und prachtvoll anzusehen, selbst in ihrem schlichten Trauerkleid, stand Arm in Arm mit ihrer faderen Schwester Evangeline, die, weil schrecklich kurzsichtig, zum Blinzeln neigte. Die jungen Frauen, durch einen Altersunterschied von weniger als einem Jahr voneinander getrennt, trugen beide den gleichen gelangweilten Gesichtsausdruck zur Schau. Mina wusste, dass sie ihr den Tod ihres Vaters verübelten, und sie konnte ihnen deswegen wirklich keinen Vorwurf machen. Sie hatten ihn nie kennengelernt, und seine Beerdigung hatte die Festlichkeiten ihrer Debütsaison gestört. Sie hoffte, dass sie einander in den folgenden Tagen vielleicht näher kommen würden.

Als Mina die Türschwelle überquerte, atmete sie tief die Frühlingsluft ein. Der Friedhof Highgate lag weit ausgedehnt in üppiger Pracht am Hang eines steilen Hügels. In der Ferne beteten steinerne Engel. Hohe Kreuze, einige von Efeu umrankt, erhoben sich über flachere Grabsteine. Ein plötzliches, metallisches Knallen erklang hinter ihr und erschreckte sie. Lucinda schnappte nach Luft und schaute sich um. Mina tat das Gleiche und beobachtete, wie der Sarg ihres Vaters Ruck für Ruck in ein klaffendes Loch im Boden hinuntergelassen wurde. Sie schloss die Augen, beinahe überwältigt von … *Erleichterung*.

Der Sarg, sobald er auf die nächste Ebene herabgesenkt worden war, würde von dort von den Totengräbern zu den Katakomben gebracht werden, wo er seinen letzten Bestimmungsort hinter einer verschlossenen Eisentür finden würde.

Für immer.

Als sie die Augen wieder öffnete, sah sie, dass Lucinda ihren Ehemann anfunkelte. »Hätten sie nicht noch ein paar Sekunden warten können?«

»Es ist schon spät.« Ihr Onkel berührte die Krempe seines Zylinders und schaute zum Himmel empor. »Ich bin sicher, dass sie … äh, den lieben William gern vor Sonnenuntergang bestatten wollen.«

Den lieben William.

Mina verkniff sich ein Lächeln. Wenn ihr Vater doch nur die höfliche Äußerung hätte hören können. Er hatte nicht die beste Beziehung zu dem älteren Bruder seiner Ehefrau gepflegt. Lord Trafford war ebenso wie der Rest der gehobenen Gesellschaft der Meinung gewesen, dass der akademische Gelehrte weit unter dem Rang seiner Schwester stand. Aber Mina war dankbar, da Lord und Lady Trafford sich ihrer freundlich angenommen hatten. Ohne ihren Onkel und ihre Tante hätte sie nicht gewusst, wohin. Die Beschäftigung ihres Vaters mit allem, was mit Unsterblichkeit zusammenhing, und ihre weiten Reisen hatten Mina praktisch ohne einen Penny zurückgelassen. Lord und Lady Trafford hatten bereits ihre Absicht zum Ausdruck gebracht, sie in der nächsten Saison, wenn ihre Trauerzeit beendet war, in die Gesellschaft einzuführen. Gegenwärtig gab es für Mina nichts Tröstlicheres, als in Gedanken in eine Welt mit Festen, Romantik, haufenweise Kleidern und all den anderen weiblichen Frivolitäten einzutauchen und Zuflucht zu deren Beständigkeit zu nehmen – alles Dinge, die ihr bisher im Leben verwehrt geblieben waren.

Sie versicherte den beiden: »Es ist alles gut. Bitte, machen Sie sich meinetwegen keine Sorgen.«

Die Kapelle der Nonkonformisten lag direkt gegenüber. Dort schien ebenfalls eine Beerdigung dem Ende zuzugehen. Gäste quollen aus der Tür der kleinen Kirche, eine unvermittelte, schwarze Woge.

Astrid ließ ein leises Schnurren hören. »Wer ist *das?*«

Minas Blick blieb an einem der Herren hängen. Er war nicht mit den anderen Trauergästen herausgekommen, sondern hatte abseits im Schatten eines kleinen Erkerfensters gestanden, als warte er auf jemanden. Hochgewachsen und breitschultrig, faltete er eine Zeitung zusammen, die er anscheinend gelesen hatte. Er trug einen Zylinder. Eine Brille mit blauen Gläsern verbarg seine Augen, aber nicht seine sinnlichen Lippen und das energische Kinn.

»Wo?«, fragte Evangeline blinzelnd. »Wer?«

Der Mann faltete die Zeitung noch ein weiteres Mal zusammen, dann klemmte er sich die schmale Rolle unter den Arm. Selbst aus dieser Entfernung konnte Mina die Intensität seines Blicks spüren. Seine volle Aufmerksamkeit schien gänzlich … verblüffenderweise … auf *sie* gerichtet zu sein.

»Ist das nicht Lord Alexander?«, überlegte ihr Onkel laut.

»Also, das weiß ich wirklich nicht«, antwortete Lucinda mit gedämpfter Stimme. Ihre Wangen überzogen sich mit einer dunklen Röte. Natürlich, begriff Mina, der gut aussehende Mann hatte nicht sie mit solcher Intensität angestarrt, sondern die schöne Lucinda.

»Man hat ihn seit Monaten nicht mehr gesehen«, befand ihr Onkel. »Einige der Burschen im Club haben sogar behauptet …«

Er brach abrupt ab und zog die Brauen zusammen, sein Lächeln verblasste, und er wirkte zerknirscht.

»Haben was behauptet?«, fragte Lucinda, deren Stimme nur noch ein ersticktes Flüstern war.

»Ach nichts, Liebes. Sie haben es sich angewöhnt, ihn Jack zu nennen … Jack the Ripper, der … ähm, weil ungefähr gleichzeitig mit seinem Verschwinden auch die Ripper-Morde aufhörten.«

»Trafford! Ein solch trivialer Humor, und das bei einem Anlass wie diesem. Du musst dich sofort bei unserer Nichte entschuldigen …«

Plötzlich erhob sich ein großer Schwarm Vögel aus den Eichen, und die Luft war erfüllt vom Klatschen der Flügel. Die Trauergemeinde hielt ihre Hauben und Zylinder fest, während alle beobachteten, wie sich die schattenhafte Wolke gleich einem aufgeschreckten Gespenst erhob und über den Baumwipfeln verschwand. Anschließend nahm Mina vage wahr, dass der gut aussehende Herr, der neben der Kapelle gestanden hatte, verschwunden war. Sie spürte eine unerwartete Enttäuschung.

Lucinda und die Mädchen gingen zu ihrer Kutsche voraus; Mina und ihr Onkel folgten mit einigen Schritten Abstand, bis ein ältlicher Herr ihnen in den Weg trat. Nachdem er ihnen sein Beileid bekundet hatte, bat er höflich um eine Unterredung mit Lord Trafford wegen eines Pferds.

Mina entschuldigte sich und ging einige Schritte weiter, wohl wissend, dass dies ihr letztes Stückchen Freiheit war, bevor sie wieder von einem dicken schwarzen Meer verschlungen werden würde. Sie hatte so lange am Rand der feinen Gesellschaft gelebt, dass die verbleibenden Monate angemessener Trauerzeit auf ihr lasteten wie ein dichter, erdrückender Schleier.

Sie hielt inne und lauschte.

Hatte da jemand ihren Namen gesagt?

Sie wandte ihr Gesicht in die Richtung, aus der die Stimme kam.

Dort stand der Mann, den ihr Onkel als Lord Alexander identifiziert hatte. Ihr Herz tat einen kleinen Satz. Der Nachmittag war weit vorangeschritten, und die Bäume warfen bereits lange Schatten, aber wie war es möglich, dass sie ihn nicht hatte kommen sehen? Ein heftiger Schauer durchlief sie von ihrer mit einem Trauerflor versehenen Haube bis zu ihren Zehenspitzen in den schwarzen Lederschuhen – eine höchst unangemessene Reaktion, wenn man den Anlass bedachte, aber das brauchte ja niemand zu erfahren.

Wie ihr Onkel trug der Mann einen maßgeschneiderten Anzug aus kostbarem Tuch, wie sie sich nur die Wohlhabenden in der berühmten Savile Row machen lassen konnten. Der Zeitung musste er sich zwischenzeitlich entledigt haben.

»Miss Limpett?«, wiederholte er, während er gemessenen Schritts auf sie zukam.

Sie konnte sich nur mit Mühe daran hindern, sich umzuschauen, ob nicht noch irgendeine Miss Limpett in der Nähe sein könnte. »Ja?«

»Ich hoffe, Sie können es mir nachsehen, wenn ich die Regeln des Anstands verletze und mich mit Ihnen bekannt mache, ohne dass wir einander förmlich vorgestellt wurden.« Seine Stimme war voll und warm, seine Ausdrucksweise geschliffen. Er nahm den Hut ab und enthüllte kinnlanges blondes Haar mit dunkleren Strähnen. »Ich bin …«

»Lord Alexander«, flüsterte sie.

Sie errötete peinlich berührt; es war nicht ihre Absicht gewesen, seinen Namen laut auszusprechen.

Ein schwaches Lächeln offenbarte einen Anflug von Eitelkeit. »Woher wussten Sie das?«

»Mein Onkel hat Sie erkannt.«

»Oh?« Freudig überrascht zog er die Augenbrauen hoch. »Das ist gut … oder vielleicht ist es sehr schlecht.« Er lachte kurz auf, tief in der Kehle, ein maskulines Lachen. »Das wird die Zeit zeigen, nehme ich an. Aber Sie sind der Grund, warum ich hier bin.« Seine Miene wurde wieder ernst. »Ich habe die Todesanzeige in der Zeitung gesehen und wusste, dass ich herkommen musste, um Ihnen mein Beileid auszusprechen.«

Sie war überrascht und berührt. »Sie haben meinen Vater gekannt?«

Er hob die Hand und nahm die Brille ab, eine Geste, die verblüffend hellblaue Augen offenbarte. Schwache Ringe verdunkelten die Stellen direkt über seinen Wangenknochen, als hätte er in letzter Zeit nicht genug Schlaf bekommen. Aber dieser kleiner Makel tat seiner Attraktivität keinen Abbruch.

»Ich beschäftige mich laienhaft mit Sprachen. Im Grunde ein ganz und gar persönliches Interesse. Nichts auf dem Niveau der Fähigkeiten Ihres Vaters.«

In diesem Moment nahm seine Anziehung eine andere Dimension an. »Ich verstehe.«

»Ich habe etwas in meinem Besitz und wollte, dass Sie es bekommen.«

Seine Art zu sprechen hatte etwas sehr Persönliches, fast Intimes. Mina hatte das Gefühl, als sei sie die einzige Person in seiner Welt, zumindest für diesen Moment. Sie erinnerte sich an Lucindas Reaktion und fragte sich, ob alle Frauen gleich empfanden, wenn er sie mit seinem durchdringenden Blick fixierte.

»Worum handelt es sich?«

Er zog eine dünne, rechteckige Ledermappe aus seiner Hüfttasche und reichte sie ihr. Ihre behandschuhten Hände berührten sich kurz, und eine neue Hitzewoge schoss ihr in die Wangen.

Mina senkte den Kopf und zog sich so in den Schatten ihres Häubchens zurück, gleichzeitig betrachtete sie die lederne Mappe. Sie öffnete die winzige goldene Seitenschließe und klappte die Mappe auf. Darin befand sich eine Fotografie von zwei Männern, die Seite an Seite auf einer gewaltigen Steinplatte hockten.

Ihr stockte der Atem. Zum ersten Mal, seit der Sarg ihres Vaters in Bengalen versiegelt worden war, schossen ihr Tränen in die Augen. Die Tränen trübten ihren Blick auf das Bild – ein Foto von ihrem Vater als jungem Mann, den Hut schräg auf dem Kopf, das Gesicht strahlend vor Aufregung. Er hatte diese Leidenschaft nie verloren, diese Lust auf Abenteuer. Nicht einmal in den letzten Momenten, als er ihr Lebewohl gesagt hatte.

Lord Alexander erklärte leise: »Das Foto wurde aufgenommen in den Ruinen von …«

»Petra. Ja. Ich erkenne den Tempel. Wer ist dieser Mann neben ihm?« Sie deutete auf die zweite Gestalt und hob das Foto etwas an, um das Bild genauer zu betrachten. »Sein Gesicht ist unscharf.«

»Bedauerlicherweise. Sie bevorzugen aber sowieso ihn. Er ist ja schließlich Ihr Vater, nicht wahr?«

Lord Alexander legte den Kopf schräg.

»Vielen Dank«, flüsterte Mina. »Wir sind so viel gereist, von Ort zu Ort. Zwangsläufig habe ich einige Erinnerungsstücke gesammelt. Aber dieses Bild werde ich immer in Ehren halten.«

»Das freut mich.« Er presste die Lippen aufeinander, als denke er über die Worte nach, die er als Nächstes sprechen würde. »Miss Limpett …«

»Ja, Lord Alexander?«

»Ich hoffe, ich übertrete nicht die Grenzen des Anstands, indem ich diesen Moment wähle, um ein bestimmtes Thema anzusprechen, da der Schmerz über Ihren Verlust noch so frisch sein muss.«

Aus der Nähe war seine unglaubliche Attraktivität beinahe erdrückend.

»Bitte, tun Sie sich keinen Zwang an.«

Er nickte. »Ich weiß aus den Papieren, die Ihr Vater vor seinem Tod veröffentlicht hat, dass er eine umfangreiche persönliche Sammlung besaß, die diejenige weit übertraf, die er für das Museum betreute.«

Unbehagen kroch Minas Rücken hinauf. Sie starrte auf die Fotografie, in die Augen ihres Vaters.

»Ich fürchte, ich weiß sehr wenig über die Sammlung meines Vaters.« Sie schloss die Mappe. »Ich kann Ihnen die Namen seiner Anwälte geben. Sie können sich gern mit ihnen in Verbindung setzen und Ihre Fragen stellen.«

Lord Alexander fuhr fort, als habe er sie nicht gehört. »Insbesondere besaß er zwei sehr seltene Schriftrollen – alte Abschriften von zwei noch älteren akkadischen Keilschrifttafeln, die nicht mehr existieren.«

Mina drückte die Lippen aufeinander und schloss die Augen. Wenn doch nur diese Anstrengung dafür sorgen könnte, dass sie sich sofort in Luft auflöste.

Er hakte sanft nach: »Kennen Sie die Schriftrollen, die ich meine?«

Ihr erster Impuls war zu lügen, Gleichgültigkeit zu heucheln und so zu tun, als wisse sie nichts über die beiden unseligen Schriftrollen. Sie war nie gut darin gewesen, Geschichten zu erfinden.

»J… ja.«

»Vielleicht wären Sie jetzt, nach dem Ableben Ihres Herrn Vater, bereit, sich von ihnen zu trennen?«

»Ich fürchte, das ist nicht möglich.«

»Ich bin bereit, großzügig für sie zu bezahlen.«

Sie versuchte ein höfliches, unbefangenes Lächeln, während ihr Verstand schnell die Möglichkeiten durchging, wie sie sich seiner Gesellschaft entziehen konnte – eine bedauerliche, aber notwendige Maßnahme angesichts der Richtung, die das Gespräch nahm. »Die Schriftrollen stehen nicht zum Verkauf.«

»Vielleicht haben Sie die Sammlung bereits an jemand anderen verkauft? Dem Britischen Museum vielleicht?«

»Nein.«

Er zog die Augenbrauen hoch. »Dem Boolakmuseum?«

Mina schüttelte den Kopf. Er trat näher heran – so nah, dass sie wegen seiner enormen Ausstrahlung kaum atmen konnte.

»Dem Louvre? Es muss eine Reihe interessierter Parteien geben.«

Die Stangen von Minas eng geschnürtem Korsett drückten sich unangenehm in ihren Brustkorb, direkt unter ihrem Busen. Ihr Herz hämmerte donnernd.

Seine Stimme wurde leiser, beinahe gedämpft. »Wenn Sie mir einfach einen Namen nennen könnten, wäre ich mehr als glücklich, mich selbst mit dem Betreffenden in Verbindung zu setzen.«

Seine Augen … sie waren so durchdringend, als schauten sie direkt in sie hinein. Es hatte in der Tat Angebote gegeben. Außerdem gab es eine sehr unangenehme Drohung – die der Grund dafür war, dass gegenwärtig eine Pistole ihre perlenbestickte Tasche an ihrem Handgelenk beschwerte.

»Ich kann Ihnen keine Namen nennen.«

Ihre Gedanken überschlugen sich, zweifellos ein unglückliches Ergebnis ihres gequälten Gewissens. Er strahlte eine solch eigenartige Anziehungskraft aus. Plötzlich stellte sie sich vor, ihn leidenschaftlich auf den Mund zu küssen, die Hände in sein Haar gekrallt.

Er lächelte, beinahe so, als könnte er ihre Gedanken lesen. »Wo sind die Schriftrollen, Miss Limpett?«

Sie erlebte ein überwältigendes Verlangen, alles zu gestehen, ihm alles zu geben, was er wollte.

»Sie sind bei meinem Vater«, platzte sie heraus.

Das Lächeln auf seinen Lippen erstarb. »Wie meinen Sie das … *bei Ihrem Vater?*«

2

Mina schaute vielsagend dorthin, wo der Hauptweg des Friedhofs in einen schattigen Korridor aus Eichen überging. Mittlerweile würde der Sarg ihres Vaters von Totengräbern zu den Katakomben gebracht worden sein.

Selbst in dem schwächer werdenden Licht schien Lord Alexanders Gesicht noch eine Spur bleicher zu werden.

»Das kann nicht Ihr Ernst sein. Die Schriftrollen wurden mit Ihrem Vater ... *beerdigt?*«

»So wurde es gemacht ...« Sie räusperte sich und zwang sich, besonnen zu klingen, ohne dass es sich anhörte, als hätte sie vor lauter Aufregung einen Frosch im Hals. »Sie waren sein kostbarster Besitz.«

»Uralte Papyri, nie transkribiert oder übersetzt, und Sie wollen mir sagen,« – tief und ungläubig lachte er auf – »dass sie für immer verloren sein sollen?«

Sie nestelte an der Samtkordel ihrer Tasche. »Es waren drei lange Monate.«

»Das ist ja unglaublich!«

Sie schaute ihn unter der Krempe ihrer Haube hinweg an. »Ich nehme an, Sie möchten Ihr Foto zurückhaben?«

Er reagierte mit einem kläglichen Grinsen. Das Lächeln, das er aufgesetzt hatte – wenn auch ein wenig angespannt – wirkte überraschend aufrichtig, als erheitere sie ihn.

»Nein, Miss Limpett, ich möchte das Foto nicht zurückhaben.« Er imitierte ihre Aussprache, ihren Rhythmus und Tonfall, ein kleiner Flirt, der einen wohligen Schauer bei ihr verursachte.

»Ich bin natürlich enttäuscht, aber wer bin ich, Einwände gegen den letzten Wunsch eines Sterbenden zu erheben? Ich hätte damit rechnen sollen.« Sein Blick schweifte über den Friedhof. »Ihr Herr Vater war immer ziemlich exzentrisch. Zumindest hat man mir das erzählt.«

Mina nickte. Die Exzentrizität ihres Vaters war der Fluch ihrer Existenz gewesen.

»Ich fürchte, ich muss Sie jetzt verlassen, Miss Limpett, damit Sie zu Ihrer Familie zurückkehren können.« Er lüpfte seinen Zylinder.

»Danke, dass Sie gekommen sind«, sagte sie; sie war gleichzeitig erleichtert und enttäuscht, dass ihre Begegnung nun zu Ende war. »Ihre Anwesenheit hätte meinem Vater so viel bedeutet.«

Seine Mundwinkel zuckten in die Höhe, und sie sah einen schelmischen Ausdruck in seinen Augen. Er setzte den Hut auf. »Das würde ich gern denken.«

Mina beobachtete, wie er mit langen Schritten auf das Torhaus zuging und schließlich durch den Torbogen in Richtung Hauptstraße verschwand, wo Reihen von Kutschen die Swain's Lane füllten und darauf warteten, Trauergäste vom Friedhof heimzufahren.

Ihr Onkel kam näher, er stützte sich auf seinen Stock. »Entschuldigen Sie, dass ich Sie allein gelassen habe.«

»Ich habe das frische Grün genossen.«

Er streckte die Hand aus und führte Mina zu der wartenden Trauerkutsche, die eigens für diesen Tag gemietet worden war. »Das *war* doch Lord Alexander, mit dem Sie gesprochen haben, nicht wahr?«

»Ja, das ist richtig.«

»Was um alles in der Welt hat er gewollt?«

Der graue Kies knirschte unter ihren Schuhen. Als sie die

Kutsche erreichten, öffnete der Lakai der Traffords in seiner schwarzen Livree den Schlag und zog die Treppe herunter.

»Anscheinend hat er Vater gekannt.«

»Ach ja?« Ihr Onkel war erstaunt. »Interessant. Ob ich ihn noch einholen kann?«

»Bestimmt.« Sie hob die Hand. »Er ist gerade durchs Tor gegangen.«

»Fahren Sie nur mit den Damen zum Gasthof.« Das Dorf Highgate lag auf einem Hügel nördlich der sich ausdehnenden Metropole London. Nicht nur die Trauerkutsche hatte Lord Trafford gemietet, sondern auch einen Landgasthof mit ausreichend Personal. Um der Bequemlichkeit willen hatte die Familie dort, in der Nähe des Friedhofs, am vorhergehenden Abend Quartier bezogen. »Richten Sie bitte Lucinda aus, dass ich in Kürze folgen werde und wir alle zusammen in die Stadt zurückfahren können.«

Ihr Onkel schob sie auf die Kutsche zu und eilte hinter Lord Alexander her. Drei weibliche Gesichter, eingerahmt von Pelz und Federn, sahen Mina aus dem dunklen Inneren der Kutsche entgegen.

Doch ihr Gespräch mit Lord Alexander hatte sie beunruhigt und daran erinnert, dass es andere Personen gab, verdächtiger und gefährlicher, die sich nicht so leicht abwimmeln ließen, um die Wahrheit zu erfahren. Eine plötzlich aufkommende Brise strich ihr über den Nacken, und sie schauderte trotz der Wärme des Abends.

Sie konnte sich nicht überwinden, zu den anderen in die Kutsche zu steigen. Der Friedhof rief nach ihr, ein Hüter von Geheimnissen.

Ihrer Geheimnisse.

Wie konnte sie essen? Wie konnte sie schlafen, ehe sie sich sicher war?

Auf der anderen Seite der Swain's Lane, verborgen in einem kleinen Wäldchen, schloss Mark unter der ersten mächtigen und heißen Woge von *Aoratos* die Augen. Er stieß ein kehliges Knurren aus und zwang jeden Knochen, jede Zelle und jede Sehne seines Körpers zu schwinden … zu nichts zu werden. *Unsichtbar* zu werden.

Verwandelt in eine Schattengestalt, trat er aus dem Wäldchen und lief gehetzt über die Straße zwischen den Kutschen hindurch, dahin, woher er gekommen war. Er gestattete sich ein einziges, verbotenes Vergnügen. Er streifte Miss Limpett und umschmeichelte sie. Er atmete ihren köstlichen Orangenblütenduft ein, der ihren ureigensten Geruch doch nicht ganz verdeckte – den Duft, der die Essenz ihres Wesens war und sie von allen anderen um sie herum unterschied. Er lächelte erfreut, als sie ihre behandschuhte Hand hob, um die nackte Haut über ihrem Kragen zu berühren, eine unbewusste Bestätigung seiner Anwesenheit.

Er hatte sie schon einmal gesehen und sogar mit ihr gesprochen, obwohl sie es nicht wissen konnte, weil er damals in einem anderen Körper gesteckt hatte. Ihre ätherische Schönheit hatte ihn gefesselt. Jetzt fand er sie noch reizvoller. Zauberhaft. Aber er hatte keine Zeit zum Spielen.

Er wandte sich von ihr ab und eilte auf die Kapelle zu. Um durch die bereits verschlossene Tür zu schlüpfen, machte er sich so dünn wie eine Rasierklinge. Er genoss seine Unsichtbarkeit, die rasante Schnelligkeit, mit der er sich bewegte, und die erhöhte Präzision seines Denkens. Er konnte sich kaum gestatten zu hoffen, dass er binnen Sekunden vielleicht endlich das Wissen besitzen würde, das notwendig war, um den Verfall seines Geists und seiner Seele rückgängig zu machen. Durch die hydraulische Totenbahre, auf der man den Sarg des Professors heruntergelassen hatte, schraubte er sich in das klaffende Loch im Boden und folgte dem noch in der Luft hängenden Körpergeruch der beiden Totengräber. Er lief ihnen durch den dunklen Tunnel nach, ging dann aber nicht unter der Swain's Lane auf den Ostfriedhof zu, sondern lief auf das fahle Licht der Außentüren zu, zwischen einem Durcheinander an Grabdenkmälern hindurch.

Er verlangsamte erst seine Schritte, als er sich in den Katakomben unterhalb der Kirche St. Michael befand.

Mina trat von der Kutsche zurück. »Bitte, Lady Trafford, fahren Sie ohne mich los.«

»Ich soll vorfahren?« Lady Traffords blaue Augen weiteten sich. »Wie meinen Sie das, Miss Limpett?«

»Ich …« Mina schluckte. Dramatische Gesten waren noch nie ihre Stärke gewesen. »Ich brauche noch ein wenig Zeit mit meinem Vater.«

Lucindas freundliche Miene schwand dahin, aber sie maskierte ihre Ungeduld schnell mit einer sympathischen Neigung des Kopfs und einem Lächeln. »Natürlich. Astrid, Evangeline, begleitet eure Cousine …«

Ein Chor mürrischer Ablehnung erklang aus dem Inneren der Kutsche.

Mina hob die Hand. »Nein, bitte. Ich möchte allein sein. Ich kann später zu Fuß zum Gasthaus gehen. Es ist nicht weit.«

»Machen Sie sich nicht lächerlich. Auf dem Weg dorthin lagern auf einem Feld Zigeuner.« Lucinda spähte zum Himmel empor und berührte mit ihrer behandschuhten Hand ihren Samtkragen. »Es ist schon spät. Der Friedhof schließt bei Sonnenuntergang.«

»Wenn wir hier auch nur einen Moment länger bleiben, werde *ich* diejenige sein, die als Nächstes dahinscheidet«, murrte Astrid säuerlich.

»Ich stimme ihr zu«, befand Evangeline.

»Bitte.« Mina hob ihr Taschentuch an die Nase und schniefte, spielte eine Rolle, so wie sie es in den wenigen Tagen von ihren

Cousinen gelernt hatte. Dann flüsterte sie: »Ich bin einfach noch nicht bereit, mich für immer von ihm zu verabschieden.«

»Oh, Liebes, weinen Sie nicht«, flehte ihre Tante und rang die Hände. »Also schön. Sie können ja mit Trafford zusammen zum Gasthof fahren. Bitte, bleiben Sie nicht zu lange. Vergessen Sie nicht, wir werden heute Abend in unser Haus in Mayfair zurückkehren, und zwar in unserer eigenen Kutsche.« Sie zog eine Uhr aus ihrer Tasche und seufzte. »Außerdem haben wir morgen eine Reihe von Terminen. Mit dem Lebensmittellieferanten und dem Floristen wegen meines Gartenfests nächste Woche. Wir möchten morgen früh nicht erschöpft sein.«

Einen Moment später rollte die Kutsche auf die Swain's Lane. Mina folgte dem von Bäumen überschatteten Pfad. Sie kannte den Weg, weil am Tag zuvor ihr Onkel ihr die Stelle gezeigt hatte, an der der Sarg ihres Vaters beigesetzt werden sollte. Nur dass da die Sonne hoch am Himmel gestanden hatte und der Friedhof voller Besucher gewesen war. Jetzt senkten sich abendliche Schatten auf die Erde, und Schwaden gelben Nebels waberten über den Erdboden.

Nur das Knirschen ihrer Schuhe auf dem Weg und das verstohlene Scharren von Vögeln und anderen unsichtbaren Kreaturen in den Bäumen und im Unterholz waren in der Stille zu hören. Ein klagender Steinengel schien sie mit geöffneten Händen von ihrem Weg abhalten zu wollen. Ihr Puls raste, aber sie unterdrückte, was ganz gewiss unvernünftige Ängste waren – Ängste, die verfliegen würden, sobald sie sich sicher sein konnte, dass der Sarg ihres Vaters seine letzte Ruhestätte erreicht hatte.

An den offenen Eisentoren der ägyptischen Allee zauderte Mina. Gewaltige Zwillingssäulen und Obelisken standen zu beiden Seiten des überwölbten Eingangs wie ein Portal zu einem altertümlichen Tempel. Ein dichter Schleier aus Efeu hing von oben herab, und dahinter … nur Schatten.

Ihr erster Impuls war, zurückzuweichen, so schnell ihre Füße sie tragen konnten, zurück zu der Kutsche und zu allem, was ihr Sicherheit bot, Normalität und geistige Gesundheit. Sie atmete tief ein und verbannte alle ängstlichen Gedanken. Schon bald hatte sie den Libanonplatz erreicht, wo die kreisförmig angeordneten Mausoleen von Zedernästen umspielt wurden.

Der Sarg ihres Vaters sollte neben dem ihrer Mutter in den Katakomben beigesetzt werden. Mina raffte ihre Röcke und stieg die breiten Steinstufen hinauf.

Eine Brise wiegte die Zweige der Bäume um sie herum und füllte den Kreis mit einem Chor unverständlicher Wisperlaute. Mina wirbelte herum und ließ den Blick über den Platz wandern, überzeugt, Stimmen über dem Rascheln der Bäume zu hören.

Das Gewisper verstummte. Stattdessen erklangen einzelne metallische Laute: *Pling! Pling! Pling!*

Argwohn und Furcht schnürten ihr die Kehle zu, engten ihr die Brust ein. Sie kämpfte gegen die Angst an. Das metallische Klingen verursachten wahrscheinlich die Friedhofsarbeiter, die gerade ihr Tagewerk beendeten.

Pling! Die Stelle an ihrer Lippe, wo sie in ihr Fleisch biss, pochte. Welche Arbeit konnte solch monotone und beharrliche Schläge erfordern? Wachsam näherte sie sich der Katakombe, wo der Sarg ihres Vaters inzwischen beigesetzt sein sollte. In der eisernen Tür befand sich eine kleine quadratische Öffnung mit Gitterstäben.

Aus der Katakombe war jetzt ein Schlurfen zu hören.

Pling!

Die Furcht, ihr Geheimnis könnte enthüllt werden, überstieg die Angst vor dem Unbekannten, das in der Katakombe dieses metallische Klingen verursachte. Sie stellte sich auf die Zehenspitzen und zog sich an den Gitterstäben hoch. In der Dunkelheit nahm sie die schwachen Umrisse zahlreicher Särge wahr, die auf Regalen standen und von einer dicken Staubschicht bedeckt waren. Die Blumen, die sie gestern auf den Sarg ihrer Mutter gelegt hatte, waren achtlos zu Boden geworfen worden.

Ein Schatten bewegte sich.

»He, Sie da!«, rief sie. Der Schatten verschmolz mit der Dunkelheit, und sie zweifelte, ob sie überhaupt etwas gesehen hatte.

Sie ließ sich wieder hinabsinken und umfasste die dicke Metallklinke. Ohne Erfolg zog sie daran. Die Tür war abgeschlossen.

Sie *hatte* irgendetwas gesehen. Und sie hatte auch irgendetwas gehört.

Holz splitterte.

Sie wirbelte herum, rannte wieder auf den Platz und hielt Ausschau nach irgendeinem Arbeiter, irgendeinem Friedhofsbesucher, der ihr vielleicht helfen könnte. Aber kein Mensch war zu sehen. Der Wind zerrte an ihren Röcken. Das Wispern kehrte zurück und füllte ihre Ohren.

Sie kehrte zu der Tür zurück und presste sich die Hände auf den Mund, um nicht zu schreien. Da sie sonst nichts hatte, zog sie die Pistole aus ihrer Tasche hervor.

»Ich warne Sie. Kommen Sie heraus!«, rief sie. Ihre Stimme hallte in der Stille wider.

Holz *krachte.*

Sie stieß die Waffe zwischen die Metallstäbe. Sie würde einen Warnschuss abgeben und die Person in die Flucht schlagen – dann würde sie wenigstens wissen, mit wem sie es zu tun hatte.

Ein großer Stein kam aus der Dunkelheit geschossen und krachte neben ihrem Kopf gegen die Tür.

Mina starrte durch das Fenster in die Katakombe. Die Umrisse eines Schattens wurden immer deutlicher, immer größer.

Bronzene Augen blinzelten … *glühten.*

Sie schrie. Die Kreatur brüllte und kam auf sie zugeschossen.

Sie feuerte.

Mark hockte in der Dunkelheit, stumm in seinem Zorn.

Er schloss die Augen und atmete tief durch die Nase ein. Dann konzentrierte er sich auf die Wunde, um die Kugel aufzulösen und sein zerschmettertes Schulterblatt zu heilen. Der intensive Schmerz verebbte, ließ aber nicht gänzlich nach.

Schritte näherten sich, fragende Stimmen. Er öffnete die Augen. Ein Schlüssel wurde im Schoss gedreht, das metallische Geräusch hallte durch das enge Gewölbe. Die Tür öffnete sich mit einem Knarren. Ein betagter Gärtner mit aufgekrempelten Hemdsärmeln, ausgebeulter Weste und schmutzverkrusteten Hosen hob eine Laterne, um das Innere der Katakombe zu erhellen. Sein suchender Blick ging direkt durch Mark hindurch.

»Da ist niemand, Miss.«

»Das ist unmöglich.« Miss Limpett erschien in der Tür, ihr Gesicht leuchtend vor dem Hintergrund aus Schatten.

Ihre Augen glänzten vor Furcht und Aufregung. War es möglich, dass sie noch liebreizender geworden war, seit er sie das letzte Mal gesehen hatte?

Er kniff die Augen zusammen. Vielleicht war es einfach die Tatsache, dass sie auf ihn geschossen hatte. Er hatte schon immer Frauen bewundert, die ihre Waffen selbstsicher und gut zu gebrauchen wussten.

Ihr Onkel tauchte neben ihr auf. In der Hand hielt er ihre Pistole, den Lauf auf den Boden gerichtet. Auch er spähte ins Dunkel, und sein hoher Seidenzylinder reflektierte das orangefarbene Licht der Laterne.

»Sind Sie sich *sicher*, dass Sie jemanden gesehen haben?«, hakte er sanft nach.

Minas harter, glasiger Blick fiel auf das stabile Holzregal, auf das man den Sarg ihres Vaters gestellt hatte. Zum Glück hatte Mark den Deckel losgelassen, und die schwere Platte war wieder in ihre ursprüngliche Position zurückgefallen.

Ihr Geheimnis war gewahrt.

Der Gärtner wagte sich in geduckter Haltung herein. Die Vorderkappe seines schlammverschmierten Arbeitsstiefels stieß gegen eine der Nieten, die Mark gelöst hatte. Das *Pling Pling Pling* des Metalls, als die Nieten auf den Steinboden gefallen waren, hatte durch die Katakombe geschallt.

»Was war das?«, fragte Lord Trafford, ging aber nicht so weit, einzutreten.

Der Gärtner ließ die Laterne sinken und untersuchte den Boden. Als er die Nieten sah, weiteten sich die Augen des alten Manns. Er schwang das Licht auf die Särge in ihren Nischen zu. Furcht ließ seine Züge erschlaffen, und sein Adamsapfel hüpfte auf und ab. »Nichts, Euer Gnaden.«

Er ging rückwärts, als hätte er Angst, der Dunkelheit den Rücken zuzukehren. Trotz seines Schmerzes grinste Mark in raubtierhaftem Entzücken.

»Wir sollten uns jetzt besser auf den Weg machen«, flüsterte der Alte. »Die Tore werden bald geschlossen.«

»Er hat recht, Willomina.« Lord Trafford versuchte, sie sanft fortzuziehen, aber sie umklammerte den steinernen Türsturz.

»Mein liebes Mädchen, Sie sind überreizt«, schlussfolgerte er. »Ihre Trauer spielt Ihnen Streiche und lässt Sie Phantome sehen, wo keine sind.«

Sie nickte, während sie immer noch ins Innere der Katakombe starrte. »Sie haben natürlich recht. Ich bin … überreizt.«

»Lassen Sie uns zum Gasthaus fahren«, drängte ihr Onkel. Sie können sich dort ein wenig ausruhen, und schon bald werden wir fort von hier sein.«

»Einen Moment noch …« Sie schob sich ins Innere und hob die langen Blumenstängel mit den weißen Blüten auf. Dann drapierte sie die Blumen auf den beiden Särgen, auf dem ihres Vaters und dem ihrer Mutter daneben.

Sie drehte sich auf dem Absatz um und erstarrte.

Mark folgte ihrer Blickrichtung zum Boden, wo sie auf den Stein starrte, den er ihr zornig entgegengeschleudert hatte.

Er konnte der Versuchung nicht widerstehen. Er beugte sich vor, und nachdem er sich eine zarte unerlaubte Berührung des Spitzensaums ihres Unterrocks gestattet hatte, zog er an ihrem Seidenrock. Miss Limpett stieß einen spitzen Schrei aus.

Mark richtete sich auf. Männerstimmen erklangen von der Tür.

Sie wirbelte herum, um ins Leere zu starren.

Um *ihn* anzustarren. Nase an Nase, Atem an Atem.

Oh ja … sie war schön.

Miss Limpett hatte leuchtende Haut, rosige Lippen und glänzendes kastanienbraunes Haar, perfekt zu einem schlichten Knoten im Nacken zusammengesteckt. Selbst in seinem unbändigen Zorn darüber, dass er in dem Sarg nichts als Steine und abgestandene Luft vorgefunden hatte, war er, was er war. Er liebte die Frauen, vor allem solche, die abenteuerlustig waren und Geheimnisse hatten.

Die Absätze ihrer schmalen schwarzen Schuhe klapperten über den Boden, als sie zurückwich.

»Was ist los?«, fragte ihr Onkel scharf.

»Nichts«, flüsterte sie. »Nur meine Nerven.«

Dann fiel die Tür krachend ins Schloss, der Schlüssel wurde gedreht, und das Laternenlicht hinter dem winzigen Fenster verblasste. Die Schritte verhalten in der Ferne. Mark blieb zurück, umgeben von Staub und Dunkelheit und dem Duft von moderndem Holz, Fleisch und Knochen. Seine Stimmung änderte sich plötzlich, und er fühlte sich miserabel.

Dieser verdammte, mit Steinen gefüllte Sarg. Mina Limpett hatte ihn und alle anderen getäuscht. Seltsam, dass er ihre Lügen nicht gespürt hatte. War sie eine so gute Lügnerin? Er rieb sich die Schulter. Der Schmerz war fast nicht mehr zu spüren. Die einzigen Beweise des Pistolenschusses waren die vom Schießpulver geschwängerte Luft und der zerfetzte Ärmel seines Gehrocks, den sein Geist aber in ebendiesem Moment reparierte. Wie er es hasste zu nähen.

Sie sind bei Vater.

Plötzlich begriff er. Er hatte ihre Lügen nicht gespürt, weil sie ihn nicht belogen hatte. Nicht wirklich. Sie hatte die Wahrheit gesagt und ihm mit einigen wenigen falschen Hinweisen gestattet, seine eigenen Schlüsse zu ziehen. Die Schriftrollen *waren* bei ihrem Vater.

Der Professor war nicht tot, obwohl er und seine Tochter einen kunstvollen Plan geschmiedet hatten, damit alle das glaubten. Drei Monate zuvor war Mark seinem Ziel so nahe gewesen. Er war ihnen über die Erde und Ozeane hinweg auf den Fersen gewesen, heimlich, sicher, dass sie nichts von seiner Verfolgung ahnten.

Das Blut hämmerte in seinem Kopf wie eine tickende Uhr, die das Verstreichen der Stunden und Minuten anzeigte. Er hatte keine Zeit für Rätsel. Die bloße Tatsache, dass er den desaströsen Folgen des Transzendierens so lange widerstanden hatte, war Zeugnis für seine Stärke als unsterblicher Krieger und das jahrhundertelange strenge mentale Training als Schattenwächter. Wie lange noch konnte er standhalten?

Aber beunruhigend war auch die Art, wie Miss Limpett mit der Waffe umgegangen war. Sie hatte offenbar die Gefahr vorausgesehen, und das warf neue Fragen auf …

Wer sonst wollte die Schriftrollen? Anscheinend hatte er Konkurrenz, was ihn nicht überraschte, wenn man das Interesse der Sterblichen an metaphysischen Themen, einem Leben jenseits des Grabs und der Unsterblichkeit bedachte. Es gab alle möglichen albernen Kulte und Geheimgesellschaften mit ominösen Regeln, merkwürdigen Roben und Zeremonien, die sich alle bemühten, die *Wahrheit* über das Leben und das Jenseits aufzudecken. Einige von ihnen waren allerdings nicht so harmlos und verfolgten dunklere Ziele. Vielleicht trachtete eine dieser Organisationen nach dem Besitz der Schriftrollen.

Eines stand fest, er war noch nicht fertig mit der kratzbürstigen Miss Limpett. Vor sechs Monaten, während der Jagd auf Jack the Ripper, war er, nachdem er das Aussehen von Mr Matthews, dem stellvertretenden Direktor des Britischen Museums, angenommen hatte, in dem kleinen, schäbigen Wohnzimmer des Hauses ihres Vaters in Manchester gewesen. Er hatte sie gefragt, wo ihr Vater und eine aus den Archiven verschwundene, uralte Keilschrifttafel geblieben waren. Die Tafel verzeichnete die dunkle Geschichte und die noch dunkleren Prophezeiungen der Tantalyten – Anhänger eines alten Kults der Unterwelt, der dem verderbten, unsterblichen Tantalos huldigte, dem dunklen Alten, der von den Schattenwächtern für immer ins Schattenreich des Tartaros verbannt worden war.

Ohne die Tafel waren Mark, seine Zwillingsschwester Selene und Lord Black gezwungen gewesen, sich mit einem schlechten Duplikat zu begnügen – einer alten, bruchstückhaften Schriftrolle. Mark, ein Experte archaischer Sprachen, hatte den Auftrag bekommen, das Relikt zu übersetzen.

Die Schriftrolle bewahrte die Geschichte und die Prophezeiungen dieses Kults der Unterwelt. Der Papyrus enthielt außerdem eine Reihe von numerischen Koordinaten, die, nachdem sie decodiert waren, mit allen möglichen schrecklichen Ereignissen im Lauf der Geschichte übereinstimmten und bis in die Gegenwart hineinreichten. Morde. Seuchen. Plagen. Naturkatastrophen. Und jüngst im Jahr 1883 der heftige Ausbruch des indonesischen Vulkans Krakatau.

Diese Ereignisse ermöglichten es dem Tantalos, mithilfe unsichtbarer Energieströme aus seiner immerwährenden Gefangenschaft im Schattenreich mit seiner schlafenden Armee der *Brotoi* Kontakt aufzunehmen und sie wiederzuerwecken. Durch Beobachtung hatten die Schattenwächter ermittelt, dass zu den *Brotoi* fast ausnahmslos die bösen, gefallenen Seelen gehörten, die zu töten die Schattenwächter ohnehin beauftragt waren.

Doch anders als transzendierende Seelen, die nach Abgeschiedenheit suchten, um ihre schändlichen Taten auszuführen, zeigten die *Brotoi* eine bedauerliche Neigung, sich zusammenzurotten und zu organisieren, um jede Zivilisation zu zerstören – nicht nur die der Sterblichen, sondern auch die der Amaranthiner und ihres geschützten Paradieses, des Inneren Reichs.

Aber am wichtigsten war für Mark jetzt, dass die Schriftrolle am Ende die Existenz von zwei weiteren Schriftrollen erwähnte, die Einzelheiten über den Ort und die Verwendung eines mächtigen Verbindungskanals der Unsterblichkeit enthielten. Dieser noch nicht identifizierte Verbindungskanal war seine einzige Hoffnung, den dunklen Prozess der Transzendierung umzukehren, der gegenwärtig in seinem Geist am Werk war.

Je eher es ihm gelang, Miss Limpett dazu zu überreden, den Aufenthaltsort ihres Vaters und der Schriftrollen zu verraten, desto eher konnte er wieder Herr seines aus den Fugen geratenen Schicksals werden und einen Ehrenplatz unter den amaranthinischen Schattenwächtern gewinnen.

Bei der Erinnerung an ihre Augen, ihre Lippen und ihr eng anliegendes, schlichtes Trauerkleid bereute er, dass keine Zeit für eine sanfte Verführung blieb.

Eine warme Brise wehte durch das offene Fenster der Trafford'schen Kutsche und ließ die Vorhänge hin- und herflattern wie die Flügel eines großen Nachtfalters. Das gedämpfte Licht im Inneren, die luxuriöse Ausstattung, das gleichmäßige Schaukeln der Kutsche auf der Straße und die Erschöpfung in den letzten Monaten …

Evangeline fiel der Kopf auf Minas Schulter. Ein leises Schnarchen entwich ihren Lippen.

Mina wünschte, sie könnte ebenso in einen tiefen Schlaf fallen. Sie war so müde. Sie hatte gehofft, die Beerdigung würde der Flucht, dem Verstecken und der Angst ein Ende machen. Und dass sie heute Nacht endlich friedlich schlafen konnte.

Astrid saß zu Evangelines anderer Seite. Ihr gegenüber runzelte Lady Trafford die Stirn, anscheinend in ihre eigenen Gedanken versunken, und neben seiner Frau starrte Lord Trafford aus dem einzigen offenen Fenster. Mina war ihrem Onkel so dankbar gewesen, als er den Fensterriegel geöffnet hatte und sich die schwindelerregende Mischung aus Parfüm zerstreut, die sich im beengten Innenraum der Kutsche gestaut hatte.

Sie für ihren Teil saß steif auf ihrem Sitz und versuchte, alles vernünftig zu erklären, was sie in der Katakombe gesehen und gehört hatte. Es war natürlich so, wie Lord Trafford es angedeutet hatte. Sie war überreizt gewesen und hatte sich Dinge eingebildet.

Die glühenden Augen hatten gewiss einer monströs großen Friedhofsratte gehört. Der Stein, der die Tür getroffen hatte – offensichtlich hatte er sich aus der Decke der alten und verfallenden Katakombe gelöst und war herabgestürzt, vielleicht weil sie am Türgriff geruckelt hatte. Die merkwürdigen Geräusche hatte wahrscheinlich ebenso die große Friedhofsratte verursacht oder eine unerklärliche Unregelmäßigkeit von Wind und Echo. Sie blinzelte in die Dunkelheit … und beinahe glaubte sie sich selbst.

Lord Alexander. Sie erinnerte sich an seine dunklen, höchst ungewöhnlichen Augen und die Art, wie er sich so eindringlich auf sie konzentriert hatte. War er einer von ihnen? Von den

Männern, die sie zu fürchten hatte? Ihre Fantasie spielte ihr einen Streich und verwandelte seine auffälligen blauen Augen in undurchdringliche bronzefarbene Bälle. Männer hatten keine glühenden bronzefarbenen Augen, ihr Geist schreckte vor der Idee des Übernatürlichen zurück. Ihr Vater mochte an all diesen Unsinn glauben, aber sie stand mit beiden Füßen fest auf dem Boden.

Jeder, der in der Welt archaischer Sprachen zu Hause war, wusste, dass ihr Vater zwei akkadische Schriftrollen besaß. Die Schriftrollen selbst waren natürlich nicht akkadisch, aber trotzdem uralt und exakte Kopien der akkadischen, keilschriftlichen Steintafeln, die vor langer Zeit zerstört oder zu Staub zerfallen waren. Sie selbst war zugegen gewesen, als ihr Vater sie in dem dunklen Wüstenzelt eines Nomaden vor achtzehn Monaten gekauft hatte. Den Schriftrollen hatten zwar die Stäbe an beiden Enden gefehlt, aber ansonsten waren sie bemerkenswert gut erhalten gewesen.

Am Ende der Expedition hatte sie getan, was sie üblicherweise immer tat. Sie hatte die Notizen ihres Vaters zusammengefasst und einen akademischen Bericht geschrieben, der den Erwerb der Schriftrollen nur am Rande erwähnte. Damals waren sie sich deren Echtheit noch nicht sicher gewesen. Sie hatte den Bericht unter dem Namen ihres Vaters bei der Königlichen Geografischen Gesellschaft eingereicht.

Doch mit der Veröffentlichung ihres Berichts war ihre Welt verrückt geworden.

Ihr gegenüber erstarrte Lord Trafford in seinem Sitz. Er drehte sich um, den Blick auf etwas am Straßenrand gerichtet. Dann steckte er seinen Gehstock aus dem offenen Fenster und klopfte gegen das Dach der Kutsche. Der Fahrer rief den Pferden einen Befehl zu, und die Kutsche wurde langsamer und blieb dann stehen.

Lucinda blinzelte. »Was ist los, Trafford?«

Evangeline fuhr hoch. Schläfrig murmelte sie: »Warum halten wir?«

Trafford duckte sich und öffnete die Tür. Ohne auf den Lakaien oder die Stufen zu warten, kletterte er aufs Gras hinunter, den Gehstock in der Hand.

»Ich *dachte* mir doch, dass Sie es sind«, lachte er, wobei er freundlich in die Dunkelheit sprach. »Probleme mit dem Pferd?«

Die Seitenlampen der Kutsche erhellten einen breiten Streifen aus Kies und Gras, übersät mit allerlei Unrat. Kutschen und Wagen rumpelten vorbei; die Straße, die nach London führte, war um diese Zeit genauso rege befahren wie während der Tagesstunden.

Eine Gestalt erschien aus dem Schatten, die obere Hälfte ihres Gesichts war von der Krempe des Zylinders verdeckt. Ein langer schwarzer Mantel reichte ihr bis zur Mitte der Wade und flatterte im Wind. Sie hielt Zügel in der Hand, und hinter ihr trottete ein dunkles, glänzendes Pferd. Der nicht identifizierte Herr presste die Lippen zu einem grimmigen Lächeln zusammen.

Minas Augen weiteten sich, und sie hörte das Blut in ihren Ohren rauschen. Sie erkannte diese Lippen. Sie erkannte alles, angefangen von den maskulinen Umrissen seiner Schultern bis hin zu seiner mächtigen Körpergröße und seiner zuversichtlichen Haltung.

Lord Alexander nahm den Hut ab und klopfte sich damit ungeduldig auf die Oberschenkel, sodass eine kleine Wolke Straßenstaub aufstieg.

Lucinda sank in ihren Sitz zurück, die Schultern sehr gerade, das Gesicht ein bleicher Mond in der Dunkelheit. Ihre Töchter dagegen rutschten an die Fenster und versuchten, an Mina vorbeizuschauen, um eine bessere Sicht zu haben.

»In der Tat.« Lord Alexander hob ein Hufeisen hoch. »Ich habe im Gras gestöbert, bis ich es gefunden hatte. Haben Sie vielleicht Hufschmied-Werkzeug dabei, das ich mir borgen könnte?«

»Noch besser.« Lord Trafford deutete mit seinem Gehstock in Richtung Straße. »Wir haben einen Hufschmied dabei.«

Einen Moment später erreichte sie einer der beiden Diener, die zu Pferd gefolgt waren. Er saß ab und ließ sich das Hufeisen geben.

Lord Trafford fragte: »Warum fahren Sie nicht mit uns gemeinsam weiter? Mr McAllister wird Ihr Pferd mitbringen, sobald er den Huf neu beschlagen hat.«

Lord Alexander hob eine Hand. »Vielen Dank, Lord Trafford, aber ich vermute, Ihre Familie und insbesondere Ihre Nichte werden erschöpft sein und froh, endlich keine Fremden mehr um sich zu haben.«

Im Lichtschein der Kutschenlampen trafen sich Minas und sein Blick. Abrupt ließ sie den Vorhang fallen und zog sich in die Dunkelheit der Kutsche zurück.

Lord Trafford konterte: »Meine liebe Nichte erzählte mir, dass Sie ihren Vater gekannt haben. Ich kann mir nicht vorstellen, dass sie den Wunsch haben könnte, dass ein Freund der Familie auf einer dunklen, nächtlichen Straße strandet. Habe ich nicht recht, Miss Limpett?«

Sie hörte das Knirschen der Schuhe ihres Onkels auf dem Kies, direkt vor dem Fenster. Evangeline stieß ihr einen Ellbogen in die Seite.

Jeder Muskel in ihrem Körper krampfte sich zusammen. Dann rief Mina hinter dem Vorhang hervor: »Bitte … fahren Sie doch mit uns, Lord Alexander.«

3

Einen Moment später setzte er sich zu den Reisenden in die Kutsche, Mina gegenüber ans Ende der Bank, und legte sich den Zylinder auf den Schoß. Schaukelnd rollte die Kutsche wieder auf die Straße zurück, und schon bald trabten die Pferde mit der gleichen Geschwindigkeit wie zuvor. Ab und an fiel der Lichtschein einer Gaslaterne über sein Gesicht. Eine Locke seines Haars war ihm über ein Auge gefallen. Dafür war das Funkeln des anderen Auges umso auffälliger, vor allem, wenn sein Blick auf Mina ruhte. Das tat er viel zu oft.

Lord Trafford hatte sich neben seinen Gast gesetzt. »Ich habe Sie auf dem Friedhof gesehen, aber nicht rechtzeitig erreichen können. Wie ich schon meiner Frau sagte, ist es eine ganze Weile her, seit ich Sie das letzte Mal im Club gesehen habe.«

Lord Alexander änderte seine Position und schob einen bestiefelten Fuß neben Minas kleineren. Ohne sie zu berühren, aber nahe daran. »Ich war während der letzten Monate im Ausland und bin erst gestern nach London zurückgekehrt.«

»Wo sind Sie gewesen?«, flüsterte Lucinda.

»Wie bitte?« Alexander beugte sich einige Zentimeter vor, um an Lord Trafford vorbei Lucinda anzublicken.

»Als Sie London verlassen haben – wohin sind Sie gereist?« Ihre Stimme wurde zwar lauter, war aber immer noch leise. »Waren Sie weit fort? An einem … *aufregenderen* und *exotischeren* Ort?«

Mina lauschte schweigend. War sie die Einzige, die begriff, dass Lord Alexander und Lucinda irgendeine Art von Vergangenheit teilten?

In ihrer Ecke der Kutsche räkelte sich Astrid wie eine verhätschelte Katze und mischte sich in das Gespräch ein. »Ich *liebe* Reisen.«

Lord Alexander lächelte unbefangen. »Ich habe einige Zeit in Rangoon verbracht, bevor ich nach Mandalay weitergereist bin.«

Mina leckte sich die Unterlippe. Zwei Orte, die gar nicht so weit entfernt von Bengalen und Tibet waren.

»Ich *bewundere* Indien«, schwärmte Astrid atemlos.

Evangeline zischte: *»Burma.«*

»Buhhr-ma«, schnurrte Astrid und lächelte Lord Alexander dabei kokett an. »Ist das nicht das, was ich gesagt habe?«

Ein Anflug von Erheiterung erhellte die Augen ihres Besuchers. Er schien es gewohnt zu sein, dass man ihm schmeichelte. Mit einer leichten Neigung seines scharfkantigen Gesichts schaute er in Minas wachsame Augen. Wie eine Morphiuminjektion kehrte das Gefühl der Intimität, das sie auf dem Friedhof geteilt hatten, zurück; ihr wurde schwindelig, und sie fühlte sich durch und durch warm. Sie fühlte sich attraktiv. Mysteriös.

Verführt.

Wenn Lord Trafford ihr nur ihre Waffe zurückgegeben hätte, würde sie die Pistole genau jetzt herausziehen, um ihn zu erschießen. Sie hatte einfach das Gefühl, dass Lord Alexander eine Gefahr für sie darstellte – in mehr als einer Hinsicht.

Lord Trafford pochte mit der Spitze seines Stocks auf den Boden der Kutsche. Der geschliffene Glasknauf leuchtete in der Dunkelheit. »Haben Sie irgendwo Quartier bezogen?«

»Nun, ich wohne noch immer auf meinem Schiff, das am Cheyne Walk liegt.«

»Ich habe von Ihrer *Thais* gehört.« Lord Trafford lächelte. »Beneidenswert!«

»Jemand, den Sie sehr gern hatten?«, hakte Lucinda nach.

»Wer?«, fragte Lord Alexander.

»Thais«, wiederholte Lucinda.

Er antwortete: »Thais war … eine Geliebte von Alexander dem Großen.«

Die Mädchen kicherten hinter vorgehaltener Hand und kokettierten mit ihrer gespielten Entrüstung.

Lord Alexander richtete seine ganze Aufmerksamkeit wieder auf Trafford. »Ich werde Sie gern einmal einen Nachmittag zu einer Ausfahrt mitnehmen.«

»Eine spektakuläre Idee«, stimmte Lord Trafford zu.

»Ich *liebe* Segeln«, schwärmte Astrid.

»Ich auch«, echote Evangeline schwach.

Lord Alexander schaute zwischen den beiden jungen Damen hin und her. »Sie dürfen gern mitkommen.« An Mina gewandt fügte er hinzu: »Sie sind … *alle* … herzlich eingeladen mitzukommen.«

Lord Trafford drehte sich auf seinem Sitz und schlug die Beine übereinander. »Jetzt, da ich weiß, wo Sie wohnen, muss ich darauf bestehen, dass Sie die Einladung annehmen, den Abend mit uns zu verbringen.«

Lord Alexander schüttelte den Kopf. »Ich kann mich Ihnen nicht aufdrängen.«

»Unsinn«, erklärte Lord Trafford. »Es ist schon spät, und wir haben freie Zimmer, die auf Gäste warten.«

Evangeline und Astrid nickten einmütig. Lucinda brachte ein unbekümmertes Lächeln zustande. Mina betete, dass Lord Alexander ablehnen würde.

»Ich fürchte, ich kann Ihre freundliche Einladung nicht annehmen. Ich habe morgen den ganzen Vormittag Termine, und alle Dokumente, die ich dafür benötige, sind auf der Yacht.«

Astrid und Evangeline stießen kleine Seufzer der Enttäuschung aus. Lord Alexander grinste, ein jungenhaftes, unwiderstehliches Grübchen erschien auf seiner linken Wange. Mina fragte sich, wie viele Frauen ihm wohl schon zum Opfer gefallen waren.

Genau in diesem Moment erreichte die Kutsche Mayfair.

»Macht die Fenster auf, damit wir etwas sehen können«, rief Astrid, deren Gesicht vor Aufregung leuchtete. Sie zog an ihrer Seite die Jalousie hoch.

Mina tat es ihr gleich und schaute dann aus dem Fenster, statt das Interesse ihres Gegenübers zu erwidern.

Verschwunden war die süße Frische der ländlichen Gegend. Hier roch alles nach Staub und Pferden. Es herrschte reger Verkehr mit gut ausgestatteten Kutschen. Gaslampen erhellten die Nacht, das Licht wurde von den Fassaden der stattlichen Häuser reflektiert, hinter deren Fenster meist Lichter brannten und vielfache Farbtupfer aufblitzen ließen – Seidengewänder und Blumen –, zusammen mit leuchtenden Gesichtern und funkelndem Kristall. Selbst auf der Straße konnte man Gelächter und Musik vernehmen.

Nach wenigen Minuten hatte der Kutscher sie sicher durch den Verkehr zum Haus der Traffords gebracht. Zwar war es genauso beeindruckend wie die Nachbarhäuser, aber es lag still und dunkel da. Lakaien kamen herbeigeeilt, um den Damen aus dem Wagen zu helfen und sie zwischen zwei hoch aufragenden Gaslaternen hindurch zu den schwarz lackierten Türen zu führen. Momente später versammelten sich alle in der weiten, hohen Eingangshalle, die mit poliertem Holz und Stuckornamenten beeindruckte. Neben der zentralen Treppe standen auf Kopien korinthischer Säulen mehrere große Büsten von bekannten historischen Gestalten. Ein gewaltiger Kronleuchter hing von der gewölbten Decke herab. Aber trotz seiner Größe erreichte sein Licht nicht die äußersten Ecken der Eingangshalle.

»Alexander, ich konnte unlängst eine Kiste Havannas erstehen. Haben Sie Lust auf eine Zigarre, bis Ihr Pferd eintrifft?«

»Gewiss.« Lord Alexander schaute in die Runde. »Guten Abend …«

Mina schaute weg, bevor sich ihre Blicke wieder trafen.

»*… meine Damen.*« Seine Stimme hatte einen merklich amüsierten Tonfall.

Er und Trafford verschwanden durch eine überwölbte Tür.

Lucinda war bereits halb die Treppe hinaufgestiegen. »Kommt, Mädchen. Es war ein anstrengender Nachmittag, und wir haben morgen viele Termine.«

Mit raschelnden Röcken ging es weiter hinauf. Evangeline und Astrid warfen sehnsüchtige Blicke in Richtung des Arbeitszimmers ihres Vaters, dann folgten sie mit identischen Seufzern langsam ihrer Stiefmutter nach oben.

Auf dem Treppenabsatz der ersten Etage blieb Lucinda stehen. »Miss Limpett, kommen Sie nicht mit?«

Mina antwortete: »Ich weiß nicht, ob ich schon schlafen kann. Ich glaube, ich werde in die Bibliothek gehen und mir etwas zu lesen holen.«

Lucinda hielt sich eine Hand an die Schläfe, und nach einem langen Moment des Schweigens kam sie die Treppe wieder hinunter. »Ich war heute Abend unverzeihlich in mich gekehrt. Ich habe zugelassen, dass mich meine Beschäftigung mit der Planung des dummen kleinen Gartenfests am Donnerstag abgelenkt hat, obwohl ich mich wirklich ganz und gar um Sie und Ihre schreckliche Tragödie hätte kümmern müssen.« Sie ergriff Minas Hände und schaute ihr ernst in die Augen. Zu Minas Überraschung glänzten Tränen in den Wimpern der jungen Frau. »Bitte, verzeihen Sie mir.«

Mina hatte den Verdacht, dass Lucindas Gefühlsaufwallung nichts mit dem dummen kleinen Gartenfest oder der Beerdigung ihres Vaters zu tun hatte und sie ein mahnendes Beispiel dafür vor sich hatte, warum sie Lord Alexander besser aus dem Weg ging. »Es gibt nichts zu verzeihen.«

»Sie sind ein liebes Mädchen, und wir sind so froh, dass Sie zu uns gekommen sind, um ein Teil unserer Familie zu sein.« Lucinda umarmte Mina heftig, wenn auch sehr kurz, bevor sie wieder die Treppe hinaufging und mit den Mädchen oben in einem Flur verschwand.

Mina betrachtete die Gipsbüste, die ihr am nächsten stand. Lord Nelson starrte sie an, die Augen stählern und entschlossen.

»Ich hatte ja so einen interessanten Tag.«

Er fragte nicht nach Einzelheiten.

Mina ging in die entgegengesetzte Richtung, die die Herren eingeschlagen hatten, durch einen schwach beleuchteten Flur, der zu beiden Seiten von gerahmten Ölgemälden gesäumt wurde. Schließlich gelangte sie durch eine riesige, zweiflügelige Holztür in einen warm beleuchteten Raum.

Im Laufe der Woche, die sie bereits bei der Familie verbracht hatte, war die Bibliothek in dem gewaltigen, immer von geschäftigem Treiben erfüllten Stadthaus ihre Zuflucht geworden. Zwei riesige gletscherweiße Gipsmedaillons verzierten die Decke über ihr. Büsten aller großen literarischen Meister blickten aus identischen Nischen oberhalb eines dekorativen Wandsimses hinab. Sie schritt die mit Büchern wohlgefüllten Regale in ihrer ganzen Länge ab. Einige Bücher hatte sie bereits durchgeblättert und eine Auswahl getroffen, als ihr Blick auf *Debrett's Peerage* fiel, den britischen Adelskalender. Plötzliche Neugier erfasste sie. Sie zog den schwergewichtigen Band aus dem Regal und trug ihn auf die gegenüberliegende Seite des Raums, wo sie an einem Schreibtisch Platz nahm, der vor einem mit einer Gardine verhangenen Bogenfenster stand. Eine kleine Tischlampe spendete gerade so viel Licht, wie sie benötigte. Sie hielt einen Moment inne, bevor sie ihre Tasche öffnete und die Ledermappe mit der Fotografie herausholte. Diese stellte sie neben sich. Den Blick auf ihren Vater und den nur unscharf abgebildeten Herrn neben ihm gerichtet, griff sie nach dem *Debrett's*.

A für Alexander.

Sie überflog die aristokratischen Titel und fand die Stelle, wo …

Ihre Mundwinkel zogen sich nach unten. Nach A-L-E-X- war da nichts als ein unleserlicher Fleck, eine halbe Seite, auf der alle Buchstaben verschwommen waren. Auf den anderen Seiten, stellte sie fest, war die Schrift perfekt zu lesen. Typisch ihr Glück, dass genau bei der Seite, die sie lesen wollte, dem Drucker ein Fehler unterlaufen war.

Mina schloss das Buch wieder und verbannte es an die gegenüberliegende Ecke des Schreibtischs – enttäuschter, als sie hätte sein dürfen.

»Ich glaube, nach unserem letzten Kartenspiel schulde ich Ihnen etwa vierundvierzig Pfund.« Trafford saß in einem thronähnlichen Sessel an seinem Mahagonischreibtisch. Rauch stieg in grauen Schwaden von der Zigarre auf, die er zwischen den Fingern hielt. Er öffnete eine Schublade. »Mal sehen, was ich hier habe.«

»Nein, tun Sie das nicht.« Mark winkte ab, während er den süßen, holzigen Geschmack der Zigarre auskostete. »Sie haben mir gestattet, Ihre Familie zu stören, und mir zum Genuss dieser exzellenten Zigarre verholfen. Ich würde sagen, wir schulden uns nichts.«

Trafford grinste. »Es ist nicht wirklich ein Glücksspiel, wenn nicht irgendjemand verliert. Ich habe die Absicht, Sie beim nächsten Mal auszunehmen.«

»Ich will Ihr Geld nicht, Trafford.«

»Wie wäre es dann mit einer Tochter?« Trafford zeigte mit dem Aschenende der Zigarre auf Mark. »Ich habe zwei, falls Ihnen das nicht aufgefallen ist, beide in ihrer Debütsaison. Also, wenn Ihnen der Sinn danach steht, sich zu vermählen …«

Mark verschluckte den Rauch seiner Zigarre und musste husten. »Es sind beides *entzückende* Mädchen. Ich bin mir sicher, die jungen Damen locken potenzielle Verehrer an wie die Fliegen.«

Trafford kicherte. »Ich glaube, ihre Liste mit Favoriten ist aus dem Fenster geflogen, nachdem sie Sie erblickt haben.«

»Ich fühle mich … ah … geschmeichelt. Aber gegenwärtig, nein, Ehe ist keine Priorität.«

»Das Junggesellenleben. Ich habe es in angenehmer Erinnerung.«

Mark spürte keine Gehässigkeit bei dem Mann, die darauf hätte hindeuten können, dass er von der flüchtigen Liebelei wusste, die er und Lucinda während ihrer Debütsaison vor nur einem Jahr miteinander gehabt hatten. Sie hatten geflirtet, und sie hatten sich geküsst. Seine Hände mochten ein bisschen umhergewandert sein – alles auf ihre Ermutigung hin –, aber das war auch alles gewesen. Rückblickend bedauerte er, dass es überhaupt so weit gekommen war. Es machte seine Anwesenheit im Haushalt der Traffords äußerst peinlich.

Mark nickte und beugte sich in seinem Sessel vor. Er streckte die Hand über die breite Fläche des Schreibtischs aus. »Das ist richtig. Sie haben gerade erst Ihre eigene Hochzeit gefeiert. Ich muss Ihnen gratulieren.«

Sie schüttelten einander die Hände, eine förmliche Geste.

Trafford blies lächelnd eine Rauchwolke aus. »Lucinda und ich haben im Dezember geheiratet, in der Kapelle meiner Familie in Lancashire.«

»Sie sind ein glücklicher Mann.«

»Das bin ich in der Tat. Sie hat Wunder gewirkt mit den Mädchen.«

Aus dem Nichts durchzuckte ein stechender Schmerz Marks Schläfen. Er presste die Fingerspitzen darauf, das Unbehagen verblasste. Seine Stimmung wurde ernst. Manchmal warnte ihn ein ähnliches Gefühl vor einem herannahenden Anfall, den er innerlich inzwischen seinen unbequemen Wahnsinn nannte. Bisher hatten sich solche Anfälle nur in dunklen Gemütslagen wie irrationaler Wut und wildem Trieb offenbart, und er hatte sie immer bezähmen können. Er wusste nicht, wie die fehlenden drei Monate und seine Rückkehr nach London – dem Ort des Beginns seiner Transzendierung – sich auf die Häufigkeit oder Intensität der Anfälle ausgewirkt hatten. Das war der Grund, warum er die Einladung Traffords, über Nacht zu bleiben, abgelehnt hatte. Trotz seines Verlangens, Miss Limpetts Gunst zu erringen, hielt er es für das Beste, Vorsicht walten zu lassen, zumindest bis er sich über seinen mentalen Zustand im Klaren war.

»Bedauerlicherweise, Trafford«, sagte er, »wird es Zeit, dass ich gehe.«

Wie aufs Stichwort schlug die vergoldete Uhr auf dem Kaminsims elf. Trafford betrachtete das Ziffernblatt mit schmalen Augen.

»Ich stimme Ihnen zu – es war ein langer Tag.« Er erhob sich, nahm einen silbernen Aschenbecher, legte den Rest seiner Zigarre darauf ab und bot ihn Mark an, damit er das Gleiche tun konnte. Dann kam er um den Schreibtisch herum und deutete auf die Tür. »Dann wollen wir nach Ihrem Pferd sehen.«

Der Butler stand unten an der Treppe.

Trafford stützte sich auf das Geländer. »Ist Lord Alexanders Pferd schon gebracht worden?«

Der Butler antwortete: »Der Stallbursche hat es in Empfang

genommen und ihm Wasser gegeben. Ich werde es herbringen lassen.«

»Gut.«

»Euer Gnaden?« Der Butler trat vor, die Hände hinterm Rücken verschränkt. »Wäre es möglich, ein Wort mit Ihnen über eine Haushaltsangelegenheit zu sprechen, bevor Sie sich zurückziehen?«

»Natürlich, Mr George.« Trafford hob eine Hand. »Sobald Lord Alexander sein Pferd hat.«

Mark winkte ab. »Nein, gehen Sie nur. Ich bin mir sicher, dass mein Pferd sofort hergeführt wird, vielen Dank. Ich werde einfach hier warten.«

Trafford fügte hinzu: »Lucinda plant für Donnerstag ein Gartenfest. Wir werden Ihnen eine Einladung schicken.«

Eine günstige Gelegenheit, um zurückzukehren und Miss Limpett zu verführen – ja, warum warten?

»Das Fest würde ich mir nicht gern entgehen lassen.«

Sich selbst überlassen schlenderte Mark, den Hut hinterm Rücken, zum Hauseingang. Er spähte aus dem Fenster auf die dunkle, aber noch sehr belebte Straße. Gott sei Dank hatte er sein Pferd, sonst würde es ihn eine Stunde kosten, aus diesem Chaos herauszukommen. Sein Blut floss schneller bei dem Gedanken an *sie*. Ein Lächeln umspielte seine Lippen. Hinter ihm erklangen leichtfüßige Schritte auf dem Marmor. Er drehte sich um.

Miss Limpett kam aus einem Flur und war offensichtlich auf dem Weg zur Treppe. Ihre Haube hing an ihrem Ellbogen. Sie hatte außerdem ihre Tasche bei sich und mehrere Bücher. Als sie seine Anwesenheit bemerkte, blieb sie wie angewurzelt stehen. Ihre Wangen färbten sich rosig, aber sie lächelte nicht. Sie straffte die Schultern, als wollte sie sich gegen ihn wappnen, aber genau mit dieser Haltung bot sie ihm das verführerische Bild hoher, voller Brüste und einer Stundenglasfigur.

Er konnte ihren Argwohn praktisch spüren. Er liebte die leidenschaftliche Verführung, liebte es, Ränke zu schmieden, begriff aber, dass er in diesem Fall nicht zu schnell vorgehen durfte, damit sie nicht floh. »Miss Limpett.«

»Lord Alexander«, antwortete sie ausgesucht höflich. Aus dem emotionalen Puffer, den sie zwischen ihnen errichtet hatte, wurde eine unerschütterliche, doppelt mannshohe Steinmauer. Und sie würde jedem Versuch, diese Mauer zu schleifen, ihren Widerstand entgegensetzen. Obwohl er keine Zeit für Spielchen hatte, erregte ihn diese Herausforderung. »Wie ich sehe, kehren Sie doch zum Fluss zurück.«

»Allerdings.« Den Hut in der Hand, kam er auf sie zugeschlendert. »Ich hatte gehofft, Sie wiederzusehen, bevor ich gehe. Darf ich, auf ein Wort?«

»Ja, natürlich.« Ihr Blick fiel auf seine Krawatte. Sein Kinn. Alles, nur nicht seine Augen.

»Ich wollte Sie fragen … nun« – er lächelte sein tollkühnstes Lächeln – »ob Sie mir die Erlaubnis gewähren würden, Sie an irgendeinem Nachmittag hier aufzusuchen?«

Der Blick ihrer großen, von dunklen Lidern beschatteten Augen bohrte sich direkt in seine. »Mich aufzusuchen?«

»Ich würde Sie gern wiedersehen«, erklärte er leise.

»Ich verstehe.« Sie drückte sich den kleinen Stapel Bücher wie einen schützenden Schild an die Brust. »Wie ich Ihnen bereits auf dem Friedhof erklärt habe, kenne ich die Einzelheiten der Sammlung meines Vaters nicht.«

»Meine Bitte, Sie besuchen zu dürfen, hat nichts mit Ihrem Vater oder seiner Sammlung zu tun.«

Sie zog die Augenbrauen hoch, eine elegante, fragende Geste. »Nicht?«

»Nein. Ich würde Sie einfach nur gern sehen. Zeit mit Ihnen verbringen.« Er wedelte mit seinem Hut in Richtung des übrigen Hauses. »Nicht unbedingt mit ihnen allen. Nur … mit Ihnen.«

Röte stahl sich in ihre Wangen. Sie befeuchtete sich die Lippen.

»Ah.«

»Verstehen Sie?« Er lächelte wieder, aber nur schwach, weil er nicht übertrieben selbstbewusst wirken wollte – was er bei diesem Unterfangen seltsamerweise auch nicht war. Obwohl eine unleugbar erregte Spannung zwischen ihnen herrschte, ahnte er, dass es keine Garantien gab, wenn es um Miss Limpett und ihre Gunst ging.

»Ich denke, das tue ich.«

Die Eingangstür öffnete sich, und ein Diener erschien. Von draußen hörte man Hufschläge auf dem Pflaster. »Ihr Pferd, Euer Gnaden.«

»Darf ich Ihnen meine Aufwartung machen?«, drängte Mark sie sanft.

Ihr Blick verfinsterte sich. »Ihre Bitte schmeichelt mir, aber … ich glaube nicht, dass ich schon bereit bin, Besucher zu empfangen. Und ich glaube nicht, dass ich es in absehbarer Zukunft sein werde.«

Überraschung und Verstimmung trübten sein Gemüt, aber er hielt mühelos an seinem Lächeln fest.

»Ich muss Ihre Wünsche natürlich respektieren.« Langsam ließ er den Hut auf seinen Kopf sinken. »Eine gute Nacht dann, Miss Limpett.«

Er trat durch die Tür, die der Diener offen hielt. Auf der Straße nahm er die Zügel seines Pferds entgegen. Er schwang sich in den Sattel und schaute durch das Fenster ins Haus. Sie stand immer noch an der Treppe, eine reizvolle Silhouette, und beobachtete ihn, während er sie beobachtete. Sein Blut wurde noch heißer, und jede Faser seines Körpers vibrierte kaum erträglich, aber doch köstlich. Er berührte die Krempe seines Huts, wendete sein Pferd in einem weiten Kreis und machte sich auf den Weg zu seinem Schiff.

Eine halbe Stunde später trat er aus dem öffentlichen Stall und machte sich zu Fuß auf zum Fluss. Entlang der King's Road säumten zwei- und dreistöckige Ladenfronten und Häuser seinen Weg. Die warme, abgestandene Luft dampfte und bildete nebelhafte Kreise um die großen Gaslampen. Hier in Chelsea durchdrang der faulige Duft des grünlichen Flusses alles.

Seine Gedanken verweilten bei Miss Limpett – *Mina* –, die ein faszinierendes Rätsel war. Das Leben hatte auf erregende Weise den Spieß umgedreht; normalerweise war er derjenige, der die Rolle des Geheimnisvollen spielte. Selbst jetzt noch ließ ihn die köstliche Qual des Abschieds von ihr nicht los. Köstlich war sie, weil ihr Widerstreben, ihm zu vertrauen – ihm zu erlauben, ihr so schnell und mühelos nahezukommen, wie es sein Wunsch war –, sein Interesse nur steigerte, ein Interesse, das nichts mit ihrem Vater oder den Schriftrollen zu tun hatte, jedoch umso mehr mit den ersten sinnlichen Berührungen einer entfachten Flamme.

Ein plötzliches Vibrieren tief in seinen Knochen, in seinem unsterblichen Mark selbst, machte ihn darauf aufmerksam, dass Gefahr drohte.

Gelegentlich rumpelte ein Hansom vorüber, und in dunklen Ecken standen Menschen in kleinen Gruppen beieinander. Aber da war noch etwas anderes. Als er die Einmündung einer Gasse passierte, sah er aus dem Augenwinkel einen Schatten, der sich in dem nächtlichen Dunkel bewegte.

Er behielt sein Tempo bei und sandte eine durchdringende Energiewelle aus, die wie eine Explosion aus weißem Licht alles um ihn herum für seinen Geist durchleuchtete und ungeachtet dicker Mauern das Verborgene enthüllte: Ein Fischhändler schob seinen Karren durch die Nebengasse. Drei Ratten taten sich mit wedelnden Schwänzen an einem frischen Müllhaufen gütlich. Ein Schwarm Küchenschaben huschte im Keller der Metzgerei zwei Straßen weiter umher. Und irgendjemand – oder irgendetwas – verfolgte ihn, vage wahrnehmbar in seinem Bewusstsein, zu schnell und in seiner Bewegung zu sprunghaft, um es zu identifizieren. Sein Attentäter – oder irgendein anderer Widersacher?

Ein erwartungsvolles Lächeln umspielte Marks Lippen bei dem Gedanken an den bevorstehenden Kampf. Es juckte ihn in den Fingerspitzen, ein amaranthinisches Silberschwert oder einen Dolch zu schwingen, aber da seine Transzendierung ihm dieses Privileg genommen hatte, würde er mit seinen Händen auskommen müssen.

Auf der anderen Straßenseite lag ein Pub, das *Queen's Elm*, aus dessen Tür die munteren Töne eines Pianos drangen. Vielleicht sollte er sich vor der Auseinandersetzung noch einen Drink genehmigen. Er genoss seine Laster, den Tabak und den Alkohol; seine unsterbliche Konstitution verhinderte glücklicherweise unangenehme Nebenwirkungen, wenn er ihnen frönte.

Er trat in die Wirtsstube und ging durch ein Wirrwarr nicht zusammenpassender Stühle und Tische direkt zur Theke. Der säuerlich-süße Duft von über Holz verschüttetem Bier verpestete die Luft. Zwei knabengesichtige Seeleute beugten sich über das Klavier, die Arme umeinander gelegt. Sie sangen lallend und schwangen im Rhythmus mit der Musik ihre Bierhumpen:

»Sechs kleine Nutten, die zogen aus die Strümpf.
Jack hat nicht nur zugeschaut, da waren's nur noch fünf.
Jack das Tier, reimt auf vier.
Also drei, ich bin dabei,
Setz die Stadt in Brand.«

Jack the Ripper. Der Bastard verdiente kein Lied. Schon eigenartig, wie Sterbliche die Dinge glorifizierten, die sie am meisten fürchteten. Soldaten saßen an den Tischen; wahrscheinlich hatten sie Ausgang und kamen aus der Kaserne in Chelsea, die nur wenige Schritte entfernt lag.

»n'Abend, Chef.« Der kahlköpfige Wirt war damit beschäftigt, die Holztheke mit einem grün karierten Lumpen abzuwischen. »Ich würde Ihnen ja unseren Nebenraum anbieten« – er deutete mit dem Daumen über die Schulter –, »aber da ist schon jemand.«

Mark schaute zu dem Fenster in der Zwischenwand. Der Raum dahinter gewährte dem Gast Anonymität und Privatsphäre – trotzdem hatte er volle Sicht auf den Schankraum.

»Ich werde nicht lange bleiben.« Er deutete auf eine Flasche mit irischem Whiskey.

Der Mann hob die Flasche hoch. »Sieht so aus, als wäre sie fast leer. Sie sollen nicht den Bodensatz bekommen. Ich werde Ihnen eine neue Flasche holen.«

Mark nickte. Schließlich kehrte der Wirt zurück, eine Flasche in der Hand. Mit einem Messer hebelte er den Korken heraus und goss ein gutes Maß der bernsteinfarbenen Flüssigkeit in ein angeschlagenes Glas. Mark kramte in seiner Hosentasche nach Geld, aber der Wirt klopfte auf die Theke.

»Nicht nötig, der Drink ist schon bezahlt.«

Mark stand für einen Moment reglos da. »Von wem?«

»Von dem Herrn dort drin.« Der Wirt wies mit dem Kopf zu dem Fenster des Nebenraums, hinter dem es dunkel war.

Von einer behandschuhten Hand wurde ein Becher gehoben, um ihm zuzutrinken.

Langsam tat Mark das Gleiche.

Dann ließ er das Glas auf das Holz sinken und lächelte. Sein Puls beschleunigte sich. Gott, trotz der Gefahr war es *gut*, wieder in London zu sein. Er umrundete die Theke, eilte die wenigen Stufen hinauf und drückte die Tür auf. Der kleine Raum war leer, bis auf eine Holzbank.

Als er sie spürte, wirbelte er herum.

Eine Gestalt stürzte auf ihn zu, das Gesicht unter einem breitkrempigen Hut verdeckt, und verpasste ihm mit einem kniehohen Stiefel einen Tritt gegen die Brust. Er geriet aus dem Gleichgewicht und fiel rücklings auf die Bank. Seine Verfolgerin hatte er bereits erkannt, und statt einer Begrüßung ließ er die Gewalt zu. Ihr volles Gewicht landete auf seiner Brust und presste ihm Gelächter aus den Lungen. Gott, ein Knie in die Rippen. Hände rissen ihn am Kragen hoch.

Selene funkelte auf ihn herab, ihre Augen tiefschwarz.

Er grinste. »Ich habe dich vermisst.«

»Ich sollte dich jetzt töten, Bruder.«

»Spieglein, Spieglein an der Wand.« Er spannte seine Muskeln an und schleuderte seine Zwillingsschwester gegen die Wand. *Krach.*

Gips rieselte von der Wand. Sie fiel, verhedderte sich mit ihren langen, in Hosen steckenden Beinen in ihrem Cape. »In der Tat, du bist wie deine Mutter.«

»Sprich nicht über sie«, zischte sie, sprang auf die Füße und stürzte sich auf ihn. »Du hast kein Recht dazu. Sie würde dich genau wie ich für das verachten, was du getan hast. Du hast es weggeworfen, Mark. Du hast alles weggeworfen für einen Moment der Prahlerei. Und damit kein Zweifel besteht, ich habe Sendschreiben um Sendschreiben an die Ahnherren geschickt und sie angefleht, mich diejenige sein zu lassen.«

»Selene …«, warnte er.

»Deine *Vollstreckerin«*, schäumte seine Schwester, während sie die Krempe ihres Huts richtete. Eine dicke purpurne Feder an ihrem Hut zitterte. »Ich warte nur auf den Befehl.«

Sie wandte sich von ihm ab, und ihr Gesichtsausdruck wurde leer. Traurigkeit überschattete ihn.

Dann war sie fort.

Mark wusste, dass die Gewalttätigkeit ihrer Begegnung die Farbe seiner eigenen Augen verändert hatte, und setzte hastig seine Brille auf, um den bronzefarbenen Schimmer zu verbergen – gerade als der Wirt die Treppe heraufgeeilt kam.

»Was zur Hölle …?«, fragte er.

»Eine Familienangelegenheit«, knurrte Mark.

»Wo ist der andere Herr geblieben?«

Mark schob sich am Wirt vorbei. Zumindest wusste er jetzt, wer ihn auf der Straße verfolgt hatte. Er richtete sein Halstuch und setzte den Zylinder wieder auf, dann duckte er sich und stieg die Treppe hinunter. Er hatte nicht damit gerechnet, Selene in dem Schankraum noch einmal anzutreffen, und sie war auch nicht dort, nicht einmal im Schatten verborgen.

Die anderen Gäste machten einen großen Bogen um ihn, trotzdem hatte sich anscheinend jemand mit seinem Drink davongemacht. Er suchte den Blick des Wirts.

»Noch einen Whiskey«, knurrte er.

Mark setzte sich auf einen Hocker und schaute zornig in den großen Spiegel, der sich über die Wand hinter der Theke zog, während er an seinem Whiskey nippte. Seine Brille glitzerte im Kneipendunst. Die dünne Schicht Silber unter dem Glas war zerfallen und machte sein Spiegelbild scheckig und unvollständig – ein weit zutreffenderes Porträt seiner selbst, als er es zugeben mochte.

Selene war offensichtlich immer noch so zornig über seine Entscheidung, sich der Transzendierung zu unterwerfen, wie sie es vor sechs Monaten gewesen war. Er verstand die eigentliche Ursache ihres Ärgers – ihre Furcht davor, allein gelassen zu werden. Jahrhundertelang hatten sie außer einander niemanden auf der Welt gehabt, niemanden, der wirklich ihrer beider Gefühle und die Geschichte hinter ihrem Weg als einsame Söldner verstand. Dass sie den Wunsch haben sollte, seine Mörderin zu sein … nun, er hätte nichts Geringeres von ihr erwartet.

Gleichzeitig verletzte ihn ihr Mangel an Vertrauen. Sie teilte seinen Ehrgeiz und den brennenden Wunsch, sich einen Namen zu machen. Gewiss wusste sie, dass er, wenn er von der Transzendierung zurückkehrte, eine unvergleichliche Legende unter den Schattenwächtern sein würde – und bei der ganzen amaranthinischen Rasse. Sobald er die Schriftrollen gefunden hatte und die erlösende Verbindung, die sie verhießen, wiederhergestellt war, konnte sich Selene sicher sein, dass er eine Entschuldigung verlangen würde.

Irgendjemand ließ sich auf den Hocker neben ihm gleiten. Der Spiegel zeigte, dass die Frau dunkelhaarig, dunkeläugig und schlank war, eine von mehreren Prostituierten, die im Pub auf Kundschaft hofften. Ihr aufgeknöpftes Mieder war mit viel zu viel schäbiger Spitze verziert und stellte ihren Busen zur Schau. Sie beugte sich vor und positionierte ihre Brust so, dass sie gegen seinen Arm drückte.

»Willst du mitkommen und etwas von deinem Frust an Annie auslassen?« Ein kühnes Lächeln umspielte ihre Lippen.

Er hatte nie Gefallen an Straßenprostituierten gefunden. Die Realität ihres Lebens stieß ihn ab. Sie waren schmutzig, verzweifelt und krank. Trotzdem, wenn er schielte, konnte dieses spezielle Mädchen vielleicht ein wenig so aussehen wie … Miss Limpett.

Nimm sie.

Benutz sie.

Verschling sie.

Schmerz schoss ihm durch die Schläfe. Er presste die Finger auf den pochenden Puls. Der Befehl hallte in seinem Kopf wider.

Während er in den Spiegel starrte, in seine eigenen ausdruckslosen Augen, rief er sich ins Gedächtnis, dass die Stimme nicht ihm gehörte. Es war nicht das erste Mal, dass er sie gehört hatte, das Flüstern und die verschlagenen Anweisungen. Manchmal gehörte die Stimme einem Mann. Manchmal waren es mehrere. Heute Abend … die Stimme war eindeutig weiblich. Samtweich bot sie ihm nicht nur üble Vorschläge, sondern auch grelle Bilder und drängte ihn, außerordentlich verderbte Dinge zu tun.

Er hatte den starken Verdacht, dass sein kurzer Gewaltausbruch vor wenigen Momenten den Räuber in ihm geweckt hatte, wenn auch nur einen Bruchteil des Ungeheuers, zu dem er werden konnte. Mit dieser leichten Hinwendung zu der Frau musste er seinen Geist dem Wahnsinn im Inneren geöffnet haben, also kehrte er am besten aufs Boot zurück, und zwar schnell.

Von dieser Beschäftigung mit sich selbst lenkte ihn eine andere Frau ab, vielleicht wegen der Art, wie das Licht auf ihrem leuchtenden rotgoldenen Haar glänzte. Sie war Anfang zwanzig, stand in der offenen Tür und musterte die Gäste. Dunkle Augenringe zeugten von Müdigkeit, und von den Schultern hing ihr ein Ulster-Mantel, der viel zu groß war für ihre Gestalt und unter dem ein brauner Wollrock hervorlugte. Am Rock hingen Grashalme, als hätte sie den Tag und vielleicht die vergangene Nacht an den Ufern der Themse zugebracht.

»Was sagen Sie?«, flüsterte die Frau direkt an seinem Ohr. Auf seinem Hals fühlte er ihren heißen Atem. Ein Pulsieren regte sich in seinen Lenden. *Verschlingen. Verschlingen. Verschlingen.* »Wollen Sie es mal mit Annie versuchen? Es wird Ihnen nicht leidtun.«

Das Mädchen mit den leuchtend roten Haaren kam quer durch den Schankraum, und ein gezwungenes Lächeln umspielte ihre farblosen Lippen. Sie schlenderte zu dem nächsten der beiden Matrosen hinüber und legte ihm eine Hand auf den Arm.

Annies Hand glitt jedoch unter die Abdeckung der Theke und presste sich gegen seinen Oberschenkel. Seine Sicht trübte sich, und er stellte sich vor, er wäre woanders, mit jemand anderem. Der Gedanke, sich in seiner falschen Mina Limpett zu verlieren und seine Probleme zu vergessen, und sei es auch nur für eine Viertelstunde, barg einen schmutzigen Reiz.

»Ich sagte nein«, rief ein Mann.

Alle Gespräche im Raum verebbten.

Der Matrose starrte das Mädchen böse an. »Kein Interesse. Gibt es daran irgendwas, das du nicht verstehst?«

Mark beobachtete das Mädchen. Ihre Wangen wurden apfelrot, und ihre Augen trübten sich von ihren Tränen. Langsam zog sie sich zur Tür zurück und verschwand in die Nacht.

Die Intensität ihrer Verzweiflung ließ Marks Erregung abklingen. Er packte Annies Handgelenk und stieß sie von sich.

Wem versuchte er etwas vorzumachen? Die Frau an seiner Seite würde ein Kissen über dem Gesicht brauchen. Wie konnte er nur auf die Idee kommen, sie würde Mina Limpett auch nur ansatzweise ähneln? Er warf einige Münzen auf den Tresen und stand auf. Die Prostituierte verfluchte ihn.

Der Raum blitzte orangefarben auf – als würde er von einem unsichtbaren Feuerball erhellt.

Er beschirmte die Augen mit der Hand. Hitze, gewaltiger als eine Wüstensonne, versengte seine Haut und erhitzte seine Kleider.

Skelette. Jeder in der Bar … ein Skelett. Mark riss die Augen auf und versuchte, den Augenblick zu begreifen. Sie waren nicht *wirklich* Skelette. Stattdessen machte das seltsame orangefarbene Licht ihre Haut und ihre Muskeln durchsichtig. Überall um ihn herum redeten und lachten die Gerippe, als sei das Schauspiel eine surreale Karikatur der Normalität. Sie tranken mit Hüten auf ihren Köpfen und Uniformen oder Kleidern oder was auch immer für Gewänder von ihren klapperdürren Körpern hingen.

Jemand zupfte an seinem Jackenärmel. Die Prostituierte stand hinter ihm. Ihre krallenartigen Hände ruhten auf den Schmetterlingsknochen ihres Beckens. Ihre tief in den Höhlen liegenden Augen sahen ihn an, und ihre gelben Zähne klapperten.

»Hast du deine Meinung geändert, Schätzchen?«

Der Wirt warf seinen weißen Schädel in den Nacken und stieß ein gackerndes Lachen aus.

Mark floh durch die Tür hinaus in die Nacht. Er beugte sich vor, stützte sich mit den Händen auf den Knien ab und rang nach Luft. Seine Gedanken rasten, so als würden sich unzählige Ohrenkneifer in seinen Schädel fressen und tausendfach vermehren. Er schaute durch das Fenster in den Pub und sah alle Kneipenbesucher … wie sie zuvor gewesen waren.

Keine Skelette. Kein wahnsinniges Gelächter.

Seine Haut wurde klebrig … kalt und heiß gleichzeitig. Von einer dunklen Treppe zwei Türen weiter musterten ihn zwei alte Männer mit Lumpen an den Füßen, wahrscheinlich Bewohner des örtlichen Arbeitshauses. Vermutlich hatten sie das abendliche Abschließen der Tür versäumt und würden gezwungen sein, die Nacht auf der Straße zu verbringen. Wie ihnen, so schien es, war auch ihm die Zeit davongelaufen.

Er streckte die Hand aus, um sich an einer Ziegelsteinmauer abzustützen, denn ihm wurde schwindelig, und er drohte zu stürzen. Steif ging er weiter nach Süden, so schnell, wie der verbliebene Schwindel in seinem Kopf es gestattete.

Hinter dem Geländer der Uferpromenade schimmerte die Themse wie eine schwarze Schlange, bedeckt von einer dunstigen Nebeldecke. Prächtige Häuserreihen ragten über dem Fluss auf. Ferne Lichter hüpften auf dem Wasser, Laternen unsichtbarer Schiffe und Barkassen. Sobald er zur *Thais* zurückgekehrt war, würde er die Leinen loswerfen und aufs offene Wasser hinausfahren, wo er für die Nacht ankern würde. Indem er sich auf solche Weise absonderte, würde er jeden bemerken, der sich ihm näherte, und er würde sich so lange isolieren, bis auf seinen Verstand wieder Verlass war.

In der Ferne beleuchtete die Albert Bridge mit ihren flammenden Kandelabern und ihrem Netzwerk von Tragseilen die Nacht. Direkt dahinter lag der Cadogan Pier ruhig da. Er verspürte vorsichtige Erleichterung.

Eine dichte Welle der Verzweiflung traf ihn von der Brücke her. Am Geländer stand das Mädchen aus dem *Queen's Elm.* Es beugte sich vor – zu weit, um außer Gefahr zu sein – und starrte in das schwarze Wasser unter sich.

4

Marks Herz hätte schneller schlagen sollen, als er begriff, was sie beabsichtigte, aber die vielen Jahre seiner Existenz, die ihn abgestumpft hatten, ließen ihn einfach auf der Stelle verharren.

Das Mädchen flüsterte vor sich hin und kletterte auf das Geländer; schwang die Beine hoch, um ihre Röcke zu raffen. Schattenwächtern war es streng verboten, sich in die Belange von Leben und Tod der gewöhnlichen Sterblichen einzumischen. Aber jetzt, da er aus dem Kreis der Schattenwächter verbannt war, durfte er wohl nach seinen eigenen Regeln leben.

Wie um diese Einstellung herauszufordern, befahl die Stimme in seinem Kopf:

Nimm sie.
Fordere sie.
Verschling sie.

Ein Echo ihrer früheren Anforderungen. Seine geistige Kraft verließ ihn, und für einen betäubenden Moment … wurde falsch zu richtig. Er grub sich die Finger ins Haar und in die Kopfhaut und wünschte, er hätte die Stimme aus seinem Gehirn zerren können.

Der Stimme zum Trotz und all der Dinge, die sie ihm zu tun befahl, näherte er sich dem Mädchen. Sie bemerkte seine Anwesenheit nicht und stieß sich ab, die Arme und den Mantel ausgebreitet wie die Flügel eines Vogels.

Er löste sich auf … und drehte sich, bohrte sich in die Tiefe.

Einen knappen Augenblick später ließ er sie auf die Brücke hinab.

Die Stimme in seinem Kopf wütete lauter, bestand darauf, dass er …

Er zischte seinen Trotz heraus. Mit einer Berührung ihrer Wange betäubte er sie und legte einen Schleier über die Erinnerung an ihre Rettung. Gleichzeitig zog er jüngste Erinnerungen und die lebhaftesten Gedanken aus ihr heraus. Sie starrte ihn an, die Augen groß und ungläubig. Ihre Lippen teilten sich, aber es kamen keine Worte heraus.

»Du hast eine sehr schlechte Nacht«, sagte er.

Mit blassen Lippen keuchte sie, offensichtlich verwirrt über die fehlende Erinnerung und die plötzliche Gegenwart des Fremden an ihrer Seite.

»Er hat dich verführt. Und jetzt hat er dich sitzen lassen. Du hast nichts, von dem du leben kannst. Dir ist nichts anderes übrig geblieben, als auf die Straße zu gehen.«

Sie blinzelte und flüsterte: »Ja.«

»Du hast keine Familie, die dir helfen könnte?«

Sie schüttelte den Kopf, und eine Träne floss über ihre Wange. »Meine Mum ist im Arbeitshaus. Mein Pa … er wird mir nie verzeihen, was ich getan habe.«

Mark schob die Hand in die Brusttasche seines Mantels. »Ab jetzt wird alles besser sein.« Er drückte ihr eine lederne Brieftasche in die Hand. »Das ist genug, um dich für einen Monat in einer respektablen Pension einzumieten, bis du wieder auf die Beine kommst.«

Argwohn furchte ihre Stirn. »Was wollen Sie von mir?«

Die Stimme lieferte eine Reihe bösartiger Vorschläge.

»Ich will, dass du gehst«, stieß er hervor.

Ohne etwas von seiner Qual zu ahnen, linste sie in die Brieftasche. »Oh, Sir.« Eine weitere Träne fiel. »Sie sind mein strahlender Engel. Der Himmel muss Sie geschickt haben.«

Die Stimme lachte gackernd, offensichtlich erheitert. Sie verhöhnte ihn – sagte ihm, dass immer noch Zeit war, das Mädchen zu packen. Dass niemand etwas sehen würde.

»Geh … *sofort*.« Selbst in seinen eigenen Ohren klang seine Stimme seltsam und hohl.

Sie schien die Gefahr zu spüren, die von ihm ausging, wich zurück, die Brieftasche an die Brust gepresst, und eilte von der Brücke. Kurz bevor sie in der Dunkelheit verschwand, drehte sie sich um, um zurückzublicken. Sie hob die Hand zum Abschied. Und dann war sie fort.

Er folgte dem Weg, den sie von der Brücke genommen hatte, ging selbst jedoch weiter nach Westen auf die Anlegestelle zu, die nur noch ein paar Meter entfernt war. Er konnte nicht umhin, eine dunkle Befriedigung zu verspüren. Indem er dem Mädchen das Leben gerettet hatte, hatte er der Stimme getrotzt und bewiesen, dass *er* immer noch das Sagen hatte, dass noch immer irgendein Kern von Menschlichkeit in ihm existierte. Die Transzendierung hatte ihn noch nicht gänzlich verzehrt.

Von der Themse blies ein kalter Windstoß herüber, der eine dramatische Veränderung in der Temperatur bewirkte.

In seinen Schläfen schmerzte es.

Er taumelte …

Mina erwachte in der Dunkelheit. Wie gelähmt starrte sie blind ins Leere, zu ängstlich, um sich zu bewegen. Zu ängstlich, um auch nur einen Laut von sich zu geben. Dann sah sie es, den Lichtschein, Lampen aus einem der Zelte. Sie kroch auf den Schimmer zu, bewegte sich verzweifelt durch den Nebel.

Nein, Gott sei Dank …

Sie schluchzte beinahe vor Erleichterung.

Kein Nebel. Bettvorhänge, gestreift in Grün und Gold. Sie grub die Finger in den kühlen Brokat und zog den Vorhang beiseite, holte tief Luft, um ihre Furcht zu vertreiben, und atmete die tröstlichen Düfte von Zitronenöl und Orangenblütenseife ein. Sie hatte eine weitere Nacht überlebt. Drei Nächte seit dem mysteriösen Ereignis auf dem Friedhof. Drei Monate, seit ihr Vater sie verlassen hatte und sie auf sich allein gestellt war. Sie ließ sich auf die frischen Laken fallen, die sich so glatt und angenehm anfühlten.

Einen Augenblick später tappte sie durch den Raum. Einen nach dem anderen zog sie die schweren Vorhänge vor den Fenstern auf, bis jeder Zoll des eleganten Raums von Licht durchflutet wurde. Leicht bekleidet stand sie hinter einem Paravent, geschützt vor Blicken der Gärtner oder Besucher. Sie schöpfte Trost aus dem Anblick des Hyde Park, der gleich hinter dem Vorplatz lag. Sie musste lange geschlafen haben, denn auf der Row waren schon viele Reiter unterwegs, und ihr Magen knurrte bereits vor Hunger. Durch das Sprechrohr bestellte sie in der Küche ein Frühstück.

In der letzten Nacht hatte sie wach gelegen, bis ihre Lampe geflackert hatte, weil das Petroleum zur Neige ging. Sie hatte noch ein wenig länger dagelegen und auf jedes Knarren und Ächzen des Hauses gelauscht und darauf gewartet, dass ein Paar bronzefarbener Augen auftauchte. Aber irgendwann musste sie eingeschlafen sein.

Jetzt reichten ein Blick aus dem Fenster, die Aussicht auf einen sonnigen Tag und die Blumenpracht in den Beeten, um ihr die Sicherheit zu geben, dass sie ihre Ängste schon bald vergessen haben und in der Lage sein würde, ihr neues Leben anzunehmen.

Selbst jetzt schlug ihr Puls Kapriolen, wann immer sie an den außerordentlich gut aussehenden Lord Alexander dachte und an seine Bitte, sie besuchen zu dürfen. Seit sie sich vor zwei Tagen das letzte Mal im Haus von Lord Trafford begegnet waren, hatte sie ihn nicht mehr gesehen. Sie betete ihrem weiblichen Herzen zum Trotz, dass er sie vergessen hatte. Seine Aufmerksamkeit hatte sie zutiefst beunruhigt. Er war zu viel – zu schimmernd, zu kühn und, so vermutete sie, zu stark, zu verdorben. Und er verstand die Bedeutung der Schriftrollen. Er war genau der Typ Mann, dem sie niemals vertrauen durfte.

Es klopfte leise an der Tür. Auf ihr »Herein« trat ein Dienstmädchen ein, das ihr auf einem Silbertablett ihr Frühstück – abgedeckt mit einer Haube – und einige Visitenkarten brachte. Die einzige Visitenkarte, die sie erkannte, war die von Mr Matthews vom Britischen Museum. Mr Matthews war früher ein Freund ihres Vaters gewesen. Aber vor sechs Monaten war er es gewesen, der den Professor des Diebstahls bezichtigt hatte. Sie war noch nicht bereit, ihn zu empfangen.

Während der nächsten halben Stunde half das Mädchen Mina in ihre Unterröcke und in ihr Korsett und schließlich in eins ihrer drei faden schwarzen Kleider. Es bürstete und frisierte ihr außerdem das Haar, bevor es ihr eine Tasse Tee einschenkte und sie wieder allein ließ.

Mina hatte noch nie zuvor die Gelegenheit gehabt, die Hilfe eines Dienstmädchens zu genießen. Sie hatte sich erst daran gewöhnen müssen. Weil sie mit ihrem Vater so viel gereist war – und sie sich einen solchen Luxus niemals hätten leisten können –, hatte sie immer selbst für sich gesorgt. Seit sie bei der Familie wohnte, konnte sie nicht umhin, sich verwöhnt zu fühlen. Zu ihrer Überraschung gefiel es ihr ziemlich gut.

Sie öffnete eins der Fenster und drückte es auf. Draußen sangen Vögel in den Bäumen, und Kutschen rollten auf der Straße vorbei. Als sie sich zu ihrer Teetasse umdrehte, fiel ihr Blick auf die lederne Mappe in der Ecke, gefüllt mit den Notizbüchern und Papieren ihres Vaters. Das Lächeln auf ihrem Gesicht erstarb. Sie hatte sie den ganzen Weg von Nepal bis hierher bei sich getragen und sie nie aus den Augen gelassen. Sie hatte sie auf der Schiffsreise zurück nach England sogar mit in ihre Koje genommen. Eines Tages würde sie die Tagebücher öffnen und beginnen, die Notizen ihres Vaters zu ordnen und zu transkribieren. Danach würde sie daraus, wie sie es seit dem Tod ihrer Mutter immer getan hatte, einen Beitrag für die Königliche Geografische Gesellschaft machen – unter dem Namen ihres Vaters, posthum natürlich –, aber sie war noch nicht bereit, sich dem zu stellen.

Stattdessen genoss sie eine Scheibe Toast mit Marmelade und eine zweite Tasse Tee. Sie wickelte einige Würstchen in eine Serviette, trat in den Flur hinaus und ging die Treppe hinunter. Das Haus war still, und sie sah nur Diener. Wahrscheinlich waren Lucinda und die Mädchen bereits zu ihrem täglichen Morgenspaziergang im Park aufgebrochen.

Vor zwei Tagen, während sie im Wintergarten gelesen hatte, waren ihr drei Paar grüne Augen aufgefallen, die sie aus dem Gebüsch an der hinteren Gartenmauer beobachtet hatten. Einige Sekunden später hatte sich Mina hingehockt und ihre Röcke gerafft, damit das Rascheln ihrer Unterkleider die scheuen Katzen nicht vertrieb.

»Kommt her, meine Lieblinge.« Sie faltete die Serviette auseinander und legte die Würstchen auf die Pflastersteine. »So ist es gut. Ich habe euch Frühstück gebracht, aber pssst, verratet es nicht. Ich glaube nicht, dass die Köchin es gutheißen würde.«

Schon bald blinkten grüne Augen aus dem schattigen Gebüsch. Schließlich tauchte eine kleine, glänzend schwarze Katze auf. Mit der Anmut einer Königin drehte sie Mina den Rücken zu, setzte sich hin und ignorierte die Würstchen mit vielsagendem Blick.

Eine zweite Katze erschien und strich um ihre Röcke, während eine dritte mit der Tatze nach den Würstchen schlug und sie beschnupperte, bis sie sich schließlich darauf stürzte und die Zähne in eines davon senkte. Mina schlang die Arme um die Knie. Sie versuchte nicht, die Tiere zu streicheln. Sie waren wild und lernten noch zu vertrauen.

Sie hatte Tiere immer geliebt – selbst den sabbernden Yak, den sie in jenen letzten Tagen der Expedition mit ihrem Vater in den Bergen geritten hatte. Aber ihre ständigen Reisen hatten es nicht erlaubt, ein Haustier zu halten. Haustiere verlangten Beständigkeit. Dauerhaftigkeit. Etwas, wonach sie sich – nach dem Tod ihrer Mutter und einer Reihe schäbiger Internate und endloser Reisen – immer gesehnt hatte.

Ein Schatten verdunkelte die Steine. »Lassen Sie sich dabei besser nicht von Lucinda erwischen.«

Die Katzen schossen in die Büsche, als sei der Leibhaftige hinter ihnen her. Mina drehte sich um und erhob sich, während ihre Cousine Astrid die Stufen herabkam.

»Nach Meinung meiner lieben Stiefmutter sind Katzen und Hunde nicht mehr als Nagetiere.«

Mina hob die leere Serviette auf und faltete sie zusammen. »Sie sehen heute reizend aus, Astrid.«

Die junge Frau lächelte, ein Inbegriff der Mode und Anmut. Die aufgesteckte Frisur ihres blonden, gelockten Haars war ein Kunstwerk, und sie trug ein elegantes pflaumenfarbenes Tageskleid, das mit purpurfarbener Spitze besetzt war. Im Gegensatz zu Mina hatte die Familie nur noch zur Beerdigung Trauer getragen. Drei Monate waren verstrichen, und nach allen Regeln der Etikette konnte man nicht erwarten, dass sie weiter Trauer für einen Verwandten trugen, mit dem sie seit zwei Jahrzehnten nicht mehr gesprochen hatten.

»Lucinda lässt fragen, ob Sie heute Morgen mit nach Hurlingham kommen möchten. Dort gibt es eine musikalische Aufführung.«

»Das wäre schön. Ich werde nur meine Sachen holen.«

Vielleicht … vielleicht würde rein zufällig Lord Alexander dort sein.

Oben in ihrem Zimmer verknotete sie die Bänder ihrer Haube und griff nach ihren Handschuhen und ihrer Tasche. Von ihrem Nachttisch nahm sie das Buch, mit dessen Lektüre sie am Abend zuvor begonnen hatte, und drehte sich zur Tür um. Ihr Blick fiel auf die Ledermappe mit den Schriften ihres Vaters.

Seltsam. Sie hätte schwören können, dass die Tasche jetzt andersherum lag als während ihres Frühstücks.

Sie nahm die Mappe und überprüfte das Messingschloss – es war nach wie vor verschlossen. Sie musste sich getäuscht haben. Ihr Bett hatte sie selbst gemacht, und das Frühstückstablett stand noch auf dem Schreibtisch, also war das Mädchen noch nicht dagewesen, um aufzuräumen.

Niemand war in ihrem Zimmer gewesen.

»Euer Gnaden.«

Mark erwachte; die Stimme und ihr verführerisches Lied aus unverständlichen Worten hallten als Echo in seinem Geist nach. Blassblaues Licht strömte durch eine Tür und übergoss seine Haut. Morgendämmerung oder abendliches Zwielicht? Er wusste es nicht. Er lag mit bloßem Oberkörper in Hosen da, seine Glieder in dunkelblaue Laken verwickelt. Eine nebelhafte Gestalt kam näher. Er erkannte ein Gesicht und eine schwarze Augenbinde.

»Das entwickelt sich zu einer unglückseligen Angewohnheit«, knurrte er, während er sich die Augen rieb.

»Auch Ihnen einen guten Morgen.« Leeson hielt eine schlichte weiße Teekanne und einen dazu passenden Becher in Händen –

eine Verbesserung gegenüber seiner vorherigen Methode, ihn zu foltern, damit er aufwachte. Er schenkte Tee ein und stellte die dampfende Tasse auf die Truhe neben dem Bett.

Mark stemmte sich hoch und spähte aus der Tür.

Die Uferpromenade von Chelsea. Häuserreihen. Bäume. Alle in das gleiche blaue Licht getaucht … und alle in der Ferne. Er spürte das sanfte Schaukeln der Yacht, die unter Leesons Befehl zurück zum Pier trieb. Er atmete scharf aus, erleichtert, sich wenigstens in den vertrauten Gewässern der Themse zu befinden und nicht an der Küste von San Francisco oder Samoa.

Das Mädchen auf der Brücke. Seine Absicht, die Yacht abseits des Ufers zu ankern, musste er ausgeführt haben. Aber warum konnte er sich nicht daran erinnern?

Als ihm Leesons Gegenwart wieder einfiel, runzelte er die Stirn. »Sagen Sie mir nicht, dass wir Januar haben.«

»Oje. Nein, Sir. Es ist früh am Dienstagmorgen.« Die Lippen des alten Unsterblichen pressten sich aufeinander. »Sie waren für drei Tage verschwunden.«

Frustration erschütterte seine Gelassenheit. Noch mehr fehlende Zeit. Was bedeutete das?

»Ich war nicht die ganze Zeit hier, auf der *Thais?«*

»Das kann ich nicht sagen.« Leeson zuckte die Achseln. »Ich habe das Schiff heute Morgen auf dem Fluss treiben sehen. Ich hatte für Samstag einen Zimmermann bestellt, um endlich die Kombüse wieder instandsetzen zu lassen. Es wird verdammt schwierig werden, ihn in absehbarer Zeit ein zweites Mal hierher zu bekommen.«

Die Vorstellung, dass er als Schlafwandler drei Tage in London unterwegs gewesen war, ohne dass ihm eine Erinnerung an das geblieben war, was er in dieser Zeit getan hatte, bekam ihm nicht gut. Mark entsann sich der Stimme und all der Dinge, zu denen sie ihn ermutigt hatte.

Nein … ihm gefiel diese Vorstellung überhaupt nicht.

Erst jetzt wurden ihm Leesons Worte bewusst. Mark nahm die Veränderung in seiner Umgebung wahr. Die Vorhänge, die Möbel … alles befand sich wieder in seinem vorherigen, wohlgeordneten Zustand. Leeson zog sich an den Schreibtisch zurück, wo ein kleiner Stapel Papier lag.

»Ich habe noch eine Zeitung für Sie. Genau genommen sind es mehrere.«

Leesons Interesse an allen Belangen der Sterblichen war wohlbekannt. Lord Blacks Sekretär las wie ausgehungert Zeitungen, Bücher und Magazine – alles, um sein Studium über die Menschheit voranzutreiben. Er besaß eine sorgfältig geführte Sammlung.

»Natürlich haben Sie das.« Mark fuhr sich mit den Fingern durchs Haar und stützte die Stirn in die Hände. »Ich will sie nicht sehen. Erzählen Sie mir einfach, was passiert ist.«

Leeson drehte sich mit grimmiger Miene um.

»Nun denn …« Er betrachtete die Zeitung in seiner Hand. »Ich bedaure, Ihnen mitteilen zu müssen, dass es vor vier Tagen in Amerika zu einer schrecklichen Katastrophe gekommen ist. In Pennsylvania, um genauer zu sein. Es hat mit einem Sturzregen und Überflutungen begonnen, die binnen Tagen zu dem folgenschweren Bruch eines Staudamms geführt haben.«

Mark nickte, den Blick zu Boden gerichtet. »Sprechen Sie weiter.«

»Die Flut hat ganze Dörfer mit sich gerissen. Sogar eine Stadt. Tausende sind verloren – Männer, Frauen und Kinder.«

»Tragische Neuigkeiten.« Mark nickte ernst. »Was hat das mit mir zu tun?«

Naturkatastrophen geschahen von Zeit zu Zeit. Als Unsterbliche hatten sie im Laufe der Jahrhunderte ungezählte dieser Katastrophen beobachtet und aus der notwendigen Distanz das

Elend miterlebt, das darauf folgte. Es gab nichts, was er oder irgendein anderer Amaranthiner tun konnten, um dergleichen zu verhindern.

Leesons Blick sprach Bände. »Ich dachte nur, Sie sollten auf dem Laufenden gehalten werden.«

Mark saß stumm und steif auf dem Rand seines Betts und wollte sich nicht eingestehen, dass seine Gedanken die gleiche, gefährliche Richtung eingeschlagen hatten. Er erhob sich, und seine gürtellose Hose glitt ihm über die Hüften. Er knurrte: »Wo ist der Rest meiner Kleider?«

»In die Reinigung gegeben, Sir. Im Schrank finden Sie saubere Kleidungsstücke.«

Mark ließ die Hose fallen, in der er geschlafen hatte. Nur mit seiner Unterwäsche bekleidet, öffnete er den Schrank. Leeson war sofort zur Stelle, hob die Hose vom Boden auf und zog sich dann wieder ans andere Ende des Raums zurück, wo er sich am Schreibtisch beschäftigte, offensichtlich, um Marks Privatsphäre zu respektieren. Mark schüttete Wasser in das Waschbecken, und binnen eines Augenblicks streifte er ein sauberes Paar Leinenhosen über.

Leeson hakte leise nach: »Jetzt, da Jack the Ripper fort ist … besteht keine Gefahr mehr, oder? Der tantalytische Botschafter ist zum Schweigen gebracht worden. Ich bin mir sicher, es ist nur ein … abscheulicher Zufall, dass Sie zur gleichen Zeit, als in Amerika dieser Damm brach, einen Ihrer Anfälle erlitten haben.«

»Mina, ich hoffe, es macht Ihnen nichts aus, dass wir unterwegs einige Besorgungen machen«, sagte Lucinda und schaute aus dem Fenster.

»Ganz und gar nicht«, antwortete Mina.

Die Kutsche fuhr durch die Bond Street. Elegante Läden mit blitzblanken Schaufenstern lockten mit ihren Auslagen. Am Straßenrand drängten sich Kutschen, auf den Bürgersteigen flanierten prächtig ausgestattete Damen, gefolgt von ihren Dienern. Mina kam sich hier in ihrer schlichten, dunklen Kleidung ein wenig unscheinbar vor.

»Zuerst muss ich in den Schreibwarenladen.« Lucinda rückte den Saum ihres Handschuhs zurecht und wandte sich an Minas Cousinen. »Evangeline und Astrid, Miss Gerards Laden ist nur zwei Häuser weiter, also könnt ihr derweil dorthin gehen und euch nach euren Reitkleidern erkundigen. Sie sollten inzwischen fertig sein.«

Lächelnd richtete sie das Wort an Mina: »Für ihre Aussteuer und ihre Couture reisen junge Damen nach Paris, aber die feinsten Reitkleider sind in London zu finden. Lassen Sie sich niemals von irgendjemandem etwas anderes einreden.«

Mina nickte. Sie besaß kein Reitkleid oder irgendetwas, das man auch nur annähernd als Couture bezeichnen konnte. Was ihre Aussteuer betraf, glaubte sie nicht, dass sie in naher Zukunft eine benötigen würde.

»Wir sind da«, verkündete Lucinda.

Die Kutsche hielt vor einer Reihe sehr eleganter Läden. Der Diener öffnete die Tür, und die Mädchen stiegen aus. Mina folgte ihnen, und zuletzt kam Lucinda.

Als alle auf dem Gehsteig standen, fragte Lucinda: »Mina, warum begleiten Sie mich nicht? Sie hatten doch noch keine Gelegenheit, Briefpapier für Ihre Danksagungen zu kaufen.«

Mina stimmte zu.

Lucinda scheuchte die Schwestern weg. »Mädchen, wir kommen nach, sobald wir fertig sind. Fragt auch, ob die neuen Gürtel aus Paris eingetroffen sind.«

Astrid und Evangeline schlenderten geruhsam etwa zwei Häuser weiter. Lucinda sah ihnen nach, bis sie im Laden verschwanden. »Ich überzeuge mich immer gern davon, dass sie dort ankommen, wo sie hingehen sollen. Astrid hat manchmal ihre eigenen Vorstellungen.«

Gemeinsam wandten sie sich dem Schreibwarenladen zu. Davor wartete zu Minas Überraschung ein Mann, der eine große Kodak in Händen hielt. Lucinda zögerte, drehte dann den Kopf zur Seite und senkte ihn leicht, als wollte sie das Profil ihres Strohhuts vorzeigen, auf dem eine kunstvolle Krone aus künstlichen Blumen prangte. Sie lächelte geziert.

Mina trat schnell beiseite, um das Bild nicht zu verderben. *Klick.*

Der Fotograf nickte ihnen beiden zu, dann lief er den Gehweg hinunter.

Als sei nichts geschehen, betrat Lucinda den Laden. Mina folgte ihr hinein.

Der Ladenbesitzer stand hinter einem kleinen Tresen.

»Lady Trafford«, begrüßte er Lucinda.

»Guten Morgen, Mr Abbott. Meine Nichte, Miss Limpett, würde gern Briefpapier für ihre Dankesschreiben an die Trauergäste der Beerdigung Ihres Vaters kaufen.«

»Sofort, Mylady, und ich werde auch gleich Ihre Bestellung mitbringen.«

Als er zurückkehrte, brauchte Mina nur wenige Augenblicke, um sich zu entscheiden, denn es gab keine nennenswerte *Auswahl,* sondern nur weiße Karten mit dicken schwarzen Rändern, weiße Karten mit dünnen schwarzen Rändern und in allen Strichdicken dazwischen. Sie wählte etwas in der Mitte.

Mr Abbott füllte das entsprechende Formular aus. »Lassen Sie mich nur schnell nachsehen, ob wir diese spezielle Karte vorrätig haben oder ob ich sie aus dem Lager holen muss.« Er verschwand im Hinterraum.

Am Verkaufstresen neben ihr zog Lucinda den Deckel von einer kleinen Kiste. Sie nahm eine Visitenkarte heraus und überflog den Wortlaut. Ein schwerer Seufzer entrang sich ihren Lippen.

»Ich fürchte, die sind ganz und gar falsch, und dies ist schon das zweite Mal.« Sie runzelte die Stirn und wirkte verärgert. »Es scheint, dass wir nicht allzu bald aufbrechen werden.«

Eine hochgewachsene, modisch gekleidete Dame betrat den Laden. Strahlend begrüßten sie und Lucinda einander.

Mina nutzte die Chance sofort. »Euer Gnaden, ich gehe und leiste Astrid und Evangeline Gesellschaft.«

Sie wusste nur sehr wenig über die gegenwärtige Mode und wollte sich ebenfalls die aktuellen Gürtel aus Paris ansehen.

»Sehr schön, Liebes. Nehmen Sie den Diener mit«, wies Lucinda sie an. »Ich werde kommen, sobald ich kann.«

Mina nahm ihre Handtasche vom Tresen, dann trat sie auf den Gehsteig hinaus. Die Trafford'sche Kutsche wartete nicht mehr in unmittelbarer Nähe des Schreibwarenladens, sondern war anscheinend einige Meter weitergerollt, um Platz für nachfolgende Gefährte zu machen. Sie unternahm keine Anstrengung, die Aufmerksamkeit des Dieners auf sich zu ziehen, der sich gerade angeregt mit dem Kutscher unterhielt. Bis zur Kutsche war es etwa gleich weit wie – in die entgegengesetzte Richtung – zu dem Modegeschäft.

Mina wäre sich lächerlich vorgekommen, wenn sie für einen so kurzen Weg eine Begleitung angefordert hätte. Sie war mit Marktplätzen, Zeltstätten und merkwürdigen Lokalitäten in weit exotischerer Umgebung fertiggeworden – warum nicht mit der Bond Street? Wirklich, einige der Regeln, die sie jetzt befolgen musste, waren einfach albern.

Sie passierte auf dem Weg die Einmündung einer schmalen Gasse. Das nächste Schaufenster stellte eine entzückende Sammlung von Spieldosen aus Porzellan zur Schau. Sie hielt inne. Es waren Dutzende, die hübschesten geformt wie Blumen.

Ihr Blick wanderte von einer zur anderen. Sie staunte über die Handwerkskunst, die diese filigranen Stücke geschaffen hatte. Schließlich wandte sie sich ab, um weiterzugehen …

Und erstarrte.

Eine Person mit einer weißen Theatermaske und in einem schwarzen, zeltähnlichen, knielangen Umhang kam auf sie zugetorkelt. Seine Beine – sie konnte nur vermuten, dass es ein Mann war – steckten in weißen Strümpfen und schwarzen Schnallenschuhen.

Eine Gouvernante und ihr junger Schutzbefohlener überholten Mina. Der Schauspieler drehte sich im Kreis und zauberte aus dem Nichts eine Rose aus rot und weiß gestreiften Blütenblättern hervor. Er verbeugte sich galant und präsentierte sie dem Kind. Der Junge lachte und nahm das Geschenk an. Er und seine Gouvernante gingen weiter. Mina tat es ihnen gleich und lächelte höflich.

Der Kostümierte aber sprang vor sie hin und fuchtelte wild mit den Armen. Vielleicht sollten seine Mätzchen ein Spaß sein, aber sie fand es beunruhigend. Außerstande, hinter der Maske die Augen von deren Träger zu erkennen, fand sie die Wirkung beinahe makaber.

Sie lachte, eine Spur nervös. »Ja, ich kann sehen, dass Sie … sehr beweglich sind.«

Sie wich ihm aus, er aber machte weiter Verrenkungen vor ihr, dann täuschte er eine schnelle Bewegung zur Seite an, um dann in der Pose eines Soldaten vorbeizumarschieren.

Erleichtert und ein wenig verwirrt ging sie weiter, nur um ein Klopfen auf ihrer Schulter zu spüren.

5

Verärgert sagte sie: »Sir …«

Eine behandschuhte Hand schoss aus dem Umhang hervor und packte sie am Unterarm. Die Welt drehte sich. Der Schauspieler drängte sie in die Gasse. Ein Schrei kam aus Richtung der Kutschen.

Er riss an ihrem Haar. Schmerz schoss durch ihre Schläfe.

»Au!«, rief sie.

Metall blitzte auf. Eine Klinge. Auf dem Gehsteig der Bond Street kamen Schritte schnell näher.

Etwas traf sie am Brustbein und fiel zu Boden. Der Angreifer floh in die Gasse.

Mina rang um Luft. Zu ihren Füßen lag eine Rose wie die, die er dem Jungen gegeben hatte.

Der Diener der Traffords kam mit grimmiger Miene um die Ecke gerannt. »Sind Sie unversehrt, Miss?«

»Ja.« Sie presste sich eine Hand auf die Brust und versuchte, das wilde Schlagen ihres Herzens zu beruhigen.

Der Kutscher wandte sich in die Gasse, um die Verfolgung aufzunehmen. Einige Momente später kehrte er keuchend und mit rotem Gesicht zurück. »Es tut mir leid, Miss. Er ist entkommen. Ich kann nicht einmal sagen, in welche Richtung er gelaufen ist.«

Eine Anzahl Schaulustiger scharte sich um sie, angelockt von der Aufregung. Ein Wachtmeister blies in seine Pfeife und zwängte sich durch die Menschenmenge. Nach einer kurzen Befragung begleitete er Mina zu dem Schreibwarenladen. Dort wurde Mina unter Ausrufen des Entsetzens von Lucinda und ihrer Bekannten, Ms. Avermarle, auf einen samtbezogenen Hocker gesetzt. Die Mädchen, die in dem Bekleidungsgeschäft anscheinend von dem Zwischenfall gehört hatten, kamen kurz darauf hereingestürzt.

Eine kurze Haarsträhne baumelte über Minas Wange, die andere Hälfte grob abgetrennt. Sie sollte vermutlich dankbar sein, dass ihr Angreifer nicht mehr genommen hatte.

Evangeline zog eine Nadel aus ihrem eigenen braunen Haar und steckte die gestutzte Locke fest.

»So, jetzt merkt man nichts mehr«, versicherte sie ihr.

Astrid berührte Mina an der Schulter; sie wirkte schockierter, als Mina sich selbst fühlte. »Sind Sie sicher, dass es Ihnen gut geht, Mina?«

Mina nickte, außerstande, die Erinnerung an die Maske abzuschütteln. »Mir geht es wirklich gut. Ich habe mich nur erschreckt. Euer Gnaden hatten vermutlich recht, ich hätte den Diener bitten sollen, mich zu begleiten. Ich habe es einfach nicht für nötig gehalten.«

»Was wird nur aus dieser Stadt?«, flüsterte Lucinda und drückte Minas Schultern. »Offensichtlich brauchen wir mehr Polizisten, die Streife gehen.«

Ein Wachtmeister skizzierte die Einzelheiten in einem kleinen Notizbuch. »Wir tun unser Bestes, Mylady, um die Schurken von den besseren Straßen fernzuhalten, aber manchmal schlüpfen sie uns durch die Maschen. Für gewöhnlich sind sie einfach nur lästig. Ich nehme jedoch an, dass dieser Bursche ein gewöhnlicher Verbrecher in der Verkleidung eines Straßenschauspielers war. Die Kühnheit seines Verbrechens ist schockierend, aber es ist nicht der erste Haardieb, von dem wir wissen.«

Lucinda warf Mina einen Blick zu. »Lasst uns nach Hause fahren.«

Die Gesichter der Mädchen wurden lang vor Enttäuschung. Sie taten Mina leid. Sie hatten eine Woche ihrer Debütsaison geopfert, um Minas Vater zu betrauern, einen Fremden, und dann waren sie mehrere Tage ins Haus eingesperrt gewesen, während die Vorbereitungen für das Gartenfest getroffen wurden. Und wirklich, Mina wollte nichts mehr, als den Zwischenfall vergessen.

Mina versicherte Lucinda: »Mir wäre es lieber, wenn wir wie geplant nach Hurlingham fahren würden.«

Leeson kam um den Tisch herum. »Apropos Gefahr, Ihr Postfach enthielt eine Anzahl von Briefen, die ihrem Duft nach von verschiedenen *Damen* stammen. Außerdem haben wir eine Reihe von Visitenkarten und Einladungen bekommen.« Er blätterte in dem Stapel.

Mina. Schon bei der Erinnerung an sie wurde etwas in ihm weniger hart, weniger zornig. Es war eine Sache, Leeson in seinem Dienst zu belassen, aber vielleicht … Skelette? Brennendes orangefarbenes Licht? Vielleicht wurden die Dinge zu gefährlich. Vielleicht wurde *er* zu gefährlich. War es trotz ihres Wunschs, Distanz zu wahren, falsch von ihm, sie in diese Sache hineinzuziehen? Nachdenklich trat er an den Tisch.

Wann hatte er sich je über irgendjemanden außer sich selbst Sorgen gemacht? Er weigerte sich, jetzt damit anzufangen.

Leeson breitete drei Briefe nebeneinander aus. Mark runzelte die Stirn. Er erkannte die Handschrift bei einem davon und sparte ihn sich für den Schluss auf. Als er einen der anderen Umschläge aufriss, quoll der Duft von Lavendel heraus. Im Innern fand er eine kurze Notiz, geschrieben mit dramatischem Flair.

Hurlingham.
Dienstagmittag. Im Clubhaus.
–A.

Der zweite Brief roch nach Veilchen und enthielt eine identische Information. Die Verfasserin hatte lediglich mit »E.« unterschrieben. Der dritte war natürlich von »L.« und glücklicherweise ohne Duft; doch die Worte »Bitte, komm« waren hinzugefügt worden – und unterstrichen.

»Je ein Brief von jeder der Frauen in diesem Haus, nur nicht von der kleinen Limpett.«

»Das sehe ich.«

»Wie geht es ihr? Welche Informationen konnten Sie ihr bei der Beerdigung entlocken?«

Mark hielt inne. Leeson konnte nichts von dem vorgetäuschten Tod des Professors wissen. Unter normalen Umständen wäre dem unsterblichen Sekretär diese Tatsache nicht allzu lange verborgen geblieben, aber wenn sich die Portale geschlossen hatten, war er effektiv abgeschnitten von den Informationsquellen, zu denen er zuvor Zugang hatte.

Er erwog, ob er irgendetwas von seinem hart erworbenen Wissen mit dem begeisterten kleinen Mann teilen sollte, aber am Ende beschloss er, dass ihm nichts anderes übrig blieb, als ihm zu vertrauen – zumindest in diesem Punkt.

»Der Professor ist nicht tot.«

»Was?« Leesons Augenklappe bewegte sich nach oben, als er die Augenbrauen hochzog.

»Er und seine Tochter haben seinen Tod vorgetäuscht. Ich bin mir sicher, um jemanden von ihrer Spur abzubringen.«

»›Jemanden‹, der *nicht Sie* sind?« Leeson runzelte fragend die Stirn.

Mark nickte. »Da ist noch jemand dort draußen, der die Schriftrollen will. Ob es ein menschliches Individuum oder irgendeine Art von Unsterblichem ist, weiß ich noch nicht. Ich weiß nur, dass wir Konkurrenz haben.«

Leeson kam näher. Falten erschienen auf seiner Stirn, als er nachdachte. »Mir ist klar, dass es wertvolle Artefakte sind, aber denken Sie, dass ihr wahrer Wert bekannt ist?«

»Hölle, ich kann nicht einmal behaupten, selbst ihren wahren Wert zu kennen. Ich weiß nur, dass es in der ersten Schriftrolle eine flüchtige Andeutung zu den Informationen gibt, die in der zweiten und dritten Schriftrolle enthalten sind; insbesondere, dass sie Informationen über den Verbindungskanal zur Erneuerung und zur Unsterblichkeit liefern – mit anderen Worten darüber, wie ein von der Transzendierung geplagter Unsterblicher geheilt werden kann«, antwortete Mark. »Ich glaube, dass der Professor immer noch im Besitz der Schriftrollen ist – oder zumindest weiß, wo sie sind.«

»Also, welchen Plan haben Sie, um das Mädchen zu verführen?«

Mark zuckte zusammen. Waren seine Methoden so vorhersehbar? So klischeehaft?

Der alte Mann ließ nicht locker. »Kommen Sie schon. Wir sind ja nicht alte Wüstlinge, die einander ihre Bettgeschichten erzählen. Es geht um strategische Fragen. Haben Sie es schon geschafft, sie in Ihr Bett zu holen?«

»Leeson.«

»Nun seien Sie doch nicht so prüde, Junge. Haben Sie die horizontale Polka getanzt oder nicht?«

»Gütiger Gott«, rief Mark aus. »Wir haben uns erst vor drei Tagen kennengelernt, und ich war … ich weiß nicht, wo ich seither war, aber ich denke, nein, ich bin sicher, dass ich nicht bei ihr war, also nein. Wir haben nur geredet.«

»Geredet.« Leeson kaute nachdenklich an seinem Daumennagel. »Ich bezweifle, dass diese Methode effektiv oder schnell genug sein wird für das, was Sie brauchen. Zu Ihrem Glück zerfließt eine sterbliche Frau in den meisterlichen Händen eines unsterblichen Geliebten. Sie und ich wissen das beide.«

Er zwinkerte. »Holen Sie sie in Ihr Bett, und sie wird Ihnen alles sagen, was Sie wissen wollen.«

Mark entgegnete energisch: »Ich habe noch keine Entscheidungen darüber getroffen, wie genau ich mit Miss Limpett verfahren werde.«

»Ihre einzige Alternative, wie ich es sehe, besteht darin, ihr einen Finger nach dem anderen abzuschneiden, bis sie redet.« Er machte eine Bewegung, als zerschneide er etwas.

Mark biss die Zähne zusammen. »Das kommt nicht infrage.«

»Ich bin geneigt, Ihnen zuzustimmen. Ich habe sie selbst gesehen. Sie hat entzückende Finger, daher wäre Verführung das Mittel der Wahl. Sie brauchen nur Ihren Charme spielen zu lassen, und schon werden die Einzelheiten über den Aufenthaltsort des Professors aus ihr heraussprudeln.«

Mark teilte seinen tiefsten Zweifel mit. Einen, den er sich geweigert hatte, näher zu betrachten und zu bedenken, den er nicht einmal sich selbst gegenüber zugelassen hatte. »Zur Hölle. Was, wenn sie nicht weiß, wo ihr Vater ist? Was, wenn ich meine Zeit verschwende?«

»Oh, ich schwöre, er weiß, wo *sie* ist. Wenn Sie eine Tochter wie sie hätten, würden Sie sie dann sich selbst in irgendeiner abscheulichen alten Welt überlassen und sie vergessen? Nein. Er mag auf Abenteuerreise sein, aber irgendwie hat er ein väterliches Auge auf sie. Er muss eine vertrauensvolle Verbindungsperson hier in London haben, die ihm jeden Grund zur Sorge mitteilen würde. Und wenn irgendein Mann Grund zur Sorge ist – dann sind Sie es.«

»Ich werde das als Kompliment werten.«

»Ganz wie Sie wollen. Aber in diesem Fall, denke ich, müssen Sie so weit gehen, wie Sie das Mädchen bekommen. Sie müssen groß auftreten, gleich in die Vollen gehen. Es ist keine Zeit mehr für irgendwelche Mätzchen.«

»Was würden Sie vorschlagen?«, fragte Mark sarkastisch.

Offensichtlich verstand der Mann keinen Sarkasmus.

Leeson verschränkte nachdenklich die Arme, den Blick zur Decke gerichtet. »Wir erleben einen seltsamen Frühling, entweder brühheiß oder frostig, aber kein Regen in Sicht. Das schließt also eine Verführung nach dem Motto: ›Stellen wir uns doch in der Gartenlaube unter, bis der Regen nachlässt‹ aus.« Er grinste. »Immer mein Lieblingsszenario. Die Kleider aller Leute sind ganz nass und kleben ihnen am Leib.«

Mark schüttelte den Kopf. »Ich mache das nicht. Ich entwerfe mit Ihnen keine Strategie zur Verführung von Miss Limpett. Sie lässt sich nicht in ein so triviales Klischee pressen wie …«

»Wie all die anderen?« Leeson grinste. »Dann müssen wir uns etwas Großes ausdenken. Etwas wahrhaft Spektakuläres.«

Mark schenkte sich ein Glas Wasser aus der Karaffe auf dem Tisch ein. »Falls Sie nicht verstanden haben, was ich gerade sagte, erlauben Sie mir, es zu übersetzen: Halten Sie sich aus meinen Angelegenheiten heraus, sofern es Miss Limpett betrifft.« Er trank die lauwarme Flüssigkeit in einem Zug.

Leeson zuckte die Achseln, aber in seinen Augen funkelte immer noch der Schalk. »Wie Sie wollen. Ich stehe schließlich in Ihren Diensten.«

Er drehte sich um, um aus der Tür zu spähen. »Wir nähern uns dem Pier. Bevor wir anlegen, müssen Sie sich noch eine Sache ansehen. Ich habe sie … ah, bewusst so lange zurückgehalten, weil … ich denke nicht, dass Sie darüber sehr erfreut sein werden.«

»Was ist es denn?« Mark reagierte argwöhnisch und stellte sein Glas beiseite.

»Ich denke, Sie gehen besser hinaus und sehen es sich selbst an.« Etwas in Leesons Gesicht – seine heruntergezogenen Mundwinkel, das Hervortreten seiner Kieferknochen – sagte

Mark, dass er keine Fragen stellen sollte, sondern einfach tun, worum Leeson ihn gebeten hatte. Er öffnete die beiden Flügel der glänzenden Holztür und trat in die kühle Morgenluft hinaus.

Weiße Rosenblätter bedeckten die Türschwelle. Langsam folgte er ihnen den ganzen Weg bis zum Bug der Yacht.

Rosenblätter. Unerfreuliche Erinnerungen traten in seinem Kopf an die Oberfläche. Jack hatte rote Rosen bevorzugt. Diese Rosenblätter waren weiß.

Nun, größtenteils.

Einige der Rosenblätter waren von den blutigen Fußspuren durchweicht, die sie bedeckten.

Leeson gesellte sich zu ihm, Wischmopp und Eimer in der Hand. »Gehen Sie und nehmen Sie sich zusammen, Sir. Ich werde hier klar Schiff machen. Fahren Sie nach Hurlingham und sehen Sie zu, dass Ihr Name in Verbindung mit Miss Limpett in den Klatschspalten der Gazetten auftaucht.«

Der Hurlingham Club lag vom Cadogon Pier etwa zweieinhalb Meilen flussaufwärts direkt am Nordufer der Themse. Angesichts des herrlichen Wetters beschloss Mark, den Weg zu Fuß zurückzulegen. Er würde die Zeit brauchen können, um nachzudenken – es gab viel, worüber er nachdenken musste.

Er dachte über das grell orangefarbene Licht nach.

Skelette.

Die verdammte Stimme in seinem Kopf.

Und jetzt, zusätzlich zu allem anderen, weiße, mit Blut befleckte Rosenblätter. Zumindest waren die Fußabdrücke offensichtlich nicht von ihm gewesen – dazu hätten sie größer und breiter sein müssen. Ob sie von einer Frau stammten oder von einem Mann kleinerer Statur, hatte er nicht herausfinden können.

Zu einem Gedanken kehrte er immer wieder zurück. Wie Leeson angedeutet hatte – warum sollte er überrascht sein, dass er, ein transzendierender Unsterblicher, für dieselben Anrufungen empfänglich war wie Jack the Ripper und der Rest der bestialischen *Brotoi,* die versuchten, sich über die Erde herzumachen? Er gestand sich das nicht gern ein. Es führte ihm vor Augen, wie wenig Zeit ihm blieb, um sich selbst zu retten.

Im Schatten des Clubhauses von Hurlingham hielt Mark inne. Die hohen Säulen der Gebäudefront boten einen prächtigen Salut für die Schiffe, die die Themse hinunterfuhren – der Besitz lag direkt am Nordufer des Flusses. So wie er seine gegenwärtige »Glückssträhne« einschätzte, würde er wahrscheinlich Lucinda, Astrid und Evangeline begegnen oder – Gott, bitte nein – allen dreien gleichzeitig und von ihnen erfahren, dass Mina zu Hause geblieben war. Aber er wollte auch nicht vorschnell aufgeben. Was würde eine junge Frau in Trauer hier am ehesten unternehmen? Er vermutete, dass sie einen Spaziergang auf dem weitläufigen Gelände machen würde. Vielleicht konnte er sie doch allein antreffen.

Seine eigene liebe Mutter hatte das Buch über strategische Verführung geschrieben, und er nahm an, der Apfel war nicht weit vom Stamm gefallen.

Mark schlenderte vom Clubhaus langsam zum Fluss hinunter. Er streckte seine geistigen Fühler in alle Richtungen aus, um ihre Spur aufzunehmen. Das dramatische Crescendo eines Streichquartetts drang aus einem der offenen Fenster und fügte seiner Mission eine beinahe komische Note hinzu. Erst letztes Jahr war er unter dem Applaus der Zuschauer als bester Reiter über das in einiger Entfernung liegende Polofeld gedonnert. Der Club veranstaltete außerdem Wettbewerbe in Rasentennis, Kricket und – nur für Herren – Taubenschießen. Wahrscheinlich würde Miss Limpett keine dieser Sportarten ausüben. Er folgte einem Weg, der in ein kleines Wäldchen und zu einer winzigen Lichtung führte. Ah, da. *Nah … ja, sie war nah.*

Sein Blick fiel allerdings auf einen Mann mit Strohhut und weißem Anzug. Der Mann war ihm wohlvertraut, aber was hatte er hier in Hurlingham zu suchen? Mark hatte sich oft gefragt, ob Leeson wegen seiner Fähigkeit, sich so schnell zu bewegen, vielleicht doch zum Teil ein Geist war.

Auf der Lichtung war eine rechteckige Plane ausgelegt, auf der ein großer Korb lag. Zahlreiche Leinen verbanden den Korb mit einem bereits halb gefüllten Ballon. Zischend strömte weiteres Gas aus einer großen Metallflasche in die Seidenhülle. Mr. Leeson rief vier hektischen Clubangestellten Befehle zu, die daraufhin Pflöcke in den Boden trieben, den Korb daran festmachten und dann halfen, den sich füllenden Ballon auseinanderzuziehen.

Mark trat von hinten an Leeson heran und knurrte: »Was machen Sie hier?«

Leeson warf ihm einen Seitenblick zu. »Das ist doch wohl offensichtlich, Sir. Ich bringe meinen Ballon in die Luft. Meinen *großen … spektakulären* Ballon. Keine Sorge. Ich werde mich nicht in Ihre Pläne einmischen. Mir ist bewusst, dass Sie mich und meine törichten Altmännerideen nicht brauchen. Also werde ich einfach hier sein und mich mit meiner eigenen berauschenden Ablenkung amüsieren. Vielleicht kann ich eine hübsche, *abenteuerlustige* Dame überreden, mit mir im Ballon zu fahren. Ach übrigens, die Ihre befindet sich gleich hinter dieser Baumgruppe.«

Mark kniff die Augen zusammen und wandte sich ab.

Mina starrte in ihr Buch, sah aber nur das Bild dieser weißen Theatermaske vor Augen. Sie blinzelte das Trugbild weg und hob den Blick. Paare schlenderten Arm in Arm über den Rasen, Kinder jagten einander um die Bäume, und Kinderfrauen schoben chromglänzende Kinderwagen vor sich her. Alles um sie herum wirkte so normal. Alles *war* normal. An diesem Morgen war sie auf der Bond Street das zufällige Opfer eines Verbrechens geworden. Wenn ihr Angreifer ihr hätte etwas zuleide tun wollen, hätte er das getan, aber er hatte nur eine Strähne von ihrem Haar abgeschnitten. Den Vermutungen des Wachtmeisters zufolge litt die Person wahrscheinlich an einem *Haar-Fetischismus.* Solche Verbrechen kamen immer wieder einmal vor.

Warum also beharrte ihr Verstand darauf, ihr eine Welt von Dunkelheit und Gefahr und bevorstehendem Verhängnis zu zeichnen? Und darauf, nebelhafte Verbindungen herzustellen, wo keine sein sollten?

Lord Trafford war im Club unerwartet zu ihnen gestoßen. Bedauerlicherweise hatte er seine Eintrittskarte zu dem Konzert vergessen; daher hatte Mina darauf bestanden, ihm ihre zu überlassen. Verständlicherweise war er entsetzt gewesen über die Nachricht von dem Überfall auf sie, und obwohl er nichts als Sorge äußerte, wurde sie das Gefühl nicht los, als würde sie in seinen Augen langsam zu einem Fräulein, das regelmäßig in Nöte geriet.

Zuerst war sie auf dem Friedhof mit ihrer Waffe aufgefallen, und jetzt dies. Allein um zu beweisen, dass dieser Überfall sie kalt ließ, hatte sie alle zu dem Konzert gescheucht und nicht abgelassen zu versichern, dass sie lieber draußen im Park ihr Buch lesen wolle.

Jetzt aber stockte Mina der Atem, als sie einen großen, gut gebauten Herrn in grauen Hosen und dunkelblauem Gehrock erblickte. Breitschultrig und selbstbewusst trat Lord Alexander zwischen den Bäumen hervor. Sie biss sich auf die Lippe und betete, dass er sie nicht sah – und betete gleichzeitig, dass er es doch tat.

Ein kühler Blick aus blauen Augen suchte den Rasen ab und glitt desinteressiert über alle hinweg … bis er sie sah. Sein Schritt verlangsamte sich. Ein Lächeln umspielte seine Lippen. *Dieses* Lächeln. Liebreizend jungenhaft, ein Lächeln, in dem etwas Verschmitztes aufblitzte. Wonne schoss durch ihren Körper, wärmte ihr Busen und Gesicht. Ihre innere warnende Stimme – die sie sich als eine mürrische, säuerlich dreinblickende Version ihrer selbst vorstellte – riet ihr, wachsam zu bleiben. Aber er sah zu gut aus und war zu verführerisch, selbst für eine starke, vorausschauende junge Frau wie sie. Wie konnte sie sich da – unter den entsprechenden romantischen Umständen – entziehen? Wie konnte sie nicht erregt sein über die Aufmerksamkeit eines solch bemerkenswerten Mannes?

»Guten Morgen, Miss Limpett«, rief er, als er näher kam. »Gewiss sind Sie nicht allein hier, oder?«

»Ganz und gar nicht.« Sie legte das Lesebändchen zwischen die Seiten und klappte das Buch zu. »Die Familie hatte Karten für das Konzert im Clubhaus, und statt allein zu Hause zu bleiben, bin ich mitgekommen.«

»Ein Glück für mich.« Sein Schatten fiel schräg über sie.

Sie beäugte ihn unter der Krempe ihres Hutes hervor und fragte höflich: »Und was führt Sie nach Hurlingham?«

»Die Einladung einiger Freunde«, antwortete er vage.

Ja. Er musste Unmengen Freunde haben. Er besaß das gewisse Etwas, das alle möglichen Persönlichkeiten anzog und ihm Bewunderung und Gunst sicherte. Er war sowohl attraktiv als auch sympathisch, aber gleichzeitig ein wenig mysteriös.

Er fügte hinzu: »Ich vermute, sie sind aufgehalten worden. Aber ich bin ebenso erfreut, Sie hier zu finden. Darf ich mich zu Ihnen setzen?«

Besser, sie vermied eine solch verführerische Situation. Von Gefahren – auch der, die von ihm ausging – hatte sie für diesen Tag wahrhaftig genug. Sie wollte ihm keine weitere Chance bieten, wieder das Thema der Schriftrollen anzuschneiden. Also öffnete sie ihre Handtasche und schaute auf ihre Uhr, ohne die Zeit auch nur zu registrieren.

»Nun, ich muss leider aufbrechen, um mich mit der Familie zu treffen. Würden Sie mich zum Clubhaus begleiten?«

Sein Lächeln verblasste kaum merklich. »Natürlich.«

Sie schob ihr Buch in die Handtasche und stand auf. Nachdem sie einige Grashalme von ihrem Rock geklopft hatte, schloss sie sich ihm an. Sie gingen Seite an Seite – er überragte sie um einiges. Bildete sie sich die Anspannung zwischen ihnen nur ein, oder empfand er sie ebenfalls? Sie schlang die Finger beider Hände um den Ebenholzgriff ihrer Handtasche.

»Ist es Ihnen gut ergangen in den letzten Tagen?«, erkundigte er sich, den Blick fest auf ihr Gesicht gerichtet.

Nein, sie bildete sich die Anspannung nicht ein. Sie rief sich ins Gedächtnis, dass Männer wie er eine solche Spannung bewusst aufbauen konnten und dieses Talent wie eine Waffe benutzten. Es hatte anscheinend diese Art von *Anspannung* zwischen ihnen und ihrer Tante gegeben, und vielleicht gab es sie mit ihrer Tante noch immer. Ihr Stolz würde nie zulassen, dass sie sich der Schar von Verehrerinnen anschloss, eine Rivalin um seine Gunst wurde.

Sie nickte. »Im Haus ist immer irgendetwas los. Die Mädchen waren natürlich beschäftigt mit ihren gesellschaftlichen Aktivitäten, und Lady Trafford steckte ganz in den Vorbereitungen für ein Gartenfest, das sie am Donnerstag geben wird. Sie hat einen großartigen Geschmack. Ich bin mir sicher, das Ereignis wird das Gesprächsthema der Saison werden.«

»Aber was ist mit Ihnen?«, hakte er nach und erzwang die persönliche Note, die sie vermieden hatte.

Sie zuckte die Achseln. »Ich lese. Ich gehe spazieren. Ich lese und gehe noch ein wenig mehr spazieren.«

Er lachte leise und tief aus der Brust, Humor gemischt mit maskuliner Macht. Ihr gefiel dieses Lachen – zu sehr. Im Geiste forderte sie ihn beinahe dazu heraus, nach den Schriftrollen zu fragen, damit sie einen guten Grund hatte, ihm noch weiter aus dem Weg zu gehen, aber er tat es nicht.

»Ich bin mir sicher, es gibt bestimmt noch andere Dinge, mit denen Sie Ihre Zeit verbringen«, sagte er.

»Ja, ich beschäftige mich mit den Papieren meines Vaters. Mit seinen Notizen.« Jetzt forderte sie ihn doch heraus, und das ziemlich verwegen. »Sie enthalten nichts von Bedeutung, aber ich denke, sie werden einige hübsche akademische Abhandlungen abgeben. Ich werde sie bei der Königlichen Geografischen Gesellschaft einreichen, und wir werden sehen, ob sie sie veröffentlichen.«

»Unter dem Namen Ihres Vaters?«

»Ja«, erwiderte sie, dann betonte sie: »Natürlich posthum.«

»Sie haben immer die Artikel Ihres Vaters geschrieben, nicht wahr?«, fragte er.

Sie zuckte die Achseln. »Mehr oder weniger. Früher hat meine Mutter das für ihn erledigt. Er war immer sehr gut darin, Übersetzungen zu machen, Beobachtungen und Landvermessungen anzustellen, aber aus irgendeinem Grund fiel es ihm nie leicht, seine Gedanken zu ordnen und zu Papier zu bringen.«

»Ich habe alle Veröffentlichungen Ihres Vaters gelesen, müssen Sie wissen.« Er neigte den Kopf, und der Schatten seines Zylinders fiel über ihre Röcke. »Sie sind außerordentlich gut geschrieben, und ich bin mir sicher, dass Sie einiges davon über Landexpeditionen und Bergbesteigungen aufgezeichnet haben. Sie sollten sie unter Ihrem eigenen Namen veröffentlichen, zumindest zusammen mit seinem.«

»Vielen Dank.« Seine Bewunderung und Ermutigung waren wie eine körperliche Liebkosung.

»Vielleicht könnten Sie« – er zuckte elegant die Achseln – »mir irgendwann einmal helfen, einen Sinn in meine eigenen Expeditionspapiere zu bringen.«

»Vielleicht.«

Sein Blick fiel auf ihre Lippen. »Ich vermute, dass wir viele gemeinsame Interessen haben.«

Sie war beinahe sicher, dass seine Worte eine verborgene Bedeutung enthielten und vielleicht sogar eine Einladung – eine, die nichts mit Aufzeichnungen oder Papieren oder fremdländischen Expeditionen zu tun hatte. Zu ihrem Entsetzen stellte sie fest, dass sie eine größere Vertrautheit zwischen ihnen herbeisehnte. Sie wollte ihn nach seiner Familie fragen, nach seinem Interesse an Sprachen und der Altertumskunde. So sehr sie sich ein Heim und Familie und Dauerhaftigkeit wünschte – es schien ihr jetzt beinahe so, dass auch ein Verlangen nach Abenteuer in ihrem Blut lag.

Sie umrundeten eine dichte Baumgruppe. Dahinter schwebte zu Minas Überraschung ein Ballon aus senkrechten, abwechselnd scharlachroten und goldenen Seidenbahnen. Ein schmaler Korb hing darunter, ungefähr dreißig Zentimeter über dem Boden.

»Wie *aufregend.* Jemand hat einen Ballon hergebracht«, sagte sie.

Ohne seinen beunruhigenden Blick von ihr abzuwenden oder dem Ballon auch nur die geringste Beachtung zu schenken, fragte er: »Sind Sie jemals … mit einem gefahren?«

»Nein, aber ich habe es mir immer gewünscht.«

Das Fliegen hatte sie stets fasziniert. Sie konnte sich nicht vorstellen, wie erregend es wäre, aus der Vogelperspektive auf die Erde hinabzuschauen.

Als Lord Alexander ihr eine Hand ins Kreuz legte und sie zu dem Ballon führte, versteifte sie sich. »Wollen wir ihn uns dann einmal ansehen?«

So energisch. So selbstbewusst. So freundlich.

Nach einigen Schritten – viel zu wenigen – ließ er seine Hand sinken und ging vor, um mit der Person zu sprechen, die anscheinend das Kommando hatte. Es war ein munterer kleiner Herr mit distinguiertem grauen Haar, einer Augenklappe und einem Schnurrbart. Er verzog die Lippen und nickte enthusiastisch.

Lord Alexander drehte sich zu ihr um, sein fester Blick einladend, und winkte sie heran. Mina trat zu ihm.

Der silberhaarige Herr verkündete: »Der Preis beträgt zwanzig Pfund.«

Lord Alexander musterte den Mann mit zusammengekniffenen Augen. »Natürlich. Es *muss* einen Preis geben, nicht wahr?«

Dann zog er seine Börse heraus und entnahm ihr die nötigen Pfundnoten.

Minas Herz tat einen Satz. »Sie werden damit fahren?«

»Nein, *Sie und ich* werden damit fahren.«

»Oh.« Sie presste die Lippen aufeinander. »Ich weiß nicht … ich sollte mich mit der Familie im Clubhaus treffen.«

»Es ist Viertel vor«, konterte er. »Ich bin mir sicher, das Konzert wird nicht vor elf enden.«

Sie sah sich um, vielleicht auf der Suche nach Rettung. Ihre Wangen röteten sich. Zwei Hände tauchten zwischen ihr und dem Lord auf – eine präsentierte einen langen Bogen Papier mit gedruckten Worten, die andere einen silbernen Füllfederhalter.

Der winzige Ballonfahrer warf ein: »Bevor Sie in den Korb steigen, muss ich Sie beide bitten, auf der unteren Linie zu unterzeichnen, um damit zu bestätigen, dass Sie allein für alle Schäden verantwortlich sind, die Sie selbst irgendwelchen Dritten auf dem Boden oder dem Ballon und seiner Ausrüstung zufügen.«

»Oje«, lachte sie leise. *Ängstlich.* Es schien, als würde sie tatsächlich zu ihrer ersten Fahrt mit einem Ballon aufbrechen. Vielleicht war es genau das, was sie brauchte, buchstäblich, um ihre Lebensgeister dauerhaft über die Ereignisse der vergangenen Monate hinwegzuheben.

Aller Vorsicht zum Trotz kritzelte Mina ihren Namen auf die Linie. Lord Alexander tat das Gleiche. Der kleine Herr entriegelte die Tür und half ihr mit einer dramatischen Verbeugung hinein. Das Bodenbrett, auf dem ringsum an den Seiten des Korbs schmale Sandsäcke aufgestapelt lagen, schwankte leicht unter ihren Füßen, und sie hielt sich am Geländer fest.

Immer mehr Schaulustige versammelten sich. Lord Alexander stieg neben ihr ein. Die Tür wurde geschlossen.

»Ich dachte, der Ballonfahrer käme mit.«

»Diesen zusätzlichen Ballast brauchen wir nicht.« Seine Augen glitzerten verschmitzt.

Der grauhaarige Herr trat von dem Ballon weg und deutete nach oben. Er rief seinen Helfern zu: »Langsam, langsam … sehr gut, meine Herren.«

Mina stieß ein tiefes, kehliges Keuchen aus. Zu spät. *Zu spät, um umzukehren.* Sie wusste nicht, was sie nervöser machte: dass sie in diesem Korb mit Lord Alexander allein war oder dass sie ohne den Ballonfahrer aufstiegen. Sie schob den Griff ihrer Handtasche in die Ellbogenbeuge und hielt sich mit den Händen an den dicken Seilen an ihrer Seite fest.

»Mein Magen schlägt Purzelbäume.« Sie schaute zu dem Riesenballon auf. »Ich kann nicht glauben, dass ich das tue.«

Lord Alexander, hochgewachsen und unerschütterlich, tat es ihr gleich und legte – ihr gegenüber – seine langen Arme um die Seile. Er grinste. »Halten Sie sich fest.«

Plötzlich schoss der Ballon hoch wie eine Kugel, direkt in den Himmel hinein. Die Menschen, das Gras und die Bäume verschwanden wie im Nebel. Der Luftdruck presste ihr die Krempe der Haube an die Wange, und ein wilder, kitzliger Jubel durchzuckte sie, als würde ihr der Magen durch die Fußsohlen schießen. Lord Alexander flog der Hut davon und wirbelte in das Blau des Himmels hinein. Er lachte aus tiefster Brust – es klang wunderbar. Sie stieß ein kleines Kreischen aus – aber zu ihrem Erstaunen wurde ihr bewusst, dass sie dabei lächelte.

Genauso plötzlich, wie der Ballon seinen Aufstieg begonnen hatte, beendete er ihn auch. Der Korb ruckte und schwankte.

Obwohl sie sich festhielt, stolperte sie gegen Lord Alexander. »Oh!« Mit einer Hand auf dem Geländer legte er ihr die andere um die Taille, resolut und sicher. Der Korb pendelte sich aus und hörte mit seinen sprunghaften Bewegungen auf. Mina schlug das Herz bis zum Hals, als ihr klar wurde, dass sie jetzt über der Erde schwebten, in einem winzigen Korb, aber vor allem wegen des angenehmen Gefühls seines Arms um ihrer Taille. Unter seiner teuren Kleidung schien seine Brust aus Stein gemacht zu sein, dem Körper eines altertümlichen Kriegers ähnlicher als dem eines gelehrten Londoner Herrn. Und er roch gut. *Göttlich.* Nach Gewürz und Haut und Mann.

Sie löste sich von ihm und trat zurück, zwei ganz kleine Schritte, denn das war alles, was der winzige Raum des Korbs zuließ. Ihre Röcke pressten sich an das Weidengeflecht.

»Sollte das passieren?«, stieß sie hervor.

Sie umfasste das Geländer mit beiden Händen. Ihr Blick wanderte zwischen seinem erheiterten Gesicht und der Aussicht unter ihr hin und her. Der Schatten des Ballons bewegte sich über die Wiese unter ihnen. Ein Führseil baumelte bis ganz nach unten. Die Menge winkte und jubelte. Mina löste die Hand gerade lange genug vom Geländer, um zurückzuwinken.

»Ich dachte, wir würden festgemacht und viel näher am Boden bleiben.«

»Es muss da ein … Missverständnis gegeben haben.« Die Betonung des Wortes »Missverständnis« und sein Lächeln offenbarten alles.

Sie platzte heraus: »Sie böser Mann. Sie wussten, dass wir aufsteigen und fahren würden, nicht wahr?«

Die sanfte Brise drückte ihm das Haar an die Wange. Er grinste, ein schelmischer Schurke, dem gerade ein gut geplanter Trick gelungen war. »Ich leugne es nicht.«

Sie konnte nicht einmal wütend sein. Der Augenblick war perfekt. Lord Alexander war perfekt. Sie schmolz im Innern. Warum musste sie ihn so sehr mögen?

Es ging kaum noch ein Lüftchen. Der Ballon schwebte in Richtung Clubhaus. Überall um sie herum sah sie Dächer und Türmchen und Straßen und Gassen. Sie staunte über den Anblick der Themse, die sich wie eine dunkle Natter an der Südgrenze des Clubgeländes entlangschlängelte.

»Woher wussten Sie, dass ich bereit sein würde mitzukommen?«, fragte sie.

»Weil Sie wie ich sind«, antwortete er. »Sie sind abenteuerlustig.«

Musik schallte vom Clubhaus gen Himmel.

Er strich mit den Händen über das Geländer und trat auf Mina zu.

Der Korb neigte sich, und Mina schnappte nach Luft, während sie gegen die Seile gepresst wurde. Mit dem Stiefelabsatz schob Lord Alexander geschickt einen Sandsack ans gegenüberliegende Ende. Der Korb pendelte sich wieder aus.

»Hier habe ich ein Abenteuer für Sie.« Er bot ihr die Hand. »Haben Sie jemals in den Wolken getanzt?«

Jetzt schlug ihr Herz Purzelbäume. Mina starrte auf seine Hand. Elegant und fest war sie nach oben gedreht, mit langen, schmalen Fingern. Etwas regte sich tief in ihrer Brust: Es war die Abenteuerlust, von der er gesprochen hatte und die jetzt wieder erwachte.

Woher konnte er von der jungen Frau wissen, die sie gewesen war, bevor das Leben sie gezeichnet hatte?

Ihr Herz schlug schneller, und sie ergriff seine Hand.

Sanft zog er sie näher an sich heran, in die Mitte des Korbs. Die Musik wehte noch immer leise und sanft zu ihnen empor. Er legte den Arm um sie. Seine Hand ruhte auf ihrem Kreuz, er zog sie noch näher an sich – näher als schicklich –, so nah, dass nur ein Fingerbreit sie voneinander trennte. Ihr Körper erwachte – ihr Mund, ihre Brustwarzen und ihre Oberschenkel sehnten sich danach, diesen winzigen Abstand zu überwinden. Mina leckte sich die Unterlippe.

Gemeinsam bewegten sie sich, behutsam und auf ihr Gleichgewicht bedacht, und drehten sich sachte zur Musik.

Ein plötzlicher Windstoß erfasste den Ballon. Der Korb neigte sich gerade weit genug, um sie gegen Lord Alexanders Brust zu drücken. Die Hand auf ihrem Rücken verstärkte den Druck etwas, um sie festzuhalten. In einem Sekundenbruchteil traf sie die Entscheidung, die Vertraulichkeit zuzulassen. Sie standen da und tanzten nicht länger, sondern umarmten einander und lauschten auf die Musik.

»Miss Limpett …«

Er beugte sich vor. Sie schloss die Augen, denn sie spürte seine Absicht.

Ein sanfter Druck hob ihr Kinn.

»Lord Alexander …«, warnte sie ihn leise.

»Mark. Mein Name ist Mark.«

Er drückte seinen Mund auf ihren.

Mit diesem Kuss setzte Marks Verstand aus. Oder vielmehr fand er ihn wieder. Wie ein Schlag traf ihn die Erkenntnis, dass er sie mehr wollte, als er seit sehr langer Zeit irgendetwas gewollt hatte, und das aus Gründen, die nichts mit Strategie oder der Rettung seiner eigenen Haut zu tun hatten.

Unschuldige, perfekte Lippen lagen weich und feucht auf seinen. Hitze durchströmte seine Lenden.

»Mark …« Sie schmiegte ihre Wange an seine.

»Ja?«

Abrupt löste sie sich von ihm.

»Sie hätten das nicht tun sollen.« Ihre braunen Augen, die strahlend und erregt gewesen waren, trübten sich sofort.

Er war sicher, dass mit seinen Augen das Gleiche passierte. »Warum nicht?«

»Ich bin nicht auf *diese* Weise abenteuerlustig.«

Sie legte die Hand auf seine Brust und drückte so lange, bis er auf seine Seite des Korbs zurückkehrte. Was konnte er sagen? Wenn er versuchte, sie zu überreden, würde er am Ende wie ein Esel klingen. Aus dieser Entfernung, auf Armeslänge von ihr ferngehalten, konnte er sie nur bewundern – und sich selbst dafür verfluchen, dass er das Ausmaß der Anziehung zwischen ihnen offensichtlich falsch eingeschätzt hatte.

»Ich habe Sie gekränkt.« Der Impuls, sie zu küssen, war ihm vollkommen natürlich vorgekommen. »Ich wollte nicht respektlos sein.«

Sie runzelte die Stirn, dann schaute sie über das Geländer und wieder zurück zu ihm. »Es ist nicht so, dass ich den Kuss nicht genossen hätte – es ist vielmehr so, dass ich befürchte, dass ich Sie zu sehr mögen könnte. Ich hoffe, Sie verstehen, was ich damit meine.«

Keine verbotene Affäre. Hände weg. Das war es, was sie damit meinte.

Ohne auf eine Reaktion von ihm zu warten, drehte sie sich wieder zum Geländer um und richtete den Blick auf die Landschaft unter ihnen. »Ich nehme an, Sie wissen, wie man dieses Ding zurück auf die Erde bringt.«

»In der Tat.«

»Dann denke ich, Sie bringen uns besser nach unten, bevor wir keinen festen Grund mehr unter uns haben und über dem

Fluss sind. Ich weiß nicht, ob Sie jemals versucht haben, in Unterröcken zu schwimmen, aber es ist nicht leicht.«

Mark wusste, dass sie recht hatte, aber verdammt, er hatte sich von ihrem Abenteuer einen anderen Ausgang versprochen. Er hatte noch nie während einer Ballonfahrt eine Frau geliebt, und er müsste lügen, wenn er behaupten sollte, der Gedanke wäre ihm nicht gekommen. Und wenn das schon nicht sein konnte, hatte er zumindest gehofft, eine solidere Verbindung zu ihr knüpfen zu können.

Er zog an der Ventilleine und ließ eine wohlabgemessene Menge von Gas aus dem Ballon. Der Ballon begann langsam zu sinken. Im Clubhaus schien das Konzert gerade zu Ende gegangen zu sein. Finger zeigten in ihre Richtung. Stimmen wurden laut. Aller Gesichter wandten sich nach oben. Er erkannte Lucinda und Lord Trafford auf der Treppe, ebenso dessen Töchter. Vier Unterkiefer klappten einmütig herunter.

»Hallo«, rief Miss Limpett und winkte.

Mark öffnete das Ventil noch einmal.

Der Boden kam ein wenig schneller näher, als Mark beabsichtigt hatte, wahrscheinlich ein Ergebnis seiner Geistesabwesenheit wegen Miss Limpetts unerwarteter Zurückweisung.

»Das geht aber schnell nach unten«, kreischte sie. Ihre Wangen waren rosig, und sie strahlte. Sie schien keine Angst zu haben, sondern war lediglich aufgeregt. »Machen wir eine Bruchlandung?«

Er kicherte und schüttete einen Sandsack über das Geländer aus und dann noch einen zweiten. Der Sinkflug verlangsamte sich ein wenig, und sie schwebten knapp über den Rasen hinweg und eine Baumreihe entlang. Langsamer. Langsamer. Der Ballon schwebte jetzt mehr vor als über ihnen, eine sich kräuselnde Woge von Seide.

Eine Kante des Korbs traf auf den Rasen.

Der Korb holperte über den Boden, kippte um, und die beiden Ballonfahrer rollten ins Gras.

Mark richtete es so ein, dass er auf dem Rücken landete und Miss Limpett über ihm.

Es bedurfte nur einer schnellen Drehung, und er hatte sie unter sich. Er starrte ihr in die Augen.

»Ich mag dich bereits viel zu sehr«, murmelte er.

Dann umfasste er ihr Gesicht mit den Händen und küsste sie hart, mit Lippen, Zunge und Zähnen, so leidenschaftlich und vergnüglich, dass sich seine *eigenen* Zehen in seinen Stiefeln krümmten. Als er Leute kommen hörte, rollte er sich schnell von ihr herunter.

Miss Limpett richtete sich auf, ihre Wangen strahlend und rosig, ihr Haar lose und ihr Häubchen schief.

Sie sah ihn an und flüsterte: »Ich widerrufe meine frühere Entscheidung, Lord Alexander. Sie dürfen mich nach Belieben aufsuchen.«

Ein Lächeln erschien auf Marks Gesicht.

6

Mark saß mit Mina und Lucinda auf einer rot-weiß gestreiften Decke im Schatten eines großen Baums und genoss den letzten Rest eines kalten Mittagessens. Ein Diener hatte ihnen aufgewartet und aus drei großen Körben serviert. Es gab knusprige Brötchen, hartgekochte Eier, Roastbeef und Huhn, Käse, Früchte und sogar Champagner.

Ganz zu schweigen von einem Dutzend heimlicher, flüchtiger Blicke zwischen ihm und Mina. Jeder war ein Stich der Vorfreude in seinem Körper – auf alles, was da noch kommen würde. Schriftrollen, Mina. Mina, Schriftrollen. Der Morgen hatte sich als besser erwiesen, als er erwartet hatte.

In der Vergangenheit war er von anderen Amaranthinern wegen seiner Tändeleien mit Sterblichen getadelt worden. Doch sterbliche Frauen in der Blüte ihres Lebens hatten etwas, das ihn stets aufs Neue erregte. Sie waren wie eine exotische Blume, die nur ein einziges Mal blühte.

Miss Limpett war eine solche Blume. Jedes Mal, wenn er sie sah, kam es ihm vor, als sei eine unsichtbare Schicht von ihr freigelegt, um das unvergleichliche Juwel darunter zu entblößen.

Lord Trafford hatte sich aufgemacht, um den Schießwart zu suchen. Mark hatte so lange direkten Blickkontakt mit Evangeline und Astrid vermieden, bis sie endlich aufgegeben und sich zu einem Spiel Badminton mit zwei gut gekleideten jungen Herren bereiterklärt hatten. Ein Federball flog zwischen den Paaren hin und her.

Lucinda drückte Minas Hand. »Miss Limpett, sind Sie sich sicher, dass Sie sich von Ihrer Aufregung erholt haben? Sie sehen ein wenig fiebrig aus.«

Lucindas Blick wanderte tadelnd zu Mark.

»Mir ist nur ein wenig warm.« Mina hob ihren weißen Steingutbecher und nippte an ihrer Limonade. »Davon abgesehen geht es mir sehr gut. Nicht einmal einen blauen Fleck habe ich. Lord Alexander ist ein hervorragender Ballonfahrer. Ich kann seine fliegerischen Fähigkeiten nur jedem empfehlen.«

Astrid kam näher und wirbelte ihren Schläger in der Hand. »Miss Limpett, wir haben Lord Kilmartin gerade an eine Nachmittagsverabredung verloren und brauchen einen vierten Spieler. Hätten Sie vielleicht Lust?«

Mina war überrascht und erfreut. »Ja, natürlich.«

Ihr und Marks Blick trafen sich ein weiteres Mal, als sie aufstand und ihre Cousine zurück zu dem Netz begleitete, das zwischen zwei Bambuspfählen aufgespannt war. Inzwischen begann der Diener, die Reste des Picknicks abzuräumen. Nachdem er alles in dem letzten offenen Korb verstaut hatte, brachte er die Körbe zurück zur Kutsche.

»Lord Alexander«, sagte Lucinda.

»Lady Trafford.«

»Mark.«

»Lucinda.«

Sie ließ ihren Sonnenschirm unentwegt kreiseln. »Wir haben unsere Nichte außerordentlich lieb gewonnen.«

Er hatte gewusst, dass dieses Gespräch kommen würde, und seufzte. »Ich kann verstehen, warum. Sie ist eine bemerkenswerte junge Frau.«

Ihre Brauen zogen sich zusammen, und ihre Lippen zuckten, als hätte er sie mit diesem schlichten Kompliment für eine andere Frau verletzt.

»Mir gefällt dieses Spiel nicht.«

»Welches Spiel, Lucinda?«, fragte er leise. »Das einzige Spiel, von dem ich weiß, findet gleich dort drüben auf dem Rasen statt.«

Selbst jetzt, mitten in diesem lächerlichen Gespräch, konnte er den Blick nicht von Mina abwenden. Nicht von der liebreizenden Wölbung ihrer Wange oder ihrem ranken Hals. Nicht von ihrer schlanken Taille, ihren fließenden Bewegungen. Ihr Kuss hatte sein Interesse erst recht entflammt. Ja, er wollte ihren Vater wegen seiner Schriftrollen. Aber er konnte nicht leugnen, dass er auch Mina Limpett wollte. Und er würde sie bekommen. Solange er wollte.

»Es ist ganz klar, was Sie zu tun versuchen«, sagte Lucinda.

»Und das wäre?«

»Sie wollen mich eifersüchtig auf meine Nichte machen.« Ihr Schirmchen drehte sich schneller. »Die Idee ist lachhaft.«

»Besonders lachhaft, da ich ganz und gar nicht versuche, Sie eifersüchtig zu machen.«

»Was war dann das? Die Ballonfahrt? Einfach über unsere Köpfe zu fliegen und dann irgendwo zu landen, wo wir Sie nicht sehen konnten? Ganz offensichtlich ein Affront.«

»Ich habe keine Kontrolle über die Naturgewalten.« Eine wahre Aussage, sehr zu seiner Bestürzung, obwohl er eingestehen musste, bis zu einem gewissen Grad den Korb manipuliert zu haben.

Sie zischte: »Sie sind ein Lüstling.«

Er antwortete gelassen: »Ich wüsste nicht, was daran auszusetzen ist, Miss Limpett aufzumuntern. Sie hat drei sehr düstere Monate hinter sich, mit dem Wissen aller Einzelheiten über den Tod ihres Vaters. Ich war mit ihrem Vater durch seine Forschungsvorhaben bekannt. Was kann es schaden, wenn ich ihr eine schickliche halbe Stunde der Ablenkung biete?«

»Ihr Haar war *zerzaust,* als wir Ihnen dort auf dem Rasen entgegengekommen sind. Sie hat dieses heimliche kleine Lächeln gelächelt, das nur Frauen lächeln. Sind Sie sich sicher, dass Fliegen die einzige Ablenkung war, die sie ihr in diesem Ballon verschafft haben?«

Ihre Worte erzürnten ihn unerwarteterweise. Sie waren ein Echo jener Worte, die Leeson an diesem Morgen gesprochen hatte. Lord Alexander, der gewissenlose *Verführer*? War er zu einer solchen Karikatur von einem Mann geworden?

In diesem Moment begriff er, dass es stimmte. Ihre Anschuldigung war im Kern wahr. Es war seine Absicht gewesen, Miss Limpett in dem Ballon so weit wie möglich zu verführen. Selbst jetzt grübelte er darüber nach, wie er sie bekommen konnte. Sie behalten konnte. So lange, wie es ihm gefiel.

»Ich versichere Ihnen, meine Absichten gegenüber Miss Limpett sind ehrenhaft und aufrichtig.«

Er schwor, dass es die Wahrheit war, zumindest soweit das in seiner Macht lag. Außerdem – auch wenn er Mina mit der Absicht manipuliert hatte, seinen eigenen Geist und seine Seele zu retten, würde er es ihr zehnfach vergelten, selbst wenn es bedeutete, dass er ihr einen Palast erbauen musste, der prächtiger war als der der Königin.

Tausende von Frauen würden alles für eine solche Ehre geben.

»Aber mir gegenüber waren Ihre Absichten nicht aufrichtig oder ehrenhaft, nicht wahr, Mark?«, klagte sie ihn an.

»Ich habe Sie niemals in die Irre geführt.«

»Nein.« Sie warf den Schirm weg und ließ sich gegen einen Baumstamm sinken. »Offensichtlich habe ich mich selbst in die Irre geführt.«

»Es war ein Flirt, Lucinda.«

Sie versteifte sich. »Nicht nur das.«

»Wir haben uns *geküsst.«*

Sie wandte den Blick ab, schüttelte den Kopf und lächelte bitter. »Gott sei Dank habe ich mich für Trafford aufgespart. Er ist die große Leidenschaft meines Lebens.«

Er sah die Lüge in ihren Augen, und für einen Moment hatte er Mitleid mit ihr. Sie hatte getan, wozu jede junge Dame ihrer Klasse und ihres gesellschaftlichen Stands erzogen wurde. Sie hatte einen wohlhabenden Adligen betört und ihre prächtige Hochzeit gehabt. Jetzt sah sie sich mit einem Mann vermählt, den sie kaum kannte – einem älteren Mann, für den sie keine besondere Leidenschaft empfand. Aber ihre Ehe war nicht seine Sorge.

»Das ist wunderbar. Ich wünsche Ihnen nur das Beste, Lucinda.«

»Sie wird Sie schnell langweilen«, murmelte sie gehässig. »Sie ist eine kleine graue Maus, Mark, das ganze Gegenteil der Art von Frau, die Sie brauchen.«

Ihre Lippen waren zu einem schmalen Strich verzogen, und das Leuchten in ihren Augen hatten etwas Grausames, etwas, das er noch nie zuvor wahrgenommen hatte. Eifersucht konnte einem Menschen offenbar schreckliche Dinge antun. Er konnte sich nicht aus erster Hand an das Gefühl erinnern.

Trafford kam von der Schießanlage zurück. Bei jedem zweiten Schritt drückte er seinen Gehstock in den Boden. Ein unbehagliches Schweigen lag in der Luft, während sie auf ihn warteten.

»Lucinda.« Lord Trafford blieb am Rand der Decke stehen. Sonnenschein verwandelte das Prisma seines Gehstocks in einen Miniaturregenbogen. »Der Schießwart hat sich bereit erklärt, dich schießen zu lassen. Ich habe ihm dafür zugesagt, im Frühjahr die Pflanzen für den nördlichen Teil des Gartens zu finanzieren. Dein Wunsch wird dir also erfüllt. Aber nur für heute.«

»Sehen Sie, Lord Alexander, es ist genau so, wie ich gesagt habe.« Leuchtend rote Flecken standen auf ihren Wangen. »Mein Mann verwöhnt mich, wo er nur kann.«

Lord Trafford lächelte, sichtlich erfreut über ihr Lob. Er bot ihr die Hand und half ihr, von der Decke aufzustehen. Dann erkundigte er sich: »Lord Alexander, möchten Sie mitkommen und zuschauen? Sie könnten Lucindas Taubenschießen bewerten.«

»Vielen Dank, Lord Trafford, aber ich werde hierbleiben«, antwortete Mark höflich. Er hatte Taubenschießen schon immer für einen feigen Sport gehalten.

Lord und Lady Trafford verschwanden zwischen den Baumreihen. Mark blieb auf der Decke sitzen und beobachtete das Spiel – beobachtete Mina. Doch als er die unverkennbare Intensität von jemandem spürte, der seine Aufmerksamkeit auf ihn richtete, ließ er den Blick über das Gelände wandern. Am anderen Ende des Rasens ging eine Frau langsam hinter den Säulen des Clubhauses entlang und schaute unter der Krempe ihres extravaganten scharlachroten Huts hervor. Es war Selene, gekleidet mit all ihrer gewohnten Eleganz.

Das Geräusch von Flintenschüssen hallte durch die Bäume – eine Abfolge von drei Schüssen, direkt hintereinander. Lucinda schoss auf Tauben, die aus einem Käfig freigelassen wurden.

Mark fühlte sich ähnlich wie eine dieser Tauben, nur dass er unter Beobachtung seiner Schwester stand. Wenn Selene seine Vollstreckerin sein wollte, dann mochte es so sein. Aber es gab keinen Grund für sie, im Schatten der Bäume zu lauern und sich an ihn heranzupirschen – und ihn merken zu lassen, dass sie ihn verfolgte.

Er stand auf. Er würde einfach zu ihr hinübergehen, um mit ihr zu reden. Gewiss war sie nicht hergekommen, um auf dem Kricketfeld mit ihm zu kämpfen.

Als er über den Rasen ging, schaute er noch einmal zu Mina hinüber. Sie wartete auf den nächsten Aufschlag ihrer Gegner. Die kurzsichtige Evangeline schlug auf den Federball ein, als der längst im Sinkflug war.

Seine Sinne schrien ihm eine Warnung zu.

Irgendetwas schoss mit gefährlicher Geschwindigkeit durch die Bäume auf Mina zu. In der nächsten Sekunde gellte der unverkennbare Knall eines Schrotschusses durch den Park. Mark vergaß Selene und rannte auf Mina zu; Furcht schnürte ihm die Brust zu.

Mina wirbelte herum, blieb aber stehen; ihr Schläger war herabgesunken. Sie bewegte sich nicht. Stattdessen stand sie wie gelähmt da.

»Sind Sie getroffen worden?« Mark packte sie an den Schultern und ließ sie ins Gras gleiten. Er berührte die zerrissene Seide ihres Rocks und schaute ihr ins vollkommen ausdruckslose Gesicht. Wenn sie angeschossen worden war, hatte sie es nicht bemerkt.

Lord und Lady Trafford kamen auf sie zugeeilt. Lucinda, aschfahl im Gesicht, trug eine doppelläufige Schrotflinte, die sie auf die Erde richtete.

Mark hob Minas Röcke nur um einige Zentimeter. Blut befleckte den Strumpf darunter.

Sie flüsterte benommen: »Ich bin es ziemlich müde, interessante Tage zu haben.«

Fünf Minuten später trug er sie zur Einfahrt, wo die Kutsche der Traffords wartete.

»Wie meinen Sie das, jemand hat Miss Limpett heute Morgen auf der Straße überfallen?« Er hatte große Mühe, die volle Stärke seines Zorns aus seiner Stimme herauszuhalten.

»Ich bin nicht verletzt worden«, beharrte Mina, die die Arme um seinen Hals geschlungen hatte. »Und ich bin auch jetzt nicht verletzt. Es ist nur ein Kratzer von einem Körnchen Vogelschrot.«

Wenn sie nicht verletzt war, warum war sie dann so bleich? Warum zitterte sie in seinen Armen?

Als sie sich der offenen Kutschentür näherten, entwand sie sich seinem Griff, und ihre Wangen röteten sich. »Vielen Dank, Lord Alexander.«

Er war sich nicht sicher, was ihre Augen ihm sagen wollten, aber unter den eindringlichen Blicken ihrer Familie kletterte sie schnell in die Kutsche. Er wollte sie nicht gehen lassen.

Lucinda, die das Gesicht gesenkt und unter der Krempe ihres Huts verborgen hielt, stieg hinter ihr ein, gefolgt von Evangeline und Astrid.

»Oh, mein liebstes Mädchen. Es tut mir ja so leid!«, rief Lucinda und nahm Mina in die Arme.

»Es ist nicht Ihre Schuld«, versicherte Mina ihr leise.

Auf dem Badmintonfeld hatte Lucinda unter Tränen erklärt, dass sowohl sie als auch Mina die Opfer einer Fehlzündung seien. Sie hatte von jedem, der zuhören wollte, verlangt, dass die Flinte auf einen Defekt untersucht würde.

»Astrid, heb die Beine deiner Cousine auf das Kissen.«

Mina protestierte: »Das ist nicht notwendig.«

Trafford sah Mark an, tippte sich an den Hut und schüttelte den Kopf. Er murmelte schroff: »Verdammt noch mal zu viel Aufregung für einen einzigen Tag.«

Er stieg ebenfalls ein.

Lucinda verkündete mit blitzenden Augen und gedämpfter Stimme: »Es tut mir leid, Lord Alexander. Wir haben einfach keinen Platz mehr für Sie in der Kutsche.«

Der Lakai schloss die Tür und ging um die Kutsche herum, um hinten aufzusteigen. Der Kutscher trieb mit seiner Peitsche die Pferde an, und das Gefährt rollte los.

Mark schlenderte langsam zum Clubhaus zurück. Selene war nirgends mehr zu sehen. Also machte er sich auf den Rückweg zu seinem Schiff und fragte sich, was eigentlich gerade passiert war. Er konnte nicht glauben, dass Lucinda absichtlich auf Mina schießen würde, aber irgendetwas stimmte da nicht. Als sie mit dieser Kutsche losgefahren waren, hatte ihn irgendetwas beunruhigt.

Als er endlich die Albert Bridge wieder im Blick hatte, sah er, dass sich darauf und an der Uferpromenade vor der Brücke eine dichte Menschenmenge versammelt hatte. Eine mächtige Welle von Gefühlen – morbide Neugier und Entsetzen – ging von der Menge aus. Er musste diese Gefühle schon eine Weile gespürt haben, ohne sich dessen bewusst gewesen zu sein, weil seine Angst um Mina ihn zu sehr beschäftigt hatte.

Auf der Uferpromenade wimmelte es von Polizeibeamten in blauen Uniformen und den Bobbys mit ihren hohen Helmen. Zeitungsreporter hockten hinter Kameras auf hohen Stativen. Ein Boot der Wasserschutzpolizei fuhr dicht am Ufer entlang, und weitere Beamte wateten durchs Wasser; sie trugen Hüfthosen aus Gummi. Mit Stöcken stocherten sie im Wasser herum und fischten mit Netzen Müll heraus. Mark schaute über den Fluss und nahm das gleiche Maß an Aktivität am gegenüberliegenden Ufer wahr.

Leeson tauchte aus der Menge auf und kam auf ihn zugeeilt. »Euer Gnaden!«

»Was geht hier vor?«, fragte Mark.

»Schreckliche Dinge.« Der Unsterbliche senkte die Stimme. »Soweit ich in Erfahrung bringen konnte, hat heute Vormittag ein junger Mann drüben am Ufer von Battersea unter der Brücke eine furchtbare Entdeckung gemacht.«

Mark schloss die Augen. »Sagen Sie es schon.«

Leeson nickte. »Ich habe es nicht selbst gesehen, aber ich habe sehr genau zugehört, und mehrere der Beamten sprachen von einem *Oberschenkel*.«

Mark blinzelte ungläubig. Er schaute in den Himmel hinauf, um sich davon zu überzeugen, dass die Sonne nicht auf die Erde stürzte, denn genauso eine Art von Tag war es. »Sie meinen, den Teil eines Beins einer Person?«

Leeson nickte. »Es ist der Oberschenkel einer Frau. Abgetrennt.«

Blumenblätter und Blut.

Leeson hatte dasselbe gedacht.

»Das ist nicht alles. Anscheinend haben sie ungefähr zur gleichen Zeit heute Morgen bei Horslydown einen Arm gefunden.«

»Horslydown. Das liegt weit flussabwärts.«

Leesons Schnurrbart glitzerte silbern. »Beide, so heißt es, waren sorgfältig in zerschnittene Kleidungsstücke eingewickelt.«

Mark grübelte über die Einzelheiten nach. »Stammen die Körperteile von derselben Person?«

»Das weiß ich nicht, Sir, aber natürlich findet jetzt an beiden Fundorten eine große Suche statt.«

Mark schaute über das Wasser. Er nickte. »Es könnte das Werk von Selenes Themse-Mörder sein.«

Mina lag auf ihren Kissen und fühlte sich wie ein Kind, dem man befohlen hatte, sein Nachthemd anzuziehen, um vorzeitig zu Bett zu gehen. Es war nicht einmal sieben Uhr, es würde also noch gut zwei Stunden hell bleiben.

»So«, verkündete Lucinda. Sie setzte sich ans Fußende des Betts und verknotete den Verband um Minas Knöchel. »Wie fühlt sich das an? Zu eng? Zu locker?«

»Der Verband ist perfekt, vielen Dank«, antwortete Mina trotz ihrer gereizten Nerven gelassen. »Aber wie ich den ganzen Nachmittag gesagt habe, der Kratzer ist so geringfügig, dass er unmöglich als Verletzung durchgehen kann.«

»Ich weiß, ich weiß.« Lucinda bettete Minas Fuß auf ein mit Quasten umrandetes Kissen. »Ich fühle mich besser, wenn ich Sie verhätscheln kann. Ich habe das Gefühl, dass es allein meine

Schuld ist, dass Sie so einen furchtbaren Tag hatten. Ich hätte darauf bestehen sollen, dass Sie in dem Schreibwarenladen bleiben, um dann gemeinsam das andere Geschäft aufzusuchen – und dann diese schreckliche Sache mit der Fehlzündung.«

Mina lächelte mitfühlend. »Bitte, sorgen Sie sich nicht länger um mich.«

Lucinda arrangierte eine Decke über ihren Beinen. »Mina, Liebes, trotz alledem … ich hoffe, Sie wissen, dass Sie mir immer alles anvertrauen und mit mir über alles sprechen können.«

»Vielen Dank für dieses Angebot, Lucinda.«

Lucinda presste die Lippen zusammen und schien genau über ihre nächsten Worte nachzudenken. Ihr Gesicht wirkte betrübt. »Ich muss sagen … ich war ziemlich entsetzt, Sie heute Nachmittag mit Lord Alexander in der Gondel dieses Gasballons zu sehen. Ich weiß, Sie sind es gewohnt, Ihre eigenen Entscheidungen zu treffen, und Sie haben gewiss ein … nun, *freieres* Leben geführt, aber … jetzt sind Sie in London.«

Mina hielt kurz inne, bevor sie antwortete. »Unser Flug war nicht sehr lang. Doch ich gebe zu, als ich mein Einverständnis gegeben habe, dachte ich, wir würden mit den Seilen am Boden festgemacht bleiben. Ich entschuldige mich, wenn es zu viel Aufhebens um mich gab.«

Ihre Tante neigte den Kopf. »Für junge Damen, die in Trauer sind, gelten noch höhere Maßstäbe als für jene, die es nicht sind. Sie möchten doch nicht den Anschein erwecken, als wären Sie … ungerührt durch den noch nicht lange zurückliegenden Tod Ihres Vaters.«

Mina erwiderte nichts, aber ihre Wangen brannten vor Scham, weil sie eine Lektion erhalten hatte, wie sie sich schicklich zu verhalten habe. Vielleicht *hatte* sie eine schlechte Wahl getroffen, als sie mit Mark in dem Ballon aufgestiegen war. Trotzdem, tief in ihrem Herzen bereute sie keine Minute dieses Zusammenseins.

Abgesehen von dem Kuss hatte er einen Teil von ihr wiedererweckt, den sie vermisst – und nach dem sie sich gesehnt hatte.

»Wenn ich Ihnen einen Rat geben darf, liebe Mina, überhaupt irgendeinen Rat, dann ist es der, sich von Herren wie Lord Alexander fernzuhalten.«

Mina schluckte und versuchte, sich ihren Schreck nicht anmerken zu lassen. Das Gespräch über das passende Verhalten während der Trauerzeit war eine Sache, aber sie hatte aus dem Mund von Lucinda keinen Rat dieser Art erwartet. Was auch immer zwischen ihrer Tante und Lord Alexander vorgefallen war, offensichtlich hatte es dazu geführt, dass sie eine schlechte Meinung von ihm hatte. Oder konnte es sein, dass aus Lucinda die Eifersucht sprach?

Lucinda ergriff Minas Hände und hielt sie fest umfasst. »Er erscheint blendend und aufgeputzt, ist aber ohne jegliche Substanz. Er ist umwerfend, ja, aber seine Motive in Bezug auf das weibliche Geschlecht sind selten über jeden Tadel erhaben.«

Mina hielt es für das Beste, sich zurückhaltend zu äußern. Jetzt war wahrscheinlich nicht der richtige Zeitpunkt, um ihre Tante darüber in Kenntnis zu setzen, dass sie Lord Alexander die Erlaubnis gegeben hatte, sie aufzusuchen.

Sie sagte: »Lord Alexander interessiert sich anscheinend sehr für einige der archaischen Sprachen, auf die mein Vater spezialisiert war, und ebenso für die Artefakte, die er gesammelt hat. Vielleicht steckt hinter seinem Interesse gar nicht mehr.«

Die Antwort schien Lucinda zu gefallen. Ihre Gesichtszüge entspannten sich, und mit einem flüchtigen Blick auf Minas Gesicht und Haar kam sie zu dem Schluss: »Ich glaube, dass Sie recht haben.«

Mina war sich nicht sicher, wie sie darauf reagieren sollte.

Lucinda berührte ihre Wange. »Sie sind sehr lieb. Ich bin davon überzeugt, Sie werden noch viele wunderbare Herren kennenlernen, wenn es an der Zeit ist. Niemand kann vernünftige Entscheidungen treffen, wenn sein Verstand von Trauer umwölkt ist.« Sie lächelte plötzlich. »Sobald wir das Gartenfest am Donnerstag hinter uns haben, würde ich Sie gern mit zu meiner Schneiderin nehmen. Vielleicht könnten Sie sich schon ein paar Kleider aussuchen, die Sie nächstes Jahr nach der Trauerzeit tragen könnten.«

Es klopfte, und Lucinda ließ Mina kurz allein, um die Tür zu öffnen. Als sie zurückkehrte, hielt sie ein Tablett in den Händen. »Ich dachte, dass Sie vielleicht hungrig sind. Ich habe Ihnen das Abendessen heraufbringen lassen.«

»Das ist sehr freundlich.«

Lucinda stellte das Tablett auf Minas Schoß ab. »Wie köstlich das alles riecht. Aber wir müssen um neun an dem Dinner bei den Nevells teilnehmen und dann um elf an Lady Winbournes Ball, also kann ich unmöglich etwas zu mir nehmen. Stattdessen sollte ich mich lieber anziehen und dafür sorgen, dass die Mädchen das Gleiche tun.«

Ein Teil von Mina wünschte sich, sie würde ebenfalls ein farbenfrohes Kleid anziehen und zu einem Fest gehen können. Aber natürlich müsste sie noch neun Monate lang um ihren Vater trauern. Nicht nur das, auch ihr Bein war zur Hälfte weggerissen worden, zumindest nach Auffassung aller. Sehnsüchtig fragte sie sich, ob Mark bei den Nevells oder bei Lady Winbourne sein würde. Wann würde sie ihn wiedersehen?

»Ich wünsche dir eine wunderbare Nacht«, sagte Mina und schaute auf ihren Teller hinab.

Da waren gekochte Rüben und … etwas, das sie nicht erkannte. Ein wohlduftendes Mischmasch aus geschnetzeltem Fleisch und Gemüse. Mehrere schmale, stockähnliche *Dinge* ragten aus dem kulinarischen Gemisch auf. Sie pikste eins an. Ein Knochen? Sie biss sich auf die Unterlippe.

»Das riecht tatsächlich sehr … gut.« Sie schluckte und schaute auf. »Können Sie mir verraten, was dies hier ist? Nicht die Rüben, das andere.«

Lucinda hielt inne, die Hand auf der Klinke.

»Eins meiner Lieblingsgerichte. Es ist natürlich Taubenpastete.« Mit einem Lächeln zog sie die Tür hinter sich zu.

Mina faltete ihre Serviette auseinander und legte das Tuch über den Teller. Dann hob sie das Tablett von ihrem Schoß, rutschte an den Rand der Matratze und stellte das unangetastete Tablett in den Flur. Wieder in ihrem Zimmer, erwog sie, einige der Bücher zu lesen, die sie aus der Bibliothek mitgenommen hatte, aber ihre Gedanken waren zu wirr, um sich überhaupt konzentrieren zu können.

Ihr Blick fiel auf die Mappe mit den Papieren ihres Vaters. Sie konnte das nicht ewig aufschieben. Jetzt war eine ebenso gute Zeit wie jede andere, um damit anzufangen, sie zu sortieren. Der Verband lockerte sich, und sie hielt inne, um ihn von ihrer Wade zu wickeln. Sie warf den schmalen Streifen Stoff in den Papierkorb und griff nach der Mappe. Dann setzte sie sich damit auf ihr Bett statt an den Schreibtisch. Als sie auf den kühlen Laken saß, löste sie die schmale Kette, die sie um den Hals trug, schloss mit dem kleinen Schlüssel daran die Mappe auf und hob die Lasche an. Sofort drang ihr der Duft ihres Vaters in die Nase – ein Geruch nach Papier, Tinte und Tabak.

Sie legte die Notizbücher auf einen Stapel und die losen Blätter und Zettel auf einen anderen. Es waren Diagramme und Listen, ebenso wie Notizen und von Hand gezeichnete Karten.

Ein Tropfen fiel auf ein Blatt und verwischte die Tinte. Mina tupfte es vorsichtig mit einer Ecke ihres Nachthemds ab, damit das Wort nicht unleserlich wurde. Sie wischte sich über die Augen. Keine Tränen mehr. Sie hatte vor langer Zeit aufgehört, um ihren Vater zu weinen.

Nachdem sie das nächste Blatt herausgenommen hatte, hielt sie inne. Etwas lag unter diesem Blatt – etwas, das nicht dorthin gehörte. Eine Rose. Sie nahm sie am Stiel hoch. Sie war flach und trocken, als sei sie für einige Zeit zwischen schweren Büchern gepresst worden wie ein Erinnerungsstück. Obwohl die Farbe verblasst war, ließ sich die Zeichnung der Blütenblätter trotzdem noch erahnen – gestreift … rot und weiß.

In ihrem Kopf schrillten alle Alarmglocken. Vor drei Monaten war sie diejenige gewesen, die jeden noch so kleinen Zettel gesammelt hatte, der in die Ledermappe kam – zugegebenermaßen hektisch, im Zelt ihres Vaters im tibetischen Gebirge. Dennoch war sie sich ganz sicher, dass *sie* keine rot-weiß gestreifte Rose in die Mappe gelegt hatte.

Sie rollte sich über die Kissen und öffnete ihre Nachttischschublade. Dann stöberte sie darin, bis sie den kleinen, zusammengefalteten Zettel mit Spruchweisheiten über Blumen fand, den sie aus ihrer Dose mit Orangenblütenseife hatte.

Sie zog den Finger über das Papier zu der Stelle, wo Rosen aufgeführt waren.

Rot und weiß …

Eine Liebe, die nicht geteilt werden konnte.

7

Zwei Tage später streifte Mark durch die Flure des Trafford'schen Hauses. Alles, was in der Londoner Gesellschaft Rang und Namen hatte, drängte sich in den Salons und Galerien. Da waren schöne Frauen in Gewändern von Doucet und Worth. Kerzenlicht und kristallene Lüster beleuchteten ihre strahlenden Gesichter. Herren in Abendkleidung spreizten ihr Gefieder wie Pfauen. Mehrere alte Männer stellten farbige Schärpen und glitzernde Medaillen der verschiedenen Orden des Empires zur Schau. Die fröhlichen Klänge eines ungarischen Folklore-Orchesters übertönten die Stimmen des lebhaften Gedränges.

Ein Blütenmeer verteilte sich auf schwere, dekorative Vasen und Blumenampeln, die über den gewölbten Türen hingen. Die Feier war bereits seit Stunden im Gang; begonnen hatte sie als spätnachmittägliches Gartenfest. Auf der Einladung hatte gestanden, dass es ein förmliches Dinner geben würde und später Tanz auf der Terrasse, der bis in die Nacht fortdauern sollte. Mark schlenderte durch den Ballsaal, fand aber keine Tänzer – und keine Mina. Stattdessen sammelten Diener Besteck und Porzellan von den langen Tischreihen ein, die Überreste eines förmlichen Mahls.

Er hatte Mina am Tag zuvor nicht aufgesucht, aber Leeson ausgeschickt, das Haus der Traffords zu beobachten. Nach dem Bericht über den »zufälligen« Überfall auf sie und den Schuss mit der Schrotflinte konnte er das Gefühl nicht abschütteln, dass sie in Gefahr war. Doch er musste zwangsläufig auf dem Fluss bleiben und die fortgesetzte Suche nach Körperteilen weiterverfolgen. Obwohl er kein Schattenwächter mehr war, ließen sich alte Gewohnheiten nur schwer abschütteln.

Heute Morgen war auf Höhe der Copington Wharf der Rumpf einer Frau gefunden worden, eingepackt in zugeschnittene Kleidungsstücke und mit einer Schnur zusammengebunden … wieder nur einen Steinwurf von der *Thais* entfernt. Obwohl er mehrmals Selenes Weg gekreuzt hatte, konnte er den Verdacht nicht abschütteln, dass der Mörder *ihn* verspottete. Ihn anstachelte. Danach trachtete, ihn zum Kampf hervorzulocken. Eine solche Absicht würde auf die Existenz eines mächtigen *Brotos* in London hinweisen, auf einen, dem gegenüber er als ausgestoßener Schattenwächter keine Macht hatte.

Trotz alldem musste man nicht davon ausgehen, dass die verstümmelten Überreste das Werk des Themse-Mörders waren, der schon während der Ripper-Verbrechen vor sechs Monaten seine ebenfalls grauenvollen Hinterlassenschaften in der Stadt verteilt hatte. Eine Anzahl von Krankenhäusern lag in Flussnähe. Es war durchaus möglich, dass die Körperteile ungesetzmäßig entsorgte Reste medizinischer Experimente waren. Es wäre nicht das erste Mal, dass man solche Entdeckungen machte. Tod und grausige Zwischenfälle waren eine bedauerliche, aber vorhersehbare Realität des Flusses. In einem einzigen der letzten Jahre waren in der Themse mehr als fünfhundert Leichen entdeckt worden.

Schließlich stieß er auf Minas Spur und folgte ihr bis in den gelben Salon. Dort kniete sie in ihrem schlichten schwarzen Kleid vor Evangeline. Mit Nadel und Faden flickte sie einen kleinen Riss im Rock der Debütantin. Astrid stand an der gegenüberliegenden Wand, starrte in einen goldgerahmten Spiegel und kniff sich in die Wangen. Als sie sein Spiegelbild sah, fuhr sie herum, ein Wirbel aus elfenbeinfarbenem Organza.

»Lord Alexander«, rief sie.

Evangeline riss ihre gelben Röcke aus Minas Händen. Mina schaute auf, und ihr Blick traf seinen. Die Muskeln in Marks Unterleib spannten sich an, ein Beweis für seine zärtliche Hingabe, vermischt mit wolllüstigen Absichten. Viel hing von diesem Abend ab – vor allem, ob er in der Lage sein würde, erfolgreich ihr Vertrauen zu gewinnen. Er hatte seine Übersetzungsnotizen von der ersten Schriftrolle noch einmal durchgesehen. Die gegenwärtigen Wellen tantalytischer Macht – diejenigen, die wahrscheinlich seinen Wahn auslösten – trafen nicht mehr mit den Prophezeiungen zusammen. Es war, als wüsste Tantalos seit der Vollstreckung seines Boten Jack the Ripper, dass sich das Spiel verändert hatte. Mark konnte unmöglich sagen, wann die nächste Welle über London hinwegrollen würde.

»Wir warten schon seit Stunden auf Sie.« Astrid eilte auf ihn zu. Außer Hörweite der beiden anderen Mädchen flüsterte sie: »Sie werden doch mit mir tanzen, nicht wahr?«

»Natürlich«, stimmte er zu. Gerade weil es eine ziemlich kühne Einladung ihrerseits war, wäre es ungehobelt gewesen, abzulehnen. »Miss Limpett, wie geht es Ihnen heute Abend? Haben Sie sich von Ihrer Verletzung erholt?«

Mina nickte, so höflich und herablassend wie vor ihrem Kuss.

»Vollkommen, Euer Gnaden.« Sie sah ihm nur flüchtig in die Augen. »Ich danke Ihnen für Ihre Anteilnahme.«

Astrid seufzte ungeduldig.

Da er Mina in dem überfüllten Haus nicht aus den Augen verlieren wollte, sprach Mark eine Einladung aus. »Miss Limpett … Lady Evangeline, wollen Sie uns in den Garten begleiten?«

»Natürlich, Euer Gnaden.« Evangeline, außer sich vor Freude, raffte ihre Röcke und eilte auf ihn zu, sodass sie ihm die Sicht auf Mina versperrte. Als er wieder freien Blick auf sie hatte, drehte sie ihm den Rücken zu, um ihre Schere und ihr Garn einzusammeln.

Die Botschaft traf ihn. Er wünschte sich nichts mehr, als ihren Arm zu ergreifen, sie in irgendeine dunkle Ecke des Hauses davonzuschleppen und sie an die gegenseitige Anziehungskraft zwischen ihnen zu erinnern – aber nun blieb ihm nichts anderes übrig, als in den hinteren Teil des Hauses zu gehen. Mit einer Debütantin an jedem Arm spielte er seine Rolle gut – der Filou mit den feurigen Augen –, im vollen Bewusstsein der weiblichen Bewunderung und des männlichen Neids, die ihm auf dem Weg entgegenschlugen. Nur dass das Wissen darum ihm jetzt hohl erschien. Eitelkeit stellte ihn nicht mehr zufrieden. Und das Schlimmste von allem war: Die Frau, um derentwillen er heute Abend hergekommen war, diejenige, die er sich während der dunkelsten Stunden der Nacht in seinem Bett vorgestellt hatte, hatte ihn kaum eines Blickes gewürdigt.

Mit seinen beiden hübschen Vögelchen passierte er die überfüllte Galerie. Alle Fenster standen offen. Draußen sprenkelten orientalische Lampen die Bäume. Ein Diener war damit beschäftigt, die Scherben und Spritzer eines zerbrochenen Champagnerglases zu beseitigen.

Die nächste Stunde verging in einem trüben Nebel aus Tänzen und idiotischer Konversation, und Mark verbot es sich bewusst, sich auf die Suche nach Mina zu machen.

»Werden Sie Ihre Gastgeberin nicht zum Tanz auffordern?« Lucinda war neben Mark aufgetaucht. Sie trug ein rosenfarbenes Kleid, tief ausgeschnitten, um ihren Busen und die schmale Taille aufs Beste zur Geltung zu bringen. Eine dicke Traube Diamanten glitzerte auf ihrem Dekolleté. Ihre Schönheit war unleugbar, aber es war eine Schönheit, die nicht die geringste Reaktion in ihm auslöste. Hatte er sie früher einmal verführerisch gefunden?

Ihre eisige Fassade schmolz dahin. »Mir tut so leid, was in Hurlingham passiert ist. Ich habe mich benommen wie eine

Närrin.« Sie umklammerte ihren geschlossenen Fächer mit beiden Händen.

Er musterte sie eingehend und erhaschte einen Blick auf das glückliche, lebhafte Mädchen, das er in Erinnerung hatte.

Tränen glänzten in ihren Augen. »Es ist einfach so, dass die Ehe überhaupt nicht so ist, wie ich erwartet hatte. Verstehen Sie mich nicht falsch; Trafford ist wunderbar und erfüllt mir jeden Wunsch.« Sie berührte die Kette an ihrem Hals. »Trotzdem – ich nehme an, ich muss zugeben, dass ich sehr neidisch auf die Mädchen bin, weil sie noch immer die Entscheidung über ihre Zukunft haben.«

Er bot ihr den Arm, und sei es aus keinem anderen Grund, als dass er sich weiter ihrer Gunst erfreuen wollte – um weiterhin in ihrem Haus willkommen zu sein. »Eine Entschuldigung ist nicht nötig.«

Er tanzte einen Walzer mit ihr und führte sie mitten zwischen die anderen Paare. Stühle zogen sich am Rand der Terrasse entlang und standen auf dem Rasen verteilt. Sein Blick irrte ständig umher, doch Mina war nicht zu entdecken. Ja, sie war in Trauer, aber wenn man bedachte, wie viel Zeit seit dem Tod ihres Vaters vergangen war – wenn auch einem *unwahren* Tod –, wäre es nicht unschicklich gewesen, wenn sie mit einem Glas Tee oder Limonade unter den Sternen gesessen hätte, um die Musik zu genießen. Als der Walzer endete, löste er sich von Lucinda und platzierte sie geschickt zwischen einer Gruppe von Freunden und Rivalen.

Im Laufe der letzten halben Stunde hatte ihn ein dumpfer, nagender Kopfschmerz befallen, aber bisher erschienen ihm kein seltsames Licht und keine tanzenden Skelette. Die baumelnden Papierlampen griffen seine Augen an, zusammen mit all dem hektischen Gerede und den Bewegungen der Gäste. Ihr Geplapper und ihre Gedanken umwölkten seinen Geist. Er folgte einem Gartenpfad, der tief in die dunklen Schatten des Gartens führte.

Schließlich ließ er sich auf eine Bank fallen und rieb sich den Nasenrücken.

Zum ersten Mal in neunzehn Jahrhunderten fragte er sich insgeheim, in den privaten Tiefen seines Geists, wie sich der Tod anfühlen würde.

Mina saß in einem Sessel, die Ellbogen auf das im Dunkel liegende Fenstersims abgestützt. Von ihrem Fenster aus verfolgte sie die Festlichkeiten und bewunderte die Damen und Herren in all ihren Festtagskleidern, wie sie tanzten und politisierten. Sie hatte im Internat alle Tänze gelernt, sie aber stets nur mit Mitschülerinnen ausprobiert, in der Gegenwart eines Tanzmeisters. Gewiss würde es anders sein, in den Armen eines Herrn zu tanzen, insbesondere in den Armen eines Herrn, für den man Gefühle hegte.

Mark hatte sich von einer strahlenden Partnerin zur nächsten bewegt. Hochgewachsen, goldhaarig und atemberaubend wurde ihm offensichtlich die Aufmerksamkeit der Damen zuteil. Ein Lächeln erschien auf ihren Lippen, als er einen silberhaarigen Drachen zu einem langsameren Tanz auf die Tanzfläche führte. Die ältliche Matrone senkte ständig ihren Fächer, und somit die Hand, zu seinem Hinterteil. Wann immer er ihre Hand entfernte, glitt sie kurze Zeit später wieder hinunter. Der Kampf dauerte an, bis der Tanz endete und er die lächelnde Dame ritterlich zu ihrem Stuhl zurückbegleitete. Sein Gesichtsausdruck offenbarte nichts als einen schwachen Hauch von Erheiterung.

Dann erschien Lucinda. Nach einem kurzen, doch intensiven Gespräch tanzten sie miteinander. Konnte irgendein Paar besser zusammenpassen? Strahlend und elegant drehten sie auf der Tanzfläche ihre Kreise. Mina entging nicht, wie sich Lucinda an seinen Arm klammerte, auch als der Tanz bereits beendet war, als widerstrebe es ihr, ihn loszulassen.

Selbst wenn es vor Lucindas Ehe keine Affäre zwischen ihnen gegeben hatte – und selbst wenn sie nicht fortdauerte –, hatte Mina plötzlich großes Mitleid mit Trafford.

Inzwischen saß Mark seit fünf Minuten in der Dunkelheit, direkt unter ihrem Fenster. Sie rang mit sich, ob sie ihn ihre Anwesenheit bemerken lassen sollte. Hier, außerhalb des Lichts der Laternen, wirkte er ruhig, sogar nachdenklich. Er rieb sich die Nase, als sei er erschöpft. Schließlich konnte sie nicht länger widerstehen.

»Genießen Sie Ihren Abend?«

Er schaute auf. »Da sind Sie ja. Was tun Sie dort oben?«

Da sind Sie ja. Das hörte sich an, als hätte er nach ihr gesucht. Jeder Zentimeter ihrer Haut erwärmte sich von vorsichtigem Entzücken.

»Ich schaue zu. Ich habe von hier aus eine reizende Aussicht auf alle Ereignisse des Abends.«

»Erzählen Sie mir etwas Interessantes.«

»Nun, wenn Sie es unbedingt wissen müssen«, antwortete sie leichthin, »die Amerikaner benehmen sich ziemlich schlecht.«

»Inwiefern?«

»Die Damen Bonynge sind gerade mit ihrem Vater eingetroffen, und in der Folge ist ihre Erzfeindin, Mrs Mackay, mitsamt ihrem Gefolge hinausgestürmt. Astrid meinte, sie hätten eine seit langem bestehende Fehde wegen irgendwelcher Nichtigkeiten, deren sie sich beschuldigten.«

»Also, das *ist* interessant.«

Mina lachte. Er lachte nicht.

»Geht es Ihnen gut?«, fragte sie. »Sie scheinen nicht ganz Sie selbst zu sein.«

»Es ist mein Genick. Ich breche es mir, um zu Ihnen hinaufzuschauen. Warum kommen Sie nicht hier herunter und setzen sich zu mir.«

Seine Bitte erzeugte einen gefährlichen Wirbel der Aufregung in Minas Magen. Sie wusste, dass sie es nicht tun sollte … wenn Lucinda es sah, würde das eine weitere Lektion über Schicklichkeit zur Folge haben, wahrscheinlich angespornt von den Gefühlen der Lady für Lord Alexander, aber Mina hatte nicht die Absicht, Salz in irgendwelche Wunden zu reiben.

Trotzdem, sie hatte sich während der beiden vergangenen Tage so einsam gefühlt. Ja, es hatte zwar ständig Menschen um sie gegeben, und sie hatte auch bei den Vorbereitungen für das Fest geholfen. Aber mit ihren nervenzerreibenden Ängsten und Bildern von gestreiften Rosen – und dazwischen ständig Gedanken an Mark – war sie dennoch allein gewesen.

»Ich werde sofort unten sein.«

Sie verschloss das Fenster und sicherte die Flügel – das tat sie immer. Dann nahm sie die Dienstbotentreppe nach unten und ging durch die Küche, in der emsige Betriebsamkeit herrschte. Von einem Tablett nahm sie sich ein Glas Pfefferminztee und verließ das Haus durch den Dienstboteneingang. Sie mied den hell erleuchteten Teil des Gartens, folgte einem im Dunkel liegenden Pfad und fand Mark genau dort vor, wo er bereits Momente zuvor gesessen hatte.

Mina erschien wie eine schattenhafte Nymphe aus den Bäumen, ihr Gesicht leuchtend über dem dunklen Kragen ihres Trauerkleids. Er spürte sofort die Mauer, die sie zwischen ihnen hochgezogen hatte, eine Mauer aus Vorsicht. Er warf ihr keine sehnsüchtigen Blicke zu und sprach auch keine klugen Worte. Er machte ihr lediglich Platz auf der Bank.

»Ich habe etwas für Sie.« Er griff in seine Brusttasche und reichte ihr die Karte.

»Noch eine Fotografie?« Konzentriert zog sie die Brauen zusammen. »Was ist das?«

»Das sind Sie«, antwortete er sanft.

Sie untersuchte die Fotografie. »Ich erinnere mich daran. Ich war mit Lucinda draußen vor dem Papierwarengeschäft. Ich habe einfach angenommen, dass der Mann auf dem Gehsteig sie fotografiert hat. Woher haben Sie das?«

Leeson war an jenem Nachmittag von seinen Einkäufen aus Chelsea mit Vorräten und dem Foto zur *Thai* zurückgekehrt. Er hortete solche Neuheiten für seine Sammlung aus Utensilien von Sterblichen.

»Es ist in der Hälfte der Schaufenster in London ausgestellt, neben den Bildern von Jennie Churchill und Lilly Langtry.«

Sie erbleichte. »Das kann nicht Ihr Ernst sein.«

»Es ist mein Ernst. Jeden Tag stürzen sich Damen aus der ganzen Stadt auf Ihr Foto. Nächste Woche werden sie alle Ihre Haube tragen.«

Sie lachte. »Aber es ist eine solch hässliche Haube.«

»Die Haube hat nichts damit zu tun.«

Sie schaute weg, als sei sie gleichzeitig erfreut und beunruhigt über die Vorstellung. »Haben Sie Kopfschmerzen? Sie reiben sich ständig den Kopf.«

Nein, nicht direkt Kopfschmerzen … aber es wäre unmöglich, Miss Limpett zu erzählen, dass bösartige Kräfte seinen Verstand und seine Seele für frevelhafte und zerstörerische Absichten zu beanspruchen versuchten und dass selbst jetzt insbesondere eine Stimme in seinem Kopf eine kreischende Kakofonie an Forderungen stellte, sodass er kaum einen Satz bilden konnte.

»Ja.« Er nickte. »Kopfschmerzen.«

»Hier.«

Sie drückte ihm ihr Teeglas in die Hand. Es war kühl und erfrischend feucht auf seiner Haut.

»Es ist Pfefferminztee – ich habe ihn auf dem Weg zu Ihnen mitgenommen und nicht einmal daran genippt. Vielleicht werden Sie ihn beruhigend finden. Es heißt, Pfefferminze lindere manchmal solche Schmerzen.«

Er drückte das kühle Glas an seine Schläfe. Wenn nur ein Zweig Pfefferminze seine Probleme lösen könnte.

Sie schaute zum Himmel empor. »Vielleicht sind Ihre Kopfschmerzen die Folge dieses merkwürdigen Wetters, das wir in letzter Zeit hatten. Kaum zu glauben, dass es in einem Moment heiß sein kann und stürmisch und kalt im nächsten. Und wir hatten keinen Regen. Ich erinnere mich nicht, jemals solches Wetter erlebt zu haben, nicht in England. Das Gras fängt jetzt schon an, trocken und braun zu werden.«

»Sehr unangenehm«, antwortete er, wobei er sich nicht wirklich für das interessierte, was sie sagte, Hauptsache, sie sprach weiter. Ihre Stimme beruhigte ihn und schien die unablässigen Forderungen in seinem Kopf zum Schweigen zu bringen.

Laut überlegte sie: »Man muss sich fragen, ob das schreckliche Wetter in Amerika irgendwie damit zusammenhängt. So eine tragische Geschichte mit der Flut und dem Dammbruch. Ich habe den Morgen damit verbracht, alle Berichte zu lesen. So viele Leben ausgelöscht.« Sie schüttelte den Kopf. »Tante Lucinda hat darauf bestanden, dass Trafford eine großzügige Spende für den Wiederaufbau angewiesen hat.«

Die Ereignisse hingen miteinander zusammen. Würde sie ihm glauben, wenn er erklärte, dass ausbrechende Vulkane und weitere Wellen des Verderbens, wenn man sie nicht aufhielt, zu guter Letzt zur Zerstörung der Menschheit führen würden?

Er lachte beinahe über die Ungeheuerlichkeit all dessen. Er wünschte, seine Intuition würde ihn täuschen, dass der Ausbruch des Krakatau und alles andere, was die vergangenen Monate an Schrecken gebracht hatten, niemals vorgefallen wären, und dass all das keine Wirkung auf ihn hätte. Er hatte sich nie gewünscht, sterblich zu sein, aber die Ahnungslosigkeit der Sterblichen, was die wahren Ereignisse auf der Welt betraf, hatte ihren Reiz.

Sie legte den Kopf schräg und blickte ihn mitfühlend an. »Wenn Sie sich so schlecht gefühlt haben, warum sind Sie dann heute Abend überhaupt hergekommen?«

»Ich wollte Sie sehen.«

»Oh …« Sie blinzelte schnell und schaute ins Gebüsch. Plötzlich stand sie auf. Verdammt, er hatte sie erschreckt. Aber nein … sie ging um die Bank herum, um hinter ihn zu treten.

»Ein butanesischer Tempelmönch hat meinem Vater einmal ein Heilmittel gezeigt, als er an Höhenkopfschmerzen litt. Möchten Sie, dass ich es versuche?«

»Ich werde … alles ausprobieren.« Er würde ihr erlauben, ihm einen Finger abzuschneiden, solange sie ihn dafür berührte. Ihre Fingerspitzen senkten sich auf seinen Schädel … zögernd zuerst, und dann bewegten sie sich durch sein Haar. Sie kreisten und kratzten leicht mit den Nägeln. Ihre Berührung auf seinem Kopf hinterließ ein wohliges Gefühl, das einen Hitzestrahl direkt in seine Lenden sandte.

Er schloss die Augen und knirschte mit den Zähnen, um ein Zischen zu unterdrücken.

»Sie haben sehr schönes, dichtes Haar«, sagte sie leise.

Plötzlich packte sie sein Haar und zog. *Hart.*

Ihm klappte der Unterkiefer herunter. *»Au.«*

Nicht das, was er erwartet hatte. Aber zu seiner Überraschung linderte jedes Ziehen an seinen Haaren den Schmerz.

»Besser?«, fragte sie.

»Ja.«

Marks Hand umschloss ihr Handgelenk. Mina erstarrte. Langsam zog er ihre Hand über seine hohen Wangenknochen, dann tiefer … damit er seine Lippen in die Mitte ihrer Handfläche pressen konnte.

Ihre Knie wurden weich. Alles in ihr schmolz. Sie stützte sich mit ihrer anderen Hand auf seiner Schulter ab. Diese Hand nahm er sich ebenfalls und zog Mina neben sich; ihre Knie einander gegenüber. Ihre Brüste berührten zart seinen Oberkörper. Er streichelte mit seinen Fingerspitzen über ihre Wange, sanft zuerst. All die alten Warnungen hallten in ihrem Kopf wider, aber diesmal …. diesmal versperrte sie sie hinter einer soliden Tür. Sie verzehrte sich nach seiner Berührung und betete, dass er nicht aufhörte. Er umfasste ihr Kinn und küsste sie behutsam.

Ein eigenartiges Geräusch kam aus der Dunkelheit … ein kehliges Raunen.

Marks Lippen erstarrten auf ihren.

Ein weiteres Geräusch … diesmal ein männliches Stöhnen. Ein Fluch.

Mina spürte, wie sich seine Lippen zu einem Lächeln verzogen. Er wich zurück, und in seinen Augen schimmerte versteckte Erheiterung.

Minas Wangen wurden heiß. Sie hätte gern Unwissenheit vorgetäuscht, aber sie hatte so manche Nacht in schäbigen, fremdländischen Gasthäusern und Zeltlagern verbracht. Sie kannte die Geräusche der Intimität zwischen einem Mann und einer Frau. Die Laute kamen aus dem dichten Baumstand zwischen ihnen und der Terrasse. Sie und Mark saßen in der Falle.

Sie biss sich auf die Unterlippe und fühlte sich entsetzlich. Mark kicherte. »Ah … wir bleiben besser hier, bis sie …«

»Fertig sind.«

»Ja.«

Steif saßen sie nebeneinander. Mark drückte sachte seine Hände auf Minas Schulter. Das Stöhnen wurde inbrünstiger und regelmäßiger.

»Oje«, flüsterte Mina und hob eine Hand an den Mund, um ihr nervöses Gelächter zu ersticken, doch die Brustwarzen unter ihrem Unterkleid verhärteten sich, als sie sich vorstellte, dass Mark sie auf solch intime Weise berühren würde. Sie presste die Oberschenkel gegen einen plötzlichen Schwall feuchter Hitze zusammen.

Mark beugte sich vor und murmelte ihr ins Ohr: »Ich glaube nicht, dass sie an seinen Haaren zieht. Aber vielleicht … tut sie es doch.«

Die Wärme seines Atems intensivierte nur ihr Unbehagen. Sie drehte das Gesicht zur Seite, aus Angst, dass sie ihn küssen würde.

»Was denken Sie, wer die beiden sind?«

Bestimmt umfassten seine Finger ihr Kinn. Seine dunkelblauen Augen starrten auf ihren Mund. »Wen kümmert das?«

Er beugte den Kopf vor. Sein Mund, sein Atem neckten ihre Lippen, bis sie … *sie* … in einem gedankenlosen Delirium der Wonne taumelte und ihre Lippen auf seine presste.

Er stöhnte leise, tief in der Kehle. Dann drückte er ihren Kopf auf das harte Kissen seines Arms zurück. Seine Zunge in ihrem Mund, wanderte seine Hand ihren Hals hinunter. Warme Fingerspitzen streiften den unteren Rand ihrer nackten Kehle und öffneten einen Knopf. Zwei. Er verlagerte seine Erkundung ein wenig tiefer. Als seine Hand zwischen ihr Mieder und das Korsett glitt, bog sie sich durch, um sich fester an ihn zu drücken und gleichzeitig seinen Händen mehr Raum zu geben.

Am Himmel krachte es laut. Ein schmaler Streifen Licht spaltete die Dunkelheit.

Ein weiteres Krachen folgte, dann ein brillanter Ausbruch von Licht.

Erschrockene Stimmen erklangen von der Terrasse. Benommen öffnete Mina die Augen und schaute zum Himmel auf. »Ist das … ein Blitz?«

Krach. Blitz. Peng. Die Erde bebte. Die Fenster über ihnen klapperten.

Mark erhob sich und zog sie hoch. Geschickt knöpfte er ihr Mieder zu. »Wir sind hier unter den Bäumen nicht sicher.«

Sein Gesicht war bleich geworden, und er presste sich eine Hand gegen die Schläfe.

Krach.

»Hier entlang.« Mina führte ihn über den Pfad zu dem Dienstboteneingang, den sie kurze Zeit zuvor benutzt hatte. Sie traten ein, ihr Zusammensein blieb den zahlreichen Dienern, die die hinteren Flure überfüllten, nicht verborgen. Ungeachtet dessen wandte er sich zu ihr um, drückte sie gegen die Wand und umklammerte mit seinen Händen ihre Schultern.

»Ich muss gehen«, sagte er.

»In dem Unwetter? Warum warten Sie nicht …«

»Ich werde morgen zurückkommen.« Er wirkte *gequält.*

»Mark …«

»Seien Sie vorsichtig, Mina.«

Ein weiteres Krachen erklang. Der Boden bewegte sich unter Minas Schuhen. Tabletts mit Besteck und Kristall klapperten.

Seien Sie vorsichtig, Mina. Was meinte er damit?

Mark ließ sie los, wich zurück und verschwand durch den Dienstboteneingang. Von einem schmalen Fenster aus schaute sie ihm nach. Er ging durch das Gartentor und zwischen zwei wartenden Kutschen hindurch. Sein eleganter Gang wirkte auf einmal ungewöhnlich angespannt und steif. Ein Speer aus Licht durchschnitt den Himmel. Die kräftige Muskulatur seiner Schultern versteifte sich, und er stolperte.

8

Das Klackern von Marks Stiefelabsätzen auf den Pflastersteinen hallte von Ladenfronten und Lagerhäusern wider. Sein Mantel flatterte im nächtlichen Wind. Die Straßen waren verlassen, niemand traute sich bei dem Unwetter nach draußen. Licht blitzte strahlend und unwirklich auf und erhellte die Allee.

Donner.

Irgendwo auf seinem Weg war das Straßenpflaster aufgebrochen, sodass sich ein Loch in der Fahrbahn gebildet hatte. Daraus ragte ein Rohr hervor, aus dessen offenem Ende sich eine lange Flammensäule kräuselte, ein zischendes, unwirkliches Banner in der Nacht. Am äußeren Rand des Gehwegs flackerte die Flamme einer Gaslaterne, Beweis dafür, dass die Hauptgasleitung beschädigt war.

Die Stimme versuchte, ihn ohne seine Billigung in ein Raubtier zu verwandeln. Er war gezwungen gewesen, sich von Mina zu entfernen – aus Angst, sich plötzlich in ein mächtiges Ungeheuer mit glühenden Augen und öliger Haut zu verwandeln, mit all den beängstigenden Eigenschaften, die ihn zu einem skrupellosen, grimmigen Jäger machten. Fern von ihr ergab er sich der Bestie in seinem Inneren.

Mark spürte in der Dunkelheit Bewegungen zu beiden Seiten der Straße – aber nicht die moralische Verkommenheit transzendierender Seelen, sondern stattdessen eine ausdruckslose Leere.

Großartig, knurrte sein Gewissen. Er war nicht gerade in der Stimmung für neue Entdeckungen. Allerdings war er in der

Stimmung zu töten, und da diese speziellen Seelen weder transzendiert waren noch *Brotoi,* waren sie Freiwild für einen verbannten Schattenwächter mit einem überwältigenden Jagdhunger. Die Schultern nach vorn und das Kinn nach unten gesenkt, passierte er die nächste Gasse. Dann legte er den Kopf schräg und erhaschte einen Blick auf eine Gestalt, die in die dunkleren Schatten sprang. Das mentale Echo, das sie aussandte, vervollständigte das Bild und offenbarte eine drahtige Person, die ihm folgte. Zwei weitere Wesen huschten wie Ratten über die hohen Dächer über ihm hinweg. Die dunkle Macht seines Hungers pulsierte wie Feuer durch seine Adern.

Sollten sie doch kommen. Er biss sich auf die Unterlippe und sehnte sich danach zu töten.

Immer enger kreisten sie ihn ein …

Mark verwandelte sich in einen Schatten und stieg auf, die Wände eines Lagerhauses hoch. Sie klammerten sich wie Küchenschaben mit spindeldürren Beinen hoch oben an der Mauer fest. Mit der Gewalt einer durch die Luft geschwungenen Kette fegte er dicht an den Mauersteinen entlang und wischte sie von der Wand.

Das Aufschlagen seiner Stiefel, als er zwischen ihnen landete, hallte von den Mauern wider. Die drei Männer lagen stöhnend und keuchend auf dem schmierigen, von Müll übersäten Pflaster. Merkwürdigerweise rollten ihre Augen unablässig in ihren Augenhöhlen. Sie rappelten sich auf, um sich hinzuhocken und den Kopf zu einer verblüffenden Pose der Unterwürfigkeit zu senken.

»Steht auf«, zischte er. »Seht mich an, wenn ihr sterbt.«

Einer flüsterte: »Euer Gnaden.«

»Unser Gnaden«, echote ein anderer.

Ein dunkler, bösartiger Unwille beengte ihm die Brust. »Was hast du gesagt?«

Das dritte Scheusal wagte es, Mark das Gesicht entgegenzuheben. Ein bestialisches Lächeln umspielte seine Lippen. »Wir sind nicht hier, um Sie herauszufordern. Wir sind geschickt worden, um Sie zu retten.«

Mark drückte seinen Stiefel gegen die Schulter der Kreatur, und der Mann kippte nach hinten. *Ihn retten?* Die Worte, die bloße Idee beunruhigten ihn.

Das Rumpeln von Rädern auf Pflastersteinen durchdrang die nächtliche Stille. Vom anderen Ende der Gasse kam eine riesige Stadtkutsche, gezogen von vier Pferden. Schwaden weißen Dunsts waberten um die Räder, die Kutsche und selbst um die Rücken der Pferde herum. Ein solches Gespann hatte man vermutlich vor einem guten Jahrhundert zum letzten Mal auf den Straßen dieser Stadt gesehen. Die großen Laternen der Kutsche waren zerschmettert. Orangefarbene Flammen züngelten durch die gezackten Glasscherben, hoch und unbezähmt.

Der Fahrer, ein stockdürrer Bursche mit dem gleichen seltsamen Augenleiden, stemmte seine Füße gegen das Fußbrett und zog an den Zügeln.

Die drei Kreaturen sprangen auf. Mark spannte alle Muskeln seines Körpers an, bereit, ihrem Leben ein Ende zu machen, aber sie jagten senkrecht die Mauern hoch und bedeuteten ihm, zu folgen.

Wer sie auch waren, sie wussten jedenfalls, wie man Eindruck schindete.

Der Fahrer sprang vom Kutschbock auf die Pflastersteine. Er trug eine Livree aus schwarzem Tuch. Der Dunst wogte um seine Schultern. Sein Anzug war zerknautscht, befleckt und feucht, als hätte er ihn einer modernden Leiche vom Leib gerissen. Eine breite schwarze Schärpe zog sich von der Schulter bis zur Hüfte. Darauf war mit rotem Garn etwas eingestickt, das ein Monogramm zu sein schien: »DB.«

»Meine Herrin erbittet das Vergnügen Ihrer Gesellschaft.« Er lupfte seinen Zylinder und machte eine tiefe Verbeugung.

»Deine Herrin …«, wiederholte Mark. »Wer ist deine Herrin?«

Die Kreaturen kamen wieder herangesprungen wie Frösche und duckten sich tief um seine Knie. Donner krachte, und in einem Moment erschienen sie wie Skelette, gebadet in orangefarbenem Licht. Als der Blitz verblasste, ließ auch die Wirkung nach.

Ihr Geflüster erklang im Chor.

»Sie wartet auf Sie.«

»*Wartet* auf Sie.«

»Wartet, dass Sie sich zu ihr *gesellen.«*

Mark knurrte: »Wie schmeichelhaft.«

Der Fahrer, der die ganze Zeit in seiner höfischen Verneigung ausgeharrt hatte, schwang jetzt die Arme und den Zylinder in Richtung Kutsche. »Steigen Sie ein, wenn Sie so freundlich sein wollen. Wir werden Sie zu ihr bringen.«

Der Schlag flog auf und krachte gegen die Seite der Kutsche. Die Stufen entfalteten sich, nur um sofort abzufallen. Sie landeten mit einem metallischen Krachen auf den Pflastersteinen. Eine Handvoll Motten kam aus den Polstern geflattert und stob in die Nacht davon.

Mark betrachtete den Kutscher mit schmalen Augen. »Nenn mich prüde, aber ich weiß gern mehr über eine Frau, bevor ich mit ihr eine Liaison eingehe. Warum … ich weiß nicht einmal ihren Namen.«

Die Augen des Kutschers weiteten sich, die Pupillen rollten noch schneller. »Sie ist die Dunkle Braut.«

Die Kreaturen echoten: »Die Dunkle Braut.«

»Sie *kennen* sie.«

»Sie *kennen* sie.«

In diesem Moment begriff Mark, dass er sie tatsächlich kannte. Ein Schauer dunkler Vorahnung durchlief seine Brust.

Er trat vor und stieg ein. Der Kutscher hievte mit einem Ächzen die Stufen in die Kutsche. Sie schlitterten über den Holzboden und schlugen gegen die gegenüberliegende Wand. Die Tür schloss sich krachend. Das Gefährt schwankte, während der Kutscher oben auf seinen Platz zurückkehrte, und die drei anderen Kreaturen kletterten nach hinten auf die Kutsche.

Der Wagen bog aus der Gasse. Marks Sitz wippte auf knarrenden, verrosteten Federn. Der schwere Duft von Moschus und Verwesung erfüllte seine Nase. Eine Motte flatterte über seine Wange.

Mark schloss die Fenster, jeder Muskel in ihm steif vor Anspannung. Die Kutsche fuhr nach Süden, vorbei am Buckingham Palace und am Belgrave Square. Der Bezirk Chelsea flog im dunstigen Nebel vorüber. Dunkelheit schloss sich um die Kutsche, während sich die Stadt in einzelne Vororte, in Dörfer auflöste und Dörfer in plattes Land übergingen. Schließlich verlor Mark jedes Zeitgefühl. Irgendwann ratterten die Räder und zerrten ihn mit dem deutlichen Geräusch, dass sie eine Brücke überquerten, zurück ins Bewusstsein. Einige weitere Meilen, dann verlangsamte die Kutsche ihr Tempo.

Er sprang auf die Straße, noch bevor das Gefährt stand.

Ein großes Ziegelsteintor ragte vor ihnen auf. Über dem Tor stand in großen Lettern: THE CHELSEA WATERWORKS COMPANY. Marks Bewusstsein dehnte sich aus und durchsuchte die stummen Gebäude, die umliegenden Haine und die Dunkelheit nach irgendeiner Spur der Frau, die ihn gerufen hatte. Doch die Luft trug ihm nur das Geräusch von rauschendem Wasser und das Zischen von Dampfmaschinen zu.

Der Ort allein – Wasserwerke – gab Mark Grund zur Sorge. Die Wasserwerke belieferten Zehntausende Londoner Bürger mit Wasser. Aber er verspürte auch ein elektrisierendes Gefühl erregender Erwartung. Heute Nacht würde er eine Audienz bei derjenigen bekommen, die danach trachtete, die Kontrolle über seinen verfallenden Geist an sich zu reißen, aus welchen abscheulichen Gründen auch immer.

Die Dunkle Braut.

Die drei Kreaturen sprangen von ihrem Platz hinten auf der Kutsche und rannten wie aufgeregte Kinder auf das Tor zu. Mark sah keinen Hinweis auf eine Nachtschicht oder auf einen Wachmann. Eine schwere Kette und ein Vorhängeschloss lagen auf dem Boden, glatt durchtrennt. Seite an Seite drückten die Kreaturen das schmiedeeiserne Tor auf. Das Metall quietschte misstönend. Mit rudernden Armen drängten sie ihn, hindurchzutreten.

Zwei riesige Wasserreservoirs breiteten sich vor ihm aus, Seite an Seite, geteilt durch eine Trennwand aus Beton. Zu beiden Seiten ragten zwei Bögen herein, die wohl dazu dienten, die hereinkommende Flut von der Themse zu filtern.

Plötzlich beleuchteten mindestens hundert scharlachrote Papierlaternen die Oberfläche der Wasserreservoirs. Sie trieben langsam auf dem Becken und warfen ihren Schein aufs Wasser – sodass es wie ein See von Blut wirkte.

Erst da wurde Mark bewusst, dass eine schattenhafte Gestalt am fernen Ende der Wasserbecken stand, auf der schmalen Trennmauer aus Beton. Er nahm den Umriss eines Kopfes wahr, Schultern und den langen Fall eines Mantels. Die drei Kreaturen redeten ihm zu, weiterzugehen.

»Stellen Sie sich vor«, drängte einer.

»*Schnell,* sie wartet«, zischte ein zweiter.

Mark folgte ihnen den schmalen Weg über die Trennwand der beiden Becken. Als er näher kam, nahm er einen fauligen Geruch in der Luft wahr, wie von einem Kadaver, der zu lange in der Sonne gelegen hatte – Beweis dafür, dass die Dunkle Braut ohne Zweifel eine transzendierende Seele war.

»Du bist gekommen«, flüsterte sie.

Die Stimme erkannte er nicht. Allerdings sprach sie sehr leise.

Sie hatte das Gesicht abgewandt, sodass er es nicht sehen konnte. Die Kapuze ihres Umhangs bedeckte ihren Hinterkopf. »Ich habe lange gewartet.«

»Anrührende Gefühle. Leider sind sie schwer zu erwidern, weil ich keine Ahnung habe, wer du bist.«

Er schätzte die Körpergröße und Gestalt der Dunklen Braut ab. Bedauerlicherweise unterschied sie nichts von anderen Frauen oder identifizierte sie als irgendjemanden, den er kannte.

»Du weißt, wer ich bin«, antwortete sie neckend.

»Sag es mir.« Er trat näher.

Die Kreaturen versperrten ihm den Weg, duckten sich jedoch mit gebeugten Köpfen. Sie beschützten ihre Herrin, hatten aber offensichtlich nicht den Wunsch, sich seinen Zorn zuzuziehen.

»Ich habe dir viele Dinge gesagt … beinahe ständig … aber du hast es vorgezogen …« – ihre Stimme wurde leise und nahm einen bösartigen Unterton an – »mich zu ignorieren.«

Diese Stimme passte zu der in seinem Kopf.

»Dreh dich um und sieh mich an«, befahl er.

Ihre Schultern wurden weich. Sie hatte es gern, herumkommandiert zu werden.

Sie wirbelte herum, und ihr Umhang vollzog die Bewegung in einem dunklen Kreis nach. Aus den Tiefen der Kapuze spähte ein weißes Gesicht, eine Porzellanmaske, die Art, die man vielleicht auf einem venezianischen Karneval sehen würde. Die beiden Augenlöcher enthüllten nur Schwärze … keinen Blick auf irgendetwas Menschliches. Kein Weiß, keine Pupillen, keine zwinkernden Augenlider.

»Haben dir meine Geschenke gefallen?«, fragte sie mit ihrem vorherigen neckischen Tonfall, und ihr Atem zischte hinter dem Porzellan.

»Du hast mir … Geschenke geschickt?«

»Ja, Liebling«, tadelte sie und klang wie ein ganz normales, verärgertes Mädchen. »Ich habe sie den ganzen Fluss entlang ausliefern lassen, damit keine Gefahr bestand, dass du sie übersehen könntest.«

»Du hast eine Frau getötet und sie in Stücke geschnitten?«

»Nein, törichter Mann. Ich habe sie nicht zerschnitten. Das wäre so … *schmutzig*. Dafür habe ich meine Kriecher.«

»Kriecher?«

Sie wedelte in Richtung der sich duckenden Kreaturen. Sie grinsten und nickten, glückliche Hunde am Fuß ihrer Herrin.

»Warum hast du das getan?«

»Du weißt, warum. Denk nach, Lieber, denk nach. Es ist alles da in deinem gut aussehenden unsterblichen Kopf.«

»Sag du es mir.«

»Ich habe es für dich getan«, gurrte sie leise. »Für uns.«

Die Worte in seinem Kopf, gesprochen mit solch bösartiger, sinnlicher Inbrunst …

Das dramatische Auftauchen der Kutsche und der Kriecher …

Die Laternen auf dem Wasser.

Die Dunkle Braut hatte die Bühne für eine Verführung bereitet. Die abgetrennten Arme und Beine und der ganze Rest waren nicht in den Fluss geworfen worden, um ihn zu verhöhnen oder zu einem Kampf herauszufordern.

Das Miststück versuchte ihn zu umwerben.

Mina schreckte aus dem Schlaf hoch. Irgendetwas hatte sie geweckt. Ein Geräusch.

Reglos blieb sie liegen und lauschte angestrengt. Als sie nichts hörte, spähte sie durch den Raum zu ihrer Uhr. Obwohl sie die Zeiger kaum erkennen konnte, schien es ihr fast, dass sie drei Uhr anzeigten. Sie lag erst seit einer Stunde im Bett. Es hatte so lange gedauert, bis sich nach dem Fest, das bei Ausbruch des Unwetters ins Haus verlegt worden war, endlich wieder Ruhe eingestellt hatte. Nachdem Mark aufgebrochen – oder besser gesagt, die Straße hinuntergestolpert war –, hatte sie sich in ihr Zimmer zurückgezogen, nachdenklich und besorgt. Selbst jetzt fragte sie sich: *Wo ist er?*

Sie war ihm und seinem Interesse an den Schriftrollen gegenüber so argwöhnisch gewesen. Jetzt verzehrte sie sich nach ihm. Sehnte sich danach, ihm zu vertrauen. Alles in ihr schrie, dass sie bei ihm in Sicherheit sein würde. Erschöpft überließ sie sich wieder dem Schlaf, denn ohne ihn wollte sie nicht hier in der Dunkelheit wach liegen.

Dann hörte sie das Geräusch abermals – ein Kratzen oder Schaben an ihrer Tür, als ginge jemand an der Tür vorbei und zöge dabei seine Fingerspitzen über das Holz.

Sie lag ganz still, und ihr Magen verkrampfte sich.

Chrrr…

Mina richtete sich auf und schlug die Bettdecke zurück. Bevor sie eingeschlafen war, hatte sie aus dem Flur einige Male Stimmen und Schritte gehört. Alle Räume waren mit Übernachtungsgästen belegt. Vielleicht war jemand krank und brauchte Hilfe. Besser, sie sah rasch nach, statt noch lange darüber nachzudenken, wer das Geräusch wohl verursacht haben könnte. Sie stand auf und zog sich ihren Morgenmantel über. Dann öffnete sie die Tür.

In der Mitte des Flurs brannte auf einem Tisch eine kleine Lampe und bot ein wenig Licht. Aber sie sah niemanden. Nur ein seltsamer weißer Nebel stieg im Treppenhaus hoch. Ihr Herz tat einen Satz. Rauch? Konnte es unten brennen?

Sie eilte durch den Flur. Je näher sie der Treppe kam, desto dichter wurde der Rauch … aber es roch nicht nach Qualm. Es schien eher … Nebel zu sein.

Sie mochte keinen Nebel.

Auf dem Berg, in jener letzten Nacht mit ihrem Vater, war ein ähnlicher Nebel aufgezogen. Natürlich ragten auf solcher Höhe die Berge direkt in die Wolken. Aber warum gab es Nebel im Haus? Panik schnürte ihr die Brust zu.

Langsam ging sie die Treppe hinunter, mitten in den Nebel hinein. Hinter ihr fiel eine Tür ins Schloss.

Ihre Tür?

Sie drehte sich um und dachte daran, zurückzukehren … aber die dichte Wand aus Weiß hatte sich hinter ihr geschlossen. Ihre Gedanken rasten. Dies konnte nicht geschehen. Nichts von alldem ergab einen Sinn.

Sie drehte einen vorsichtigen Kreis auf der Treppe, so dicht von Nebel umhüllt, dass sie nicht weiter sehen konnte als eine Armeslänge.

Es ist nur ein Traum, sagte sie sich, *ein unwirklicher, unsinniger Traum.* Jeden Augenblick würde sie aufwachen.

Desorientiert von dem alles verschlingenden Weiß ertastete sie sich den Weg die Treppe hinauf. Sie schob sich an der Wand entlang und arbeitete sich auf diese Weise zu ihrem Zimmer zurück. Die ganze Zeit über rechnete sie damit, dass sich skeletthafte Klauen nach ihr ausstreckten und packten.

Nervös fuhr sie sich mit den Fingern durchs Haar und biss sich auf die Unterlippe. Irgendetwas hatte in der Tat ihre Tür geschlossen. Vorsichtig drehte sie den Knauf. Im Zimmer herrschte beinahe Dunkelheit. Nur ein wenig Mondlicht schimmerte durch die Vorhänge. Kein Nebel. Sie schaute über die Schulter.

Auch im Flur war der Nebel verschwunden.

Sie trat in ihr Zimmer, schloss die Tür hinter sich und drehte den Schlüssel im Schloss. Dann entzündete sie eine Lampe. Zitternd schlang sie die Arme um sich und wandte sich wieder dem Raum zu.

Die Mappe ihres Vaters lag mitten auf ihrem Bett. Und ringsum – überall auf dem Bett, auf dem Boden, auf ihrem Schreibtisch – lagen die zerfetzten Überreste seiner Papiere und Notizbücher. Den Schlüssel entdeckte sie inmitten der Zerstörung.

»Nimm deine Maske ab und lass mich dein Gesicht sehen«, befahl Mark.

Die schwarzen Löcher starrten ihn an, unergründlich und ohne zu blinzeln. »Noch nicht.«

»Wenn du mir nicht vertraust, warum bin ich dann hier? Was bringt dich auf die Idee, dass ich dir von Nutzen bin?«

»Du bist der mächtigste *Brotos* von allen. Der Bote.«

»Der *Bote«*, gurrten die Kriecher, ständig tief knicksend.

Eine Woge aus Abscheu erfasste Mark. Der Bote? *Er* war nicht der Bote. Jack the Ripper war der Bote gewesen, und als Archer ihn erschlagen hatte, war es das Ende dieser Dinge gewesen – oder doch nicht?

Er unterdrückte den Zorn in seiner Stimme. »Gab es einen anderen Boten vor mir?«

Unter dem Umhang zuckten die Schultern. »Wir sind nie sehr gut miteinander ausgekommen. Ich habe ihm mehrere Geschenke geschickt, die er nie zur Kenntnis genommen hat. Ich habe eines sogar tief im Herzen eines seiner Feinde begraben – ein Opfer, um die Bemühungen dieses Feinds gegen ihn zu vereiteln. Denkst du, er hätte es zu schätzen gewusst? Nein. Ich denke, ich werde dich viel lieber mögen.«

Inmitten der Jagd auf Jack hatte Selenes Themse-Mörder eine zerstückelte und kopflose weibliche Leiche, eingewickelt in den Stoff eines Kleids, unter dem Gebäude von New Scotland Yard abgelegt.

»Du dienst … Tantalos.«

Allein das Aussprechen des Namens bescherte ihm einen sauren Geschmack im Mund.

Unter dem Umhang strafften sich ihre Schultern. »Du und ich, wir werden ihm gemeinsam dienen. Jedes Opfer bereitet den Fluss für seine Ankunft vor.«

Mark gerann das Blut in den Adern. *Tantalos' Ankunft.*

»Aber es muss weitere Opfer geben. So viele weitere. Ich brauche dich, mein Lieber. Unsere Kriecher und ich können nicht alles allein erledigen.« Ihre Stimme wurde kühler. »Doch ich spüre dein Widerstreben, dich mir anzuschließen. Wirklich, Liebster, du lässt mir keine Wahl.«

Mark hasste es, zu fragen. »In welcher Hinsicht?«

Aus den Tiefen ihres Umhangs förderte sie eine weiße Blase hervor, ungefähr so groß wie ein Totenschädel und gefüllt mit braun-gelber Flüssigkeit.

Sie wirbelte herum und wich auf der Betonwand zwischen den Wasserbecken vor ihm zurück. Die Kriecher fielen zurück. Mark folgte ihr zwischen die beiden nächsten Wasserreservoirs.

»Dunkle Braut.« Wirklich, wie sonst sollte er sie nennen? »Was hast du da in der Hand?«

»Weißt du, wie diese Anlage funktioniert?«

Er antwortete ihr nicht, sondern folgte ihr einfach. Hörte zu. Beobachtete.

Sie bewegte sich schnell, drehte sich wieder zu ihm um, lief aber rückwärts weiter, ohne jede Schwierigkeit, auf der schmalen Trennwand das Gleichgewicht zu wahren. »Das Wasser der Themse läuft in die Becken und fließt durch eine Reihe von Filtern.« Sie hob eine Hand und dozierte in dem angenehmen Ton eines Museumsführers. »In dem ersten Becken ist Schotter. Wasser sinkt durch den Schotter und wird durch perforierte Rohre in dieses zweite Becken geleitet, um in diesem Becken durch noch feineren Schotter und weitere Rohre gefiltert zu werden.«

Beim dritten und letzten Becken kreuzten sich ihre Wege. »Und dann ist da schließlich im dritten Becken ein Sandfilter.«

»Faszinierend.« Marks Blick war unverwandt auf die Blase gerichtet.

»Sobald das Wasser des Flusses durch diese drei Prozeduren gefiltert wurde, wird das saubere und wohlschmeckende Wasser in die Haushalte der Stadt geleitet, zu all den liebreizenden Bürgern Londons.«

Mark wusste nicht, was in dieser verdammten Blase war, aber er war fest davon überzeugt, dass es nicht ins Wasser gehörte. Er war zwar der Möglichkeit beraubt, die Vollstreckung auszuführen, spannte aber alle Muskeln an, um bereit zu sein …

»Aber ich denke nicht, dass diese Filter bei dem hier funktionieren.« Sie schleuderte die Blase über dem Wasserbecken hoch in die Luft.

Mark sprang.

In der anderen Hand hielt sie plötzlich eine langläufige Pistole.

Peng. Flüssigkeit regnete herab, doch sobald der Schauer hinabstürzte, löste er sich in Schatten auf. Er breitete sich durch die kühlen, grünen Tiefen aus und versuchte, das tödliche Gift aufzufangen, während es hinabregnete …

Aber es war kein Gift. Es war nur … Ingwerbier.

Er brach durch die Wasseroberfläche. Zornig unterdrückte er mit knirschenden Zähnen einen Fluch. Er schwamm an den Rand des Beckens. Die Dunkle Braut sah aus einigen Schritten Entfernung auf ihn herab.

»Oh, Liebster, du raubst mir den Atem. Wie du hineingesprungen bist, um die Bürger von London zu retten. Hast du wirklich gedacht, ich würde all diese Leute töten? Das würde ich nicht tun. Denn wenn sie tot sind, woher soll ich dann noch meine Kriecher nehmen? Ich habe große Pläne für diese Stadt. Und für dich. Aber offensichtlich bist du noch nicht bereit.«

Klatschnass kletterte Mark auf die Betonwand. Er rieb sich das Wasser aus den Augen. Als er sie wieder öffnete …

… waren sie und ihre Kriecher verschwunden.

9

Mark blickte zu den Fenstern des Trafford'schen Hauses hinauf. Einige Hansoms fuhren durch die Straße, und die ersten Reiter waren auf dem Weg zur Row, aber Mayfair schien sich zu dieser Stunde noch immer den Schlaf aus den Augen zu reiben. Er sah abermals auf seine Taschenuhr. Acht Uhr dreißig. Das war noch früh. Zu früh für einen Höflichkeitsbesuch, aber er konnte nicht länger warten. Ihm fiel nur eine Möglichkeit ein, wie er eine engere Beziehung zu Mina knüpfen konnte, um sich in den Besitz der Schriftrollen zu bringen. Jetzt, nach allem, was er in der Nacht zuvor erlebt hatte, würde er nicht einfach Mina Limpett verführen, um seine eigene Haut zu retten – er verführte sie auch, um London zu retten. Und England. Durchaus möglich, dass er sie verführte, um sogar die Welt zu retten.

Ein mächtiger *Brotos* präparierte die verdammte Themse mit Menschenopfern, um die Ankunft des dunklen Fürsten der Unterwelt, Tantalos, vorzubereiten. Es gab nie einen heldenhafteren, nie einen nobleren Grund, um eine ansprechende, englische Jungfrau zu verzaubern.

Ja, die Welt. Und ich bin genau der Mann, um das zu erledigen. Seine Hände schwitzten, und sein Herz – er hätte schwören können, dass es jeden zweiten Schlag aussetzte. Ein Beweis dafür, dass seine Gefühle mehr mit der Entscheidung zu tun hatten, als ihm lieb war. Er klingelte.

Der Butler verschwand mit Marks Karte in den Tiefen des Hauses. Wenige Augenblicke später wurde Mark in das Arbeitszimmer des Earls geführt.

Lord Trafford kam herein, bekleidet mit einem seidenen Morgenmantel über seinen Hosen. »Sie sind heute Morgen ziemlich früh unterwegs.«

Mark erhob sich, und die beiden Männer schüttelten einander die Hände.

»Haben Sie sich gestern Abend gut amüsiert?«, erkundigte sich Trafford.

Statt sich an den Schreibtisch zu setzen, ließ er sich auf einen Stuhl neben Mark sinken.

»Ja, allerdings«, antwortete Mark höflich.

»Können Sie sich dieses Gewitter erklären? Wir hatten Glück, dass niemand getötet wurde. All dieser Lärm, und kein Tropfen Regen.«

»Ich finde, das Gewitter hat diesen Abend nur noch denkwürdiger gemacht.« Für ihn war die Nacht voller Bedeutung gewesen. »Ich hoffe, dass Lady Trafford mit ihrem Fest zufrieden ist.«

»Ja«, erwiderte Trafford knapp, die Lippen zu einem hohlen Lächeln zusammengepresst. »Sie … sollte es sein.«

Mark begann: »Nun – ich – ah …«

Er schluckte hörbar. Es sah ihm gar nicht ähnlich, zu stottern.

»Ja?« Traffords Augenbrauen wölbten sich nach oben.

»Ich bin heute Morgen aus einem bestimmten Grund hergekommen, um mit Ihnen zu sprechen. So früh, so schrecklich früh, ich muss mich entschuldigen.« Mark nahm ein Taschentuch hervor und wischte sich die Stirn ab. Gütiger Gott, er schwitzte sonst nie.

»Es sind keine Entschuldigungen nötig. Ich bin ein Frühaufsteher und heiße Ihre Gesellschaft willkommen.« Trafford nickte und schlug die Beine übereinander. Sein lederner Pantoffel baumelte von seinen Zehen. »Wollen Sie mir nun Ihren Grund nennen?«

Verflixt. Er konnte kaum atmen. »Ich habe eine dringende Angelegenheit mit Ihnen zu besprechen. Einen … Antrag.«

»Einen Antrag. Was für eine interessante Wortwahl.« Trafford beugte sich vor und wählte zwei Zigarren aus der hölzernen Kiste auf seinem Schreibtisch. Dann nahm er eine kleine, glänzende Silberschere und knipste sachkundig die Enden ab. Schnipp, schnapp.

»Ich bin ziemlich hingerissen von einer jungen Dame in Ihrem Haushalt.«

»Oh ja?« Freude ließ Traffords Züge weich werden. Tatsächlich wirkte er geradezu überglücklich. »Astrid wird außer sich sein. Sie beide, gestern Abend auf der Tanzfläche. *Perfektion.* Alle haben Bemerkungen darüber gemacht.«

Mark belächelte die Peinlichkeit der ganzen Situation. »Es tut mir leid, obwohl Astrid ein *ganz reizendes Mädchen* ist …«

»Evangeline.« Traffords Augen weiteten sich. »Noch besser. Sie ist eine bemerkenswerte Gesprächspartnerin. Ein kluges, robustes Mädchen.«

»Eigentlich, Euer Gnaden, möchte ich Sie um die Erlaubnis bitten, um Miss Limpetts Hand anzuhalten.«

Dem Grafen fiel die Zigarre aus der Hand.

Mina hatte während des Rests der Nacht nicht geschlafen. Sie hatte bekleidet an ihrem Schreibtisch gesessen, auf die Mappe gestarrt und es nicht übers Herz gebracht, die vielen hundert Papierschnipsel wegzuwerfen. Stattdessen hatte sie alle eingesammelt und in die Mappe zurückgelegt. Zuerst war da die Rose gewesen, und jetzt dies. Bruchstückhafte Bilder schwirrten durch ihren Kopf. Leuchtende Augen in der Krypta. Der maskierte Schauspieler auf der Straße, der die gleiche Art Rose verteilt hatte. War all das dazu gedacht, sie in den Wahnsinn zu treiben?

Irgendjemand versuchte ziemlich geschickt, ihr Angst zu machen. *Schlimme* Angst. Aber wer? Ein Diener oder jemand von außerhalb des Hauses?

Oder konnte es ein Mitglied ihrer eigenen Familie sein?

Sie konnte nicht klar denken. Die Erinnerung an den unwirklichen Nebel in der Nacht ließ sie alles infrage stellen. Wer immer diese Ereignisse eingefädelt hatte, es musste ein Mensch sein … oder?

Sie betrachtete ihr nicht angerührtes Frühstückstablett. Wie es zu ihrer morgendlichen Gewohnheit geworden war, sammelte sie einige Krümel Brot in der Serviette und verließ ihr Zimmer. Sie brauchte frische Luft. Sie brauchte Sonnenschein. Sie musste klar denken und entscheiden, was zu tun war.

Im Garten stand ein Diener auf einer Leiter und fischte Laternen aus den Bäumen. Hier und da lagen zerquetschte Blumen und gelegentlich eine Perle oder ein Stück Besatz. Tische und Stühle standen noch draußen, da es während des Unwetters viel zu gefährlich gewesen war, sie noch hineinzubringen.

Mina ging ans andere Ende des Gartens und machte einige Schritte zu der Stelle hin, wo die Büsche an die Mauer grenzten. Sie legte die Serviette auf den Boden und wich etwas zurück.

Die Katzen erschienen nicht. Vielleicht waren sie nach der Party und dem Gewitter ein wenig nervös. Sie würde noch ein Weilchen warten.

Erschöpft bettete sie das Gesicht in die Hände. Vielleicht sollte sie mit ihrem Onkel reden und ihm alles erzählen. Aber sie war sich nicht sicher, und es gab niemanden, der ihr bei der Entscheidung helfen konnte. Vielleicht … vielleicht Mark? Sie wünschte …

»Sie sind weg, wissen Sie.«

Als Mina aufschaute, stand Evangeline hinter ihr auf den Stufen, bekleidet mit einem rosa-weiß gestreiften Morgenrock.

»Wer ist weg?« Sie stand auf.

»Die Katzen. Lucinda hat die Gärtner Fallen aufstellen lassen. Sie wollte nicht, dass sie während der Party umherstreiften.«

»Fallen?«

Evangeline murmelte: »Es tut mir leid, wenn Sie sie gern hatten. Die Gärtner … nun, sie haben dafür gesorgt, dass die Katzen nicht zurückkommen. Sie haben sie getötet.«

Trauer durchzuckte Mina, ein dumpfer Stich. Ihr Magen krampfte sich zusammen. Ihre drei kleinen Katzen – tot. Wegen einer Gartenparty? Kummer, vermischt mit ihren anderen Ängsten, raubte ihr den Atem. Der Himmel, die Blumen, das große, prächtige Haus … alles wurde grau.

Vielleicht sollte sie die Traffords verlassen. Weit weggehen, vielleicht nach Amerika. Irgendwohin, wo niemand sie kannte. Sie konnte eine Stelle als Gouvernante oder Kinderfrau annehmen. Sie hatte nicht viel Geld, nur den Erlös von dem Verkauf des kleinen Hauses ihres Vaters in Manchester.

Aber Mark …

»Ich bin geschickt worden, um nach Ihnen zu suchen«, erklärte Evangeline. »Mein Vater möchte mit Ihnen sprechen.«

Mina nickte. Ihre Arme hingen schlaff an ihren Seiten herunter, als sie zusammen mit ihrer Cousine ins Haus zurückkehrte.

Draußen vor dem Arbeitszimmer fügte Evangeline hinzu: »Ich denke, es ist noch jemand bei ihm, aber ich weiß nicht, wer.«

Mina klopfte. Als ihr Onkel sein »Herein« rief, trat sie ein.

Mark erhob sich von einem Stuhl. Er hielt seinen Hut und seine Handschuhe und schaute ernst drein. Sie erstarrte. Nicht weil sie ihn nicht zu sehen wünschte, sondern weil sie nichts lieber getan hätte, als zu ihm zu rennen und sich in seine Arme zu werfen, um wegen drei dummer kleiner Katzen und einem Häufchen zerfetzter Notizen hemmungslos an seiner Brust zu schluchzen.

»Guten Morgen, Lord Trafford«, sagte sie. »Lord Alexander.«

»Kommen Sie herein, Mina. Bitte, nehmen Sie Platz«, lud ihr Onkel sie mit einer Geste ein, Er trat neben den Kaminsims.

Mina tat wie geheißen. Auf unsicheren Beinen ließ sie sich auf den Stuhl neben Mark sinken. Er nahm ebenfalls Platz. Eine plötzliche Furcht durchzuckte sie – waren sie hier, um sie wegen ihres Vaters zur Rede zu stellen? Ihr Gesicht und ihre Kopfhaut wurden taub. Es war das Schlimmste, was sie sich vorstellen konnte: dass Lord Alexander, der Mann, der sie so süß und so leidenschaftlich geküsst hatte, in ihr eine Lügnerin sehen würde – eine Betrügerin.

Lords Traffords Gesichtsausdruck verriet nichts. »Lord Alexander ist heute Morgen mit einer ganz besonderen Bitte hierhergekommen.«

»Ach ja?«, antwortete sie schwach. »Worum geht es denn?«

Mark sah sie eindringlich an. Ihr Onkel schien zu zögern. Auf der Kante ihres Stuhls wartete Mina erwartungsvoll, die Hände zu Fäusten geballt.

»Lord Alexander« – Lord Traffords Lippen verzogen sich zu einem trägen Lächeln, und seine Augen funkelten – »hat mich gebeten, um Ihre Hand anhalten zu dürfen, und ich habe zugestimmt.«

»Er … hat …?« Das war alles, was sie hervorbringen konnte. Ihr Mund und ihr Gehirn funktionierten nicht nach Wunsch.

Sie sah Mark an. Der intensive Augenblick schärfte seine Züge. Er schenkte ihr ein schiefes, hoffnungsvolles Lächeln.

»Ja, das habe ich getan«, bestätigte er.

Das war ganz und gar nicht das, was sie erwartet hatte. Ihre Lungen verengten sich, sie bekam keine Luft.

»Ich – ich weiß nicht.« Ihr Gesicht – ihre Zunge und ihre Lippen – waren vor Schreck wie gelähmt. »Wir kennen einander nicht einmal richtig.«

Mark nickte. Er sah Lord Trafford an und sagte: »Könnte ich vielleicht einen Moment allein mit Miss Limpett sprechen?«

»Natürlich.« Lord Trafford eilte zur Tür. »Ich werde in Kürze nach Ihnen beiden sehen.«

Entschieden schloss er die Tür hinter sich.

»Ich weiß, mein Antrag kommt sehr plötzlich. Ich weiß auch, dass er vollkommen unerwartet ist.« Mark ergriff ihre Hand. »Aber ich muss hier weg. Weg aus England, und ich möchte, dass Sie mit mir kommen.«

Mina lächelte ihn an, und Tränen schossen ihr in die Augen. »Sie wollen mich nicht heiraten.«

»Doch, das will ich.« Ein verwunderter Ausdruck erschien auf seinem Gesicht. »Ich kann ehrlich sagen, dass es nichts gibt, was ich mir mehr wünsche.«

»Warum?«, fragte sie leise und blinzelte ihn unter Tränen an.

»Warum was?«

»Warum das alles. Warum wollen Sie mich heiraten? Warum müssen Sie England verlassen? Warum jetzt?«

»Weil ich Sie will. Ich brauche Sie. So einfach ist das. Und wir haben so viel gemeinsam, Mina. Wir teilen eine Liebe für die wirklich wichtigen Orte auf der Welt und die Entdeckung alter Dinge. Ich weiß, diese Stadt macht Sie nicht glücklich, ebenso wenig wie mich. Es gibt zu viele Regeln und zu viele Intrigen. Es ist ein seelenloser Ort, und ich wünsche mir sehnlichst, fortzukommen und zu dem zurückzukehren, was für mich immer wahrhaftig war. Kommen Sie mit mir mit.«

»Sie kennen mich nicht einmal.« Sie schüttelte den Kopf. »Ich bin ein schwieriger Mensch.«

»Nein, das sind Sie nicht«, versicherte er ihr, die Stimme leise und schmeichelnd. »Und selbst wenn Sie es sind – dann muss ich etwas ganz Ähnliches sein. Vielleicht bin ich ja auch ein schwieriger Mensch.«

»Es gibt Dinge …« Sie starrte auf ihre und Marks ineinander geschlungenen Hände. »Dinge, die ich Ihnen erzählen sollte, Dinge über mich selbst, die ich einfach nicht erzählen *kann.*«

»Sie denken, ich habe keine Geheimnisse? Erschreckende, schreckliche Geheimnisse?« Er grinste kläglich. »Ich bin mir sicher, meine werden Ihre übertreffen.« Er schüttelte den Kopf. »Wir werden sie teilen, wenn wir es für richtig halten.«

»Was ist mit Ihnen? Ich weiß *gar nichts* über Sie, nicht einmal die einfachsten Dinge. Haben Sie Familie?«

»Meine Mutter und mein Vater starben, als ich ein Junge war«, antwortete er. »Binnen Stunden sind sie beide gestorben. Das war alles sehr tragisch und dramatisch.«

Jetzt verstand sie diesen verborgenen Schatten, den sie immer hinter seinem ansonsten warmen und fröhlichen Wesen verspürt hatte.

»Das ist sehr traurig. Gibt es niemanden sonst? Keine Geschwister?«

»Ich habe eine Zwillingsschwester. Wir haben uns einander entfremdet.« Er hielt inne und drückte ihre Hand. »Also, Sie sehen? Wir sind beide ganz allein in diesem Leben. Lassen Sie uns zusammen sein und den Rest des Wegs gemeinsam gehen.« Er erhob sich von dem Stuhl und ließ sich auf die Knie sinken. Er ergriff ihre beiden Hände. Seine Finger waren warm und groß und stark.

Ihr sicherer Hort.

»Sagen Sie einfach ja.«

»Wohin würden wir gehen?«

»Europa. Indien. Tibet. Wo immer Sie hingehen möchten.«

Vielleicht konnte sie Abenteuer haben und ihren sicheren Hort. Ja, flüsterte ihr Herz, *vielleicht … vielleicht Tibet.*

Mina schaute ihm in die Augen. Er umfasste ihr Kinn mit beiden Händen. Dann beugte er sich vor und drückte die Lippen auf ihre Wangen … auf ihre geschlossenen Augenlider, warme, inbrünstige Küsse, die ihre Tränen verbannten.

»Sag ja«, flüsterte er. »Mina, bitte.«

Er küsste sie auf den Mund. All ihre Angst und ihre Traurigkeit verblassten.

»Ja«, antwortete sie. »Ja.«

»Danke«, murmelte er zwischen heißen, sanften Küssen. »Ich danke dir, Mina.«

Er erklärte ihr nicht seine Liebe, und sie brauchte es nicht, noch nicht. Für den Moment war dies genug.

»Wann?«, murmelte er an ihrer Wange. »Nächste Woche?«

Mina umfasste seine Oberarme und sog ihre Nähe in sich auf. »So bald wie möglich.«

Es klopfte an der Tür.

Mark stand schnell auf und legte ihr eine Hand auf die Schulter. Nachdem sie sich flüchtig die Augen abgewischt hatte, drehte sie sich ebenfalls um. Lord Trafford spähte herein, sein Lächeln zögernd.

»Haben wir eine Verlobung?«, erkundigte er sich leise.

Mark drückte ihre Schulter und antwortete: »Ja.«

Lord Trafford grinste und senkte den Blick zu Mina, als suchte er nach einer Bestätigung. Sie nickte lächelnd. Ihr Onkel öffnete die Tür weiter und enthüllte drei andere Gesichter. Alle aschfahl. Alle ohne jede Spur eines Lächelns.

Lucinda drängte sich an ihm vorbei in den Raum.

»Trafford, ich kann nicht glauben, dass du das unterstützt«, tadelte sie mit belegter Stimme. »Sie kennen einander doch kaum.«

Mina blinzelte, ihre Freude verflüchtigte sich augenblicklich.

Lord Trafford hob die Hände. »Was hat das denn damit zu tun?«

»Mina, ich bin äußerst enttäuscht von Ihnen«, blaffte Lucinda. »Sie haben eben erst Ihren Vater beerdigt. Sie sind gerade einmal drei Monate in Trauer. Was denken Sie, was die Leute dazu sagen werden?«

Mark zog Mina von dem Stuhl hoch. Sie spürte die feste Unterstützung seiner Hand in ihrem Rücken. »Die Leute werden gar nichts sagen. Wir werden nur eine stille und private Zeremonie abhalten. Für das Aufgebot werden wir eine Sondergenehmigung erwirken.«

»Das ist die schlimmste Art von Zeremonie.«

Ihr Blick wanderte zwischen den beiden hin und her. Helle Löckchen hüpften zu beiden Seiten ihrer Wangen. »Alle werden von einem Skandal sprechen.«

»Ich schere mich nicht um Skandale«, erklärte Mark und sah Mina an. »Scherst du dich um Skandale?«

»Nein«, flüsterte sie. Sie räusperte sich und wiederholte energischer: »Nein.«

Lucindas Augen weiteten sich ungläubig. Ihre Brüste hoben und senkten sich unter dem eng geschnürten Korsett ihres blauen Morgenkleids. »Sie denken beide nur an sich. Der Skandal wird nicht nur Sie betreffen, sondern uns alle.«

Lord Trafford griff ein. »Lucinda, du übertreibst.«

Mark fügte hinzu: »Jedwedes Gerede wird schnell wieder verstummen. So wichtig sind wir nicht. Überdies werden wir direkt in die Flitterwochen aufbrechen, auf der *Thais.*«

»Nun, dann nehme ich an, es ist beschlossene Sache, nicht wahr?« Lucinda betrachtete sie alle. Sie sah Mark und Mina an. Lord Trafford. Die blassen Mädchen. Leise und abgehackt fuhr sie fort: »Ich muss mich hinlegen. Ich habe jetzt Kopfschmerzen.«

Sie eilte durch die offene Tür, vorbei an Astrid und Evangeline, die in der Ecke standen. Sie sagten nichts, aber die Blicke, die sie Mina zuwarfen, sprachen Bände. Wie aufs Stichwort verließen die beiden ebenfalls den Raum.

Lord Trafford wippte auf den Fersen, die Arme hinterm Rücken verschränkt. An Mark gewandt sagte er verschwörerisch: »Wie schnell, denken Sie, können Sie die Sondergenehmigung erhalten?«

»Heute ist Freitag. Ich denke, ich könnte es bis Dienstag schaffen.«

Ihr Onkel grinste. »Bis dahin wird sie sich beruhigt haben.«

Mark hatte ein ungutes Gefühl, Mina in einem Haus voller Aufruhr zurückzulassen, aber wenn er Dienstag heiraten wollte, gab es viel zu tun – angefangen damit, dass er die Sondergenehmigung beantragen musste. Er hoffte, dass Lucinda in seiner Abwesenheit nichts Drastisches unternehmen würde, um Mina dazu zu bringen, ihre Meinung zu ändern. Gestern Abend, als sich Lucinda für ihr Benehmen in Hurlingham entschuldigt hatte, hatte er tatsächlich geglaubt, dass es ihr leidtat. War sie immer so schwankend in ihren Stimmungen und ihrem Benehmen gewesen?

Er wusste, dass die Zeit gegen ihn arbeitete, und betete, dass er vor der Hochzeit nicht noch einen Anfall erleiden würde. Jeder Angriff schwächte seinen Geist, der den bösartigen Einfluss der Dunklen Braut abwenden musste. Seit der letzten Nacht in den Wasserwerken war sie bemerkenswert still gewesen, aber er befürchtete, wenn ihre Stimme zurückkam, dann mit aller Macht.

Sein Plan war zweifacher Natur: Erstens war er sich sicher, dass er, sobald sie unterwegs waren, Minas volles Vertrauen gewinnen und sie überreden konnte, alles zu gestehen, vor allem die Einzelheiten über den Aufenthaltsort ihres Vaters. Zweitens vermutete er, dass die Entfernung die Stimme der Dunklen Braut dämpfen würde – zumindest lange genug, um die Schriftrollen in seinen Besitz zu bringen, sie zu übersetzen und den Verbindungskanal finden zu können. Waren seine amaranthinischen Kräfte vollständig wiederhergestellt, würde er nach London zurückkehren, die Ahnherren bitten, ihn zu rehabilitieren – und der Dunklen Braut ein Ende machen.

Aber natürlich ging es bei der Reise nicht nur um seine geistige Wiederherstellung. Er hatte außerdem vor, seine schöne zukünftige Ehefrau mindestens tausend Mal zu lieben. Er schloss die Augen und erinnerte sich daran, wie stark die Anziehung zwischen ihnen in der vergangenen Nacht gewesen war, und noch mehr an diesem Morgen. Er hatte seit Jahrhunderten gelebt und geliebt. Einige Geliebte stachen unter den übrigen heraus.

Ein Hansom rollte neben ihn an den Straßenrand. Seine Augen wurden schmal vor Argwohn, und er schaute weg. Zumindest hielt kein Kutscher mit rollenden Augen die Zügel. Stattdessen schaute Leeson aus dem offenen Fenster.

»Euer Gnaden.« Der Hansom hielt. »Steigen Sie ein.«

Mark zögerte nicht.

»Wie ist es mit Ihrem Antrag gelaufen? Sind Sie erfolgreich verlobt?«

Der Kutscher ließ das Pferd anziehen.

»In der Tat. Ich nehme an, Sie haben Neuigkeiten?«

»Ja.« Leeson griff nach einem Notizbuch und las laut einige hingekritzelte Notizen vor. »Die heutigen Entdeckungen am Fluss schließen einen rechten Fuß ein, der mit dem Teil eines Beins verbunden war. Diese Entdeckung geschah bei« – er schaute an seiner Nase entlang durch ein rundes Monokel – »Wandsworth Bridge. Und dann haben wir in Limehouse ein linkes Bein entdeckt.«

»Bei den West India Docks?«

»Das ist korrekt. Beide wurden sorgfältig in zerschnittene Kleidungsstücke eingepackt und mit Schnur umwickelt.«

Mark nickte. »Waren Sie in der Lage, Selene aufzuspüren?«

»Nein, Sir. Wo immer sie sich aufhält, sie wünscht, nicht gefunden zu werden.«

Mark nickte. »Was haben Sie sonst noch für mich?«

»Es gibt eine Leichenbeschau der Körperteile, die bisher entdeckt wurden. Sie soll heute Nachmittag im Leichenhaus von Battersea stattfinden, mit dem Polizeiarzt Dr. Felix Kempster. Dr. Kempster hat 1887 an den Morden und Verstümmelungen in Rainham gearbeitet. Sehr gründlich. Sehr klug. Es wird eine Freude sein, wieder mit ihm zusammenzuarbeiten … ah, selbst wenn er nicht weiß, dass wir zusammenarbeiten.«

Mark zog seine Taschenuhr hervor. Abgesehen von allem anderen, was er noch zu tun hatte, war gerade so viel Zeit, an der Leichenbeschau teilzunehmen. Gewiss würde er dort Selene treffen. Er musste ihr alles erzählen, was er über die Dunkle Braut in Erfahrung gebracht hatte. Trotz allem konnte er nicht vergessen, dass er kein Schattenwächter mehr war. Das Mysterium um die verstümmelten Leichenteile an der Themse zu lüften, war von Anfang an Selenes offizieller Auftrag gewesen, ihr übertragen von den Ahnherren. Welche Maßnahmen er auch gegen die Dunkle Braut ergriff – wenn er nach London zurückkehrte, würde er mit seiner Schwester zusammenarbeiten müssen.

Er sah aus dem Fenster und versuchte sich zu orientieren. »Vielen Dank, Leeson. Wenn das alles war, können Sie mich an der nächsten Ecke herauslassen.«

»Wir sind noch nicht fertig.« Der kleine Mann legte sein Notizbuch beiseite und rieb sich die Hände. »Ich habe eine Überraschung für Sie.«

»Ich habe heute Nachmittag viel zu tun.«

»Sie müssen sich Zeit dafür nehmen. Ich habe bereits den Kutscher angewiesen, uns dorthin zu bringen.«

»Sie wissen, ich mag keine Überraschungen, also erzählen Sie es mir einfach.«

»Ich habe ein Haus für Sie gefunden. Einen Ort, von dem ich denke, dass er eine Zuflucht sein könnte und … Sie vielleicht bis zu einem gewissen Ausmaß vor diesen Anfällen schützt. Vor dieser Stimme, die Ihnen zusetzt. Ich weiß, dass die Transzendierung nicht aufgehalten werden kann, aber möglicherweise würde dieses Haus die Wirkungen verlangsamen, wenn Sie in Ihrem verletzbarerem Zustand sind.«

Leesons Beschreibung erregte Marks Interesse. Wenn er seine Reise allerdings wie geplant antreten konnte, würde er keine solche Zuflucht benötigen. »Das ist sehr interessant, aber ich werde London am Dienstag verlassen und kein Haus brauchen.«

»Schauen Sie es sich einfach an«, schlug Leeson vor und zog das Band seiner Augenklappe zurecht. »Das ist alles, worum ich bitte. Es wäre schön, ein Haus zu haben, das man für Ihre Rückkehr mit Lady Alexander vorbereiten kann.«

Mark nahm an, dass er recht hatte. Er hatte nie ein richtiges Zuhause gehabt, eine echte Basis für Operationen. Immer hatte er kurzzeitige Aufenthalte auf der *Thais* oder in eleganten Hotels bevorzugt. Die Vorstellung, mit Mina ein Haus zu bewohnen, hatte ihren geheimen, befriedigenden Reiz.

Bislang hatte Archer, Lord Black, ein Monopol auf die beste Adresse in London, ein gewaltiges Herrenhaus, das er vor fast einem Jahrhundert um das einzige Portal zum Inneren Reich, das in London existierte, erbaut hatte. Wie konnte irgendein anderer Besitz dem nahe kommen?

Die Kutsche bog in eine Nebenstraße ein und brachte sie in ein kleines Viertel südlich von Mayfair, nicht weit entfernt vom Fluss. Durch die Fenster erkannte Mark, dass sie durch eine wild bewachsene, einst prächtige Straße fuhren. Die Häuser waren größtenteils heruntergekommen.

Der Hansom rollte vor einer großen Villa aus. Leeson führte ihn auf einem kurzen Weg zu einer riesigen schwarzen Tür. Viele der Fenster waren zerstört. Unkraut und Gräser ragten kniehoch aus der Erde.

Leeson fummelte in seiner Tasche und förderte einen großen, fantastisch geformten Schlüssel zutage. »Ich bitte nur darum, dass Sie sich alles genau ansehen, bevor Sie Ihre Entscheidung treffen.«

Mark zögerte, bevor er die Schwelle übertrat. »Als Sie sagten, Sie hätten ein Haus gefunden, in dem ich eventuell sicher wäre – einen Ort des Schutzes –, war dies nicht das, was ich mir vorgestellt habe. Ich bin kein Vampir, Leeson. Es ist nicht mein Stil, mich in zugigen alten Herrenhäusern herumzudrücken.«

»Kommen Sie herein«, beharrte der kleine Mann knapp.

Mark folgte widerstrebend, während Leeson ihn von Raum zu Raum führte. Es gab zwei Salons, eine Bibliothek, ein Arbeitszimmer und einen Ballsaal, alle großzügig mit fleckigen und sich lösenden Tapeten und eingesackten Decken ausgestattet. Offensichtlich hatte irgendein großes Tier in der Küche gelebt, zumindest für einige Tage. Und zwar erst kürzlich.

»Es ist schrecklich«, verkündete Lord Alexander und drückte sich ein Taschentuch auf die Nase.

Er konnte von Mina niemals erwarten, hier zu leben. Die Villa war nicht nur extrem baufällig, das Gleiche galt auch für alle umliegenden Gebäude. Es ließ sich nicht vorhersagen, welche herumstreunenden Kriminellen ihre Nachbarn sein würden.

»Erlauben Sie mir, Ihnen den ersten Stock zu zeigen.« Leeson ging zur Treppe. Sein Fuß krachte durch die Stufe. Er prüfte die nächste. »Warten Sie, bis Sie die Herrensuite gesehen haben. Sobald wir alle Schwalben daraus verbannt haben …«

Mark zog seinen Mantel aus. Er begann zu schwitzen. »Ich gehe. Mit Ihnen oder ohne Sie.«

»Na schön.« Leeson verdrehte die Augen. »Ich werde einfach sofort zum Kern der Sache kommen. Begleiten Sie mich.«

Marks Stimmung wurde immer miserabler, aber er folgte dem älteren Unsterblichen trotzdem in den hinteren Teil des Hauses. Leeson stapfte nach draußen und hinterließ einen Pfad zerdrückten Unkrauts. Der Garten war damit überwuchert, dazwischen lagen modernde weggeworfene Fässer, sogar ein Sofa und ein Sessel standen herum.

»Kommen Sie hier herauf.« Leeson erreichte eine niedrige Steinmauer, die um einen großen, spiegelglatten Teich herumführte, und hüpfte auf die Kante. Gefüllt mit klarem, funkelndem Wasser, speiste sich der Teich offensichtlich aus einer reinen Quelle.

Mark rieb sich den Nasenrücken. »Sie haben recht. Dies ist sehr hübsch, aber es ist nicht genug, um den Rest wettzumachen.«

Leeson funkelte ihn durch sein eines Auge über die Schulter an. »Ich sagte, kommen Sie herauf.«

Mark gehorchte, obwohl er es inzwischen außerordentlich müde war, dem Mann immer wieder gehorsam zu sein – einem Mann, der behauptete, in *seinem* Dienst zu stehen.

Leeson holte eine Münze aus seiner Tasche. »Los geht's. Sprechen Sie einen Wunsch aus.«

»Ich bin kein Kind«, gab Mark zurück.

»Wollen Sie es mit Gewalt verderben?«, blaffte Leeson. »Könnten Sie bitte einfach tun, worum ich Sie gebeten habe?«

Mark wurde ungeduldig und hatte bereits Mühe, seinen Ärger zu unterdrücken. »Also schön.«

Er fing die Münze auf. Mit einer Drehung des Daumens ließ er sie in schneller Drehung in die Luft schnellen. Ihr Metall glitzerte im Sonnenlicht. *Blink.*

»Haben Sie einen Wunsch ausgesprochen?«

Lasst mich leben. Minas schönes Gesicht blitzte vor seinem geistigen Auge auf.

»Jetzt schauen Sie hin«, instruierte Leeson leise. *»Sehen Sie zu.«*

Die Münze senkte sich in die schummrigen grünen Tiefen, ihr poliertes Antlitz blitzte bei jeder Umdrehung auf … wurde fahler und fahler, als sie zwischen neugierig umherhuschenden Karpfen versank.

Mark sah etwas.

Er legte den Kopf schräg und kniff die Augen zusammen.

»Oh.« Er schnappte nach Luft. *»Ich verstehe.«*

10

Nachdem er die notwendigen Formulare für die Sondergenehmigung ausgefüllt und das Pfarramt verlassen hatte, wies Mark den Fahrer des Hansoms an, ihn auf die andere Seite der Themse zum Leichenschauhaus in Battersea zu bringen.

Er hatte Leeson in dem Haus zurückgelassen, wo er darauf wartete, sich mit dem gegenwärtigen Besitzer zu treffen. Tatsächlich hatte er Leeson die Vollmacht gegeben, über den Erwerb sämtlicher Häuser in der Straße zu verhandeln. Ihr Gesamtwert – zumindest auf dem Markt der Sterblichen – konnte niemals an den Wert des Teichs heranreichen. Sobald Mark seinen Zustand der Transzendierung besiegt und seinen Status in der Garde der Schattenwächter wiedererlangt hatte, würde er mit Mina nach London zurückkehren und die Renovierungsarbeiten überwachen – selbstverständlich neben seinen Vollstreckungsaufträgen. Er schwor sich, dass die Adresse binnen zwei Jahren die exklusivste im Distrikt sein würde, eine, die ihm einen hübschen Gewinn einbringen würde.

Was waren das für Gedanken in seinem Kopf? Optimistische Gedanken an eine Zukunft mit Mina?

Die Stadt glitt an seinem Fenster vorbei, und er lächelte in sich hinein. Er wusste nicht, wie lange eine solche Zukunft dauern konnte, aber er schwor sich, sein Bestes zu geben, um sie möglich zu machen.

Nach einer halben Stunde Fahrt erreichten sie das Leichenschauhaus. Er bezahlte den Kutscher und durchschritt die Arkaden. Dort, in schwacher Beleuchtung, transformierte er sich in einen Schatten. Dann folgte er dem Geruch des Todes, bis er die Leichenhalle erreichte.

Dr. Kempster hatte zwei Herren in dunklen Anzügen empfangen. Mark strich an ihnen vorbei und zog ihre Namen aus ihrem Geist: die Inspektoren Regan und Tunbridge. Als er sich weiter in den Raum hineinbewegte, stieß er direkt gegen Selenes Schatten. Da er den scharfen Ton ihres Zorns wahrnahm, bezog er am gegenüberliegenden Ende des Raums Position.

»Danke für Ihr Kommen, meine Herren«, sagte Dr. Kempster, ein distinguiert aussehender Arzt mit Schnurrbart. »Ich nehme an, wir sollten mit unserem schrecklichen Geschäft beginnen.«

Er bewegte sich in das Zentrum des Raums, wo eine Reihe flacher Metallwannen auf einem langen Tisch platziert waren.

»Wappnen Sie sich«, warnte er. »Wir haben die Körperteile in Alkohol eingelegt, um ihre Verwesung zu verlangsamen.«

Der Raum duftete ohnehin nicht allzu angenehm, aber beide Detectives förderten Taschentücher zutage, mit denen sie sich Mund und Nase zuhielten. Als alle bereit waren, hob der Pathologe den Deckel von dem ersten Behälter. Der ätzende Geruch von Alkohol, vermengt mit Verwesungsgeruch, durchflutete den Raum.

Detective Tunbridge hustete.

Dr. Kempster schien das nicht im Mindesten zu berühren. Mark wusste, dass es nicht das erste Mal war, dass er ein solch grässliches Werk vor sich hatte. »Kommen Sie näher, damit Sie etwas sehen können.«

Die beiden Inspektoren rückten näher heran und blickten in die trübe Flüssigkeit. Mark war bereits da. Seine Schwester wetteiferte mit ihm um den besten Platz. Weil er jedoch daran dachte, dass der Themse-Mörder – der Mörder, von dem er wusste, dass es die Dunkle Braut war – Selenes Auftrag war, räumte er ihr seinen Platz und zog sich wieder auf die andere Seite des Tischs zurück.

»Was *ist* das?«, fragte einer der Polizisten.

Der Doktor zeigte mit dem Finger darauf. »Der Oberschenkel, der in Battersea entdeckt wurde. Dies ist der obere Teil und dies der untere. Sehen Sie hier? Das sind vier Hämatome, die anscheinend von Fingern stammen, die in die Haut gekrallt wurden. Ich glaube, dies ist geschehen, als das Opfer noch am Leben war.«

Der Doktor zeigte den Kriminalbeamten die anderen entdeckten Körperteile, öffnete und schloss jeden Deckel, während sie sich am Tisch entlangbewegten. Ein Rumpf ... ein Teil eines rechten Beins mit anhängendem Fuß ... und schließlich ein linkes Bein.

»Es gibt keinen Kopf?«

»Nein.«

»Genau wie der Torso, den New Scotland Yard letztes Jahr, 1887, am Embankment gefunden hat?«

»Das ist korrekt.«

»Schauen Sie hier ... dieses Hämatom. Sie hat einen Ring an diesem Finger getragen.«

»Er muss kurz zuvor abgenommen worden sein oder sogar, nachdem sie getötet wurde.«

»Ihre Hände. Ihre Nägel sind bis auf die Nagelhaut abgekaut, aber da sind keine Schwielen. Sie sind nicht von Arbeit abgenutzt. Es ist klar, dass sie keine körperliche Arbeit verrichtet hat.«

Obwohl Mark die Identität der Mörderin kannte – zumindest wusste, dass es sich um die Dunkle Braut handelte –, hatte er das Gefühl, der Frau Aufmerksamkeit und Respekt zu schulden. Schließlich war ihr Körper in einem bizarren Akt ihm zu Ehren am Ufer des Flusses abgelegt worden.

Der Arzt legte den Deckel auf die letzte Wanne zurück. »Ich denke, Sie werden sehr interessiert sein, die Kleidung zu sehen, die sie getragen hat. Die Fetzen werden uns helfen, sie zu identifizieren. Auf einem speziellen Stück ist sogar ein Name aufgedruckt. Wenn Sie mir bitte folgen wollen.«

Die beiden Detectives begleiteten ihn zum nächsten Tisch, verfolgt von zwei unsichtbaren Unsterblichen. Dort lagen große Stücke Stoff, die aus Kleidung herausgeschnitten worden waren, zur Untersuchung auf dem Tisch ausgebreitet. Jeder Fetzen war mit schwachen Blutflecken getränkt, die vom Fluss verwässert worden waren.

Mark schloss die Augen, dann knirschte er mit den Zähnen. Zwei der Stücke – eins von einem dunklen Ulster-Mantel abgeschnitten und ein Fetzen braunen Wollstoffs – passten zu der Kleidung, die das Mädchen auf der Brücke in jener Nacht getragen hatte.

»Sehen Sie den Namenszug, der in den Taillenbund dieses Leinenstücks gestempelt wurde?«, fragte der Arzt.

»›L. E. Fisher‹«, las Detective Regan vor.

Tunbridge kritzelte den Namen in seinen Bericht.

Aber Mark wusste es sofort. Der Name des Mädchens war Elisabeth gewesen. Elisabeth Jackson. Wahrscheinlich würden sie bei näherer Betrachtung entdecken, dass ihre Kleider gebraucht gekauft waren und noch den Namenszug ihrer früheren Besitzerin trugen. Mark wollte sie nicht länger ansehen. Ja, er hatte zwei Jahrhunderte als Schattenwächter verbracht und während dieser Zeit Leichen gesehen – so viele, in den schlimmsten Zuständen. Aber er hatte in die Augen dieser jungen Frau gesehen. Er hatte ihr Hoffnung geschenkt … und sie hatte dasselbe für ihn getan. Dass sie von irgendeinem Ungeheuer zu einem Puzzle abgeschnittener Körperteile gemacht worden war, erfüllte ihn mit Zorn.

Mark ließ Selene mit den Beamten allein und schoss durch die Halle. Er rauschte in ein leeres Büro, nur gerade lange genug, um in seine menschliche Gestalt zu schlüpfen, dann schritt er auf die Straße hinaus. Dort, die Hand fest auf eine Ziegelsteinsäule gedrückt, atmete er die Gerüche der Stadt ein und ersetzte damit den Duft des Todes in seiner Nase und in seinen Lungen. Trotzdem, der Gestank haftete an seinen Kleidern und seiner Haut, genauso stark, wie die Erinnerung an das Mädchen seinen Geist forderte. Sie war ein schlichtes Mädchen gewesen, aber einen solch schrecklichen Tod hatte sie nicht verdient. Klebte ihr Blut an seinen Händen?

Er hatte diesem Mädchen aus Arroganz geholfen, um der Dunklen Braut zu zeigen, dass *er* die Kontrolle hatte. Hatte er damit Elizabeths Todesurteil unterzeichnet? Ja, sie war erpicht darauf gewesen, sich selbst zu töten, aber gewiss musste die Dunkle Braut gewusst haben, dass er irgendwann die Identität des Opfers erfahren würde. Konnte sie ihm eine deutlichere Botschaft schicken, dass sie diejenige war, die immer noch die Oberhand hatte?

»Tu das nie wieder.«

Mark drehte sich um. Selene starrte ihn von der obersten Stufe aus an.

Sie trug ein kostbares braunes Seidenkleid und einen entzückenden Strohsommerhut, prächtig geschmückt mit orangefarbenen und grünen Blumen und Bändern. Wie immer sah seine Zwillingsschwester aus wie eine Königin, selbst in der makabersten Umgebung. Wer sonst würde so etwas tragen, um sich eine Leiche anzusehen?

»Ich kannte dieses Mädchen«, gab er düster zurück. »Jetzt habe ich auch ein persönliches Interesse in dieser Angelegenheit.«

»Du hast gar nichts«, zischte sie. »Wag es ja nicht, je wieder einen Fuß in mein Territorium zu setzen. Du gehörst nicht länger zu den Schattenwächtern, also hast du kein Recht dazu.«

»Ich versuche nicht, dir deinen Auftrag zu stehlen.«

»Das könntest du auch nicht, selbst wenn du dich bemühen würdest.« Dann hetzte sie davon.

Er holte sie ein und ging neben ihr her. »Weißt du überhaupt, wer dein Mörder ist?«

Sie warf ihm einen dunklen Blick zu.

»Ich bin ihm gestern Nacht begegnet.«

Sie wirbelte zu ihm herum. Die silberne Handtasche an ihrem Arm blitzte auf. »Hast du auch ihre augenrollenden kleinen Kriecher gesehen?« Sie hob die Arme und wackelte mit dem Zeigefinger über ihren Augen. »Die Dunkle Braut. Sie wünscht, dich *kennenzulernen«,* spottete sie.

Selene hatte sich immer sehr gut darauf verstanden, andere nachzuahmen.

Mark richtete sich enttäuscht auf. »Ich sehe, du hast sie bereits getroffen.«

»Flüchtig, bei mehreren Gelegenheiten. Hinter dir ist sie nur her, weil« – Selene legte die Hand an den Mund, als teile sie ihm ein Geheimnis mit – »sie keine *Mädchen* mag, wenn du verstehst, was ich meine. Oh, und du verlierst außerdem deinen unsterblichen Verstand, was dich in ihren Augen zu erstklassigem Männerfleisch macht. Ich bin mir sicher, dein Stammbaum und dein von der Familie vererbtes gutes Aussehen schaden auch nicht.«

»Was weißt du über ihre wahre Identität?«

Selene antwortete scharf: »Das geht dich verdammt noch mal nichts an.« Mit ihrem Zeigefinger stach sie ihm in die Brust. »Sie ist mein Ziel. Meins. Nicht deins. Gerade du, als einer der … nun, exkommunizierten Schattenwächter solltest verstehen, dass die Grenzen respektiert werden müssen, es sei denn, du bist bereits zu weit hinübergeraten, um dich daran zu erinnern.«

»Das bin ich nicht«, gab er zurück. »Und ich erinnere mich sehr genau.«

Jack the Ripper war ursprünglich sein Auftrag gewesen. Aufgrund einer persönlichen Bitte ihrer Majestät, Königin Victoria, hatte Archer, ihr langjähriger Favorit, in die Jagd eingegriffen. Das rücksichtslose Eindringen in sein Jagdterritorium hatte geschmerzt.

Selene blinzelte und schaute auf die andere Straßenseite hinüber. »Ich nehme an, das ist dann alles, was wir einander zu sagen haben.«

»Nicht ganz.« Er ging um sie herum, sodass sie einander unmittelbar gegenüberstanden. »Du hast recht. Die Jagd gehört dir. Und ich gehe fort. Ich verlasse England. Wenn ich zurückkehre, werde ich so gut wie neugeboren sein. Wieder voll eingesetzt als Schattenwächter. Wenn du bis dahin nicht die Vollstreckung durchgeführt hast … dann werde ich es tun. Eine faire Warnung, Selene.«

Sie schnaubte. »Ich wünsche dir einen angenehmen geistigen Abstieg. Ich erwarte, dass du mich erst wiedersehen wirst, sobald ich klare Befehle für deine Ermordung erhalten habe.«

Genau in dem Moment rollte eine riesige schwarze Kutsche heran, gezogen von vier kraftvollen Pferden. Ein poliertes Wappen mit einem schwarzen Raben in der Mitte glänzte an der Tür. Im dunklen Inneren der Kutsche nahm Mark die Umrisse eines hochgewachsenen Mannes mit breiten Schultern wahr.

»Es ist Zeit für mich zu gehen«, sagte Selene und ging auf die Kutsche zu.

Mark runzelte verstimmt die Stirn. »Einer der Raben, Selene?«

Die Raben waren eine spezialisierte Eliteeinheit innerhalb der Garde der Schattenwächter. Sie bestanden aus acht unsterblichen Kriegern, die im Jahr 1066 einen Eid abgelegt hatten, das Königreich England vor Zerstörung und Anarchie zu beschützen, das Königreich und seinen herrschenden Monarchen. Im Laufe der folgenden Jahrhunderte war es zwischen den Raben und den übrigen Schattenwächtern immer wieder zu Auseinandersetzungen um Territorien, Gunst und Prestige gekommen.

»Auf Wiedersehen, Mark«, antwortete sie energisch.

»Sind Sie sich sicher, Lucinda, dass ich Ihr Hochzeitskleid tragen soll?« Mina saß auf dem Rand ihres Betts und schaute in die große, glänzende Schachtel. Eingeschlagen in hellrosa Seidenpapier lag das schönste Kleid, das sie je gesehen hatte.

»Ich bestehe darauf«, sagte Lucinda freundlich.

Obwohl sie immer noch nicht besonders glücklich über die Heirat war, die für diesen Morgen geplant war, war Lucinda beträchtlich sanfter geworden und hatte sich in die Aufgabe gestürzt, dafür zu sorgen, dass Mina einen richtigen Hochzeitstag bekam.

»Vielen Dank, Lucinda.«

»Es ist von Jacques Doucet«, verkündete Lucinda stolz und zog es an den Schultern aus der Schachtel.

Sie drapierte den glänzenden Seidensatin auf der Decke. »Die Diamanten und Perlen sind alle echt.«

Astrid und Evangeline kamen näher, um das Hochzeitskleid ebenfalls zu bewundern.

Sie hatten nur zwei Tage Zeit gehabt, Einkäufe für Minas Aussteuer zu tätigen. Natürlich war sie dafür nicht nach Paris gereist, aber die Frauen im Bekleidungsgeschäft hatten Lucinda versichert, dass die konfektionierten Korsetts, Hemdchen, Unterhemdchen, Unterröcke und *chemises de nuit,* die sie gekauft hatten, alle ein Etikett trugen, das die Pariser Herkunft bewies.

»Es wird Zeit«, erklärte Lucinda und deutete auf die Uhr. »Erlauben Sie uns, Ihnen beim Ankleiden zu helfen.«

Mina zog ihren Morgenrock aus und stellte sich hin, während Lucinda mithilfe von Astrid und Evangeline die Röcke und das daran befestigte Mieder über ihre eierschalfarbenen Unterkleider zog. Lucinda knöpfte sorgfältig alle Knöpfe zu, und das Kleid passte sich der Form ihrer Figur an.

Lucinda starrte über Minas Schulter in den Spiegel.

»Es passt dir perfekt. Nun, beinahe.« Sie ließ sich auf die Knie sinken und zupfte den Rock zurecht. »Wenn wir mehr Zeit hätten, würde ich die Schneiderin einen halben Zentimeter abschneiden lassen.«

Sie raffte den Kleidersaum und hielt inne. »Mina, was ist das? Sagen Sie mir nicht, dass das Ihr alter Unterrock ist.« Sie kniff in ein Stück Spitze.

Mina schaute hinab. »Ja, es ist mein alter Unterrock. Ich mag ihn. Außerdem macht er eine schöne Figur, finde ich.«

Lucinda stand auf. »Ich nehme an, wir haben alle unseren eigenen Aberglauben. Es ist außerdem ohnehin zu spät für Sie, um sich umzuziehen. All Ihre Sachen sind ja schon in die Schranktruhen gepackt worden. Jetzt setzen Sie sich.« Sie zeigte auf den Hocker vor dem Ankleidetisch.

Dort drapierte Lucinda einen Schleier aus Brüsseler Spitze über Minas Haar und beugte sich dann vor, um in den Spiegel neben ihrem Gesicht zu schauen.

»Sie sind eine wunderschöne Braut«, machte sie Mina ein Kompliment. Doch sie lächelte nicht.

Ein Schluchzen erklang hinter ihnen, und Astrid stürmte aus dem Raum. Evangeline folgte ihr, blieb an der Tür jedoch noch einmal stehen. »Sie ist schrecklich neidisch. Sie hat die ganze Nacht geweint und wieder und wieder gesagt, dass dies unsere Debütsaison sei und dass es eine von uns sein sollte, die heute heiratet.« Dann folgte sie ihrer Schwester.

»Oje«, sagte Mina stirnrunzelnd. »Das wusste ich gar nicht.«

Lucinda berührte ihre Wange. »Lassen Sie nicht zu, dass Astrid Ihnen an Ihrem besonderen Tag verheulte Augen beschert.«

Wieder suchte sie Minas Blick im Spiegel. »Erlauben Sie mir, dass ich das an ihrer Stelle tue.«

Mina sah sie verblüfft an. »Was wollen Sie damit sagen?«

Lucindas Augen wurden glitzernd und grausam. »Ich denke, Sie kennen die Wahrheit, Mina. Sie sind eine scharfsichtige junge Frau.«

Mina antwortete nicht.

Lucinda zupfte an Minas Haaren. »Ihr gut aussehender zukünftiger Ehemann … nun, wir hatten eine ziemlich leidenschaftliche Affäre. Aber ich habe stattdessen Trafford geheiratet. Mark benutzt Sie, Mina. Er benutzt Sie, um mich für meine Entscheidung zu bestrafen. Ich will, dass Sie sich heute daran erinnern, wenn Sie neben ihm stehen und Ihr Gelübde ablegen.«

Lucinda zog sich zurück. Sie faltete das Seidenpapier zusammen und nahm die Schachtel von der Decke.

Mina dachte an Mark und ihre kurze Zeit zusammen im Arbeitszimmer nach seinem Antrag. Sie erinnerte sich an seine zutiefst leidenschaftlichen Küsse und seine ernsten Worte.

Lucinda hielt an der Tür inne, ihr Gesicht eine Maske kalter Befriedigung. »Ich werde Sie kurz allein lassen, damit Sie sich sammeln können.«

»Nein, ich bin bereit«, erwiderte Mina gelassen. Sie stand auf und drückte die Schultern durch. Dann rauschte sie hocherhobenen Hauptes an Lucinda vorbei. »Bereit und gesammelt.«

Mark stieg die Stufen zum Haus der Traffords hinauf. Hinter ihm stieg Leeson aus der gemieteten Stadtkutsche und folgte in etwas langsamerem Tempo. Ein Diener hielt ihnen die Tür auf.

Mina stand oben an der Treppe. Marks Brust schnürte sich zusammen und tat beim Anblick ihrer leuchtenden Schönheit ein wenig weh. Sie lächelte und schien ganz genauso glücklich zu sein, ihn zu sehen, dann flog sie die Treppe hinunter, auf ihn zu.

Wenn man die Zweckmäßigkeit ihres Ehegelübdes bedachte, hätte er nicht erwartet, dass sie tatsächlich ein Hochzeitskleid tragen würde. Ob das Kleid geborgt oder gekauft worden war, der dicke Satin legte sich um ihre Brüste, ihre schmale Taille und ihre geschwungenen Hüften, als sei es speziell für sie entworfen worden. Erst als er ihre Hand ergriff, nahm er Lucinda wahr, die Mina mit hölzernem Gesicht und bleich folgte, einen Strauß weißer Rosen im Arm.

»Du hast bereits Blumen«, sagte er. »Ich war mir nicht sicher, daher habe ich ebenfalls einen Strauß mitgebracht.«

Er deutete auf Leeson, der einen riesigen Strauß weißer Orchideen und Maiglöckchen in der Hand hielt, eingebunden in Spitze.

Sie grinste. »Mir gefällt deiner besser.«

Er war auch bei seiner Bank vorbeigegangen, um den Ring seiner Mutter aus seinem Schließfach zu holen. Gegenwärtig lag die Schachtel mit dem Ring schwer in seiner Jackentasche. Er hoffte so sehr, dass der goldene Ring, der zu einer offenen Lotusblume mit einem großen Türkis in der Mitte geformt war, an Minas schlanken Finger passen würde.

Leeson präsentierte Mina die Blumen mit einer schwungvollen Geste und bot ihr den Unterarm.

Mark sagte: »Das ist Mr Leeson. Er wird mein Trauzeuge sein.«

»Danke, dass Sie gekommen sind, Mr Leeson«, erwiderte sie.

Als Mark sie zum Salon begleitete, flüsterte sie: »Er kommt mir bekannt vor.«

Binnen einer Stunde hatten sie die Zeremonie hinter sich gebracht, und alle notwendigen Papiere waren unterzeichnet und bezeugt. Sie hatten außerdem ein kleines, aber elegantes Mittagessen genossen. Das hieß, er und Mina hatten die Mahlzeit genossen, während Lucinda, Astrid und Evangeline steif auf ihren Stühlen gesessen und in ihrem Essen gestochert hatten. Trafford war auffällig verlegen gewesen.

Mark öffnete seine unsterblichen Sinne und fing alle möglichen neidischen und gehässigen Gedanken auf, die meisten davon gegen Mina gerichtet – aber Mina ihrerseits war wunderbar ahnungslos. Und das Beste war, dass sie nicht aufhören konnte, auf ihren Ring zu schauen.

Die Missachtung der Damen für Mina entfachte ein scharfes Flackern aus Zorn in seiner Brust, aber heute interessierte ihn nur, dass Mina glücklich war – und dass sie so schnell wie möglich auf die *Thais* kamen, um vor Einbruch der Nacht die Themse hinunterzufahren. Wenn sie ohne irgendwelche unangenehmen Begebenheiten das Haus verlassen konnten, würde er ihren Hochzeitstag als Erfolg verbuchen.

Außerdem plagten ihn böse Vorahnungen, was die ihm bis zum nächsten Anfall verbleibende Zeit betraf. Es gab zu viele Dinge, die schiefgehen konnten. Wenn er einen Anfall erlitt, würde das ihren Aufbruch verzögern. Leeson, der sie auf ihrer Reise begleiten würde, hatte Anweisungen erhalten, diskret einzugreifen und die Aufmerksamkeit von jedem unnormalen Verhalten Marks abzulenken.

Jetzt ging Mark am Fuß der Treppe auf und ab und wartete darauf, dass Mina herunterkam. Trafford wartete mit ihm und versuchte, Konversation zu machen. Diener hatten bereits Minas Truhen heruntergetragen, und Leeson überwachte ihre Verladung in die Stadtkutsche. Schließlich erschien sie oben an der Treppe, bekleidet mit einem schwarzen Reisekostüm. Nie war jemand in Schwarz gekleidet schöner gewesen, und trotzdem konnte er es kaum erwarten, sie mit all den Blumen und Juwelen und weiblichen Accessoires zu verwöhnen, die ihr Liebreiz verdiente.

Nach einer höflichen Runde von Abschiedsworten geleitete Mark seine frisch angetraute Ehefrau zu der Stadtkutsche. Leeson stieg zum Fahrer auf den Kutschbock. Sobald sich die Tür der Kutsche hinter ihnen geschlossen hatte und sie allein waren, zog Mark Mina an sich. Den ganzen Tag hatte er auf diesen Moment gewartet. Die Muskeln an den Seiten seines Bauchs strafften sich in einem Vorgefühl, das sich bis in seine Lenden ausdehnte.

»Lady Alexander.« Er drückte die Lippen auf ihre Schläfe. »Ich kann es nicht erwarten, dass wir heute Nacht allein sind, in unserer Kabine, und ich endlich all diese Nadeln aus deinem wunderschönen Haar ziehen kann.«

Ihre dunklen Augen wurden feucht. »Mark …«

Er hob ihr Kinn und beugte sich vor …

Sie zuckte scharf zurück, eine Distanziertheit in den Augen, die zuvor nicht da gewesen war.

»Was ist los?«, fragte er.

»Ich muss mit dir über etwas sprechen.«

»Nur zu.« Er ließ ihr Kinn los, hielt sie aber dicht an sich gedrückt, die Arme besitzergreifend um sie gelegt.

»Kurz vor der Zeremonie …«

»Ja?«

Sie schluckte. »Lucinda hat mich darüber in Kenntnis gesetzt, dass du mich nur heiratest, um sie zu bestrafen.«

»Das hat sie zu dir gesagt?« Zorn schoss ihm in die Wangen, seine Nasenflügel bebten. »Heute Morgen? Unmittelbar, bevor wir getraut worden sind?«

Nie hätte er gedacht, dass Lucinda so bösartig war.

»Ist es wahr?«, fragte sie ernst. »Ich werde nicht weinen oder fluchen oder dich schlagen. Ich möchte es nur wissen.«

»Nein. Es ist nicht wahr. Wahr ist, dass sie und ich in der letzten Saison einen Flirt hatten, bevor sie sich mit Trafford verlobte. Wir haben uns geküsst, aber das ist alles.«

Sie betrachtete sein Gesicht. »Und mehr ist an ihrer Behauptung nicht dran?«

»Ich schwöre es.«

Mina beugte sich vor und berührte mit den Fingerspitzen seine Brust. Ihre Augen wurden sinnlich. Sie ergriff seine Krawatte, zog ihn an sich und küsste ihn leidenschaftlich auf den Mund. Ihre vollen Lippen forderten ihren Besitz.

Dann wandte sie das Gesicht leicht zur Seite und flüsterte: »Was hast du gerade über heute Nacht gesagt?«

Bald schon erreichten sie den Cadogan Pier. Die *Thais* glänzte im Sonnenlicht, ihr Rumpf war frisch gestrichen, und jede Messingschraube und jedes vernickelte Teil waren auf Hochglanz poliert worden. Seine jüngst eingestellte Mannschaft stand auf dem Deck Spalier.

Mark führte Mina über die Gangway und war stolz darauf, wie mühelos sie über die schmale Laufplanke ging, als hätte sie es schon tausendmal getan. Der neue Kapitän und zehn Matrosen, bekleidet mit frisch gebügelten weißen Uniformen, erwarteten sie. Er machte sie alle miteinander bekannt.

Während Minas Truhen an Bord gebracht wurden, führte Mark sie auf dem Schiff herum. Sie begannen im Hauptsalon, einem teuer ausgestatteten Raum mit smaragdgrünen Wänden, großen Spiegeln, Kunstwerken und aufwendigen Wandverzierungen.

»Wie viele Kajüten?«, fragte sie.

»Abgesehen von den Quartieren der Mannschaft gibt es sechs Einzelkajüten und vier Doppelkajüten. Genug, um fünfzehn bis zwanzig Gäste unterzubringen.«

»Die Yacht ist wunderbar«, hauchte Mina. »Ich kann nicht glauben, dass ich hier bin.«

Über eine Innentreppe gelangten sie unter Deck in die Kapitänskajüte.

»Dies kann deine Kajüte sein.« Eingerichtet in Gold und Weiß wirkte der Raum luxuriös und elegant, strahlte aber dennoch etwas Wohliges aus. Zwei Bullaugen boten einen Blick auf den Fluss. »Oder es kann … unsere Kajüte sein.«

In ihren braunen Augen leuchtete eine klare Einladung. »Unsere Kajüte, Mark. Ich habe nicht geheiratet, um in getrennten Zimmern zu schlafen.«

Er drückte sie gegen die Wand, schob die Fingerspitzen in ihr dichtes Haar am Nacken und beugte sich vor, um sie zu küssen. Als sie reagierte, drehte er das Gesicht, um ihre Leidenschaft noch mehr zu entfachen. Die andere Hand wanderte an ihrem Leib hinauf, um sich um ihre Brust zu legen. Mina seufzte und stieß ein leises Stöhnen aus.

Zweifellos würden sie jeden Augenblick von Matrosen unterbrochen werden, die Minas Truhen hereinbrachten.

Er zog sich zurück, dann drückte er ihr noch einen weiteren Kuss auf den Mund. Mit dem Daumen strich er über ihre feuchte Unterlippe. »Auf Deck soll es angeblich Champagner geben, während wir ablegen.«

Nachdem sie wieder nach oben gegangen waren, beobachteten sie von der Reling aus, wie sich die *Thais* vom Pier entfernte. Entlang des Uferstreifens durchpflügten zwei Boote der Wasserschutzpolizei mit Schleppnetzen den Fluss.

Mina runzelte die Stirn. »Sie suchen nach dem Rest dieses armen Mädchens, nicht wahr?«

Mark nickte. Am Sonntag, nur zwei Tage zuvor, war Elizabeths zweiter Oberschenkel zwischen den Ziersträuchern auf dem Privatgelände von Sir Percy Florence Shelly gefunden worden, dem Sohn von Mary Wollstonecraft Godwin Shelley. Sie war eine Autorin, deren Vermächtnis ein dunkles Werk über eine Kreatur war, zusammengesetzt aus gestohlenen Leichenteilen. Die Dunkle Braut hatte offensichtlich einen morbiden Sinn für Humor.

Hinter ihnen an Deck stand ein kleiner Tisch mit zwei hochlehnigen Stühlen. Der Butler förderte zwei Kristallflöten zutage und füllte sie zur Hälfte mit perlender goldener Flüssigkeit, bevor er sie Mark anbot.

Mark reichte eins der Gläser Mina und hob das seine zu einem Trinkspruch. »Auf dieses neue gemeinsame Abenteuer.«

Ihre braunen Augen leuchteten erwartungsvoll. »Wohin fahren wir als Erstes?«

»Ich habe es dir gesagt – das ist deine Entscheidung.«

»Hast du Landkarten?« Sie schaute übers Wasser. »Ich werde mich entschieden haben, sobald wir auf offener See sind.«

Kehr zu mir zurück. Die Stimme explodierte in Marks Schädel, und mit ihr kam eine enorme Explosion aus Schmerz. Alle Luft wich aus seinen Lungen.

Das Deck neigte sich. Er umklammerte die Reling.

Mina schaute auf. Das Lächeln verblasste auf ihren Lippen. »Mark, was ist los?« Er schüttelte den Kopf. »Nichts.«

Nichts?, kreischte die Stimme.

Sein Champagnerglas fiel aufs Deck und zersplitterte. Schmerz schoss ihm durch Gehirn und Rückgrat, als trachte das Gift in seinem Kopf danach, in den Rest seines Körpers einzudringen. Seine Beine wurden schwach, und er kämpfte mit aller Kraft darum, aufrecht stehen zu bleiben.

»Es ist schon gut. Stütz dich auf mich.« Sie ergriff seinen Arm und führte ihn zu einem Stuhl.

Leeson eilte herbei, um zu helfen. Mina kniete sich neben Mark und drückte die Hand an sein Gesicht. Zu dem Butler sagte sie: »Könnten Sie bitte etwas Wasser bringen?«

Sobald der Mann davongeeilt war, fragte sie: »Dies ist schon früher passiert, nicht wahr? An diesem Abend bei der Party. Du bist krank. Etwas, das du dir auf deinen Reisen zugezogen hast? Ist es Malaria?«

Mark schloss die Augen, außerstande zu antworten oder auch nur zu nicken. Die nächste Welle der Qual marterte sein Innerstes.

»Du bist so blass«, sagte Mina besorgt. »Ich werde mich um dich kümmern.«

Leeson stand mit grimmiger Miene hinter ihr.

Mark presste sich in den Stuhl und knirschte mit den Zähnen, um gegen den Schmerz anzukämpfen.

Du gehörst mir.

»Es wird schlimmer, nicht wahr?«, fragte Leeson, aber seine Worte verklangen.

Mark sah Mina seinen Namen sprechen, aber er konnte ihre Stimme nicht hören, so laut war der Schrei in seinem Kopf.

Plötzlich zuckte das Boot und vibrierte. Er spürte das Stöhnen der Maschinen durch die Fußsohlen. Dann verstummte ihr Stampfen, und das Schiff wurde langsamer.

Eine schwarze Rauchsäule quoll aus der Seite des Schiffs.

11

Im fahlen Licht einer einzelnen Lampe hantierte Mina in ihrem Zimmer im Haus der Traffords. Sie legte die lederne Kulturtasche, die Marks Kamm und sein Rasierzeug enthielt, auf ihren Ankleidetisch. Zugegeben, sie hatte Fantasien gehabt, dass er hier in ihrem Bett lag, aber nicht unter diesen Umständen – nicht befallen von einer bisher noch unbekannten Krankheit. Glücklicherweise hatte Trafford Lucinda und die Mädchen zu einem Fest begleitet, daher hatte es keine neugierigen Fragen gegeben.

Mark lag auf dem Bett, die Hand auf die Augen gepresst. Sie machte sich daran, seinen Mantel im Ankleidezimmer aufzuhängen. Als die *Thais* endlich ins Dock geschleppt worden war, war es bereits sehr spät gewesen. Der Einfachheit halber hatte Mina dem Fahrer Weisung gegeben, sie hierher zu bringen. Es war nicht nötig, Mark dem Martyrium einer Hotellobby und aufdringlichen Augen auszusetzen.

»Hör auf, so geschäftig zu sein«, sagte er unter dem Baldachin des Bettes. Er lag im Schatten und beobachtete sie, auf einen Ellbogen gestützt. »Wir bleiben nur eine einzige Nacht. Es ist nicht so, als würden wir uns hier häuslich einrichten.«

»Ich dachte, du wärst eingeschlafen«, antwortete sie.

»Bin ich nicht.«

Er sah so gut aus mit seinem strähnigen Haar, das er sich nachlässig hinter die Ohren geschoben hatte. Immer hatte sie ihr Bett ungemein groß gefunden, aber er lag diagonal auf der Matratze, und seine bestiefelten Füße ragten über das Ende hinaus.

Mina setzte sich auf die Kante der Matratze neben ihn. »Fühlst du dich besser?«

»Es ist peinlich, aber ja.« Finster runzelte er die Stirn. Offenbar hatte er schlechte Laune. Sie wusste, dass ihn seine Krankheit und die Verzögerung ihrer Reise enttäuschten. Vielleicht war sein Gesundheitszustand eins der tiefen dunklen Geheimnisse, von denen er im Arbeitszimmer Traffords gesprochen hatte. Aber sie hatte ihre Worte ernst gemeint – sie würde sich um ihn kümmern. Er war jetzt ihr Ehemann.

Sie lächelte. »Was mich betrifft, so bin ich froh, dass die Maschine explodiert ist. Ich weiß, es wird dich einen hübschen Haufen Geld kosten, sie reparieren zu lassen, aber es ist wichtig, dass du wegen dieser Anfälle zu einem Arzt gehst, bevor wir in ein abgeschiedenes Gebiet reisen, wo es keine nennenswerte medizinische Versorgung gibt.«

Er reagierte nicht, sondern machte nur ein Gesicht wie ein mürrischer Junge.

»Mark.«

»In Ordnung. Ich werde zu einem Arzt gehen, wenn es dich freut.«

»Es wird mich freuen. Und anschließend gehen wir zurück auf die *Thais* und machen unsere wunderschöne Reise. Aber jetzt ist es spät.« Sie lockerte und löste sein Halstuch und kam sich dabei sehr wie eine Ehefrau vor. »Ich weiß, du musst erschöpft sein. Bringen wir dich ins Bett.«

Sie öffnete den ersten Knopf, den über seiner Kehle, und ein Dreieck fester goldener Haut kam zum Vorschein. Sie biss sich auf die Unterlippe und öffnete auch den zweiten Knopf.

Abrupt machte sich Mark an *ihrem* Mieder zu schaffen und löste den Knopf in der Mitte ihrer Brüste. Sie schaute hinab. Der Stoff klaffte auf und gab den Blick frei auf ihr Korsett darunter.

»Was machst du da?« Sie lachte leise. Aber natürlich wusste sie es.

»Du musst auch zu Bett gehen, nicht wahr?« Der Schalk glitzerte in seinen Augen.

Sie knöpfte den dritten Knopf auf. Mark machte einen weiteren an ihrem Kleid auf. Die Falte zwischen seinen Brauen wurde schwächer, und er konzentrierte sich sehr eindringlich auf ihren Busen. Sie machten beide mit zitternden Fingern weiter, bis ihre Kleidungsstücke bis zur Taille offen waren. Minas Atem ging schneller. Mark berührte sie nicht einmal, aber seine Intensität, seine geballte, *heiße* Aufmerksamkeit weckte jede Pore in ihrem immer noch voll bekleideten Körper, von dem köstlichen Scheuern ihres Unterkleids gegen ihre Brustwarzen bis hin zu ihren hochgebundenen Seidenstrumpfbändern. Lange zarte Finger schlüpften unter den Bund ihres Leinenhemdchens, um die Haut zu liebkosen, die unter dem einschnürenden Korsett hervorblitzte. Von schwindelerregender, fiebriger Hitze überwältigt, taumelte Mina auf ihn zu.

Mark wusste, dass Mina ohne ihre Kleider noch schöner sein würde als mit ihnen. Sie schmiegte sich an ihn, ein mysteriöses Geschenk, eingewickelt in Schichten um Schichten duftender, femininer Verpackung. Er konnte es gar nicht erwarten, sie von jeder Schicht zu befreien. Jede Faser in seinem Körper erwachte pulsierend zum Leben, erregt in der Erwartung, sie zu lieben – das Gefühl überlagerte beinahe die atemberaubende Erkenntnis, dass er in der Stadt in der Falle saß, ein buchstäblicher Gefangener der Dunklen Braut. Mit tobender Intensität wollte er nichts mehr, als sich in unbekümmerter und lustvoller Vergessenheit mit Minas Körper zu vereinen. Er griff mit zwei Fingern nach dem Korsett, das das liebreizendste Dekolleté zur Schau stellte, das er je gesehen hatte, und zog sie zu einem Kuss zu sich heran.

Ihr Mund war weich, offen und ungestüm. Er legte den Kopf schräg und vertiefte den Kuss, sein Hunger war gewaltig und verzehrend.

»Ich habe dich … von Anfang an … so sehr gewollt.« Seit dem Friedhof. Hölle, seit er sie vor sechs Monaten in diesem winzigen Salon in Manchester gesehen hatte. Dass sie jetzt so zusammen waren, kam ihm wie Schicksal vor.

Er umfasste sie, ließ sich auf die Kissen zurückfallen und zog sie mit sich. Gott, sie war weich und üppig – eine willige, braunäugige, in Schwarz gekleidete Schönheit. Gierig wühlten seine Finger durch das kühle, glatte Haar an ihrem Nacken und drückten sanft ihr Gesicht seinem entgegen. Stürmisch küsste er sie, presste den Daumen auf ihre volle Unterlippe, entschlossener denn je, sie an sich zu binden, auch um messbare Erfolge für sein letztes Ziel zu erzielen. »Mark …«, flüsterte sie an seinen Lippen.

Seine Finger krallten sich in ihr Korsett. Er zog den steifen Stoff herunter. Befreit von dem einengenden Kleidungsstück kamen ihre Brüste zum Vorschein. Er hielt in ihrem Kuss inne, um kühn hinunterzublicken. Rund und jugendlich ragten sie aus ihrem Unterkleid heraus. Rosafarbene Brustwarzen strichen über sein Hemd.

»Weißt du eigentlich, wie schön du bist, Mina?«

Er packte sie, hob sie hoch und nahm eine der Brüste in den Mund. Er saugte und liebkoste die hart gewordene Brustwarze mit drei drängenden Stößen seiner Zunge. Sie stöhnte und fuhr mit ihren Fingern durch sein Haar.

»Mark …«, hauchte sie an seinem Ohr. »Bist du sicher, dass du in der Lage dazu bist?«

Er rollte sich herum, begrub sie unter sich, drückte in der Gier ihre Brüste gegen seinen harten Oberkörper. Er stützte sich auf den Ellbogen und zupfte eine Nadel aus ihrem Haar.

»Ich will …«

Er zog eine weitere Nadel heraus.

»… meine verdammte …«

Und noch eine.

»… Hochzeitsnacht.«

Er neigte sich zu einem Kuss hinab.

»Warte.« Sie versteifte sich in seinen Armen.

»Nein«, murmelte er, küsste ihren Hals und kostete mit Lippen und Zunge ihre Haut. »Kein Warten mehr.«

Sie presste die Handballen an seine Brust. Dann zwang sie ihn, sie anzusehen. Ihre Augen leuchteten; ihr Lächeln war benommen. »Ich habe ein besonderes Kleid, nur für heute Nacht.«

»Das ist nicht wichtig.« Er war so hart und so bereit, dass er wahrscheinlich durch seine Hosen in sie eindringen könnte.

»Es ist für mich wichtig«, konterte sie sanft und schlüpfte unter ihm weg. »Ich will, dass alles perfekt ist. Ich glaube nicht, dass du enttäuscht sein wirst.«

Sie zog ihr Korsett hoch, um ihre Brüste zu bedecken, aber ihr Mieder stand immer noch reizvoll offen. Am liebsten hätte er sich auf sie gestürzt.

Er runzelte die Stirn und wusste, dass er ein sanfterer Geliebter sein musste … zumindest heute Nacht. »Also schön.«

»Ich komme zurück.«

»Beeil dich.«

Mit funkelnden Augen verschwand sie in den dunklen Tiefen des Ankleidezimmers. Mark riss sich das Hemd über die Schultern und warf es auf den Stuhl. Mit den Fußspitzen drückte er zuerst den einen Stiefel weg, dann den anderen. Er ließ sich aufs Bett fallen, schloss die Augen und wehrte alle Gedanken an die beunruhigende Realität ab. Stattdessen stellte er sich vor, wie es sein würde, nur Augenblicke von diesem entfernt, tief in seiner weichen, willigen Ehefrau zu sein.

Wie viel Zeit verstrich, konnte er nicht mit Bestimmtheit sagen, aber ... etwas flatterte auf seine nackte Haut herunter. Der Duft von Rosen parfümierte die Luft. Mark öffnete die Augen – nur um von kühlem ... dunklem ... Stoff bedeckt zu werden. Sein Halstuch. Das Tuch spannte, unsichtbare Hände knoteten die Enden hinter seinem Kopf zusammen. Sie setzte sich rittlings auf ihn.

»Mina ...«

»Pssssst.« Ihre kühlen Fingerspitzen pressten sich auf seine Lippen und brachten ihn zum Schweigen.

Er wollte die Dunkelheit nicht ergründen und wollte sie auch nicht mit seinem Geist sehen. Stattdessen ergab er sich der Sinnlichkeit ihrer Berührung. Hände rissen an dem Verschluss seiner Hose. Erregt von ihrer Leidenschaft half er ihr. Lippen und Hände pressten sich auf seinen nackten Leib. Ihre Zunge fuhr über seine Brust, über seinen Bauch.

Tiefer ... tiefer ...

Mark stöhnte und vergrub die Hände in ihrem Haar.

Mina zog die Bürste durch ihr offenes Haar, löschte die Lampe im Ankleidezimmer und drückte die Tür auf. Sie erwartete, Mark auf dem Bett vorzufinden, so wie sie ihn verlassen hatte – mit gierigem Blick und in der Hoffnung, dort weiterzumachen, wo sie aufgehört hatten. Aber im Raum war es bis auf den Strahl Mondlicht, der durch die offenen Fenster fiel, dunkel. Sehr romantisch. Nach den beunruhigenden Ereignissen der vergangenen Tage war sie sehr darauf bedacht gewesen, ihre Fenster zu verschließen, aber mit Mark fühlte sie sich vollkommen sicher. Die Vorstellung, ihn auf einem Bett zu lieben, das in Mondlicht getaucht war, war auf alle Fälle reizvoll. Sie schnupperte und nahm ebenfalls den Duft von Rosen wahr. Aber woher sollten plötzlich Rosen aufgetaucht sein?

Ein Laut kam vom Bett – ein Stöhnen.

»Mark?«, flüsterte sie.

Er antwortete nicht. Da war nur das Geräusch von Bewegungen … etwas schlug gegen die Laken.

Furcht durchzuckte ihr Herz. Was, wenn er wieder krank geworden war? Sie ging näher an das Bett heran, während sich ihre Augen an die Dunkelheit gewöhnten. Die Decke glitt von der Matratze auf den Boden. Darunter kamen die weißen Laken zum Vorschein. Jemand lag auf ihnen, bewegte sich … wand sich … eine Person, die zu zweien wurde.

»Mina. *Liebling.* Ja.«

Ein Schock durchzuckte Mina.

Konnte dort in ihrem Bett eine *Betrügerin* sein?

Vor dem Nachttisch kämpfte sie mit der Lampe. Ihre Hände zitterten. Endlich loderte Licht auf. Mina starrte auf das Bett. Eine blonde Frau, bekleidet nur mit einem dünnen Hemdchen, hockte über ihrem Ehemann.

»Mark!«, kreischte Mina.

Lucinda warf den Kopf zurück; ihr Haar war wie ein leuchtender Schweif. Ihr kehliges Gelächter erfüllte den Raum. Mark zog sich das Halstuch vom Gesicht.

Seine Augen weiteten sich, und seine Nasenflügel bebten. Er stieß sie von sich. *»Lucinda.«*

Lady Trafford fuhr zu Mina herum und grinste. »Ich habe Ihnen gesagt, dass er mir gehört.«

Wie in einem Albtraum rollten ihre Augen in ihren Höhlen hin und her. Bevor Mina auch nur auf diese Unmöglichkeit reagieren konnte, sprang Lucinda los, schoss durch die Luft und warf sich auf sie. Mina kippte nach hinten. Ihr Kopf schlug auf den Teppich.

Sie drehte sich weg und trat um sich – aber trotzdem kletterte ihre Angreiferin über sie, setzte sich rittlings auf ihre Schultern und drückte sie mit außerordentlicher Stärke auf den Teppich. Drahtige, schraubstockartige Hände packten Minas Kehle …

Nur um weggerissen zu werden.

Mark zerrte Lucinda an den Handgelenken fort. Mina rutschte rückwärts und zog sich in die Ecke zurück.

»Du fasst meine Frau nicht an«, tobte Mark, das Gesicht eine Maske des Zorns.

»Ha! Deine Frau.« Lucinda wand und krümmte sich wie eine Schlange, zog ihre Beine an, um dann kraftvoll mit den Füßen um sich zu treten. »Nicht für lange. Ich werde sie zerschneiden. Ich werde sie in Stücke schneiden.«

Mit einem Fluch schleuderte Mark sie gegen die Wand. Ein gerahmtes Ölgemälde krachte zu Boden. Lucinda sackte in sich zusammen, aber sie sprang sofort wieder auf und glitt bizarrerweise auf Händen und Knien die Wand hinauf und zum Fenster hinaus. Mark raste auf das Fenster zu und schaute hinaus. Die Muskeln seiner nackten Schulter und seines Rückens verspannten sich, und für einen Moment erwartete Mina, dass er hinter Lucinda herspringen würde.

Stattdessen kam er zu ihr.

»Mina.« Er ging in die Hocke. »Bist du verletzt?«

Mina presste sich in die Ecke und zuckte vor seiner Berührung zurück.

»Hat sie dich verletzt?«, fragte Mark.

»Nicht. Fass mich nicht an. Bitte.« Mina stieß seine Hand weg.

Sie hatte sich so weit wie möglich in die Ecke gedrückt. Im Kampf war der schmale Träger ihres weißen Satingewands gerissen. Sie drückte das Kleidungsstück über die Wölbung ihrer Brüste. Dunkle Strähnen fielen über ihre nackten Schultern. Gott, er sehnte sich danach, sie zu berühren, aber … Entsetzen glänzte in ihren großen Augen, als sei er eine riesige Spinne mit acht pelzigen, gelenkigen Beinen. Oder schlimmer noch, als sei er nicht anders als eine der augenrollenden Kreaturen der Dunklen Braut.

Natürlich … *Seine Augen.* Sie glühten bronzefarben, und seine Haut schimmerte wie geschmolzenes Zink. Ein Effekt seiner Verwandlung, hervorgerufen durch den Kampf mit Lucinda. Er würde jetzt auch gewaltiger wirken, größer und massiger. Wieder versuchte er, sie zu berühren, ihre Angst zu zerstreuen, aber sie hob abwehrend und angsterfüllt die Hände.

»Ich sagte, *fass mich nicht an.*«

Er wich zurück, hielt seine Hände in Höhe ihrer Schultern. Seine Brust schnürte sich zu, als er begriff, welche Angst sie gerade erlebte, wie schwer es ihr fallen musste, sich auf das alles einen Reim zu machen. Dass sie auf diese Weise die Wahrheit über ihn herausfand, hatte er nicht gewollt. »Ich werde dir nicht wehtun, Mina. Ich würde dir niemals wehtun.«

Ihre Gedanken schrien: *Verrat. Angst. Verlust.*

»Was *bist* du?«, fragte sie scharf. Ihre Augen füllten sich mit Tränen.

Er war nicht länger »Mark« für sie. Er war zu einem »Was« geworden statt zu einem »Wer«. Er wandte sich von ihr ab und wollte den Abscheu in ihren Augen nicht wahrhaben. Sie sah ihn als das Ungeheuer, das er natürlich trotz all seiner Vornehmheit, seines Wohlstands und seiner Macht war. Er starrte auf das dunkle Fenster.

Er erwog, sich auf sie zu stürzen, seine Berührung zu erzwingen. Aber es war zu viel Zeit verstrichen; schon bald würde *Lethe,* die Macht, sie das alles vergessen zu lassen, unmöglich werden. Sein kälteres, grausameres Ich bestand darauf, dass er sich erhob und ihr Urteil akzeptierte, ungeachtet der Konsequenz. Sein doppeltes Spiel war enthüllt, und er verdiente nichts Geringeres als ihre Verachtung.

»Du bist einer von ihnen, nicht wahr?« Die geflüsterte Frage kam aus der Ecke. »Eins der Wesen, deren Existenz mein Vater versucht hat zu beweisen? Ein Unsterblicher.«

Er schloss die Augen. »Ja.«

Irgendwie fand er inmitten all des Aufruhrs und der Schmach des Augenblicks Erleichterung in dem Geständnis.

»Was ist Lucinda?«

Wie die Kriecher war Lucinda leer gewesen. Sie hatte nicht die geringste Energie verströmt, weder dunkle noch helle. Einfach … nichts. War sie die Dunkle Braut? Er wusste es nicht. Er wandte sich vom Fenster ab.

»Etwas Schlimmeres. Ich muss ihr folgen, oder sie wird zurückkommen.«

Eine Träne rollte ihr über die Wange.

»Geh.« Sie nickte und wischte die Träne weg. *»Geh.«*

Mina erwachte mit brennenden Augen und wehem Herzen. *Mark …*

Für einen hoffnungsvollen Moment sagte sie sich, dass alles ein Albtraum gewesen sein musste. Natürlich war es das. Es gab so etwas wie Unsterbliche nicht, und Lucinda konnte unmöglich …

Ihre Augen fanden den Stuhl, den sie unter den Türgriff geklemmt hatte. Langsam hob sie die Bettdecke und stellte fest, dass, ja – sie nicht nur in einem ihrer Morgenröcke, sondern in *zweien,* zugeknöpft bis hoch zum Hals, geschlafen hatte. Und in ihren Stiefeln. Als sie ein Geräusch hinter sich hörte, erstarrte sie. Ein leises, maskulines Schnarchen.

Sie rollte sich vorsichtig zur Seite, um das Bett nicht zu erschüttern, und schaute über ihre Schulter. Mark lag der Länge nach neben ihr, auf dem Bauch … nackt. Eine Faust hatte er in die Flut ihrer Haare gekrallt. Sie konnte nicht umhin, sich zu fragen, ob die Berührung vorsätzlich oder einfach nur Zufall war, weil sie ein Bett geteilt hatten. Wie er ins Zimmer zurückgelangt war, wusste sie nicht. In ihrem Kopf jagten sich die Erinnerungen der vergangenen Nacht.

Es gab so vieles, was sie nicht wusste oder verstand.

Das fahle Licht offenbarte seine Schulter, seinen Rücken, seinen wohlgeformten Hintern und die Beine. Da waren außerdem schwache Spuren um seine Oberarme, die Handgelenke und Knöchel, verheilte Narben. Noch wenige Stunden zuvor war er ein Ungeheuer mit glühenden Augen gewesen, aber jetzt … jetzt sah er aus wie ein schlafender Kriegerengel.

Was war die Wahrheit? Beides, vermutete sie. Ihr Vater hatte ihr von den alten Legenden erzählt. Nur dass sie ihm damals nicht geglaubt hatte.

Sie sollte erstaunt und begeistert darüber sein, sich in der Gesellschaft eines Unsterblichen zu befinden, etwas, von dem ihr Verstand ihr immer noch sagte, dass es ganz und gar *unmöglich* war. Aber sie konnte keine Freude in ihrem gebrochenen Herzen finden. Sie konnte nur um den Verlust des Mannes trauern, von dem sie geglaubt hatte, er sei ihr Ehemann. Ihr »sicherer Hort« hatte sich als die gefährlichste Wahl von allen entpuppt – zumindest für ihr Herz.

»Was schaust du?«, schnurrte Mark schläfrig. Sein Arm schlängelte sich über ihre Taille. Das Laken rutschte unter ihrem Po und ihren Schultern weg, als er sie unter sich zog und sie in dem Gefängnis seiner Arme und Beine einfing. Sie drückte die Hände auf die nackte Haut seiner Brust. Hitze und männlicher Duft umschlangen sie. *Gott steh mir bei,* dachte sie, aber sie spürte die Dehnung jedes Muskels … vor allem *dieses* Muskels, lang, hart und unmissverständlich an ihrem Bauch. Ihr Körper ging in Flammen auf. Sein ernstes Gesicht schwebte über ihrem, so nah, dass sein Haar ihre Wange streifte.

»Mina …« Er strich mit den Knöcheln über ihre Wange … ihren Hals …

Sie wollte schmelzen, wollte am liebsten seine Liebkosung zulassen, seinen Kuss, sich von ihm besitzen lassen. Aber sie konnte nicht. Er trachtete danach, sie durch Begehren zu kontrollieren. Sicher hatte er im Laufe seiner Existenz jede Menge Übung mit anderen Frauen gehabt – sogar mit *anderen Ehefrauen*. Mit hämmerndem Herzen kämpfte sie sich frei – nur weil er, das wusste sie, es gestattete – und versteckte sich unter der Decke, um kurz darauf auf zitternden Beinen neben dem Bett zu stehen. Sie zwang sich dazu, ihren Verstand unter Kontrolle zu bringen.

»Ich hatte eigentlich angenommen, dass du nicht zurückkehren würdest.«

»Warum hätte ich das nicht tun sollen?« Er presste die Decke auf seine Hüfte und rollte sich zur Seite. Geschmeidig und muskulös, wirkte er wie ein sinnlicher, fordernder Herrscher in ihrem Bett. Seine blauen Augen loderten von Hitze. »Du wirst doch nicht wegen einer Kleinigkeit wie Unsterblichkeit einen Keil zwischen uns treiben, oder? Wir *sind* verheiratet, Mina.«

»Sag das nicht«, zischte sie. Ihre Augen weiteten sich. »Wir sind nicht verheiratet. Nicht wirklich.«

Mit bebenden Nasenflügeln stützte er sich auf einer Hand ab. Die Muskeln in seinem Unterleib verlängerten und dehnten sich. »Doch, das sind wir.«

Ihr Mund war staubtrocken. »Ich habe dich unter Vorspiegelung falscher Tatsachen geheiratet.«

»Welcher falscher Tatsachen?«

»Man hat mich glauben machen, ich würde einen *Mann* heiraten«, gab sie zurück.

»Ich *bin* ein Mann.« Gefahr lauerte in den Tiefen seiner Augen. »Ich kann es auch beweisen … wenn du nur ins Bett zurückkommst.«

Alles an ihm faszinierte sie. Die Art, wie er sie ansah, die Art, wie er ihren Namen aussprach. Gott, sie verzehrte sich nach ihm.

»Du bleibst da«, befahl sie.

Sie musste etwas Abstand gewinnen und ihre Verteidigung stärken. Sie entfloh ins Ankleidezimmer und machte sich schweigend – *hektisch* – daran, sich anzukleiden. Die Erinnerung an ihr leidenschaftliches Vorspiel in der Nacht zuvor ließ ihr Blut aufs Neue in Wallung geraten. Sie war für ihn nichts gewesen als eine Strategie, eine Strategie, um an ihren Vater und die Schriftrollen heranzukommen. Sie kannte den Mann auf der anderen Seite der Tür nicht einmal. Er war ein Fremder.

Sie nahm an, dass sie zittern sollte – weinend, am Boden zerstört und voller Angst. Aber im Laufe der letzten drei Monate hatte sie sich auf alles gefasst gemacht. Selbst auf dies, wie es schien.

Sobald sie angekleidet war, nahm sie sich einen Moment Zeit, um sich zu wappnen, bevor sie den Türgriff drehte. Als sie das Zimmer betrat, fand sie ihn aufrecht auf der Matratze sitzend, die Arme über den gebeugten Knien verschränkt. Die Decke hing tief über seinen nackten Hüften. Wie sollte sie nachdenken, wenn er sich so präsentierte?

»Warum hast du dich nicht angezogen?«, fragte sie scharf.

»Du hast mir gesagt, ich solle hierbleiben.«

Sie deutete auf das Ankleidezimmer. »Dort hinein, wenn du so freundlich sein möchtest.«

»Da ist jemand an der Tür.« Er legte lässig den Kopf schräg.

»Ich habe niemanden klopfen hören.«

Ein Klopfen kam von der Tür.

Anscheinend konnte er durch Holz sehen … und wahrscheinlich auch durch ihre Kleider.

Sie verschränkte die Arme über den Brüsten. »Ist es jemand, über den ich mir Sorgen machen sollte?«

Ein bizarres Bild erschien vor ihrem geistigen Auge, eins von Lucinda, die auf der anderen Seite wartete, mit rollenden Augen und wildem Haar. Angesichts der Ereignisse der vergangenen Nacht konnte sie dies nicht gänzlich ausschließen. Ein schiefes Lächeln umspielte seine Lippen. »Ich glaube, es ist Kaffee. Während du dort drin warst, habe ich ihn durch das Sprechrohr in die Küche bestellt. Das ist wirklich bequem.«

Mina riss den Stuhl unter der Klinke weg und öffnete langsam die Tür. Genau wie Mark vorhergesagt hatte, hielt das Dienstmädchen für die obere Etage ein silbernes Tablett in den Händen, auf dem ein vollständiges Frühstücksgedeck für zwei Personen stand, mit Toast, Schinken und Würstchen, die heute Morgen allerdings nur Minas Magen beleidigten. Das Mädchen machte einen Knicks.

»Guten Morgen und herzlichen Glückwunsch zu Ihrer Hochzeit, Lady Alexander. Seine Gnaden haben Kaffee bestellt«, sagte das Mädchen. »Ich sehe, Sie sind bereits angezogen. Brauchen Sie vielleicht meine Hilfe bei Ihrem Haar? Vielleicht möchten Seine Gnaden, dass ein Bad eingelassen wird?«

»Nein, aber vielen Dank, Jane.« Mina nahm dem Mädchen das Tablett ab und schloss die Tür mit der Spitze ihres Schuhs. Sie stellte das Tablett auf den Sekretär.

»Hast du Hunger?«, fragte sie ermattet. Obwohl sie seinem Blick auswich, folgten seine Augen jeder ihrer Bewegungen wie ein Paar Lichtpunkte.

»Nein.«

Vielleicht hatte er bereits gegessen. Vielleicht hatte er Lucinda gegessen.

»Mina … ist alles in Ordnung mit dir?«

»Mir geht es gut.«

Er murmelte einen Fluch und erhob sich vom Bett, wobei er das Laken an seiner Hüfte raffte. *»Mina.«*

»Was?«, antwortete sie zu scharf.

Er verringerte die Entfernung zwischen ihnen. Das schwache Licht, das durch die Fenster kam, betonte jeden Muskel in seinen Armen, seiner Brust und seinem Bauch. Gewiss wusste er um seine Wirkung. Mina wich nicht zurück.

»Ich bin immer noch ich. Ich bin immer noch Mark.«

Ihr Herz drohte von all den Gefühlen, die sie zu bezähmen suchte, zu bersten. Endlich sah sie ihm in die Augen.

»Weißt du, dass ich meinem Vater nie geglaubt habe? Wie alle anderen dachte ich, er sei ein Narr, der ein närrisches Ziel verfolgte.« Sie stieß ein klägliches Lachen aus. »Aber, mein Gott, er hatte recht damit, an die Möglichkeit von Unsterblichkeit zu glauben. Sieh dich nur an. Hier bist du. Du hast mich gefunden. Du hast mich *geheiratet* … weil du an diese verwünschten Schriftrollen herankommen wolltest.«

»Ja«, sagte er schlicht.

»Warum?«

»Mein Leben hängt von ihnen ab.«

»Dein Leben? Dein *unsterbliches* Leben?«

»Ja, Mina.« Er nickte. »Jahrhundertelang war ich Mitglied einer Garde von Unsterblichen, die als die Schattenwächter bekannt sind. Vor sechs Monaten, während ich an der Jagd auf Jack the Ripper teilnahm …«

»Jack the Ripper?«, stieß Mina hervor und schlug eine Hand vor den Mund.

»Ja«, antwortete Mark. »Um ihn in seiner Welt zu bekämpfen, ließ ich mich in einen krankhaften Zustand bringen, der als transzendieren bezeichnet wird. Es ist eine langsame, voranschreitende Krankheit des Geists, ein Gebrechen, an dem normalerweise nur eine kleine Gruppe von Sterblichen leidet.«

»Sterbliche wie Jack the Ripper?«

»Ja.«

»Oh mein Gott.«

»Die Schattenwächter jagen solche Seelen, beenden ihr sterbliches Leben und überführen sie in ein sicheres Unterweltgefängnis. Ich stelle jetzt keine Gefahr für dich dar, Mina. Ich schwöre es. Aber ich weiß nicht, wie lange ich habe, bevor ich mich verändere. Bevor ich eine der Seelen werde, die ich einst gejagt habe.«

Sein Blick hielt sie fest. Er runzelte die Stirn, seine Miene war verschlossen. Er sah so ernst aus. Doch sein Geständnis machte ihr Angst.

»Deine Anfälle … sie sind ein Ergebnis dieses Verfalls?«

»Ja.« Er fuhr sich mit der Hand durchs Haar. »Aber ich werde mich erholen, Mina. Ich werde es. Die Schriftrollen enthalten das Wissen, das ich brauche.«

Für eine flüchtige Sekunde sah sie Verzweiflung hinter dem leuchtenden Blau seiner Augen aufflackern.

Minas Verstand war überfordert, ihre Gedanken verloren Schärfe. Sie versuchte, ihr Wissen und ihre Erfahrung mit den gegenwärtigen Ereignissen in Übereinstimmung zu bringen. Sie bemühte sich, ihre Fragen systematisch zu ordnen, aber ein Bild verfolgte sie: das von Lucinda mit ihren rollenden Augen.

»Wie ist Lucinda in all das verwickelt?«

»Ich schwöre dir, ich weiß es nicht.« Seine blauen Augen schauten ihr forschend ins Gesicht. »Unsere Beziehung war genauso, wie ich es dir erzählt habe, nicht mehr und nicht weniger. Ihr Erscheinen gestern Nacht war für mich ein ebenso großer Schock wie für dich. Ich nehme jedoch an, dass dunklere Kräfte sie auf ihre Seite gezogen haben, um hier in der Stadt für sie zu arbeiten.«

»Auf ihre Seite gezogen? Dunkle Kräfte?« Mina hob die Hand an die Schläfe. Ihr war schwindelig. »Das klingt vollkommen wahnsinnig.« Aber ihr Verstand führte ihr all die Merkwürdig-

keiten der vergangenen Monate vor, und plötzlich schienen *dunkle Kräfte* eine durchaus plausible Erklärung zu sein.

Mark zuckte die Achseln. »Es gibt vieles in der Welt, von dem du wahrscheinlich nichts zu wissen wünschst. Ob Lucinda willig war oder lediglich eine Schachfigur für jemand anderen, kann ich noch nicht sagen, aber ich glaube, auf die eine oder andere Weise wurde sie wegen ihrer Nähe zu dir ausgewählt. Sie wurde dazu auserkoren, dich zu beobachten. Herauszufinden, was du über deinen Vater und die Schriftrollen weißt.«

Mina presste sich eine Hand auf die Schläfe. »Sie ist diejenige, die mir die Rosen hingelegt und die Papiere meines Vaters zerrissen hat.«

Seine Wangen spannten sich an. »Rosen? Zerrissene Papiere? Mina, wann ist das passiert?«

Mina presste die Lippen aufeinander. Sie war nicht bereit, seine Fragen zu beantworten. Nein. Er sollte *ihre* Fragen beantworten.

»Ist das, was mit ihr passiert ist … meine Schuld? Hätte man sie in Ruhe gelassen und … nicht rekrutiert, wenn ich nicht zu der Familie gekommen wäre? Habe ich ihre Verwandlung durch meine Anwesenheit hier herbeigeführt?«

»Ich weiß es nicht«, erwiderte Mark. »Wie dem auch sei, du darfst dir nicht die Schuld an dem Bösen geben, das andere tun.«

Mina schauderte und erinnerte sich an Lucindas grimmigen Hass. »Hast du sie gestern Nacht gefunden, nachdem du fortgegangen bist?«

»Diese Kreaturen mit den rollenden Augen sind … sie sind im Inneren leer. Sie verströmen keine Gefühle oder Gedanken, was es schwierig macht, sie aufzuspüren.« Stirnrunzelnd schüttelte er den Kopf. »Ich habe sie draußen in der Stadt verloren.«

Entsetzen erfasste Mina. »Was ist, wenn sie gerade jetzt unten ist und Tee trinkt und Marmelade auf ihren Toast löffelt und darauf wartet, dass wir herunterkommen?« Minas Magen krampfte sich zusammen. Sie presste sich eine Hand auf die Lippen. »Was sollen wir tun? Ich will nur weg aus diesem Haus.«

Mark baute sich vor ihr auf. »Dann lass uns gehen. Ich schwöre es, Mina, ich bin weder für dich noch für deinen Vater der Feind. Sag mir, wo er ist. Ich flehe dich an, als dein Ehemann.«

»Hör auf, das zu sagen.« Sie prallte zurück. »Du bist *nicht* mein Ehemann, und ich kann nicht.«

»Warum nicht?«

»Mein Vater ist *tot«*, beharrte sie.

Enttäuschung zeigte sich im Aufblitzen seiner Augen und in der Anspannung um seinen Mund. »In diesem Sarg waren nur Steine.«

Ihre Augen weiteten sich. »Das warst du in der Krypta! Du hast an meinem Unterrock gezogen.«

»Und ich würde es wieder tun.« Er umfasste ihren Unterarm. »Und er ist *nicht* tot.«

Sie riss sich los. *»Nun, für mich ist er tot.«*

»Warum?«

»Er hat mir gesagt, ich solle nach London zurückkehren«, platzte sie heraus. »Und dass ich allen erzählen solle, er sei auf dem Berg gestorben. Ich habe widersprochen. Denn was für eine Gefahr auch immer drohte, wir hätten zusammenbleiben müssen. Aber er hat mich verlassen, Mark. Er hat mich auf diesem Berg in dem verdammten wabernden Nebel allein gelassen, und ich weiß nicht, wohin er gegangen ist.«

Jemand schrie. Mina versteifte sich.

Weitere Schreie … zwei Stimmen jetzt. Das schrille Geräusch sandte eine Gänsehaut über ihren Nacken und ihre Arme.

Mark sagte: »Es kommt von draußen.«

Sie eilte ans Fenster und zog den Vorhang beiseite, gerade rechtzeitig, um zu sehen, wie Evangeline und Astrid aufs Haus zurannten. Beide schauten über ihre Schultern zum Gartenspringbrunnen.

Der Springbrunnen.

Minas Augen fixierten ihn. Rosafarbenes Wasser schwappte in dem unteren Bassin, und etwas hüpfte auf der Oberfläche.

Der kopflose Leichnam einer Frau, bekleidet nur mit einem dünnen Leinenunterkleid.

Sie spürte Mark an ihrer Seite, spürte seine Macht und seine Hitze.

»Hölle«, murmelte er. »Das ist Lucinda.«

12

Mark folgte Mina durch ein Spalier uniformierter Beamter, den Arm schützend ausgestreckt, damit sie nicht angerempelt wurde. Weiter unten im Flur war Traffords Arbeitszimmer so fest verschlossen wie eine Krypta.

»Hier entlang, Mylady, wenn Sie so freundlich sein wollen.« Anderson, der stellvertretende Chef der Metropolitan Police, deutete mit der Hand zum gelben Salon. Nachdem sie eingetreten waren, folgte er ihnen hinein und zog die Türen zu. Über Nacht schienen die sonnengelben Wände und Vorhänge und die gepolsterten Möbel einen gräulichen Schimmer angenommen zu haben.

Anderson streckte eine Hand aus und deutete auf ein Arrangement von Stühlen in der Nähe der Fenster. Draußen auf der Straße sah Mark eine ganze Reihe Polizeikutschen, und auf dem Gehsteig wimmelte es bereits von hüpfenden schwarzen Zylindern und Melonen der Neugierigen. »Lord und Lady Alexander, danke für Ihre Geduld. Wir mussten natürlich zuerst mit Lady Astrid und Lady Evangeline sprechen, die die Leiche entdeckt haben, ebenso wie mit dem bedauernswerten Lord Trafford.«

Mark hob beschwichtigend die Hand. »Es ist alles in Ordnung.«

Was für eine Lüge. Eine gottverdammte Lüge. Mark hatte kein bisschen recht. Von dem Moment an, als Lucindas kopfloser Leichnam im Springbrunnen entdeckt worden war, war das Haus in einen Zustand der Hysterie verfallen. Mina war hin und her geeilt zwischen zwei zusammenhanglos redenden und schluchzenden Mädchen und einem zitternden, weißgesichtigen Lord Trafford, der gerade von seinem morgendlichen Ausritt auf der Row zurückgekehrt war, als man den Leichnam seiner Ehefrau entdeckt hatte.

Derweil war Mark mit einem Bettlaken nach draußen gegangen und hatte Lucindas Leichnam und den abgetrennten Kopf bedeckt, um sie vor den Blicken der Diener zu schützen, die aus den oberen Fenstern das Spektakel begafften. Seltsamerweise hatte Lucindas Leiche so ausgesehen – und *gerochen* –, als sei sie schon seit Wochen tot.

Als Nächstes hatte er die Behörden verständigt, denn, verdammt noch mal, er hatte keine andere Wahl gehabt, wenn man bedachte, wie auffällig ihr Leichnam zur Schau gestellt worden war. Inmitten all dieses Wahnsinns hatte er keinen Moment gefunden, um mit Mina allein zu sprechen.

Also ging er nicht mit dem höchsten Maß Zuversicht in dieses Verhör mit dem *verdammten* stellvertretenden Polizeichef – in dem Wissen, dass seine Frau ihn vielleicht als einen *verdammten* Mörder bezeichnen würde. Seit sie ihr Zimmer über dem Garten verlassen hatten, hatte sie ihm nicht ein einziges Mal in die Augen gesehen und ihre Gedanken für sich behalten, als habe sie Angst, sich irgendjemandem anzuvertrauen, insbesondere ihm.

Anderson sagte sanft: »Bitte, bitte, nehmen Sie Platz. Ich weiß, dass all dies außerordentlich beunruhigend sein muss, vor allem für Sie, Lady Alexander.«

Mina nickte; ihre Wangen waren ohne ihre gewohnte kräftige Farbe. »Danke.«

Sie ließ sich in einen Sessel sinken und krampfte die Hände um ein Leinentaschentuch auf ihrem Schoß.

Mark stellte sich hinter sie und legte die Hand auf die geschwungene Rückenlehne des Stuhls. »Ich ziehe es vor zu stehen, wenn das in Ordnung ist.«

Der Polizeichef nickte. Auch er blieb stehen. »Ich habe mich im Flur vorhin schon vorgestellt; ich bin Robert Anderson, stellvertretender Polizeichef von Scotland Yard. Normalerweise beteilige ich mich nicht selbst an unseren polizeilichen Ermittlungen. Aber angesichts dieses überaus tragischen und beunruhigenden Todesfalls, dem die Aufmerksamkeit der Öffentlichkeit gewiss sein dürfte, habe ich beschlossen, eine Ausnahme zu machen. Wie Sie beide wahrscheinlich aus der Lektüre der Zeitungen wissen, hat es im Laufe der vergangenen Woche eine Anzahl unerfreulicher Entdeckungen an der Themse gegeben. Wegen der … ungewöhnlichen Gewalttätigkeit von Lady Traffords Tod müssen wir absolut sichergehen, dass die Zwischenfälle in keiner Weise miteinander in Verbindung stehen.«

Es war keine Überraschung, dass Anderson ein besonderes Interesse an Lucindas Ermordung zeigte. Sein Vorgänger, Sir Charles Warren, war gezwungen gewesen, wegen der Ripper-Morde von seinem Posten zurückzutreten, weil die Öffentlichkeit angesichts der von ihm geleiteten und als unzureichend empfundenen Ermittlungen das Vertrauen zu ihm verloren hatte. Gewiss hatte Anderson nicht den Wunsch, dass ein ähnlicher Mordfall noch einmal gleiches Aufsehen erregte.

Der stellvertretende Polizeichef breitete nachsichtig die Hände aus. »Nachdem das gesagt ist, hoffe ich, dass Sie verstehen, dass dieses Verhör in keiner Weise andeuten soll, dass Sie unter Verdacht stehen. In der Tat, zu dieser Zeit sind wir uns nicht einmal sicher, dass wir es mit einem Mord zu tun haben – und ich werde diese Bemerkung gleich erklären. Aber um professionelle polizeiliche Ermittlungen durchzuführen, müssen wir mit jedem sprechen, der sich gestern Nacht auf dem Anwesen aufgehalten hat.« Anderson verschränkte die Arme vor der Brust. »Ich habe doch richtig verstanden, dass Sie beide erst gestern geheiratet haben?«

Mina nickte. »Ja, Sir, das ist wahr.«

Marks Blick ruhte auf Minas dunklem, glänzendem Haar. An irgendeinem Punkt in der Nacht hatte sie den Ring seiner Mutter abgenommen. Das hatte ihn tiefer verletzt, als er erwartet hätte.

Anderson fuhr fort. »Bitte, akzeptieren Sie meine Glückwünsche zu Ihrer Vermählung, aber auch mein Mitgefühl, dass ein solch glücklicher Anlass von der schrecklichen Entdeckung heute Morgen überschattet worden ist.«

»Ich danke Ihnen«, antwortete Mina leise.

Anderson hatte eine geschliffen ruhige Art, aber scharfe Augen, denen nichts entging. Zweifellos würde der stellvertretende Polizeichef jeden Gesichtsausdruck und jede verräterische Geste registrieren. Er würde die geringste Veränderung im Tonfall ihrer Stimmen wahrnehmen und versuchen, jedem noch so kleinen Hinweis nachzugehen, um die Umstände von Lucindas Tod aufzudecken.

»Also, wenn Sie mir bitte mitteilen würden …« Die Stimme des Polizeichefs wurde weicher. »Wann haben Sie beide Lady Trafford das letzte Mal lebend gesehen?«

Mark antwortete: »Gestern, auf unserer Hochzeit. Es war eine kleine, private Feier – nur Familie – hier im Haus.«

Mina nickte. »Wir haben nach der Zeremonie zu Mittag gegessen, und dann sind wir zu unseren … zu unseren Flitterwochen aufgebrochen.« Ihre Stimme wurde heiser, als sie das Wort »Flitterwochen« aussprach.

Mark zuckte innerlich zusammen. Er konnte und wollte nichts daran ändern, wie gnadenlos er sie verfolgt hatte, aber er bedauerte den Schmerz, den er ihr zugefügt hatte.

»Schien zu diesem Zeitpunkt mit Lady Trafford alles in Ordnung zu sein?«

»Ja«, erwiderte Mark.

Mina nickte.

»Keine Probleme zwischen Ihnen und Lady Trafford?«

»Nicht die mindesten«, antwortete sie.

Andersons Augen wurden schmal. »Keiner von Ihnen hat irgendetwas über … Spielschulden gehört?«

»Nein.«

»Treuebrüche?«

»Nein, Sir«, antworteten sie wie aus einem Mund.

Anderson nahm seine Notizen von dem Mahagoni-Sideboard und überflog sie schnell. »Soweit ich im Bilde bin, sind Sie, wie Sie mir gerade mitgeteilt haben, gestern zu Ihrer Hochzeitsreise an Bord von Lord Alexanders Yacht aufgebrochen – über Ihre Abreise ist mit Fotos heute Morgen in der Zeitung berichtet worden.«

Zwischen seinen Notizen zog er eine Zeitung mit mehreren abgedruckten Fotos hervor. Anderson reichte Mina die Zeitung. Mark schaute über ihre Schulter. Der Fotograf hatte Minas Gesicht in seinem liebreizendsten und optimistischsten Ausdruck eingefangen. Sein eigenes Gesicht war auf den Fotos von der Krempe seines Huts verborgen.

Anderson fuhr fort. »Offensichtlich hat irgendein Missgeschick Sie kurz vor Ihrem Aufbruch dazu gezwungen, Ihre Pläne aufzugeben und hierher zurückzukehren.«

»Eine der Maschinen des Schiffs ist explodiert«, erklärte Mark.

Anderson strich einige Zeilen durch. »Um wie viel Uhr sind Sie wieder hier eingetroffen?«

»Es war schon sehr spät, bis die Yacht endlich ins Dock geschleppt war«, antwortete Mark. »Wir sind nicht vor … vielleicht ein Uhr morgens? … ins Haus zurückgekehrt.«

»Ungefähr«, bestätigte Mina leise, »obwohl ich nicht behaupten kann, dass ich besonders auf die Zeit geachtet hätte«

»Haben Sie bei Ihrer Rückkehr mit Lord Trafford oder Lady Trafford gesprochen? Oder mit einer seiner Töchter?«

»Sie waren noch nicht von ihrer Abendeinladung zurückgekehrt. Wir sind nur von Dienern begrüßt worden. Meine Frau und ich haben uns direkt für die Nacht zurückgezogen.«

»Ich hörte, dass Ihr Fenster auf den Innenhof geht. Hat einer von Ihnen in der Nacht irgendwelche eigenartigen Geräusche gehört, die entweder auf Gewalttätigkeit schließen ließen oder auf irgendetwas, das darauf hinweisen könnte, wann die Leiche abgelegt wurde?«

Beide schüttelten den Kopf.

Der Polizeichef rieb sich das Kinn. »Und hat einer von Ihnen irgendwann während der Nacht das Zimmer verlassen? Für eine Flasche Wein zur Feier des Tages? Einen spätnächtlichen Ausflug in die Küche? Irgendetwas?«

»Sir, wenn ich etwas sagen darf«, meldete sich Mina zu Wort.

Mark spannte sich an und wappnete sich gegen das, was sie vielleicht sagen würde.

Polizeichef Anderson nickte. »Natürlich, Mylady. Bitte, sprechen Sie ganz offen.«

Minas Gesichtsausdruck wirkte, wenn auch ernst, vollkommen friedlich. Ihr Blick scheute nicht vor dem des Polizeichefs zurück.

»Die gestrige Nacht war unsere Hochzeitsnacht. Ich bin mir sicher, Sie werden verstehen, wenn ich überaus nachdrücklich betone, dass mein Mann und ich die ganze Nacht zusammen waren, und aus Gründen, die Sie gewiss verstehen, haben wir weder irgendetwas außerhalb unseres Zimmers wahrgenommen noch haben wir es bis zum Morgen verlassen. Erst als wir den Aufruhr draußen bemerkt haben.«

Bildete Mark es sich nur ein oder errötete Anderson tatsächlich? Hölle, er verspürte eine ähnliche Wärme in seinen eigenen Wangen, aber eine, die von hoffnungsvoller Freude inspiriert wurde. Vielleicht war die Lage mit Mina doch noch nicht endgültig beschädigt.

Anderson neigte den Kopf und zog die Augenbrauen hoch, um Mark wortlos zu gratulieren. Er räusperte sich. »In diesem Sinne glaube ich, ist unser Gespräch beendet. Hat einer von Ihnen noch irgendwelche Fragen?«

Neugierig erkundigte sich Mark: »Sie haben gerade erwähnt, dass Sie sich nicht sicher seien, ob der Tod von Lady Trafford ein Mord war. Ich habe den Leichnam kurz nach seiner Entdeckung gesehen. Was haben Sie damit gemeint?«

Anderson presste die Lippen zusammen. »Dies ist ein solch merkwürdiger Fall …«

Er sah Mina abwägend an.

»Bitte, nehmen Sie kein Blatt vor den Mund«, ermutigte sie ihn leise.

»Nun …« Eine Falte erschien zwischen Andersons Brauen. »Nach dem *Zustand* ihres Leichnams zu urteilen, scheint es, dass sie bereits seit geraumer Zeit tot ist.«

Mina antwortete: »Aber wir haben sie alle gestern gesehen. Sie war der Inbegriff der Gesundheit.«

Er nickte. »Dr. Bond, der Pathologe, wird den Leichnam natürlich untersuchen, aber ich muss sagen … angesichts des Mangels einer Erklärung oder eines Motivs für einen Mord und des verfallenen Zustands des Leichnams glaube ich beinahe, dass wir es hier mit einer Art von seltener selbstzerstörender Krankheit zu tun haben könnten. Es ist beinahe so, als seien die Knochen und das Fleisch ihres Halses … *geschmolzen.«*

Mina hustete in ihr Taschentuch.

Marks Augen weiteten sich. »Sie glauben, eine … Krankheit habe dazu geführt, dass ihr Kopf vom Rumpf gefallen ist?«

Anderson nickte. »Haben Sie jemals Hühner oder Gänse gesehen, die unter der Schiefhals-Krankheit litten?« Er drehte den Zeigefinger in Richtung seines Halses. »Vielleicht ist dies eine extreme menschliche Variante ähnlicher Natur.« Er verschränkte die Arme vor der Brust und strich sich übers Kinn. »Es ist eine beängstigende Möglichkeit, aber gewiss nicht ansteckend, sonst hätten wir bereits von ähnlichen Todesfällen gehört.«

Mark half Mina, vom Stuhl aufzustehen. »Meine Frau und ich haben geplant, den Trafford'schen Haushalt heute zu verlassen. Ist das immer noch möglich?«

Anderson zog eine Karte aus seiner Westentasche und hielt sie Mark hin. »Je weniger Zivilisten wir hier haben, die die Spuren vernichten, desto besser. Wir haben Lord Trafford gebeten, nur das notwendigste Personal hierzubehalten, bis wir fertig sind. Schicken Sie einfach eine Nachricht an mein Büro, sobald Sie sich anderswo niedergelassen haben, für den Fall, dass wir Sie kontaktieren müssen.«

Es würde keine Beweise zu vernichten geben. Nicht eine Spur. Nur eine stinkende, kopflose Lucinda. Sie war andernorts mit einer amaranthinischen Silberklinge enthauptet worden, und man hatte ihren verwesenden Leichnam mit Absicht auf dem Gelände deponiert. Zweifellos war es das geschickte Werk seiner Zwillingsschwester.

Mina erhob sich aus dem Sessel. »Vielen Dank, Sir.«

Eine Stunde später, nachdem sich Mina von der Familie verabschiedet hatte, drängten zwei Beamte eine Schar von Gaffern zurück, die sich auf dem Gehsteig versammelt hatten, um das Haus anzustarren.

»Treten Sie zurück«, rief einer der Männer. »Machen Sie Platz. Machen Sie Platz.«

Ganz plötzlich blieb Mina auf den Stufen stehen und schaute in die Menge. Mark beugte sich über sie und legte ihr schützend einen Arm um die Schultern.

»Was ist los?« Die leichte Berührung ihres Ellbogens bewirkte bei Mark eine Vision von einem Mann – einem gutaussehenden, dunkelhaarigen Mann mit zornigen grünen Augen.

Mina zog die Schultern zusammen, eine schwache, aber schmerzhafte Zurückweisung seiner Berührung, und ging weiter auf die Kutsche zu. Mark spähte über die Menge hinweg und sah einen hochgewachsenen, breitschultrigen Mann in dunklem Anzug und mit Zylinder auf dem Kopf davonschreiten. Er brauchte einen Moment, um das unangenehme Gefühl, dass ihm das Blut in den Adern gefror, als Eifersucht zu identifizieren. Entnervt folgte er Mina in den Wagen und ließ sich ihr gegenüber auf die Polster sinken. Obwohl er sich versucht fühlte zu verlangen, dass sie ihre Beziehung zu diesem Mann aufklärte, schreckte Mark vor der Rolle des eifersüchtigen Geliebten zurück und stellte die Frage, die in seinem Kopf an zweiter Stelle stand.

»Warum hast du dem Polizeichef erzählt, dass wir die ganze Nacht zusammen waren?«

Sie schaute aus dem Fenster. Schon bald schaukelte die Kutsche hin und her, und das Durcheinander aus Gesichtern verschwand. »Du hast Lucinda nicht getötet. Du hast mir erzählt, dass du sie in der Stadt verloren hast. Es sei denn, du hast mich belogen.«

»Nein, das habe ich nicht.«

»Wer hat sie dann getötet?«

»Ich habe so meinen Verdacht.«

»Es gibt mehr wie dich dort draußen, nicht wahr? Mehr … Unsterbliche?«

»Ja.«

»Wie viele?«

Er zuckte die Achseln. »Nicht mehr so viele, wie es früher einmal gab. Die meisten bleiben innerhalb der geschützten Grenzen des Inneren Reichs.«

»Das Innere Reich …«, flüsterte sie.

»Eine andere Dimension der Existenz, hier auf Erden. Es ist wunderschön dort.«

Mina, die erschöpft wirkte, presste ihre behandschuhten Fingerspitzen an die Schläfen. »Aber du bist hier, in dieser Dimension, um … Seelen zu jagen? Wie hast du sie noch genannt?«

»Transzendierende Seelen. Ja. Böse Seelen. Verderbte Seelen. Gefährliche Sterbliche, die nichts Geringeres verdienen als den ewigen Tod.«

Sie sah ihn gelassen an. »Und wenn du die Schriftrollen nicht findest …«

»Das ist richtig.« Er nickte. »Dann werde ich am Ende einer von ihnen werden. Aber das wird nicht passieren, denn …«

»Dein Wunsch soll dir gewährt werden«, unterbrach sie ihn leise.

»Welcher Wunsch ist das?« Im Moment war sein Wunsch der, dass sie ihn wieder so ansehen würde, wie sie es zuvor getan hatte. Nicht auf diese kühle, distanzierte Art, mit der sie ihn gegenwärtig betrachtete. Ihre dunkle, schickliche Kleidung verspottete ihn förmlich, sie verbarg kaum ihre weiche Haut und ihre femininen Kurven, all das also, was er so sehr begehrte. Auf diesem engen Raum quälte ihr zarter Duft seine Nase, verhöhnte ihn, dass er sie nur anschauen und nicht berühren durfte.

Sie streckte die Hände aus und richtete ihren Hut neu. »Ich habe keine Ahnung, wo mein Vater ist, aber … ich bin mir sicher, mit dir als Köder wird er irgendwann auftauchen. Ich, die ich an den Zehen über einer Feuergrube aufgehängt bin? Nein.« Sie lachte auf, tief in der Kehle, obwohl kein Humor ihre braunen Augen erhellte. »Aber du, ja. Keine Bange. Ich bin mir sicher, es ist nur eine Frage der Zeit.«

»Und was dann? Sobald wir ihn gefunden haben?«

Sie faltete die Hände im Schoß. »Ihr zwei könnt beide auf und davon gehen und tun, was immer ihr wünscht. Schriftrollen lesen. Artefakte aufspüren. Die Welt retten durch euer geteiltes

Wissen. Einander bewundern. Es schert mich nicht. Nur ihr beiden.«

»Mina …«

Sie schüttelte den Kopf, ein Hinweis, dass sie nicht hören wollte, was er vielleicht zu sagen hatte. »Nur damit ihr beide mich in Ruhe lasst.«

Er versteifte sich und schloss die Augen. »Nein.«

»Ich habe vollauf genug Abenteuer für ein Leben gehabt, vielen Dank, und ich bin fertig damit. Ich habe nicht um dies hier gebeten. Nicht um *dich* gebeten. Ich will einfach … ja, ein Leben. Ein stumpfsinniges, glückliches kleines Leben.«

»Ich werde dich nicht in Ruhe lassen«, antwortete er hart. »Ich habe dich gestern geheiratet.«

Ein plötzlicher Tränenschleier ließ ihre Augen heller erscheinen. »Sag das nicht.«

Mark konnte nur Erleichterung empfinden, als er ihre Tränen sah – Erleichterung, dass sie *irgendetwas* für ihn empfand, selbst wenn es Kummer war.

Mit einem verärgerten Stirnrunzeln blinzelte sie die Tränen weg und wischte sich mit einem Finger über die Augenwinkel. »Oh, verflixt, du hast mich dazu gebracht zu weinen. Ich bin nicht die Art Frau, die weint.«

»Warum weinst du dann?«

»Sieh mich nicht so an.«

Mark saß steif auf der Bank, die Schultern hängend und seinen Hut in den Händen. »Du hast jedes Recht, wütend zu sein, Mina. Ich habe dich belogen.«

»Du missverstehst das.« Sie konzentrierte sich auf die Decke der Kutsche, direkt über seinem Kopf. Aber dann fiel ihr Blick auf sein Gesicht. »Ich bin nicht wütend. Wie kann ich das sein? Ich habe meinen Anteil an Lügen erzählt, wie kann ich also ein Urteil über dich fällen, weil du das Gleiche getan hast? Mir ist bewusst, dass du all diese ungeheuren Anstrengungen, dich mir zu nähern, nicht auf dich genommen hättest, wenn die Schriftrollen für dich nicht so wichtig wären.«

»Nein, *du* bist mir wichtig!«

Sie atmete aus und holte mehrmals tief Luft. »Bitte verstehe, dass ich, obwohl ich sehr … beeindruckt von dir bin« – sie schenkte ihm ein klägliches Lächeln –, »geblendet war … aber …«

»Aber was, Mina?«

Eine einsame Träne rann über ihre Wange. »Ich habe gestern Nacht meinen Ehemann verloren.«

»Nein, das hast du nicht.« Er machte einen Satz durch die Kutsche, um neben ihr Platz zu nehmen, so nah, dass sein Oberschenkel sich fest an ihren presste, durch Seide und Unterröcke hindurch. Sein Hut fiel zu Boden. Er hob die Hand, um ihr die Tränen wegzuwischen, damit sie völlig verschwanden.

»*Nicht.*« Sie entzog ihm das Gesicht und drückte ihn mit ihren schlanken Armen von sich, um dann den Platz einzunehmen, den er gerade freigemacht hatte. Ihre schwarzen Röcke glitten um ihre Beine wie ein dunkler Meerjungfrauenschwanz.

Er könnte alles beenden, könnte dafür sorgen, dass ihre gemeinsame Zeit genug war.

»Ich streite es nicht ab, Mina – ich habe dich umworben, um an deinen Vater heranzukommen. Aber ich habe mich dafür entschieden, dich zu heiraten«, beharrte er, zornig, dass sie ihm selbst in diesem engen Raum entglitten war. »Weil ich mit dir verheiratet sein *will.*«

»Aber ich will nicht mit *dir* verheiratet sein«, gab sie zurück, ihre Augen groß und glasig. »Nicht mehr.«

Mark spürte, wie seine Luftröhre eng wurde. Jahrhundertealte Erinnerungen fuhren ihm wie Krallen durch die Brust.

Sie flüsterte: »Ich will Kinder. Ich will einen Ehemann, mit dem ich alt werden kann. Ich will Grabsteine Seite an Seite mit der Aufschrift: ›Geliebte Ehefrau‹ und ›Geliebter Ehemann‹. Kannst du mir das geben, Mark? Du magst unsterblich sein, aber du kannst mir nicht die Ewigkeit geben. Nicht die Art von Ewigkeit, die ich will.«

Er sah sie an. Er konnte ihr Schutz geben. Wohlstand. Sinnliche Wonnen. Aber nein … er konnte ihr nicht die Art von Ewigkeit geben, von der sie sprach.

»Also, ja, Mark, verstehst du … ich habe tatsächlich gestern Nacht meinen Ehemann verloren.« Sie schlug ihre dunklen feuchten Wimpern nieder. »Und stattdessen habe ich jetzt dich.«

Stattdessen habe ich jetzt dich. Ihre Wortwahl verwundete ihn zutiefst. Marks Abwehr meldete sich als siedender Zorn in der Magengrube. Es war nicht das erste Mal in seinem Leben, dass man ihm sagte, er sei nicht wichtig genug, es sei der Mühe nicht wert, ihn zu lieben. Seine eigene Mutter hatte ihm den Tod vorgezogen, um mit ihrem Geliebten zusammen zu sein. Es hatte für ihn als zehnjährigen Jungen keinen Unterschied gemacht, dass der Mann sein Vater gewesen war. Er hatte seine unsterbliche Existenz damit verbracht zu versuchen, die Erinnerung und den Schmerz auszulöschen und Befriedigung in den Armen einer endlosen Reihe Frauen gefunden – Königinnen, Kurtisanen und berühmten Schönheiten –, aber immer, *immer* hatte er sie verlassen. Und stets mit kaltem Herzen, um zu beweisen, dass *er* derjenige war, der entschied fortzugehen. Er wollte verdammt sein, wenn er zuließ, dass Willomina Limpett, die Tochter eines Professors, ihm den Laufpass gab.

Mina beobachtete die Veränderung in seinem Gesicht, und zum ersten Mal machte er ihr ehrlich Angst. Die Sanftheit wich aus seinen Zügen. Die Haut über seinen Wangenknochen und dem Kinn straffte sich, seine Züge wurden hart. Seine Augen glitzerten himmelblau. Hatten ihre Worte ihn so tief getroffen?

Konnte es möglich sein, dass ihm mehr an ihr lag, als sie ahnte? Wie sollte das zugehen, da sie für ihn nicht mehr sein konnte als ein Nebel im Verstreichen der Zeit?

Die Kutsche bog ab und beschrieb einen Halbkreis. Ihre Körper schwankten mit der Bewegung. Mina blinzelte die Feuchtigkeit in ihren Augen weg und schaute durch eine Ritze des Vorhangs, der das Fenster verdeckte. Sie war so auf ihren Streit konzentriert gewesen, dass sie nicht wusste, wo genau sie sich jetzt befanden, aber sie schienen irgendwo in der Nähe des Ufers zu sein, unweit des Embankments an der Themse.

Die Kutsche blieb auf dem schattigen Vorplatz eines turmhohen Gebäudes stehen, das unter Gerüsten und schweren Planen kaum kenntlich war. Graue Steine waren hin und wieder dahinter zu erkennen. Der parkähnliche Garten und die Gehwege waren neu angelegt, und es sah aus, als sei das erst kürzlich geschehen.

»Wo sind wir?«, fragte sie argwöhnisch und vermutete, dass das Gebäude verlassen sein würde. Aber genau in dem Moment kam ein Portier in makellosem schwarzen Anzug und mit Hut und Handschuhen aus dem Haupteingang.

»Im Savoy-Hotel«, antwortete Mark kühl. »Wir werden hier einige Tage bleiben, bis das Haus so weit fertig ist.«

»Du hast ein Haus?« Sie hatte geglaubt, die *Thais* sei sein einziges Quartier.

»*Wir* haben ein Haus.«

Ihr Herz krampfte sich zusammen. Schnell wiederholte sie: »Ich habe es dir gerade gesagt, Mark. Es gibt kein ›wir‹ mehr.«

Die Tür der Kutsche wurde geöffnet. Mark hob seinen Hut vom Boden auf und stieg aus. Ohne sie anzusehen, reichte er ihr die Hand. Sie starrte ihn aus dem Inneren der Kutsche an, und für einen Moment erwog sie, sich zu weigern, mit ihm zu kommen.

Er atmete tief durch, und seine Augen wurden schmal. »Du kannst hineingehen … oder ich kann dich hineintragen.«

Minas Herzschlag beschleunigte sich, und ihre Kopfhaut kribbelte. Offensichtlich hatte der Kampf zwischen ihnen gerade erst begonnen, und sie zweifelte keine Sekunde daran, dass er tun würde, was er androhte; das Versprechen lag in seinen Augen. Ohne finanzielle Mittel hatte sie keine andere Wahl, als in das Haus der Traffords zurückzukehren, und das wollte sie auf keinen Fall. Und sie musste zugeben, sie fühlte sich von Mark vor allem geschützt – außer vor ihm selbst.

Sie ergriff die silberne Kette ihres Täschchens und trat auf die Stufe, wobei sie ihre Hand fest auf seine legte. Dann hob sie das Gesicht, um das Gebäude in Augenschein zu nehmen, und erkundigte sich: »Das Hotel ist noch nicht einmal eröffnet, nicht wahr?«

Zusätzliches Hotelpersonal erschien, um ihre Truhen abzuladen. Der Portier blaffte Befehle.

»Bald«, knurrte Mark. Er half ihr aus der Kutsche, bis sie neben ihm stand. Sein Schatten verschlang sie. Er schien größer geworden zu sein. Massiger. Gefährlicher.

Die Vorstellung, in einem so weitläufigen Gebäude zu sein, allein mit ihm, beunruhigte sie. »Warum sind wir dann hier?«

Seine leuchtend blauen Augen glitten über sie hinweg, entnervend raubtierhaft. »Weil dich hier niemand wird schreien hören.«

Seine Hand offen und fest auf ihrem Kreuz, führte er sie über den Gehweg. Sie musste längere Schritte machen, um mit ihm mithalten zu können.

Hitze brannte in ihren Wangen. »Das ist nicht komisch.«

Er zog die Eingangstür auf und lehnte sich gegen den Rahmen. Als sie hindurchging, folgte ihr sein Blick wie der eines Raubtiers.

»Ich habe nicht versucht, dich zu erheitern.«

Zu ihrer Erleichterung bestand das Savoy im Innern nicht aus Gerüsten oder Haufen von Bauschutt. Zusammen gingen sie und Mark über ein Meer aus schwarzweißen Fliesen. Alles roch teuer und neu. Dicke Holzsäulen trugen die hohe Decke, die an manchen Stellen mit Darstellungen klassischer Szenen verziert war. Getönte elektrische Lampen lieferten die ideale Beleuchtung. Das Interessanteste war jedoch eine Reihe von zehn Männern im Frack, die Schulter an Schulter standen, die Hände an den Seiten, und sie offensichtlich erwarteten. Ein gedrungener, bärtiger Herr trat hervor und eilte mit ausgebreiteten Armen auf sie zu.

»Lord Alexander.« Er grinste hinterhältig. »Wie begeistert ich war, Ihr Schreiben zu erhalten.«

Mark nickte knapp, sein Gesichtsausdruck nicht weniger verräterisch als zuvor. An Mina gewandt sagte er: »Das ist Mr Richard D'Oyly Carte, Direktor des Hotels Savoy und Hotelier der Extraklasse.« Er wandte sich wieder dem munteren Herrn zu und fuhr fort: »D'Oyly Carte, erlauben Sie mir bitte, Ihnen meine … *Ehefrau* vorzustellen.«

Der Mann wirkte nicht im Mindesten besorgt darüber, dass Mark die beiden Worte »meine Ehefrau« geknurrt hatte. Stattdessen strahlte er sie voller Freude an und musterte Mina mit großen Augen und offenem Mund, so begeistert, als sei sie die zum Leben erwachte Venus von Milo. Sie errötete angesichts seiner glühenden Bewunderung, hatte aber den Verdacht, dass er ein gut geschulter und berechnender Geschäftsmann war.

»Es ist mir ein Vergnügen, Lady Alexander«, säuselte D'Oyly Carte, schlug die Absätze zusammen und machte eine tiefe Verbeugung. Er streckte eine Hand aus, und nachdem sie ihre hineingelegt hatte, senkte er den Kopf, um einen Kuss auf ihren Handschuh anzudeuten. »Was für eine erfreuliche Überraschung zu erfahren, dass unser Lieblingsfinanzier geheiratet hat. Niemand war schockierter als ich, heute Morgen die Nachricht in der Zeitung zu lesen. Jetzt, nachdem ich Sie gesehen habe, kann ich gewiss die Entscheidung Seiner Gnaden verstehen, das glorreiche Junggesellendasein aufzugeben. Und offensichtlich war es Ihnen bestimmt, Ihre Flitterwochen hier im Savoy zu verbringen, angesichts des Maschinenschadens Ihres Schiffs.« Er strahlte. »Ich selbst kann mir keinen prächtigeren Ort vorstellen.«

Aus seinem munteren Benehmen schlussfolgerte Mina, dass er noch nichts von dem Mord wusste, der am nächsten Morgen in genau den gleichen Zeitungen stehen würde. Wie überbrachte man jemandem die Nachricht von einem Mord? Die Nachricht, dass jemandem der Kopf abgeschlagen worden war? Sie beschloss, es in dieser Angelegenheit Mark gleichzutun.

Er sagte gar nichts.

»Wir werden nur zwei oder drei Nächte hier sein, bis unser Haus hergerichtet ist.« Stirnrunzelnd betrachtete er die Männer, die immer noch in einiger Entfernung wie regungslose Pinguine in Reih und Glied standen. »Was hat das zu bedeuten?«

D'Oyly Carte schaute hinter sich. »Wir haben Sie zu Übungszwecken benutzt. Ich habe den Portier angewiesen, nach Ihnen Ausschau zu halten, als seien Sie der Prinzregent persönlich. Bei Ihrer Ankunft sollte die königliche Glocke geläutet werden und sich alle hier in Windeseile versammeln.« Er lächelte stolz. »Sehen sie nicht prächtig aus? Wir müssen vorbereitet sein. Es ist nur eine Frage der Zeit, bevor Seine königliche Hoheit durch diese Tür geschlendert kommt.«

D'Oyly Carte führte sie weiter und stellte ihnen jedes Mitglied des Personals mit Namen und Position vor, bevor er die Männer davonschickte, damit sie ihren Pflichten nachgingen.

Mark fragte: »Haben wir César Ritz schon als Direktor an Bord?«

»Er besteht darauf, dass er nicht interessiert sei, Sir, aber« – der Hotelier zwinkerte – »Ihr Brief scheint Wunder gewirkt zu haben. Er hat sich bereit erklärt, zu der großen Eröffnung zu kommen.«

»Er wird bleiben.« Mark ließ ein gepresstes Grinsen aufblitzen. »Haben Sie einen Schlüssel für mich?«

D'Oyly Carte fischte einen Schlüssel mit einem Anhänger aus seiner Jackentasche und reichte ihn Mark. Wie gebannt beobachtete Mina die Übergabe. Mark schloss die Faust um den Schlüssel.

»Erinnern Sie sich daran, wie man den Aufzug benutzt, Euer Gnaden, oder soll ich einen Angestellten rufen?«

»Ich erinnere mich.«

Ohne weitere Nettigkeiten geleitete Mark Mina zu einer breiten, nach unten führenden Treppe.

Sie leckte sich die Unterlippe und fühlte sich wie ein Gazelle, die davongeschleppt wurde, um einem ausgehungerten Löwen zum Fraß vorgeworfen zu werden. Sie nahm an, dass sie von D'Oyly Carte Erbarmen erfahren könnte, aber angesichts seiner augenfälligen Bewunderung für ihren »Ehemann« war es eher wahrscheinlich, dass er nur seine befrackte Truppe herbeirufen würde, die bei ihrer Entführung helfen würde. Sie räumte außerdem ein, dass sie sich tief im Herzen selbst nicht über den Weg traute, wenn es um Mark ging – und wenn sie wieder mit ihm allein war. Bei dem Gedanken, die sichere Gegenwart anderer Menschen hinter sich zu lassen, geriet sie beinahe in Panik – aber ihre Abenteuerlust brannte schon voller Neugier darauf, was als Nächstes kommen würde.

Eine Handvoll Stufen nach unten, und sie erreichten eine prächtige Eingangshalle. Offene Aufzugtüren führten in sündhaft extravagante Liftkabinen, ein Luxus, den Mina niemals zuvor zu Gesicht bekommen hatte. Die Wände waren verkleidet mit roten, edelsten Holzpaneelen und verziert mit goldenen Schnörkeln. Eine Art schwindeliger Panik trieb ihren Puls hoch. Mark trat zur Seite, stumm und wachsam … und wartete darauf, dass sie in den Aufzug stieg.

»Das ist der Schlüssel für eine Suite, nicht wahr? Ich werde nicht nach oben fahren, es sei denn, wir haben zwei Zimmer«, beharrte sie leise. »Getrennte Schlafquartiere.«

Selbst jetzt bestürmten sie Erinnerungen an seinen nackten Körper auf weißen Laken.

Mark zuckte die Achseln. »Es gibt genügend Zimmer.«

Mina nickte. Sie nahm ihren Mut zusammen, marschierte in den Aufzug und stellte sich an die hintere Wand. Mark folgte ihr hinein. Sachte schloss sich die Aufzugstür hinter ihm und zeichnete seine Konturen in Scharlachrot.

»Aber ich habe dich nicht geheiratet, um in getrennten Betten zu schlafen.«

13

Sie riss die Augen auf.

»Du hörst nicht *zu*«, beharrte sie mit fester, starker Stimme. »Es ist zu Ende, Mark. Diese Farce von einer Ehe ist vorüber.«

»Dann auf einen Neuanfang.« In seinen Augen stand ein dunkles, boshaftes Versprechen.

Das leise Zischen der Hydraulik erklang, und die unter ihren Sohlen zu spürende Aufwärtsbewegung zeigte an, dass sie nach oben fuhren. Sie saß in der Falle – gefangen in vier ungeheuerlichen scharlachroten Wänden mit dem schönsten und verführerischsten Mann, den sie je kennengelernt hatte.

»Komm her.«

»Nein.«

Aber sie *wollte* es. Wie eine Blume fühlte sich ihr Körper angezogen von ihm, als sei er eine leuchtende, sinnliche Sonne. Sie taumelte rückwärts und presste die Schultern gegen die vertäfelte Wand, als könnte sie sich allein durch diese Anstrengung davon abhalten, sich in seine Arme zu werfen. Denn, verflucht sollte sie sein, sie *wollte,* dass er sich an sie drängte, sie wollte ihn spüren. Sie *wollte* ihn küssen und ihn nackt sehen – noch die kleinste Einzelheit seines Körpers. Sie wollte seine atemberaubende Hitze erfahren und seine Kraft und sein feuriges Verlangen.

Sie schleuderte ihm ihre Handtasche an die Brust. »Zum Teufel mit dir.«

Seine Augen wurden leer und die Lippen zu einem Strich.

Sie verbarg das Gesicht hinter den Händen. »Bitte. Tu das nicht. Du machst mich so unglücklich.«

Er kam einen Schritt auf sie zu und stand unmittelbar vor ihr.

Nein … nein … nein …

Große, warme Hände bedeckten ihre … hoben ihren Kopf, beinahe grob. Der würzige Duft seiner Haut erfüllte ihre Nase.

»Verstehst du denn nicht? Ich kann nicht an mich halten«, stieß er rau hervor.

Zwischen dem dreieckigen Rahmen ihrer beider Hände senkten sich seine Lippen auf ihre herab. Mina hielt die Augen geschlossen. Es war einfacher, so zu tun, als sei der Augenblick nicht wirklich, als sei dies alles nur eine dunkle, verbotene Fantasie.

O ja, bitte. Mehr.

Keuchend öffnete sie ihre Lippen. Er verzog den Mund und vertiefte den Kuss. Seine Zunge bewegte sich über ihre Lippen und Zähne, eine heiße, besitzergreifende Liebkosung. Alles in ihr schmerzte – und frohlockte. Wie ein geheimer Schlüssel schlossen seine Worte und sein Kuss ihren Widerstand und ihr Herz auf.

Er hatte ihr wehgetan.

Sie zuckte zurück, drehte sich weg und drückte ihre fiebrige Stirn gegen die kalte Vertäfelung. Seine Arme und Schultern umschlangen sie, ein erstickendes, perfektes Gefängnis. Feuchte, heiße Küsse auf ihren Nacken. Die Liebkosung seiner Lippen und die schwachen morgendlichen Bartstoppeln hatten ihre eigene Verführungskraft und sandten kreisende Hitze durch ihren Oberkörper, bis in ihre Brüste und Brustwarzen. Seine Zunge neckte ihre Haut, ihren Nacken und ihre Ohrläppchen. Instinktiv presste sie ihren Po an seine Lende. Er erwiderte den Druck mit seinem geschwollenen Glied und stieß ein kehliges Knurren aus. Mina schloss hingebungsvoll die Augen.

Gefangen zwischen Mark und der scharlachroten Wand stöhnte Mina, hasste ihn und liebte gleichzeitig seine Berührung.

Seine Größe und Macht überwältigten sie. Der Duft seiner Haut und seines Atems füllten ihre Nase und ihren Mund und berauschten sie. Der schmerzhafte, empfindliche Punkt zwischen ihren Beinen wurde heiß und feucht.

Er drehte sie wieder zu sich um, umklammerte ihre Handgelenke und positionierte sie links und rechts neben ihrem Kopf an die Wand. Seine Hände bewegten sich an ihren Armen hinab über ihre Brüste, seine erfahrene, kreisförmige Massage erregte sie durch die schwarze Seide und ihr Korsett. Haut strich über Seide. Die Geräusche ihrer schnellen Atemzüge vermischten sich zu einem geheimen, elementaren Lied. Lange Finger schoben die oberen drei Knöpfe ihres Mieders durch die Löcher, und seine Hand schlüpfte geschickt hinein, um eine geschwollene, schmerzende Brust zu kneten.

»Ich denke …«, keuchte sie.

»Du denkst was?«, murmelte er an ihrem Hals.

»Ich denke, ich hasse dich.«

Und sie meinte es auch so. Und natürlich meinte sie es überhaupt nicht so.

Wieder umklammerte er ihre Handgelenke, schob sie nach oben, und mit dem Druck seines Oberkörpers, mit seinen Knien zwischen ihren Oberschenkeln, zwang er sie gegen die Wand.

»Damit kann ich leben.« Seine angespannten Züge, verklärt in Scharlachrot, füllten ihr Gesichtsfeld aus. Der Rest war Gefühl: kühle Luft an ihren bestrumpften Knöcheln; sein Atem, warm und scharf auf ihrer entblößten Brust. Er drückte seine Hüften an sie und präsentierte kühn seine Erregung an ihrem Bauch. Sie bog den Rücken durch, passte sich seinem Körper an, krümmte sich, wollte ihn.

Seine Hand umfasste ihr Gesicht.

»Weine nicht. Weine nicht, Liebste.« Sein Daumen strich durch Tränen, von denen sie gar nicht gewusst hatte, dass sie sie vergossen hatte. »Erlaube mir, dich zu lieben. Ich werde alles wiedergutmachen.«

Er beugte sich vor und zog seine Unterlippe in einer neckenden, den Mund öffnenden Einladung über ihre. Sie trat einen Schritt nach vorn und ließ es geschehen. Seine Finger gruben sich in ihr Haar, sodass ihre Haube verrutschte.

Sie merkte nicht, dass der Aufzug anhielt, hörte nur das gleitende Geräusch der sich öffnenden Tür. Und dann … umfingen sie seine Arme, hoben sie vom Boden, drückten sie gegen seinen harten Oberkörper.

Die Welt zerfiel in bruchstückhafte Bilder einer vertäfelten Decke … eines langen, von Türen gesäumten Flurs … und schwachem, elektrischem Licht. Er trug sie wie eine mittelalterliche Kriegsbeute, und oh, sie ließ es zu; es gefiel ihr sogar. Sie sollte sich dafür schämen, dass sie so leicht kapitulierte. Aber sie waren allein hier, und es war niemand da, der es sehen konnte; niemand, der sie dafür tadeln konnte, wie verderbt sie in den Armen eines Unsterblichen geworden war, der nicht ihr Ehemann war, nicht wirklich, trotz aller Gelübde und Bescheinigungen.

Er schloss die Tür auf und trug sie in einen großen, nach Frische duftenden Raum. Ein Nebel aus Blau und Creme und Rokoko. Er stellte sie auf die Füße, und sie ging einige Schritte auf Beinen, die so zittrig waren, dass sie kaum aufrecht stehen konnte. Spätnachmittägliches Licht strömte durch elegante rotweiße Blenden. Er legte die Arme um ihre Taille und öffnete geschickt die letzten drei Knöpfe ihres Mieders, dann schob er sie weiter ins Zimmer hinein. Er zerrte an ihren Manschetten, an den Ärmeln zog er ihr die Jacke vom Leib und warf das Kleidungsstück auf den Boden. Kühle Luft küsste ihre Schultern, aber ihr Rücken, gepresst an seine Brust, brannte. Wieder fand sein Mund *diese* Stelle an ihrem Hals, und sie verwandelte sich in geschmolzenes Wachs. Sie fühlte sich benommen … köstlich misshandelt. Ein Ziehen am hinteren Teil ihres Taillenbunds, und ihr Rock gab nach.

Plötzlich trat er zurück. Sie hörte das Rascheln von Stoff auf Haut und drehte sich um. Er riss sich das Halstuch von der Kehle. Sein Gesichtsausdruck war gierig, die Wangen waren hohl von Leidenschaft. Seine Augen, die sie fixierten, versprachen weit mehr als die Intimitäten, die sie in dem Aufzug geteilt hatten.

Verloren. Du bist verloren, Mina. Eine Sklavin des Elends, es sei denn, du hältst ihn jetzt auf.

»Warte …«, flüsterte sie, hob eine Hand und bewegte sich taumelnd rückwärts.

»Nein.«

Er pirschte sich an sie heran, während er seinen Mantel auf den Boden fallen ließ. Geschickt öffnete er die Knöpfe an seinem Hemd und enthüllte feste, kraftvolle Haut zwischen klaffendem Leinen. Sie stemmte die geballte Faust auf die Hüfte, um auf diese Weise ihren Rock oben zu halten …

»Ich will vorher noch mehr *reden.* Können wir nicht reden? Bitte, Mark?«

»Reden macht alles immer nur kompliziert.« Er legte den Kopf schräg. Seine Mundwinkel zuckten. »Lass uns nie wieder reden. Von jetzt an.«

Sie lachte – ein schrilles Trällern, das überhaupt nicht nach ihr klang. Mark konnte so witzig sein, wenn er wollte. Witzig und furchteinflößend und schön.

Ihr Verstand schlug Alarm, dass sie nur eine einzige Waffe zu ihrer Verfügung hatte, eine einzige Ablenkung, die es wert war, ihn von seinem gegenwärtigen Ziel, sie zu verführen, abzubringen, da sie allein zu schwach war, ihn zu stoppen.

»Willst du mich … wahrhaftig?«, stieß sie mit ausgetrockneten, empfindlichen Lippen hervor.

Sie ließ ihren Rock los, schob den Taillenbund um ihre Knie herunter und trat aus dem seidigen Kreis. In Korsett, Unterhemd und Unterröcken wich sie rückwärts in die Mitte des Raums zurück.

»Oh ja.« Er folgte ihr. Sein Lächeln wurde breiter, lüstern und attraktiv zugleich. »Ich will dich wirklich und … wahrhaftig.«

Sie grinste. »Ich denke, ich habe etwas, das du vielleicht noch mehr willst.«

Die Rückseiten ihrer Beine stießen gegen irgendetwas. Aus dem Gleichgewicht gebracht, drehte sie sich, um einen Schritt zu machen, fiel aber bäuchlings auf eine große Chaiselongue, ähnlich einem kleinen Bett. Wie bequem.

Wie *unbequem*.

Auf Knien und Händen richtete sie sich wieder auf. Plötzlich aber umschloss eine große Hand ihren Knöchel und zerrte sie zurück.

»Oh …« Ihr Bauch und ihre Brüste drückten sich gegen den gestreiften Brokat.

Bumm. Er, auf den Knien hinter ihr. Seine Hände krochen über ihre Beine, über ihre Waden und die Rückseiten ihrer mit Leinen bedeckten Oberschenkel. Er kniff mit beiden Händen in ihren Hintern.

»Es gibt nichts – *nichts*, was ich mehr will.«

Mina drehte sich auf den Rücken, dann stützte sie sich auf beide Ellbogen.

»Sieh unter meinen Unterrock«, keuchte sie.

»Oh ja, Schätzchen.« Er lachte boshaft und schob die Hände unter ihren Rock und ihre Strümpfe hinauf. »Ich will unter deinen Unterrock schauen.«

»Nein, Mark«, hauchte sie, verzweifelt bemüht, ihn dazu zu bringen zu verstehen, bevor sie ihn anflehen würde, nicht mit all den wunderbaren Dingen aufzuhören, die er mit seinen Händen tat. Als seine Fingerspitzen über die Bänder ihrer Strümpfe strichen und dann höher hinauf, über die nackte Haut ihrer Oberschenkel, versteifte sie sich. Sie rollte sich vom Kissen hoch. »Ich meine, du sollst *hinschauen.* Schau unter meinen Unterrock.«

Seine glasigen Augen begegneten ihren. Er bekam den Saum ihres oberen Unterrocks zu fassen. Wie die meisten Damen trug sie zwei. Sein Kopf verschwand unter dem eierschalfarbenen Leinen.

»Den unteren«, instruierte sie atemlos. »Siehst du es?«

»Ja.«

Für einen langen Moment bewegte er sich nicht.

Sie spürte einen Ruck, und ihre Leinenunterwäsche glitt ihre Beine hinunter.

»Was tust du da?«, flüsterte sie erschrocken.

Hände umfassten ihre Oberschenkel. Zwei Daumen strichen hart über die Mitte zwischen ihren Schenkeln. Ihr Körper explodierte vor Wonne.

»Ich denke, das ist offensichtlich«, kam seine gedämpfte Antwort. Fester Druck brachte sie dazu, ihre Oberschenkel zu öffnen, und die Kugel unter dem Leinen, die sein Kopf war, tauchte ab. Sie krallte die Hände in das Leinen zu beiden Seiten seines Kopfs.

»Aber … aber … es ist akkadisch, Mark.« Beim ersten kühnen Streicheln seiner Zunge fiel ihr Kopf zurück – ein erotischer und komischer Moment gleichzeitig. Sie lachte kläglich. »Ich … ich … habe eine kopiert …«

Er ging tiefer. Sie wand sich. *»Oh mein Gott.* Ich habe eine der Schriftrollen auf meinen Unterrock kopiert. Siehst du es denn nicht?«

»Danke«, murmelte er, und sein Atem strich über ihr überaus empfindliches Fleisch. »Danke, Liebste, aber es ist zu spät. Ich kann nicht aufhören. Im Augenblick will ich dich mehr.«

In dem plötzlichen Nachgeben ihrer Oberschenkel spürte Mark, dass sie bereit war und sich ihm ergab. Sie umklammerte seinen Kopf nicht mehr wie ein Schraubstock. Natürlich machte ihm das nichts aus. Aber in diesem Moment begriff er etwas Größeres als sinnliche Wonne: Er brauchte sie. Er brauchte sie in seiner Nähe, brauchte sie, um sich in ihrem Strahlen zu verlieren, und sei es nur für diese Nacht – und keine andere würde genügen.

»Sollten wir nicht ins Schlafzimmer gehen?«, flüsterte sie atemlos. »Es ist so hell hier. Die Blenden sind offen.«

Er riss sich das Hemd über den Kopf und sehnte sich danach, sie frei von den Schnüren und dem Fischbeinkorsett zu spüren, ihre weiche Haut an seinem nackten Oberkörper. »Nein, es ist perfekt so.«

Außerdem konnte er es nicht riskieren, sie irgendwo zwischen hier und dort zu verlieren. Ein sinnliches Begehren, das er seit Jahrhunderten nicht mehr gespürt hatte – seit er ein sterblicher Mann gewesen war –, befahl ihm, sich zu beeilen. Er schob ihr die Unterröcke über die glatten Oberschenkel und Pobacken hoch. Ja, er hatte beabsichtigt, sanfter zu sein, romantischer, aber er konnte nicht warten. Sein Geschlecht schwoll immer stärker an. Er stöhnte, als sein vorzügliches Blut hineinflutete. Die heiße, geschwollene Spitze schob sich über seinen Taillenbund. Er knöpfte seine Hosen mit einer Hand auf und keuchte vor Erleichterung, als das geschwollene Fleisch gegen ihren Oberschenkel stieß.

Ihre Augen weiteten sich, und ihre Zunge schoss hervor, um ihre Unterlippe zu befeuchten. »Ja, Mark … bevor ich meine Meinung ändere.«

Er rieb den Daumen über ihr pinkfarbenes, glänzendes Zentrum und spreizte sie. Dann ergriff er sich selbst, glitt ein paar Mal gegen sie, hinauf und hinunter, drang aber nicht ein, sondern stupste sie nur an. *Ah, gut.* Dieses Gefühl … Feuchte, enge Hitze umschloss ihn. Ein erotischer erster Kuss.

»Jetzt …«, drängte sie sanft und hob die Hüften. Sie streichelte seine Brust und zog die Nägel über die gespannten Muskeln seines Bauchs. »Komm.«

Ihre samtene Stimme. Ihr schönes Gesicht und zerzaustes Haar, vor dem Hintergrund blauer Streifen. Seine Augen rollten zurück. Seine Hüften zuckten. Er drängte zwischen ihre Schenkel, aber sie war so eng, dass er nicht sofort ganz in sie eindringen konnte. Oh Gott, köstliche Folter, aber die Chaiselongue, die gesegnete, wunderschöne Chaiselongue … warum sich je wieder die Mühe mit einem Bett machen? Hier hatte er sie gerade auf der richtigen Höhe. Mit den Zehen krallte er sich in den Teppich und fluchte. Er flüsterte und schmeichelte. Stoß für Stoß, Zoll für Zoll drang er komplett in sie ein. Als sie sich ihm entgegenbäumte, griff er unter ihre Unterröcke. Seine Hände schlossen sich um ihr nacktes Hinterteil. Er presste die Wange auf ihre von dem Korsett gefangene Brust und stieß zu, wieder und wieder, während sie die Arme um seinen Hals schlang. Ihre Beine umklammerten seine Hüften. Schlanke, kühle Füße glitten über seinen Hintern und trieben ihn an.

»Da ist jemand … an der Tür«, flüsterte sie.

Oh ja. Jemand klopfte. So weit entfernt.

»Lass … ihn … warten.«

Er spannte sich an, bohrte sich in sie, und jeder wilde Stoß brachte ihn an großartige Grenzen. Die engen Wände um sein Glied begannen in Krämpfen zu beben. Sie stöhnte, packte seine Arme … und schrie. Gewiss hörte es die Person, die auf der anderen Seite der Tür stand, aber Mark kümmerte es nicht. Er konnte nicht aufhören. Die Chaiselongue rutschte auf dem tiefen Teppich einige Zoll weiter, sodass er mit den Füßen nachfassen musste.

Dank des neuen Winkels umschloss sie ihn noch fester, spürte er sie noch besser. Hinter seinen Augen platzten bunte Prismen in tausend Punkte.

»Oh, j-j-ja. *Mina. Mina.*«

Sein Glied zuckte und pulsierte, pochte in ihr.

Mit einem Stöhnen ließ er sich langsam zwischen ihre Beine sinken. Aber auf der Chaiselongue war nicht genug Platz für sie beide. Er rollte herunter, ließ sich rücklings auf den Boden fallen und zog sie über sich. Die Bewegung warf ihr dunkles, seidiges Haar über seine Schultern. Er fuhr mit seinen Händen hindurch, umfasste ihr Gesicht und holte sie zu einem Kuss zu sich herunter. Er hob den Kopf, stöhnend in gesättigter Wonne, und füllte ihren Mund mit seiner Zunge.

Dann fiel er erschöpft zurück und sah ihr in die Augen. Der Länge nach über ihm ausgebreitet, sagte sie zwischen keuchenden Lauten: »Ich glaube … nicht, dass ich … vor nächster Woche wieder … in der Lage sein werde … zu laufen.«

Es war köstlich gewesen, hatte die Sinne vibrieren lassen.

Aber er war nicht ihr erster Geliebter gewesen. Er hatte kein Recht auf den Stich des Bedauerns tief in seiner Brust. *Wer?*

Er wollte nicht fragen. Vielleicht würde sie es ihm irgendwann erzählen.

Sie lagen noch ein Weilchen länger so, küssten einander und redeten Unsinn. Taten so, als sei die Welt normal. Sie fühlte sich vollkommen an seiner Seite, von seinem Arm umhüllt, den Kopf auf seine Brust gebettet. Wenn man ihm die Wahl ließ, würde er für den Rest seiner Tage hier auf dem Teppich neben der Chaiselongue liegen bleiben. Er lächelte.

Gewiss erwuchs dieser Gedanke aus dem lauen Nachglühen des Sexes, aber … er wünschte, die Dinge wären anders.

Tick tack, tick tack. Die Uhr tickte weiter. Er rollte unter ihr weg und beugte sich vor, um sie auf die Schulter zu küssen.

Er stand auf, zog seine Hosen über die Hüften und bot ihr die Hand.

»Lass uns jetzt einen Blick auf diesen Unterrock werfen.«

Ihre Hände gingen zu dem Satinband in ihrem Kreuz. Mina bückte sich und zog das Untergewand herunter. »Du solltest nicht mich *und* den Unterrock bekommen.«

»Trotzdem danke.« Er küsste sie auf die Nase.

Trotz der grenzenlosen Nähe, die sie gerade miteinander geteilt hatten, sah er Wachsamkeit in ihren Augen. Sie vertraute ihm immer noch nicht ganz. Doch sie händigte ihm seine Trophäe aus und machte sich dann daran, ihre übrigen Sachen einzusammeln.

Unterdessen hängte er den Unterrock über die Lehne eines Stuhls und ging zur Tür, um im Flur nachzusehen. Der Portier hatte ihre Truhen in einer Reihe an der Wand aufgestellt. Mark grinste. Minas Haube lag obenauf. Zum ersten Mal kam ihm der Gedanke, dass es komisch war, dass seine Truhe größer war als ihre, als sei er ein Pfau, der mehr Kleider brauchte. Mehr Dinge. Er wollte ihr mehr kaufen. Seidige Kleider. Funkelnden Schmuck. Teure Dinge. Genug, damit sie, wenn sie reisten, zehn Truhen brauchen würde, alle größer als seine. Er wusste, dass Kleider und Juwelen ihr nicht wichtig waren, aber vielleicht verspürte er genau deswegen den Wunsch, sie damit zu verwöhnen. Und er würde es auch tun, sobald er damit fertig war, sich selbst und die Welt zu retten. Dann würde er eine Legende sein. Sie konnte diejenige an seiner Seite sein.

Mark schleppte zuerst ihren Koffer und dann seinen herein. Sobald sie ihren Morgenmantel in ihrer Truhe fand, kam sie zu ihm auf eine Couch. Und jetzt erzählte er ihr alles darüber, wie er ihr und ihrem Vater nach Indien gefolgt, aber drei Monate später in London aufgewacht war. Er erzählte ihr auch von Elizabeth Jackson und seiner Begegnung mit der Dunklen Braut.

»Ich will dir keine Angst machen«, kam er zum Schluss.

»Nein«, murmelte sie mit großen Augen und ganz bleich. »Ich will alles wissen. Ich bin froh, dass du es mir erzählt hast.«

Er breitete ihren Unterrock auf der Chaiselongue aus, auf der sie sich gerade geliebt hatten.

Er blinzelte. »Da ist ein kleiner Fleck.«

»Vergiss nicht, ich habe dieses Ding drei Monate lang getragen.«

»Dies ist nur eine der Schriftrollen?«

»Die erste der beiden, die mein Vater in seinem Besitz hatte«, bestätigte sie. »Er hatte sie mit einem Schildchen versehen, eins und zwei. Ich hatte nicht die Zeit, die zweite zu kopieren. Dir ist doch klar, dass es eine dritte Schriftrolle im Britischen Museum gibt?«

Er nickte. »Das ist eigentlich die erste. Die habe ich bereits übersetzt.«

Ihre Augen wurden warm vor Bewunderung. Marks Brust schwoll an. Wie wunderbar, eine Frau zu lieben, die die Übersetzung uralter Schriftrollen attraktiv fand.

»Mein Vater hatte gehofft, das Gleiche zu tun. Er hat mir gesagt, das Papyrus sei schrecklich verfallen.«

»Es war ein verdammter Schlamassel.«

Mina schaute auf die Zehen in ihren Pantoffeln hinab. »Er war so aufgeregt, für den Posten für alte Sprachen im Museum berufen zu werden und die letzte Schriftrolle zu finden, die den Satz aus drei Rollen vervollständigte. Er hat sogar erwogen, dem Museum seine Sammlung zu überlassen. Seine Schriftrollen waren außerordentlich selten. Viel seltener noch als die Schriftrolle des Museums.«

»Weil die Tafeln, von denen sie kopiert wurden, nicht mehr existieren.«

»Ja.« Ihr Lächeln verblasste. »Aber die Dinge haben sich geändert, nachdem das Museum meinen Vater bezichtigt hatte, die Keilschrifttafel gestohlen zu haben, von der die erste Schriftrolle transkribiert worden ist.«

»Hat er die Tafel genommen?«

»Ich muss zugeben, damals war ich mir selbst nicht sicher. Als er diese neue Stelle in London antrat, bin ich in unserem Haus in Manchester zurückgeblieben; ich sollte Mitte des Jahres nach London nachkommen. Aber kurze Zeit später begann er sich seltsam zu benehmen. Hatte Heimlichkeiten und Geheimnisse. Dann brach er plötzlich nach Bengalen auf, worüber er mich nur mit einem kryptischen Telegramm informierte. Als das Museum ihn beschuldigte, bin ich dorthin gereist, um ihn wegen all dem zur Rede zu stellen.«

»Allein?«

Sie zog die Schulter hoch. »Der Schiffskapitän war ein Freund meines Vaters, und ich kannte ihn von früheren Reisen und fühlte mich daher sicher, allein zu reisen. Da ich die Stadt kannte, spürte ich meinen Vater ziemlich schnell auf. Er war immer noch in Kalkutta und trug Vorräte für eine Expedition zusammen.«

»Was hat er dir gesagt?«

»Er versicherte mir, dass er nichts aus dem Museum gestohlen habe. Stattdessen erzählte er mir von einer Geheimgesellschaft von Männern, die wie er die Geheimnisse der Unsterblichkeit zu ergründen suchten. Aber im Gegensatz zu meinem Vater wünschten sie nicht nur, die Existenz eines Unsterblichen zu entdecken – sie wünschten, unsterblich zu *werden.* Er befürchtete, dass sie die Schriftrollen aus niederträchtigen Gründen besitzen wollten. Das war alles, was er zu sagen bereit war. Er erklärte mir, es sei besser, wenn ich nicht alles wüsste.«

»Konnte er diese Männer identifizieren?«

Sie schüttelte den Kopf. »Er hatte keine Ahnung, wer sie waren. Er sprach nur davon, dass sie ihm seit London gefolgt und in sein Zimmer in der Pension eingebrochen seien und nach den Schriftrollen gesucht hätten. Ich fühle mich jetzt so schrecklich, weil ich an ihm gezweifelt habe.« Sie biss sich auf die Unterlippe. »Damals fürchtete ich, dass er den Verstand verloren hätte. Er beharrte darauf, dass ich fortging. Dass ich nach England zurückkehrte, aber ich weigerte mich.«

»Warum ist er überhaupt nach Bengalen gegangen, und was ist dort vorgefallen? Als du nach London zurückgekehrt bist, hattest du eine Pistole in deiner Tasche.«

Ein schwaches Lächeln umspielte ihre Lippen. »Das weißt du natürlich, nicht wahr?«

»Was hat dir Angst gemacht?«, fragte Mark sanft. »Und warum hast du beschlossen, seinen Tod vorzutäuschen?«

Minas Augen umwölkten sich. »Von Bengalen aus haben wir unsere Expedition begonnen. Wir sind nach Tibet gereist, zu einem Tempel in der Nähe von Yangpoong am Fuß des Himalaja. Dort bat mein Vater um eine Audienz bei den Mönchen des Klosters.«

Mark unterbrach sie. »Was haben tibetische Mönche denn mit dem Ganzen zu tun? Die Schriftrollen stammten aus der alten Bibliothek in Alexandria. Sie sind Kopien akkadischer Tafeln. Das heißt, die Ursprungsorte liegen heute in Ägypten und Persien. Tibet ist davon weit entfernt.«

»Ich habe mir dieselbe Frage gestellt.« Mina legte die Hände auf die Knie. »Ich bin mit Vater zum Tempel gegangen, und er hat ihnen die Schriftrollen gezeigt.«

»Was ist dann passiert?«

»Nun …« Sie rutschte etwas nach vorn, sichtlich erregt bei der Erinnerung. »Zunächst einmal fingen sie sofort an, ihre Gongs zu schlagen. Wieder und wieder. Und dann gaben sie ihm die Stäbe der Schriftrollen.«

»Moment mal.« Mark blinzelte. »Stäbe der Schriftrollen?«

»Ja. Mein Vater hatte zwei Papyri. Zwei Schriftrollen, aber keine Stäbe. Sie haben ihm vier Elfenbeinstäbe gegeben, zwei für jede Schriftrolle.« Sie zog die Knie auf die Couch und schlang die Arme darum. »Und das, Mark, war der Moment, in dem der Ärger begann. Zurück im Lager, legte sich in unserer ersten Nacht schwerer Nebel über die Berge. Nebel ist in Tibet natürlich alltäglich, aber dieser Nebel flüsterte. Die Bengalis, die wir angeheuert hatten, um unsere Habe die Berge hinaufzutragen, gerieten in Panik.«

»Du brauchst mich nicht zu überzeugen«, versicherte Mark ihr. »Ich habe seltsamere Dinge gesehen, ich glaube dir.«

Mina berührte mit den Fingerspitzen ihre Lippen. »Am nächsten Morgen fanden wir den Leichnam eines unserer Bengalis am Fuß einer Schlucht. Unser englischer Führer, Leutnant Maskelyne, meinte, er müsse in der Dunkelheit von einem Felsvorsprung gestürzt sein, aber nach dem, was mein Vater mir erzählt hat, war der Körper des Mannes schwer verstümmelt. Zu schwer verstümmelt, als dass seine Verletzungen einfach von dem Sturz herrühren konnten. In der nächsten Nacht verschwand unser einheimischer Übersetzer. Ob er uns aus Furcht im Stich gelassen oder irgendein beunruhigenderes Schicksal erlitten hat, werden wir wohl niemals erfahren. In der nächsten Nacht verloren wir weitere Männer.«

»Und so hat dein Vater dich verlassen?«

Sie nickte. »Er erklärte mir, dass sie uns gefunden hätten. Dass er mein Leben nicht weiter riskieren würde und wir uns deshalb trennen müssten. Er befahl mir, nach England zurückzukehren und die Nachricht zu verbreiten, er sei auf dem Berg gestorben. Er sagte mir außerdem, dass ich – dass ich ihn nie wiedersehen würde.« Tränen sammelten sich in ihren Wimpern. »Anscheinend hatte er schon länger die Idee gehabt, sein Verschwinden durch solch eine Lüge zu verschleiern, denn er gab mir den Namen eines Mannes in Kalkutta, der alle nötigen gefälschten Dokumente bereitstellen würde.«

»Was ist dann geschehen?«, hakte Mark sanft nach.

»Ich habe mich geweigert. Ich war erregt. Ich bin aus dem Zelt gestürmt. Ich bin nicht weit gegangen. Überhaupt nicht weit. Aber eine Wolke bewegte sich auf den Berg zu.« Mina fröstelte. Mark ergriff ihre Hand und drückte sie. »Ich habe versucht, meine Spuren zum Lager zurückzuverfolgen, konnte aber nichts sehen als Nebel. Ich hatte Angst, dass ich in eine Felsspalte stürzen und wie dieser Mann enden könnte. Also saß ich da und wartete. Ich wartete stundenlang, fast bis zum Morgen. Endlich löste sich der Nebel auf, gerade weit genug, dass ich sehen konnte, dass ich mich direkt neben den Zelten befand. So nah. Ich hätte einige Schritte weiterkriechen und sie berühren können. Aber mein Vater war fort. Er und Leutnant Maskelyne waren fort.«

Jetzt verstand Mark das Durcheinander der Gefühle, die Mina für ihren Vater empfand, die Liebe und den Zorn.

»Und so habe ich meinen Weg zurück nach Kalkutta gefunden. Allein. Ich wartete einige Wochen, bis mein Geld fast aufgebraucht war. Dann, sobald ich begriff, dass er nicht zurückkommen würde, tat ich, was er mir aufgetragen hatte.«

»Du warst sehr mutig.« Mark schob ihr die Hand über die Schulter, in ihren zierlichen Nacken. Er zog sie dicht an sich und bettete seine Stirn an ihre. »Du hattest keine andere Wahl.«

»Ich weiß nicht.« Sie drückte sein Bein. »Ich habe Leute belogen. Leute, die nichts als freundlich zu mir waren. Trafford. Lucinda. Bestimmt würde sie heute noch leben, wenn ich nicht hierhergekommen wäre.«

»Das wissen wir nicht.« Er küsste sie aufs Ohr.

Sie zog sich blinzelnd zurück und tupfte sich die Augen ab. »Finde es für mich heraus, ja? Wenn du dir einen Plan ausgedacht hast.«

»Das mache ich«, versicherte er ihr.

»Und nun sieh dir diesen Unterrock an und verrate mir, was ich geschrieben habe.«

»Ich habe den Text bereits übersetzt.«

Minas Augen weiteten sich. »Wie meinst du das, du hast ihn bereits übersetzt? Während wir hier gesessen und geredet haben?«

Er zuckte die Achseln. »Ich bin gut. Es hilft auch, dass dein Unterrock in einer viel besseren Verfassung ist als diese erste verdammte Schriftrolle im Museum.«

»Und was steht da?«

»Dass ich ein *Auge* in die Hände bekommen muss.«

14

Mina packte ihn am Arm. »Mein Vater hat von einem Auge gesprochen. Er hat das Zeichen in den Schriftrollen gesehen, aber den Zusammenhang nicht verstanden.«

Mark neigte den Kopf in Richtung ihres Unterrocks. »In den Schriftrollen gibt es einige Prophezeiungen. Sie sprechen von Dingen, die sich in zukünftigen Jahrhunderten ereignen werden. Ich bin beinahe sicher, dass das Auge, auf das die Schriftrolle anspielt, ein großer Spiegel ist, der irgendwann das *Auge des Pharaos* genannt worden ist.«

»Des Pharaos … im Leuchtturm von Alexandria? Eins der sieben Wunder der antiken Welt?«

»Den meine ich«, bestätigte er. »Die Legende besagt, dass ein Auge, ein großer Spiegel, mit einer speziellen Linse benutzt wurde, nicht nur, um näher kommende Kriegsschiffe in Brand zu stecken, sondern auch, um anrückende Heere zu vernichten.«

Ihre Augen weiteten sich. »Ist das wahr? Hatte dieser Spiegel solche Macht?«

Mark rieb sich das Kinn. »Ich kann es nicht mit Bestimmtheit sagen. Ich habe das Auge nie gesehen. Nach allem, was man hört, wurde der Spiegel aus dem Leuchtturm gestohlen, vielleicht schon im ersten nachchristlichen Jahrhundert, und er wurde angeblich ins Meer geworfen. Von wem oder warum hat man nie erfahren. Wenn der Spiegel tatsächlich Kräfte hatte, wurde das vielleicht getan, um ihn nicht in die Hände jener fallen zu lassen, die ihn für böse Zwecke benutzen wollten.«

»So wie die Männer, die uns verfolgt haben. Aber warum sollte mein Vater wünschen, einen solchen Spiegel zu entdecken? Er hat nicht den Wunsch, etwas Böses zu tun. Er ist exzentrisch, aber sanftmütig.«

»Vielleicht versucht er, sie aufzuhalten. Dafür zu sorgen, dass der Spiegel nicht in die Hände dieser Männer fällt.«

Tränen füllten ihre Augen. »Mein Vater … ein Held? Er hätte es mir einfach sagen sollen. Aber dann … ich denke, er wusste, dass ich ihm nicht geglaubt habe.« Sie blinzelte heftig und schluckte. »Was ist mit dir? Kann das Auge dir helfen?«

Mark antwortete schlicht: »Ja.«

Es gab natürlich Bedingungen. Er würde sich mit diesen Bedingungen beschäftigen müssen, wenn die Zeit dazu reif war.

»Wir müssen das Auge finden«, erklärte sie.

»Wenn dein Vater es nicht bereits gefunden hat. Er hat die andere Schriftrolle mit den Anweisungen, wo er suchen soll.«

»Aber ich dachte …«

Mark befingerte die Spitze am Saum ihres Unterrocks. »Dies ist eigentlich die dritte Schriftrolle, diejenige, welche verrät, wie man das Auge benutzt. Nicht, wo es zu finden ist.«

Sie biss sich auf die Unterlippe. »Erinnerst du dich, dass ich dir erzählt habe, dass mein Vater manchmal die Dinge verwechselt?«

»Schon gut. Denn wenn die Zeit kommt, wird auch das von Nutzen sein.« Mark stand auf und strich sich mit den Fingern über den Kopf. Er ging ans Fenster und starrte hinaus.

»Es tut mir leid.« Sie näherte sich ihm von hinten und schmiegte sich an seinen nackten Rücken. »Ich weiß, du bist enttäuscht.«

»Ein wenig.«

»Mark …«

»Ja?«

»Wer bist du?«

Er wandte sich vom Fenster ab. »Ich bin ich.«

Er beugte sich vor und küsste ihre Lippen. Streichelte ihre Taille.

»Ich meine, wer bist du? Du bist ein Unsterblicher.« Sie schloss die Augen. »Ich habe immer noch Mühe, daran zu glauben. Woher bist du gekommen? Wie lange hast du schon auf dieser Erde existiert?«

»Ich werde es dir später erzählen. Wir haben für den Moment genug geredet.«

Er legte seine Fingerspitzen auf ihre Schultern und zog den dünnen Stoff beiseite. Seine Lippen berührten ihren Hals, er ließ den Mund tiefer wandern, leckte und kostete die warme Haut ihrer nackten Schulter.

Mina seufzte und hob die Hand an seinen Hinterkopf. Mit einem sanften Stoß ließ das geformte Körbchen ihres Korsetts ihre Brust in seine offene Hand fallen. Er saugte an ihrer Brustwarze – heftig genug, dass sie aufstöhnte. Dann zog er sich zurück und bewunderte den rosigen Ring, den er um die Brustwarze herum hinterlassen hatte, und streichelte das feuchte Fleisch mit dem Daumen.

»Was hältst du davon, das Bett auszuprobieren?«

Spät am folgenden Morgen wurde Mina von Männerstimmen und einer sich schließenden Tür geweckt. Sie lag nackt auf den Laken, die zerwühlt waren und aus der Matratze heraushingen – die Folge ihrer leidenschaftlichen Liebesnacht. Sie hatten solche Dinge getan … wilde Dinge … verdorbene Dinge. Jeder Teil ihres Körpers schmerzte, als hätte sie eine mächtige Schlacht ausgefochten. Sie nahm an, dass sie das auch getan hatte. Bis zum Morgen hatten sie miteinander gerungen, sich gewunden und wild geliebt.

Geh nach oben.

Nein, du.

Auf die Hände und Knie. Ja. Genau so. Oh, wie schön.

Sie lächelte und schob den melancholischen Schmerz der Trauer in ihrer Brust beiseite, den, der ihr zu verstehen gab, dass sich nichts zwischen ihnen geändert hatte. Nicht wirklich. Ihr Herz blieb verschlossen, sicher … Aber es randalierte in seinem Käfig, misstönend und klagend. Wann würde sie dem Durcheinander in ihrem Innersten erlauben, sich zu entwirren, und sich einfach verlieben?

Noch nicht. Nicht jetzt. Nicht in ihn.

Tröstliche Laute kamen aus dem Wohnzimmer. Das Einschenken von Flüssigkeit und das Klappern einer Teetasse auf einem Unterteller. Sie warf die Decken zurück und zog ihren Morgenrock an. Ohne sich die Mühe zu machen, in den Spiegel zu schauen oder ihr Haar zu bürsten, trat sie in den Salon.

Mark stand am Fenster und schaute über die Themse. In der Ferne, sichtbar über seinen nackten Schultern, erhob sich der ägyptische Obelisk, Kleopatras Nadel. Mark trug nur eine legere, gestreifte Hose. Goldene Haut zog sich über die straffen Muskeln seiner Schultern und Arme und formte weiter unten seine schlanke Hüfte. Minas Mund wurde trocken. Sie wusste, wie sich diese Haut anfühlte – warm, glatt und vollkommen.

»Guten Morgen.« Er wandte sich ihr zu, um sie zu begrüßen. Er sah aus wie ein großer, zerzauster Löwe, eine winzige Teetasse in der Hand. Er zeigte einen nachdenklichen Gesichtsausdruck, aber seine Augen … Als er sie sah, wurde sein Blick sanft. »Ich habe die Küche Frühstück heraufschicken lassen. Da ist Tee für dich, wenn du magst.«

Ein kleiner Stich der Verlegenheit schoss ihr Rückgrat hinunter bis in ihre Beine. Im Dunkeln war zwischen ihnen alles so einfach gewesen. Aber hier … jetzt … sie konnte ihre Unsicherheit nicht leugnen.

»Danke«, sagte sie und ging zu einem Messingwagen, um den herum Unmengen an Blumensträußen gruppiert waren. Sie schenkte sich eine Tasse Tee ein. »Woher kommen all die Blumen?«

»Da ist auch ein Stapel mit Karten und Telegrammen, auf dem Schreibtisch.« Mark kam zu ihr. Er stellte seine leere Tasse auf das Tablett. »Der Portier sagte, sie seien von Traffords Haus hierher geliefert worden. Ich habe mir die Karten nicht angesehen, das lächerlich riesige Arrangement in der Ecke ist von meinem Bankier.«

»Zumindest sind keine rot-weiß gestreiften Rosen dabei.«

»Ich gestehe, dass ich das Gleiche gedacht habe.«

Sie zog die Karte aus dem Arrangement, das ihr am nächsten war. »Interessant.«

»Was steht denn drauf?«

Ihre Augenbrauen gingen in die Höhe. »Nur ein einziges Wort. *Idiot.* Und es ist ungefähr zwanzig Mal unterstrichen.«

Er lächelte. »Die kommt sicher von meiner Schwester. Ihr Name ist Selene.«

»Sie scheint entzückend zu sein.« Mina kicherte und legte die Karte zurück an ihren Platz. »Wann lerne ich sie kennen?«

»Ich bin mir sicher, sie wird hier früher auftauchen, als mir lieb ist.«

»Werden wir heute ausgehen?«

»So gern ich mich für die absehbare Zukunft hier mit dir verkriechen würde, um dich leidenschaftlich zu lieben … aber wir müssen mit deinem Vater in Verbindung treten und herausfinden, ob er das Auge in seinen Besitz gebracht hat.«

Sie legte die Stirn in Falten. »Hast du wieder die Stimme der Dunklen Braut gehört?«

»Nein, und es ist auf jeden Fall eine Erleichterung. Aber eine Transzendierung verschwindet nicht einfach. Selbst wenn

Lucinda die Dunkle Braut war, ist es nur eine Frage der Zeit, bevor irgendetwas anderes ihren Platz einnimmt. Ich habe nur Zeit, bis die nächste Energiewelle über London hinweggeht, um zu versuchen, irgendetwas herauszufinden. Ich kann nicht voraussagen, in welchem Zustand ich anschließend sein werde.«

Sie nickte. »Wir beginnen beim Telegrafenamt. Ich kenne eine Handvoll sehr enger Bekannter meines Vaters. Kontakte, die er braucht, um von einem Land ins nächste zu reisen. Geografisch sind sie so weit von London und seiner Gesellschaft entfernt, dass ich bezweifle, dass sie von seinem angeblichen Tod gehört haben.«

»Gut.« Er beugte sich vor, um ihr einen Kuss auf die Schulter zu hauchen. »Ich habe eine Frage an dich.«

»Ja?«

Mark verzog die Lippen. Er wirkte leicht beschämt. »Wer war dieser Mann draußen vor dem Haus der Traffords?«

»Welcher Mann?« Sie drehte sich von ihm weg und tat so, als betrachte sie die Auswahl an Marmeladen.

»Der auf den Stufen, als wir gestern das Haus der Traffords verließen.« Er strich eine Strähne ihres Haars nach hinten. »Hochgewachsen. Dunkelhaarig.«

Er zog an der Strähne, eine neckende, stetige Anspannung, bis sie den Kopf in den Nacken legte. Er gab ihr einen Kuss auf die Nase.

Sie lächelte reumütig. »Ich kann nichts vor dir verbergen, nicht wahr?«

»Nein. Also spare dir die Mühe, es zu versuchen.«

Sie presste die Lippen aufeinander. »Er heißt Leutnant Philander Maskelyne. Ich habe ihn gestern Nacht erwähnt. Erinnerst du dich? Bevor du mir gesagt hast, du wärst des Redens müde.«

»Er ist der englische Führer, den dein Vater für die Tibet-Expedition eingestellt hat.«

Sie nippte an ihrer Tasse, schluckte und leckte sich die Unterlippe. »Er ist ein Abenteurer. Ein sehr bekannter Bergsteiger. Und ja. Als ich ihn das letzte Mal sah« – sie schenkte ihm ein hoffnungsvolles Lächeln –, »war er mit meinem Vater zusammen.«

Mark blinzelte. »Es besteht also eine Chance, dass dieser Leutnant weiß, wo der Professor steckt.«

Sie nickte. »Entweder haben sie sich getrennt, oder mein Vater ist ebenfalls hier in London.«

»Also schön.« Marks Nasenflügel bebten. »Wo können wir diesen Leutnant Maskelyne finden?«

Sie stellte ihre Tasse auf das Tablett.

»Das ist das Problem«, flüsterte sie und umfasste seinen Arm. »Ich habe keine Ahnung. Ich habe solche Angst, dass ich alles verdorben habe. Gestern hat mich sein Erscheinen auf der Treppe überrascht. Ich wollte nicht, dass du von ihm erfährst. Gestern Morgen war zwischen uns alles anders. Ich wollte ihn selbst finden und sehen, was er über den Aufenthaltsort meines Vaters weiß. Also – jetzt ist er irgendwo da draußen in dieser riesigen Stadt, und ich habe keine Ahnung, wo. Es tut mir so leid, Mark. Ich vermute, dass er versuchen wird, mit mir in Verbindung zu treten, ich weiß nur nicht, wann.«

Mark nickte. »Ist schon gut. Wir werden ihn finden.«

»Aber wie viel Zeit bleibt uns eigentlich? Wie lange hast du, bis du … nun … bis du …«

»Zu einem rasenden Dämon wirst, der darauf erpicht ist, die Menschheit zu vernichten?«

Erschütterung stand in ihrem Gesicht. »Sag das nicht so.«

Mark brach den Stiel einer dicken rosafarbenen Rose aus einem Arrangement ab. »Aufgrund meiner Erfahrung mit der Regelmäßigkeit von früheren krakatauischen Wellen würde ich sagen, ungefähr eine Woche. Vielleicht zwei, wenn ich Glück habe.«

»Und was dann?«

»Dann … wirst du mich nicht mehr sehen.«

»Wohin wirst du gehen?«

Mark steckte die Rose hinter ihr Ohr. »Mich meiner Attentäterin stellen.«

Sie schnappte nach Luft. »Deiner Attentäterin?«

Er zuckte die Achseln, als sei seine Offenbarung unbedeutend. »So ist das eben, Mina. Die Schattenwächter werden nicht zulassen, dass ich zu einer wahren Bedrohung für sie werde. Sie werden mich vorher vernichten. Und ich werde es zulassen.«

»Oh, Mark, nein.«

Er betrachtete die Blumen, dann die Kaffeekanne. »Ich will, dass du weißt … für dich ist gesorgt. Wenn das Ganze für mich nicht gut endet, wirst du dennoch von dieser kurzen Ehe profitieren. Du wirst die wohlhabendste Witwe in England sein und in der Lage, deine eigenen Entscheidungen zu treffen.«

»Es gefällt mir, meine eigenen Entscheidungen zu treffen, aber ich habe nicht den Wunsch, die wohlhabendste Witwe in England zu werden. Ich will nicht, dass du stirbst.«

»Es ist alles Teil des Risikos, das ich auf mich genommen habe, als ich mich zu der Transzendierung entschieden habe, Mina. Ich wusste um die Gefahr. Aber du kannst dir sicher sein, dass ich nicht beabsichtige, diese Transzendierung jemals bis zum Ende fortschreiten zu lassen. Du wirst für eine recht lange Zeit mit mir zusammen sein können. Denn ich werde das Spiel gewinnen.« Seine Augen glühten vor Inbrunst. »Trotz allem, was geschehen ist, war ich mir nie sicherer.«

Mina runzelte verdrossen die Stirn und richtete ihre Aufmerksamkeit auf den Stapel von Telegrammen und Visitenkarten. Sie stellte fest, dass es zum Teil Glückwünsche zu ihrer Hochzeit waren, zum Teil Mitleidsbekundungen zum Tod ihrer Tante. Und wieder eine Karte von Mr. Matthews. Bei der nächsten Karte im Stapel hielt sie inne.

Ihr Herz vollführte kleine Sätze. »Oh, Mark. Sieh dir das an.«

»Was ist es?«

Sie hielt es hoch. »Die Karte ist von Leutnant Maskelyne. Er muss zum Hotel gekommen sein und sie abgegeben haben. Auf die Rückseite hat er die Adresse einer Pension geschrieben.«

Mark ergriff die Karte und betrachtete die hingekritzelten Worte. »Zieh dich an, Liebste.«

Binnen einer Stunde stiegen sie vor einem in die Jahre gekommenen, dreistöckigen Haus aus einem Hansom. Das Haus unterschied sich durch seinen leuchtend grünen Anstrich von den anderen Gebäuden in der schmalen Straße. Mark bezahlte den Kutscher dafür, dass er auf sie wartete. Als sie in einen dunklen Korridor eintauchten, begutachtete Mina die abblätternde Tapete. »Maskelyne kann ziemlich snobistisch sein. Dieses Haus entspricht ganz und gar nicht seinen Maßstäben. Entweder muss er sich verstecken, oder ihm ist das Geld ausgegangen.«

Mark betrachtete die Türen. »Welches war noch mal die Zimmernummer?«

Sie schaute auf die Karte. »C2.«

»Das ist sie.« Er hob die Hand, um zu klopfen. Mina hielt ihn davon ab.

»Mark …«

»Was ist los?«

Sie sah unter der Krempe ihres Huts hervor und musterte ihn. »Nun … es ist einfach so, dass er wütend sein könnte.«

»Weswegen?«

Sie verzog die Lippen. »Wegen vieler Dinge.«

»Es schert mich nicht, was mit ihm los ist, solange er uns verrät, wo sich dein Vater aufhält.« Er klopfte mit den Knöcheln gegen das Holz. Dann lehnte er sich an den Türrahmen und dachte, es sei das Beste, den Mann zuerst ein vertrautes Gesicht sehen zu lassen.

Der Messingtürknauf wurde gedreht. Knarrend öffnete sich die Tür.

Eine leise Männerstimme murmelte: »Willomina.«

Angesichts des intimen Tonfalls runzelte Mark finster die Stirn.

Mina, die ins Zimmer spähte, lächelte kurz. »Phil…«

Hände packten sie um die Taille und zerrten sie ins Innere.

»Philander, *warten Sie …«*

Die Tür schwang beinah wieder zu. Mit seiner flachen Hand verhinderte Mark es im letzten Augenblick und drängte sich hinter Mina ins Zimmer. Dort stand er von Angesicht zu Angesicht dem Mann gegenüber, den er tags zuvor auf der Straße vor Traffords Haus gesehen hatte. Nur trug der Kerl statt eines Anzugs und Huts jetzt Leinenhosen und ein weißes Unterhemd. Sehnige Muskeln zogen sich über seine Schultern, die Arme und den Hals. Sein dunkles Haar war militärisch kurz geschnitten, eine Frisur, die die maskuline Kantigkeit seines Kopfs betonte. Obwohl der Mann größer war als viele andere, überragte Mark ihn um einige Zentimeter. Trotzdem … er musste einräumen, dass Philander Maskelyne beunruhigend gut aussah.

Beunruhigend war auch, wie er Mina anstarrte.

Mit zusammengekniffenen Augen betrachtete Mark die Hände des Mannes, der fortfuhr, seine Frau zu berühren. *Brenne. Brenne. Brenne.*

Abrupt riss der Leutnant die Hände weg, starrte auf die Innenflächen und blinzelte ungläubig. Sein Blick wanderte zwischen Mark und Mina hin und her, die Lippen zu einem höhnischen Grinsen verzogen. »Also, das ist er? Ihr reicher Viscount?«

Minas Gesicht verlor jeden Ausdruck. Offensichtlich verblüffte sie seine schroff formulierte Begrüßung.

»Ich habe Sie gestern vor dem Haus meines Onkels auf der Straße gesehen. Ich bin so erleichtert, Sie sicher hier in England zu wissen.«

»Sicher?« Er lachte schneidend. »Dank Ihres Vaters bin ich zur Zielscheibe geworden. Es ist nur eine Frage der Zeit, bevor diese wahnsinnigen Unsterblichkeitsfanatiker mich finden. Erwarten Sie nicht auch noch von mir, dass ich ihn decke. Ich würde ihn jederzeit verraten. Der Schuft hat mich um neunhundert Pfund betrogen.«

Zeitungen übersäten den Schreibtisch. Sorgfältig zu einem Rechteck gefaltet, lag obenauf der Artikel über ihre Hochzeit und ihre Flitterwochen. Da waren außerdem zwei Pistolen und ein Gewehr, alles auf Hochglanz poliert.

»Es tut mir leid, dass Sie in Gefahr sind und mein Vater Ihnen Lohn schuldet«, antwortete Mina und faltete die Hände, »aber sagen Sie … lebt mein Vater noch?«

»Na ja, jedenfalls war er lebendig genug, um mitten in der Nacht alles einzupacken und zu verschwinden.«

»Wo haben Sie ihn das letzte Mal gesehen?«

»In Alexandria.«

»In Ägypten?«, warf Mark ein.

Maskelyne nickte knapp. »Wonach auch immer er gesucht hat … nun, es war nicht da. Ich habe verlangt, dass er mich auszahlt. Am nächsten Morgen war er fort.«

Mina fragte: »Welches sollte die nächste Etappe eurer Reise sein?«

»Ich weiß es nicht. Das wollte er mir nicht verraten.«

»Hatte er noch immer die Schriftrollen?«

»Verdammt, und ob er die hatte. Wenn ich sie in die Hand bekommen hätte, schwöre ich, ich hätte sie in den Nil geworfen. Sie sind ein verdammter Fluch für uns alle.«

Mark warnte: »Achten Sie vor meiner Frau auf Ihre Wortwahl.«

»Ihre Frau.« Er kicherte. Ein lüsternes Lächeln umspielte die Lippen des Leutnants. »Wollen Sie mit mir wetten, dass ich Ihre Frau besser kenne, als Sie Ihre Frau kennen?«

Mark machte einen Ausfallschritt und schlug Maskelyne mit der Faust ins Gesicht. Das Krachen von Knochen unter seinen Knöcheln befriedigte ihn. Er hob erneut die Faust.

»Mark, *nein.«* Minas Stimme durchbrach den dichten Nebel seines Zorns. Sie baute sich vor ihm auf, ein Wirbel aus Armen und Röcken und Orangenblütenduft, während sie mit ihren kleinen Händen seinen Unterarm umklammerte.

»Sie haben mir die Nase gebrochen«, rief der Leutnant. Blut strömte aus seinen Nasenlöchern über seine Lippen.

»Es tut mir so leid«, rief Mina aus. »Bitte, schicken Sie Ihre Arztrechnung ins Savoy.« Mina zog an Marks Arm und führte ihn in den Flur hinaus. »Wir sind hier fertig. Lass uns gehen.«

Mit einem Fluch, den er ihnen hinterherschrie, schlug Maskelyne die Tür hinter ihnen zu.

»Warum hast du das *getan?«*, zischte sie. »War es die Stimme? Hat die Stimme dir gesagt, dass du das tun sollst?«

»Die Stimme?«, knurrte er. »Du hast verdammt recht, es war eine Stimme. *Meine Stimme.* Er war derjenige, nicht wahr?«

»Derjenige was?«

Seine Wangen waren straff gespannt. »Du weißt, wovon ich spreche.«

Mina errötete, und ihr Unterkiefer klappte herunter – dann schloss sie den Mund wieder. »Das geht dich nichts an.«

Mark stürzte erneut auf die Zimmertür zu.

Mina schob sich zwischen ihn und die Holztür. Er schaute ihr ins Gesicht, sein Kiefer starr, Mordlust in den Augen.

Sie umfasste seine Schultern. »Es tut mir leid, Liebling. Mir war nicht bewusst, dass *du* eine Jungfrau warst, als wir geheiratet haben. Ich hätte bei diesem ersten Mal sanfter zu dir sein sollen.«

Er riss den Kopf herum. »Was hast du gesagt?«

»War ich *deine* Erste?«, fragte sie spöttisch.

»Natürlich nicht.«

Sie schlug ihm gegen die Schulter. »Dann hast du kein Recht, Kinnhaken zu verteilen.«

»Er hat dich *verführt.«*

»Nein, hat er nicht.« Ihr Gesicht verzog sich vor Ungeduld. Sie stürmte den Flur entlang. »Wir haben einander verführt. Ich war neugierig. Und zu deiner Information, absolut willig. Dumm, aber willig.«

»Hast du ihn geliebt?«, rief er hinter ihr her.

»Mach dich nicht lächerlich.«

Er stürzte hinter ihr her und ergriff ihren Arm. *»Hast du ihn geliebt?«*

Sie zog seine Hand weg und drückte sie auf ihre Schläfe. »Sag du es mir. Du kannst das tun, nicht wahr? Meine Gefühle lesen? Meine Gedanken. Ja, ja, ich habe gespürt, dass du darin herumgestochert hast, vor allem letzte Nacht, als wir … nun, du *weißt* schon. Wie dem auch sei, nimm sie dir. Ich bin ein offenes Buch.«

Er riss die Hand weg und ballte sie zur Faust. »Ich will, dass du es mir sagst.«

»Ich habe ihn nicht geliebt«, erklärte sie. »Und zu deiner Information, dich liebe ich auch nicht.«

»Ach nein?« Er hob die Hand an ihre Schläfe.

Sie schlug seine Hand weg und rannte die Treppe hinunter, hinaus auf die Straße. Dann raffte sie ihre Röcke, gab dem Kutscher neue Anweisung und stieg in den Hansom.

Mark stieg hinter ihr ein und ließ sich neben sie fallen. Die Bank gab unter seinem Gewicht nach, sodass Mina einen kleinen Hüpfer machte. Sie schnaubte. »Du bist eifersüchtig. Das gefällt mir.«

»Ich bin nicht eifersüchtig.« Er *war* nicht eifersüchtig. Er wurde nicht eifersüchtig.

Oh, Gott. Er *war* eifersüchtig.

Sein Kopf summte von Hass auf einen anderen Mann, nur weil dieser Mann … Oh, seine Gedanken verwischten das ganze schreckliche Bild von den beiden zusammen in irgendeinem dunklen Zelt auf einem Berg, während ihr Vater nichts ahnend im Zelt nebenan schnarchte. Wie ein schmollender Junge wollte er seinen Zylinder an beiden Seiten packen und das ganze verdammte Ding über seinen Kopf ziehen, um sich selbst zu bemitleiden. Er hasste die Schwäche. Er hasste die ganze verdammte Vorstellung von ihr mit einem anderen Mann. Gott, er hatte sich noch nie zuvor so dumm benommen.

Frauen. Pah. Wer brauchte sie schon?

Er.

Verdammt, er brauchte Mina.

»Wohin fahren wir?«, fragte er verdrossen. Seine Hand glitt zu ihrem Oberschenkel.

Sie schlug seine Hand wieder weg. »Wenn meinem Vater das Geld ausgegangen ist, könnte er durchaus nach London zurückgekehrt sein. Und wenn es so ist, denke ich, ich weiß, wohin er sich wenden würde, um mehr zu bekommen.«

»Wohin?«

»Es gibt da einen Mann im East End. Er sammelt Dinge.«

»Dinge? Welche Dinge?«

»Du wirst schon sehen. Falls er noch da ist. Ich weiß es nicht. Es ist lange her.«

Steif und stumm saß er neben ihr. Sie stützte ihren Unterarm auf die Armlehne der Sitzbank. Er hatte sie wütend gemacht. Natürlich hatte er das. Er hatte sich selbst ebenfalls wütend gemacht.

Der Hansom rumpelte durch den Verkehr und durch Wolken von Staub und drückende Hitze. Mindestens tausend Mal hielten sie an und rollten weiter, bevor der Wagen endlich vor einem Lagerhaus stehen blieb.

»Du kannst hier warten, wenn du möchtest«, sagte Mina.

»Ich lasse dich nicht aus den Augen.«

»Halt einfach die Hände in den Taschen, wenn du so freundlich sein willst«, befahl sie, und ohne auf den Kutscher zu warten, entriegelte sie den Wagenschlag und stieg aus. »Es wird niemand verprügelt.«

Er folgte ihr zur Hinterseite des Lagerhauses und eine Treppe hinauf zu einem Eingang im ersten Stock. Sie drückte auf einen kleinen schwarzen Summer. Dann warteten sie schweigend, aber niemand antwortete. Sie betätigte erneut den Summer. Nichts.

»Ich kann nichts hören«, erklärte sie. »Vielleicht funktioniert der Summer nicht.«

Mark hämmerte mit der Faust gegen das Holz. Das führte ebenfalls zu keiner Reaktion.

Mina drehte den Knauf mit beiden Händen und stieß gegen die Tür. Ein überraschter Ausdruck erhellte ihr Gesicht, als sich die Tür öffnete.

»Lass uns hineingehen.«

»Oh, ich stimme dir voll und ganz zu.« Er zog die Augenbrauen hoch. »Ich gehe gern ungebeten in fremde Lagerhäuser im East End, wo niemand die Tür öffnet. Noch besser sind bloß verlassene Häuser und Krypten, aber da war ich in den letzten Wochen schon.«

Sie sah ihn erheitert an, was Mark als ein außerordentlich gutes Zeichen dafür wertete, dass sie ihm verzeihen würde, dass er Maskelyne einen Fausthieb verpasst hatte. Wenn er sich jetzt zusammenriss, nicht auf irgendjemand anders einprügelte oder durch die Transzendierung den Verstand verlor, hatte er vielleicht eine Chance auf eine weitere Liebesnacht.

»Oh, ja«, hauchte Mina. »Das ist immer noch Mr Thackerays Lagerhaus.«

Marks Augen weiteten sich. Alte dorische Säulen lehnten in den Ecken – fünf insgesamt, alle unterschiedlicher Herkunft, wie Mark an ihrer Größe und Beschaffenheit erkannte. Mr Thackeray hatte augenscheinlich auch ein Interesse an exotischen Tieren. Während sie weiter in das Lagerhaus vordrangen, klopfte Mark einem ausgestopften Eisbären gegen die Brust und wackelte an dem vergilbten Reißzahn eines Berglöwen. Überall auf den Regalen hockten Tiere. Zwei fliegende Apparate, mit Flügeln und Motoren und Bremsklappen, baumelten von der Decke.

Mina zeigte in der Dunkelheit auf eine riesige weiß-goldene Kutsche. »Das war immer mein Lieblingsstück. Ich habe dann so getan, als sei ich eine Prinzessin, während Mr Thackeray und mein Vater über ihre Geschäfte geredet haben.«

Mark bückte sich und hob den Deckel eines ramponierten Sarkophags.

Mina fuhr fort: »Mark? Kommst du?«

»Ich schaue nur nach, ob es jemand ist, den ich kenne.«

Plötzlich wehte ein Geräusch aus der Dunkelheit heran … ein leises, gequältes Stöhnen.

Mina erstarrte. »Hast du das gehört?«

»Ja.« Er hatte es gehört. Und es gefiel ihm nicht. Er schob sich an einem Fass voller Pferdehufe vorbei, um an ihrer Seite zu sein.

Sie rief: »Mr Thackeray? Sind Sie das?«

Etwas zischte aus der Dunkelheit auf sie zu – ein riesiger Ghul mit offenem Maul. Mark packte Mina und stellte sich schützend vor sie. Ein Skelett flog über ihre Köpfe hinweg, es radelte auf einem Fahrrad.

Skelette. Abgetrennte Köpfe. Verdammt.

Heißes Blut pulsierte in seinen Adern. Mit seinen Augen suchte er aufmerksam die Umgebung ab.

»Willo-mi-na Lim-pett«, bellte ein sprechender, abgetrennter Kopf hoch an der Wand. »Willkommen in meinem *Phant-asmagori-ummmmmmm.«*

»Einen Moment.« Mina ergriff von hinten Marks Arm. *»Ich erkenne die Stimme von diesem Kopf.* Das ist Mr Thackeray.«

Sie lief an ihm vorbei zu einer hölzernen Trennwand. Ein verdächtiger Lichtschimmer drang zwischen den drehbaren Paneelen hervor. Mark folgte ihr. Wenn Mr Thackeray tatsächlich ein sprechender, abgetrennter Kopf war, würde er sein Vorhaben, niemanden mehr zu verprügeln, vielleicht überdenken müssen. Mina schob sich in einen Kasten, der aus großen Spiegeln geformt war.

»Mina«, warnte Mark.

Aber dann sah er sie. Zwei in Stiefeln steckende Füße ragten heraus, hingen an mageren Knöcheln, nur halb verdeckt von schlaffen roten Strümpfen.

»Mr Thackeray?«, fragte Mina.

»Könnte jemand einem alten Mann aufhelfen?«, rief eine Stimme.

Mark klopfte seine Taschen ab, bis er seine Brille fand, und schob sie sich schnell auf die Nase. Dann folgte er Mina und zog – ja – einen alten Mann aus einer gepolsterten Kiste, die in den Boden eingelassen war.

Das Haar des betagten Mannes blieb jedoch eine starre graue Fahne auf seinem Kopf, das bedauerliche Ergebnis von Schwerkraft und zu viel Pomade.

»Wie hat Ihnen die Vorstellung gefallen? Ich habe das ganze Inventar eines alten Phantasmagoriums in Chishire gekauft und habe es gerade erst geschafft, die *Laterna magica* zum Funktionieren zu bringen. Es fehlte nämlich jede Gebrauchsanweisung.

Bedauerlicherweise muss ich auf dem Kopf stehen, damit das Bild richtig herum erscheint.«

»Erlauben Sie mir bitte, Ihnen meinen Ehemann vorzustellen, Lord Alexander.«

»Ach du meine Güte. Sie haben geheiratet.« Thackeray blinzelte. »Herzlichen Glückwunsch.« Er gab ihr einen Kuss auf die Wange und griff nach Marks Hand. »Herzlichen Glückwunsch. Ähm … was ist los mit Ihren Augen, junger Mann?«

»Nichts Ernstes, nur eine … Lichtempfindlichkeit.«

»Ooooh.« Sein Mund verzog sich zu einem Strich, und er legte nachdenklich den Zeigefinger dagegen. »Ich habe eine ganz besondere Brille, die Ihnen vielleicht bessere Dienste leisten wird als Ihre. Kommen Sie mit. Kommen Sie mit.«

Sie folgten dem alten Mann durch schiefe Stapel staubiger Enzyklopädien. Mina drehte sich zu Mark um. Sie zeigte auf ihre Augen.

Was ist los?, formte sie mit den Lippen.

Er schob die Brille an seiner Nase hinunter. Ihr Unterkiefer klappte herunter.

Nichtsahnend trottete der alte Mann weiter. »Ich kaufe jede Menge Dinge. Jede Menge interessanter, wertvoller Dinge. Dinge, die Leute nicht länger wollen. Wie das Phantasmagorium. Was für ein Spaß! Aber junge Leute sind heutzutage einfach nicht mehr beeindruckt von solch überalterter Technik.«

Er führte sie in ein Büro, in dem die Wände mit Kartons vollgestellt waren. Stapel von Papieren in jeder Form und Farbe bedeckten den Schreibtisch. Thackeray zog eine Schublade auf und wühlte darin herum.

»Nein. Nicht hier.« Er ließ sich auf die Knie sinken und kroch unter den Schreibtisch. »Ah, da sind sie ja. Kommen Sie her, junger Mann.«

Er hielt eine schmale Holzschachtel hoch, die an beiden Enden offen war. Augenlöcher waren in die Vorderseite geschnitten worden und mit grünem Glas und vertikalen Schlitzen bedeckt. Er murmelte: »Genial. Eine geniale Erfindung.«

Mark fragte sich, ob er sich sträuben sollte. Ablehnen. Sogar weglaufen. Er schaute Mina an, und sie lächelte ermutigend. Anscheinend hielt sie es für das Beste, den Mann gewähren zu lassen, und er nahm an, dass er ihr vertrauen sollte. Er wollte ihr schließlich eine Freude machen, nachdem er sich wegen Maskelyne dermaßen zum Narren gemacht hatte.

Thackerays graue Haarpracht wackelte, als er sich auf die Zehen stellte und die Schachtel hochhob, *höher, höher, höher* …

Mark schloss die Augen und beugte die Knie, um es dem Alten zu erleichtern, das staubige, verrückte Gerät auf seinen Kopf zu setzen.

Einfach so wurde alles besänftigend grün.

»Ich glaube, wenn Sie diese Brille während der nächsten … oh … vier bis fünf Wochen tragen, sollte Ihre Lichtempfindlichkeit behoben sein. Ich an Ihrer Stelle würde sie nicht einmal zum Baden oder zum Schlafen abnehmen.«

Mina bedeckte den Mund mit einer Hand. Ihre Augen funkelten mit … nun ja, etwas jenseits von Belustigung. Marks Anspannung verebbte, und er lächelte ebenfalls.

»Vielen lieben Dank, Mr Thackeray«, sagte Mina sanft.

Mark erkannte, dass sie echte Zuneigung für den alten Mann empfand. Unmöglich zu sagen, welche bizarren Geräte sie in der Vergangenheit möglicherweise hatte erdulden müssen.

»Ich nehme an, Sie fragen sich, warum wir überhaupt hier sind.«

»Nun, nein … das habe ich eigentlich nicht getan. Es ist nett, ab und zu Besucher zu haben, ohne den geringsten Grund.«

»Ich habe aber einen Grund.« Ihre Miene wurde ernst. »Ich bin gekommen, um zu fragen, ob Sie etwas von meinem Vater gehört haben.«

»Ihrem … Vater.« Er kratzte sich das Kinn.

»Ja.« Sie biss sich auf die Unterlippe. »Ich habe mich gefragt, ob er vielleicht hier war und irgendetwas verkaufen wollte.«

Seine Augenbrauen zuckten. »Das wäre schwierig, wenn man bedenkt, dass er verstorben ist, nicht wahr?«

Enttäuschung wog wie ein Stein in Minas Brust. »Ja, ich … ich nehme an, das wäre es.«

Mr Thackeray summte eine Melodie. Er kramte auf seinem Schreibtisch und fand einen Bleistift und ein Stück Papier. Dann kritzelte er einige Worte darauf. Er hielt das Papier hoch, sodass sie es beide lesen konnten.

Ja. Ja. Ja. Lebendig und wohlauf. Verkauft Dinge. Jede Menge Dinge.

Mina lächelte, ganz und gar erleichtert. Sie und Mr Thackeray hatten dieses Spiel gespielt, als sie ein Kind gewesen war. Er sagte ihr das eine – zum Beispiel: *Ich glaube nicht, dass kleine Mädchen Süßigkeiten haben sollten* –, und dann schrieb er stillschweigend Anweisungen, wo die Bonbons zu finden waren. Sie vermutete außerdem, dass das Spiel eine Methode war, um jedwedes Geheimhaltungsgelübde zu umgehen, dass ihr Vater ihm abgenommen hatte. Mr Thackeray lächelte Mina an, vielleicht ein wenig schuldbewusst.

Er verschwand wieder unter dem Schreibtisch. Als er sich erhob, hielt er eine hölzerne Schachtel in den Händen, die er unter großem Getue öffnete: Ein dunkles, ledriges Ding lag auf blauem Samt gebettet darin. Mina beugte sich vor. Die Hand einer Mumie.

Auf der anderen Seite des Schreibtischs zuckte Mark zusammen und rieb sich das Handgelenk.

Mina griff nach dem Bleistift und kritzelte: *Wo ist er?*

Weiteres Kratzen des Bleistiftes.

Keine Ahnung. London. Irgendwo.

»Nun denn, da Sie ihn *nicht* gesehen haben, nehme ich an, wir sollten gehen, damit Sie weiter an Ihrem Phantasmagorium arbeiten können.«

Sie gingen durch das Lagerhaus.

»Kommen Sie bald wieder«, rief Thackeray, während sie die Treppe hinunterstiegen. »Ich werde Ihnen die ganze Schau vorführen.«

Die Tür schloss sich. Mark folgte ihr die Treppe hinunter. »Denkst du, er schaut aus seinem Fenster zu, oder kann ich dieses Ding jetzt vom Kopf nehmen?«

Mina schnaubte hinter vorgehaltener Hand. »Du solltest es besser tragen, bis wir in der Kutsche sitzen. Du darfst seine Gefühle nicht verletzen.«

Der Kutscher starrte ihn mit großen Augen an.

»Ist schon in Ordnung«, rief er dem Mann zu. »Es ist eine *geniale Erfindung.*«

Sobald sie eingestiegen waren, trieb der Kutscher die Pferde mit der Peitsche an, und der Hansom setzte sich in Bewegung. Mina wandte sich Mark zu. Sie hob die Schachtel an und schaute in seine Augen. Für einen Moment dachte er, sie würde ihn küssen, aber … sie tat es nicht.

»Danke«, flüsterte sie.

»Danke wofür?«

»Dafür, dass du so lieb zu ihm warst.«

Er grinste. »Ich weiß nicht, wie es dir geht, aber ich komme für die ganze Phantasmagorium-Show zurück.« Sein Lächeln verblasste. »Vorausgesetzt, dass ich so lange durchhalte.«

Warum hatte er das gesagt? Er hatte die Zuversicht und Hoffnung nicht verloren.

Mina tätschelte seine Hand. Ihr Tätscheln verstörte ihn. Mütter tätschelten. Schwestern und liebe Freunde tätschelten. Geliebte tätschelten nicht.

»Du wirst so lange durchhalten. Mein Vater ist hier, Mark. Mein Vater ist hier in London, mit den Schriftrollen. Wir werden alles herausfinden, was du über den Verbindungskanal zur Unsterblichkeit wissen musst, und dann werden wir deine Probleme lösen. Das ist so sicher, wie es regnen wird. Wir müssen einfach sichtbar bleiben, damit er uns finden kann.«

Den Rest des Nachmittags verbrachten sie im West End, in Mayfair, mit Minas trauerndem Onkel und ihren Cousinen, die ihnen berichteten, dass die Behörden den Wunsch hatten, Lucindas Leichnam für weitere gerichtsmedizinische Untersuchungen einzubehalten. Angesichts der Tatsache, dass der Polizeiarzt dazu neigte, auf eine Krankheit zu schließen, hatte Lord Trafford im Interesse der Wissenschaft und der öffentlichen Gesundheit zugestimmt.

Aufgrund der Umstände und Lord Traffords Wunsch entsprechend würde es nur einen kleinen Gedenkgottesdienst für Lucinda geben, in der Kapelle, an dem lediglich die engsten Familienmitglieder und Freunde teilnehmen würden. Weil die Mädchen noch immer zu erregt waren, half Mina ihrem Onkel, Briefe an ihre Verwandten und Freunde zu schreiben, nah und fern, und sie über den Tod seiner Frau in Kenntnis zu setzen. Lord Trafford berichtete außerdem von seinen Plänen, mit den Mädchen nach dem Gottesdienst für drei Wochen auf seinen Besitz in Lancashire zu fahren. Die Stadt und all die Aufmerksamkeiten in der Folge des Todes seiner Ehefrau erwiesen sich als zu viel für ihn.

Mina ihrerseits konnte das nagende Schuldgefühl nicht abschütteln – dass sie das Unglück über die Familie gebracht hatte und dafür verantwortlich war, dass Lucinda rekrutiert worden und deshalb gestorben war. Am späten Abend kehrten sie und Mark ins Savoy zurück, wo weitere Blumen und weitere Nachrichten angeliefert worden waren. Sie lasen sie beim Abendessen – kaltes Huhn mit Salat –, das die Hotelküche nach oben geschickt hatte.

Stirnrunzelnd betrachtete Mina die Karten und die aufgerissenen Umschläge. »Es ist nichts von meinem Vater dabei.«

Mark faltete die Zeitung zusammen. Es hatte nichts von weiteren Leichenteilen darin gestanden, die an der Themse entdeckt worden waren.

»Mach dir keine Sorgen«, murmelte er. »Die Nachricht von unserer Hochzeit stand erst gestern in der Zeitung, und heute steht Lucindas Nachruf darin. Er wird alles lesen. Er wird sich mit dir in Verbindung setzen. Welcher Vater würde das nicht tun?«

Mina lächelte hoffnungsvoll. »Du hast recht, weißt du. Ich war so wütend, weil er mich auf diesem Berg allein gelassen hat, aber … er hat nur getan, was er seiner Meinung nach tun musste, um mich zu beschützen. Ich glaube nicht, dass es ihm je in den Sinn gekommen ist, dass sie sich an mich heranmachen würden.«

»Mir auch nicht«, antwortete Mark, aber seine Gedanken galten bereits dem dunkler werdenden Himmel draußen vor ihrem Fenster. Sein Instinkt forderte ihn auf, in die Stadt hinauszugehen, die Nacht auf den Straßen zu verbringen und seine Fühler auszustrecken – auf der Suche nach dem Professor oder um einen Eindruck zu gewinnen, welches Böse sich da draußen herumtrieb. Sobald das Haus fertig war, morgen vielleicht, konnte er Mina unter Leesons Schutz zurücklassen. Aber heute blieben ihm keine anderen interessanten Möglichkeiten, seine Zeit zu verbringen … seine innere männliche Uhr zählte die Minuten, bis er sie in ihrem Hotelbett verführen konnte.

Es klopfte an der Tür. Mark stand vom Tisch auf und öffnete. Ein gut aussehender junger Mann in voller königlicher Livree stand im Flur.

Mark kehrte mit einem großen quadratischen Umschlag und einem breiten Lächeln zu Mina zurück. »Post vom Stallmeister.«

»Einem königlichen Stallmeister?« Mina sprang vom Stuhl auf, um ihn am Arm zu berühren. »Öffne sie. Was steht drin?«

Mark hob die Lasche an und zog eine dicke Karte aus dem Umschlag. Während er las, umspielte ein träges Lächeln seine Lippen.

»Was ist es?«

Zwischen zwei Fingern ließ er die Karte rotieren.

Ihr Blick überflog sie schnell: Royal Arms … *Ascot* … *Einlassen Viscount und Viscountess Alexander.*

15

Minas Augen weiteten sich. »Der Prinz von Wales hat uns nach Ascot eingeladen?«

»Nicht einfach nur nach Ascot, Liebling«, murmelte er. »In die königliche Loge.«

Ihr Gesicht leuchtete auf. »Kennst du den Prinzen?«

Er zuckte die Achseln. »Ich denke schon.«

»Du *denkst* schon.« Sie drückte seinen Arm. »Kann ich die Einladung überhaupt annehmen? Ich bin jetzt in zweifacher Trauer. Um meinen Vater und um Lucinda.«

»Genau wie ich. Ich bin dein Ehemann. Aber es gehen durchaus Leute während ihrer Trauerzeit nach Ascot. Darüber brauchen wir uns keine Gedanken zu machen.« Er grinste.

Sie biss sich auf die Unterlippe. »Wenn du dir sicher bist. Ich würde liebend gern annehmen.«

»Wir können nicht mehr auffallen als in der königlichen Loge in Ascot. Man wird uns gewiss in den Zeitungen erwähnen.«

»Du hast recht.« Sie berührte mit den Fingerspitzen ihr Haar. »Aber ich muss mir einen schöneren Hut besorgen.«

»Ich werde dir kaufen, was immer du willst«, versprach er mit heiserer Stimme.

»Ich werde gleich morgen in die Läden gehen. Und weißt du was … ich werde einen Brief an Astrid und Evangeline schicken und sie einladen, mich bei meinen Einkäufen zu begleiten.«

Mark verzog das Gesicht. »Warum, wenn sie so schrecklich zu dir waren?«

»Nicht schrecklich. Sie sind nur verwöhnt. Sie werden zusätzliche Trauerkleider brauchen, bevor sie nach Lancashire reisen. Ich bin ihre angeheiratete Cousine und nächste weibliche Verwandte. Es ist nur recht und billig, dass ich dafür sorge, dass solche Einzelheiten beachtet werden.«

»Du bist viel zu nett.« Er kam näher und rieb ihre Arme. »Aber das ist es, was dich zu etwas Besonderem macht. Das, und dass du so umwerfend schön bist.«

»Es freut mich, dass du mich schön findest.« Ihre Wangen bekamen Farbe. Irgendwie zauderte sie. Schließlich ging sie zum Tisch, wo sie nach ihrem Buch griff. »Ich denke, ich werde noch eine Weile lesen.«

Lesen? Mark runzelte verwirrt die Stirn. Wer wollte lesen, wenn es ein *Bett* gab?

Mina klappte den Einband auf und sagte: »Mark. Es ist mir unangenehm, dir das zu sagen.«

»Was zu sagen?«

Sie drehte das Buch zu ihm um. »Ich glaube, das Hotel hat Mäuse. Sie haben die Hälfte meines Buches gefressen.«

Ah, verdammt. Selene war hier gewesen und hatte herumgestöbert. Es war typisch für sein Pech, dass sie außerdem beschlossen hatte, ihren Wortfetisch zu nähren.

Mit einem einzigen Schritt stand er vor ihr. »Ich werde mit D'Oyly Carte reden. Da dein Buch ruiniert ist …« Er strich ihr über die Wange und hob ihren Kopf an.

Sie atmete aus … und wandte sich von ihm ab.

»Mina …«

Er spürte ihr Widerstreben. Er hatte gewusst, dass irgendetwas nicht stimmte.

Sie schüttelte den Kopf und wich vor ihm zurück, bis ihre Schultern die Wand berührten. »Nicht, Mark. Nicht, wenn dir etwas an mir liegt.« Sie lächelte, aber in ihren Augen stiegen Tränen auf.

»Warum?« Missvergnügen zog seine Mundwinkel herunter.

»Weil ich *so* weit davon entfernt bin, mich in dich zu verlieben.« Sie hob Zeigefinger und Daumen und hielt sie einen Zentimeter auseinander. »Sehr nah dran, verstehst du. Ich sage nicht, dass das gestern Nacht ein Fehler war. Das war es nicht. Alles war wunderschön. Ein Traum. Aber bring mich nicht dazu, dich zu lieben. Ich würde zu sehr leiden, wenn du fortgehst. Und du *wirst* mich verlassen, auf die eine oder andere Weise. Wenn ich dich liebte … ich glaube nicht, dass ich es überleben könnte.«

Mark stand steif da, benommen von ihren Worten.

»Gute Nacht, Mark.«

Er nickte. Sie verschwand im Schlafzimmer. Er stand erstarrt mitten im Zimmer und horchte. Er quälte sich selbst damit, zu belauschen, wie ihr Kleid und ihre Unterröcke raschelten, als sie sie auszog, und wie ihre Haut über die Laken glitt. Schließlich war keine Laut mehr von nebenan zu hören.

Mark ging zur Balkontür, öffnete sie, trat hinaus und umfasste mit beiden Händen das eiserne Geländer. Luft. Gott, er brauchte Luft. Die Leinenvorhänge zu beiden Seiten der Balkontür flatterten leise im Wind. Verlangen fraß ihn von innen auf, Verlangen, das so vielschichtig und beängstigend wurde durch die schlichte Notwendigkeit, ihr nahe zu sein. Eine einzige Frau. Mina Limpett. Es kostete ihn jede Unze seiner Entschlossenheit, ihre Bitte zu respektieren und sich fernzuhalten.

Kleopatras Nadel erhob sich über dem Embankment, nur einen Steinwurf entfernt. Er konnte nicht erklären, warum, aber er fühlte sich immer stärker in der Nähe des Gegenstands, obwohl der Obelisk, einer von einem Trio solcher Nadeln, nur wenig Verbindung zu seiner Mutter hatte. Geformt aus rotem Granit, ragten die Obelisken etwa zwanzig Meter hoch auf und hatten schon Jahrhunderte vor der ägyptischen Königin existiert.

Sie hatte jedoch befohlen, sie aus der Stadt Heliopolis in das Caesareum in Alexandria zu bringen, einen Tempel, den sie zu Ehren des Mark Anton, seines Vaters, hatte erbauen lassen. Jahrhunderte später hatten Politik und weltliche Mächte dafür gesorgt, dass dieser Obelisk nach London kam. Die anderen befanden sich in Paris und New York.

»Alexander.«

Er schaute zu dem Balkon über sich auf. Langes dunkles Haar kräuselte sich im Wind. »Hallo Selene.«

»Was hast du vom Stallmeister erhalten?«

»Eine Einladung nach Ascot. In die königliche Loge.«

Ein übler Fluch wehte herunter. Mark kicherte.

»Ich versuche … nun, seit einem Jahrhundert … eine Einladung zu ergattern«, beklagte sie sich.

»Tut mir leid. Vielleicht nächstes Jahr.«

Längeres Schweigen trat ein. »Du hättest dieses kleine Mädchen nicht zu heiraten brauchen, um an die Schriftrollen heranzukommen.«

»Das ist mir klar.«

»Weiß sie es?«

»Dass ich ein Amaranthiner bin? Ja.«

Weiteres langes Schweigen.

»Möchtest du, dass ich nach oben komme?«, fragte Mark.

»Halt einfach den Mund. Ich bin nicht hergekommen, um dich zu sehen. Ich wollte nur die Aussicht genießen.«

»Ich liebe dich, Selene.«

Ein Tropfen traf von oben seinen Kopf.

Am nächsten Morgen kam Mina vollständig angekleidet aus dem Schlafzimmer. Mark lag auf dem Sofa ausgestreckt. Allein sein Anblick, düster und mit freiem Oberkörper, die Hose halb geöffnet, ließ ihren Mund trocken werden.

»Du hättest nicht hier auf dem Sofa zu schlafen brauchen«, tadelte sie ihn leise.

»Doch.« Er rieb sich den Nacken.

»Tut dein Nacken weh?«

»Mein Nacken ist nicht das Einzige, was wehtut.« Sein Blick fixierte sie.

Mina errötete. Sie hatte selbst unruhig geschlafen.

»Ich schlafe nicht gern ohne dich«, murrte er.

Sie lächelte, jedoch nicht zu strahlend, denn sie wollte ihn nicht necken oder ermutigen. »Wann haben wir jemals zusammen *geschlafen*, länger als eine halbe Stunde?«

Er rieb sich mit der flachen Hand die Augen. »Sag mir, dass ich es nicht wieder zu tun brauche.«

»Ich habe dir gerade gesagt, dass du nicht auf dem Sofa zu schlafen brauchst.«

»Du weißt, was ich meine.« Und wieder wanderten zwei lüsterne blaue Lichtpunkte durch ihre Kleidung. Sie wusste genau, was er meinte, wollte aber nicht weiter darauf eingehen.

»Die Mädchen werden bald hier sein«, bemerkte sie leichthin. »Ich habe ihnen geschrieben und angeboten, eine Kutsche zu mieten, um sie abzuholen. Ich denke, sie wollen gern das Hotel und unsere Suite sehen.«

Mark stand auf. »Ich werde mich anziehen.«

»Du brauchst uns nicht zu begleiten. Wir gehen nur zu einem Modegeschäft auf der Tavistock Street. Du kannst nach Leeson und dem Haus sehen.«

»Ich will nicht, dass du allein ausgehst. Ich will nicht, dass du irgendwohin allein gehst, bis diese ganze Angelegenheit mit deinem Vater und den Schriftrollen und … und …« Er wedelte mit der Hand.

»Und den dunklen Kräften.«

»Ja, bis all das geregelt ist.«

Er zog sich an und rasierte sich. Gerade als er aus dem Badezimmer kam, erklang ein Klopfen. Mina öffnete die Tür.

Astrid kam als Erste herein, von Kopf bis Fuß in Schwarz gekleidet, gefolgt von Evangeline in einer ähnlichen Aufmachung. Ihre Gesichter strahlten vor Aufregung, aber Mina nahm eine verräterische Röte in ihren Augen wahr und dunkle Ringe darunter.

»Oh, Mina, wissen Sie, wen wir unten in der Lobby gesehen haben?«, schwärmte Astrid.

Evangeline platzte heraus: »Die Göttliche Sarah. Die *Schauspielerin,* Sarah Bernhardt. Mr D'Oyly Carte hat uns mit ihr bekannt gemacht. Sie ist gekommen, um sich eine Suite anzusehen.«

Astrid kicherte. »Es heißt, sie habe in einem Sarg geschlafen, um das Tragische ihrer Rollen besser zu verstehen. Können Sie sich vorstellen, wie morbide es wäre, in einem Sarg aufzuwachen?«

Evangeline flüsterte, laut genug, dass jeder im Umkreis von drei Häuserblocks es hören konnte: »Es heißt auch, sie sei die Mätresse des Prinzen von Wales. Glauben Sie, das ist wahr?«

»Sie ist eine sehr attraktive Frau«, bekräftigte Astrid.

»Ich nehme an, das ist sie. Für ihr Alter.«

»Mädchen«, unterbrach Mina sie; sie hatte das Gefühl, als sei sie fünfzig Jahre älter als die beiden, obwohl es in Wirklichkeit nur wenige Jahre waren.

Ihre Blicke flogen zu Mark. Beide erröteten tief.

Astrid murmelte: »Entschuldigung, Lord Alexander. Es ist nur so, dass das Hotel so schön ist, und wir waren tagelang im Haus eingesperrt.«

»Nur einen einzigen Tag«, flüsterte Evangeline.

»Nun, es *kam mir vor* wie Tage.«

Mina führte die Mädchen in der Suite herum. Anschließend gingen sie alle nach unten. Mit der Trafford'sche Kutsche legten sie die kurze Strecke vom Savoy zu ihrem Ziel zurück.

Hinter den Schaufenstern befand sich ein eleganter Empfangsraum, ausgestattet mit üppigen blauen Teppichen und Goldvorhängen. Auf Mahagonitischen lagen alle möglichen Stoffe, Bordüren und Accessoires. Andere Kunden, größtenteils weiblichen Geschlechts, drängten sich in dem Verkaufsraum. Gehilfinnen und Verkäuferinnen huschten umher. Binnen Momenten erschien die Besitzerin mit Maßbändern um den Hals aus den hinteren Räumen. Sie führte sie hinter einen Wandschirm, außer Sichtweite neugieriger Augen, wo auf zwei Tischen alles lag, was eine junge Frau während der Trauerzeit an Kleidung brauchen würde. Auf einem anderen Tisch lagen Handtaschen und Schals, Handschuhe und Schleier, und auf einem weiteren Rollen verschiedener Seidenstoffe und noch mehr Bordüren.

»Kommen Sie, Cousine Mina.« Astrid umklammerte ihre Hand und zog sie näher heran. »Beraten Sie mich, wie man mitten in der Trauerzeit liebreizend aussieht. Meine Debütsaison mag ruiniert sein, aber wer will sagen, dass der Sommer nicht mit einem Antrag enden kann? Schließlich hat Schwarz Ihnen offensichtlich Erfolg gebracht.«

»Bestell einige Dinge.« Mark war hinter sie getreten. Sie kostete das tiefe Timbre seiner Stimme aus. »Einige Kleider. Etwas Schönes für Ascot.« Er deutete mit den Fingern auf den Tisch. »Mir gefällt das da, der Ballen schwarzer Seide mit dem purpurnen Schimmer.«

Die Inhaberin lächelte. »Eine hervorragende Wahl. Unsere feinste Paduaseide.«

Mit Spürsinn hob sie den Ballen hoch und entfaltete die Seide, damit Mina sie begutachten konnte. Im nächsten Moment präsentierte sie ein in Leder gebundenes Buch mit Modezeichnungen, während eine Gehilfin den Mädchen ein ähnliches Buch hinhielt. Mit Mark, der über ihre Schultern hinweg grunzte und auf die Bilder deutete, wählte Mina drei Kleider aus.

»Ich muss Maß nehmen.«

»Ich werde hier warten.« Seine finstere Miene machte klar, dass Mark es hasste, überhaupt in dem Laden zu sein. Aber er ließ sich wie eine ungeduldige Bulldogge in einem Sessel nieder.

Im Ankleidezimmer erlaubte Mina einer Verkäuferin, ihr aus ihrem Kleid zu helfen.

»Es wird nur einen Moment dauern, Mylady«, sagte das Mädchen und hängte ihr Kleid und ihren Schal auf einen Haken.

»Danke.«

Mina stand in ihren Unterkleidern da. Da sie nichts anderes mit ihrer Zeit anzufangen wusste, betrachtete sie sich im Spiegel. Was sah er in ihr? Sie berührte ihr Haar.

Sein Duft füllte ihre Nase, exotisches Gewürz und maskuline Haut. Warmer Atem streifte ihre Wange.

Sie hatte es sich eingebildet. Aber andererseits … Mark war in der Krypta unsichtbar gewesen.

Eine harte Mauer aus Wärme umarmte sie von hinten. Mina keuchte. Sie hob suchend die Hände, berührte aber nichts anderes als ihre eigene Haut.

»*Mark?*«, flüsterte sie.

Ja …

Seine Stimme antwortete ihr in ihrem Kopf. Leinen rutschte und zerknitterte auf ihrer Haut, während sich unsichtbare Hände und Finger über ihre Arme bewegten, über ihre Schultern. Ein warmer Mund liebkoste ihren Hals.

Sie schloss die Augen. Exquisit. Jede seiner Berührungen war exquisit.

»Mark, bitte …«, wisperte sie.

Bitte, was?

Ein drängendes Streicheln glitt über ihre Hüften … ihre Taille … ihr Korsett. Sinnlich und elektrisierend. Eine Hand schloss sich über ihrer Brust. Eine andere zerknüllte ihre Unterröcke und streichelte ihren Schenkel.

Mina schaute in den Spiegel und sah nichts – nichts außer einer erröteten jungen Frau in unordentlicher Unterwäsche und mit runden, gequetschten Brüsten.

Sie leckte sich die Lippen. Wie wunderbar. Wie erotisch. Wie hinterlistig von Mark, seine Fähigkeit hier gegen sie einzusetzen.

»Bitte, hör auf.«

Abrupt ließ er sie los. Ihre Unterröcke fielen herunter. Mina schwankte.

Die Inhaberin kam hereingerauscht.

»Mylady?« Die Frau eilte herbei, um Mina Halt zu geben. »Sind Sie krank?«

»Nein …«

»Ihre Wangen sind gerötet, und Sie wirken ganz schwach.« Sie befahl ihrer Angestellten, ein Glas Wasser zu holen.

Ah, aber sie wollte mehr. Sie verzehrte sich nach mehr.

Wenn du bereit bist, Mina. Wenn du bereit bist, komm zu mir.

Zwei Tage später ging Mina in Marks Schatten durch das Gedränge einer riesigen Menschenmenge. Der Himmel breitete sich über ihnen aus, ein endloser blauer Baldachin. Das Wetter war wunderschön – warm, ohne heiß zu sein. Sie befanden sich bereits im abgeschlossenen Bereich der königlichen Tribüne, nachdem Lord Coventry sie eingelassen hatte, der Meister der Royal Buckhounds persönlich. Die Tribüne ragte über der Menge auf, geschmückt mit Blumen und grünen Pflanzen. Zuschauer bevölkerten die Fenster und Dächer. Fahnen in allen Farben wehten im Wind.

»Meine Mutter hat mir früher von Besuchen in Ascot erzählt, aber ich habe mir niemals etwas so Beeindruckendes vorgestellt.«

Sie hatten es geschafft, zwei Tage lang freundschaftlich nebeneinanderher zu leben. Mina hatte an ihrer Entscheidung festgehalten, ihre Ehe aus dem Schlafzimmer herauszuhalten, und Mark hatte sie nicht bedrängt, obwohl das ständige erotische Knistern die Luft zwischen ihnen förmlich elektrisierte.

»Es ist wirklich bemerkenswert, nicht wahr?« Er zog sie näher an sich und beschirmte sie gegen das Getümmel. »Sie haben vor kurzem Verbesserungen vorgenommen und sogar die Königliche Tribüne vergrößert, obwohl man das bei diesem lächerlichen Gedränge nicht sehen kann.«

Mina erhaschte nur einzelne Blicke auf weiße Geländer und dahinter auf leuchtend grünen Rasen.

»Es sind so viele Menschen hier, wie kann irgendjemand die Rennbahn oder die Pferde sehen?«

Er grinste. »Die meisten Leute sind nicht hier, um das Rennen zu verfolgen.«

Mehrere Herren riefen Mark Grüße zu. Gewiss bildete sie es sich nur ein, aber es schien, als breite sich ein Echo aus Geflüster und Getuschel um sie herum aus.

Mark senkte den Kopf und flüsterte ihr zu, die Lippen dicht an ihrem Ohr: »Sie reden alle von dir, Liebste.«

Mina berührte ihren Hut und fühlte sich wie ein verirrter Tintenklecks auf einer Fläche aus weißem Leinen. Überall um sie herum trugen Damen durchsichtige Kreationen aus Seide, Chiffon und Spitze in den leuchtenden Farben des Sommers. Mark hatte mit einem Preisaufschlag für die rechtzeitige Lieferung ihrer neuen Kleider und Hüte gesorgt, und sie hatte das Beste davon für heute ausgesucht. Sie freute sich über die wunderbare Passform ihres Mieders und den schmalen Schnitt der Ärmel, aber in puncto Schmuck zierte das Kleid nur eine Reihe von Gagatknöpfen entlang der Mitte und etwas plissierter Satin an den Manschetten und dem Saum.

Sie nahm an, dass sie so gut aussah, wie es in der Trauerzeit möglich war. Das Beste von allem war das mit ihrem Namen und Rang – Viscountess Alexander – versehene Abzeichen, das sie als Gast der königlichen Loge auswies. Sie hatte nicht den Wunsch, stolz auf ihren Status zu sein, aber sie wusste, dass sie sich immer an diesen Tag erinnern würde. Vielleicht würde sie in vielen Jahren das Abzeichen aus einer speziellen Schachtel voller Schätze ziehen und das Erinnerungsstück einer Enkeltochter schenken.

Der Gedanke entfachte einen kleinen Schmerz in ihrer Brust, denn Mark würde natürlich das Herzstück einer solchen Erinnerung sein. Mina konnte nicht umhin, heimlich innigen Stolz auf ihn zu empfinden. Er sah nicht nur umwerfend gut aus, sondern war auch intelligent und absolut imstande zu … nun … *allem*, soweit sie wusste. Sie ermahnte sich selbst zur Zurückhaltung, wohl wissend, dass solche Gefühle ihre Trauer nur verstärken würden, wenn sie sich unausweichlich voneinander trennten. Sie würde einfach diesen Tag genießen und die Erinnerung an ihn in ihrem Herzen bewahren, sobald er fort war.

Stimmen erhoben sich überall um sie herum, und eine Woge der Aufregung erfasste die Menge. Fast alle drehten sich gleichzeitig zur Rennbahn um.

»Das ist die königliche Prozession.« Mark führte sie bis zur Absperrung, wo sie nur genug Platz für eine Person fanden. Mit einer Hand in ihrem Rücken schob er sie vor sich. Er stand ganz dicht hinter ihr, seine Beine in ihre Röcke gedrückt. Sie widerstand der Versuchung, sich an ihn zu lehnen.

Unter dem Applaus der Menge rollte ein offener Landauer vorbei, mit dem bärtigen und lächelnden Prinzen Albert Edward darin, und neben ihm saß die elegante, heitere Prinzessin Alexandra. Vier weitere Kutschen folgten, besetzt mit herausgeputzten Personen. Die Entourage folgte zu Fuß.

Als die königliche Familie außer Sicht war, ließ das Gedränge etwas nach. Mark führte sie zur Mitte der Tribüne. Am Fuß einer schmalen Treppe glich ein Offizieller ihre Namen mit der Gästeliste ab und schickte sie mit einem höflichen Lächeln nach oben. Was sie dort sah, überwältigte Mina beinahe. Inmitten der bekannten Gesichter des Adels befanden sich auch Politiker, Künstler und Schauspielerinnen. Das Büfett war entlang der gesamten hinteren Wand aufgebaut, es gab geräucherten Lachs, Käse und Erdbeeren. Aus einem versilberten Springbrunnen, dekoriert mit glitzernden, geschliffenen Kristallen, strömte der Champagner. Ein vertrautes Gesicht erschien aus der Menge: Mrs Avermarle, die Frau aus dem Schreibwarenladen.

»Lady Alexander.« Mrs Avermarle streckte die Hand aus. Ihre Bekannten folgten dicht hinter ihr, die Augen groß vor Interesse. Das gleiche mitfühlende Lächeln umspielte ihrer aller Lippen. »Wie geht es Ihrem lieben Onkel? Gramgebeugt, da bin ich mir sicher. Wir waren alle einfach schockiert über die Nachricht von Lady Traffords Tod. Kommen Sie, kommen Sie, Sie müssen mir alles erzählen.«

»Alexander«, donnerte eine Stimme.

Mina schaute über ihre Schulter. Prinz Edward gab Mark von dem Geländer, von dem aus man einen Blick auf die Rennbahn hatte, ein Zeichen. Seine königliche Hoheit scheuchte einige Herren fort, eine offensichtliche Bitte um Privatsphäre. Mina drehte sich wieder zu Mrs Avermarle um und zwang sich zu einem Lächeln.

Notgedrungen ließ Mark Mina mit den Damen allein. Er schlenderte durch vier Reihen glänzend weißer Stühle.

»Königliche Hoheit.« Er verneigte sich.

»Ein schöner Tag fürs Rennen, hm?« Der Prinz schob eine Hand in seine vordere Manteltasche. Er trug einen Zylinder, einen exquisit geschneiderten Gehrock und dazu passende

Hosen, alles in Ascot-Grau. Eine Goldkette zog sich über die behäbige Wölbung seiner Weste und endete in einer hin und her schwingenden goldenen Uhr. »Es dauert immer ewig, bis es losgeht. Ich nutze manchmal die Gelegenheit, um ein paar Angelegenheiten der Krone zu erledigen.«

»Angelegenheiten?«

Edward beugte sich vor. Er lächelte hinterhältig und murmelte mit verschwörerischer Stimme: »Man stelle sich vor … all die Feste. Die Kartenspiele. Die Niederlagen. Ich habe nie geahnt, dass Sie einer von ihnen sind.«

16

Mark hielt seinem Blick stand.

Edward grinste. »Ihre Majestät lässt Ihnen Grüße übermitteln. Nun«, er kicherte, »besser gesagt: ihren *Tadel*. Sie war verstimmt, weil sie diesen anderen Schattenwächter, Lord Black, nicht erreichen konnte.«

»Ich verstehe«, antwortete Mark.

Er zögerte, den Prinzen von seiner gegenwärtigen Verbannung aus dem Kreis der Schattenwächter zu unterrichten. Er mutmaßte, dass ein solches Eingeständnis die schnellste Methode war, sich selbst und seine hübsche neue Ehefrau die Treppe hinunterzukatapultieren, und Hölle, wahrscheinlich aus dem Land eskortiert zu werden.

»Ich werde Lord Black das wissen lassen.«

Vielleicht wenn Archer eintraf, um ihn zu töten.

Archer war schon immer Victorias Favorit gewesen. Die alternde Königin weigerte sich standhaft, mit irgendeinem anderen Schattenwächter zu kommunizieren. Sie war es gewesen, die darauf bestanden hatte, dass Archer Mark bei der Jagd nach dem Ripper ersetzte.

»Wie Sie sehr wohl wissen, wird die Monarchin … *älter.*« Edward flüsterte das Wort, als könne Victoria ihn selbst hier hören, so weit entfernt von Balmoral. »Mehr und mehr fallen mir die Angelegenheiten der Krone zu.« Er legte den Kopf in einem kecken Winkel schräg. »Nach den abscheulichen Vorfällen vom vergangenen Herbst machen wir uns große Sorgen wegen dieser abgetrennten Leichenteile, die an der Themse gefunden wurden.« Er sah Mark mit schmalen Augen an. »Es wird doch keine weiteren geben, oder?«

Mark wich jeder direkten Antwort aus. »Die Garde arbeitet gegenwärtig daran, dafür zu sorgen.«

Edward nickte und wedelte grüßend mit der Hand den Menschen zu, die unterhalb der Loge entlangschlenderten. »Wir würden doch nicht wollen, dass ein weiterer von diesen Bro-Bro – bei Gott, wie nennen Sie diese abscheulichen Kreaturen?«

»Brotoi.«

Der Prinz schauderte leicht. »Meine Güte, das hört sich nach meinem Geschmack viel zu sehr nach ›Bertie‹ an. Auf keinen Fall dürfen weitere *Brotoi* entfesselt werden, und ein Wiederaufflackern der Massenpanik muss vermieden werden.«

Mark verschränkte die Arme vor der Brust. Um die Wahrheit zu sagen, er wusste nicht, ob noch immer ein *Brotoi* entfesselt war. »Ich verstehe Ihre Sorge.«

Der Prinz trommelte mit den Fingerspitzen auf das Geländer. »In diesem Sinne haben wir den Polizeichef ermächtigt, die Untersuchungen im Fall Lady Traffords abzuschließen und als Todesursache eine Krankheit festzustellen.«

Mark zog die Augenbrauen hoch. »Ich bin mir sicher, die Ahnherren werden dieser Entscheidung zustimmen.«

Der Prinz schlug ihm auf die Schulter. »Ich bin einfach ungemein froh, dass ich in dieser Sache mit Ihnen zu tun habe. Ich habe nichts gegen etwas neues Blut und ein wenig Bewegung in der Rangfolge.«

Marks Lippen zuckten erfreut. »Es freut mich, das zu hören.« Der Prinz würde in der Tat ein wertvoller Kontaktmann für die Zukunft sein, sobald Marks unsterbliches Leben wieder zur Normalität zurückgefunden hatte. Genau in dem Moment richtete Edward den Blick auf etwas anderes. Mark sah in die gleiche Richtung und stellte fest, dass die Aufmerksamkeit des

Prinzen … Mina galt, die sich im Zentrum einer gesellschaftlichen Inquisition befand.

»Die junge Frau in Schwarz«, murmelte Edward, »sie ist Ihre neue Viscountess, nicht wahr?«

Stolz durchströmte Marks Brust. »Wir haben erst letzte Woche geheiratet.«

Seine Gnaden nickte. Langsam zogen sich seine Augenbrauen in die Höhe. »Sie … ähm … sind viel auf Reisen, nicht wahr?«

»Nein.« Mark funkelte den berüchtigten Frauenhelden an und kniff die Augen zusammen. »Kaum mehr.«

Der Prinz fasste Mark an der Schulter und führte ihn zu den Damen. »Haben Sie Lust auf ein Glas Champagner?«

An diesem Abend, nachdem die Pferderennen und die damit verbundenen Festlichkeiten geendet hatten, brachte eine gemietete Kutsche Mark und Mina nach London zurück. Sie döste an seiner Schulter, erschöpft von den Aktivitäten des Tages. Eine Unebenheit der Straße riss sie aus ihrem Dämmerschlaf, und sie schaute auf. Eine verräterische Anspannung hatte die Haut an seinen Schläfen und am Kinn gestrafft.

»Du fühlst dich nicht gut.«

»Nein.«

»Sind da Stimmen?«

»Nur eine.«

»Was kann ich tun?«, flüsterte sie.

»Nichts, Mina. Es gibt nichts, was du tun kannst.«

Mark hob die Hand und griff nach dem Glockenzug, ein Signal an den Kutscher. Durch das Sprechrohr nannte er eine Adresse, die Mina unbekannt war. Als sie durch ein Viertel direkt südlich von Mayfair rollten, färbte die Nacht den Himmel purpurn. Die Kutsche bog in eine kurze Allee ein, die von gewaltigen Häusern gesäumt war. Haufen von Holzbalken und Müll lagen auf den

Gehsteigen, als würde jedes Haus in der Straße zugleich renoviert. Schließlich hielt die Kutsche vor dem größten der Häuser an. Licht schien aus den vorderen Fenstern.

»Wo sind wir?«, fragte Mina, während Mark ihr die Stufen hinunterhalf.

»Zu Hause.« Er führte sie einen gepflasterten Gehweg auf das Haus zu. »Zumindest für heute Nacht.«

Seine Beschwerden hatten sich verstärkt, wovon seine eingefallenen Wangen und die Ringe unter den Augen Zeugnis ablegten.

Mr Leeson, den Mina seit dem Abend ihrer gescheiterten Abreise aus London nicht mehr gesehen hatte, kam die Vordertreppe herunter. »Sie sind das! Warum haben Sie keine Nachricht geschickt? Ich bin noch nicht bereit.«

»Zeigen Sie Mina das Haus«, schnarrte Mark, seine Stimme wie Schotter. »Sorgen Sie dafür, dass sie alles hat, was sie braucht.«

Man sah dem älteren Mann an, dass er begriff.

»Oh, Sir. Ja, natürlich.«

Mark verschwand über den Rasen.

»Wohin gehst du?« Mina folgte ihm und musste fast rennen, um mit ihm Schritt zu halten. Ihre Unterröcke schlugen ihr um die Beine.

»Ich mache einen Spaziergang.«

»Ich werde dich begleiten.« Sie berührte ihn am Arm.

»Das kannst du nicht.«

Sie stampfte im Gras auf und stellte sich ihm in den Weg. »Ich will nicht, dass du allein bist.«

Er blieb stehen und packte sie fest genug an den Armen, dass sie zusammenzuckte. »Aber ich *bin* allein in dieser Sache. Wie sehr ich mir auch wünsche, dass es anders wäre. Ich muss dies *allein* tun. Du hattest recht, als du gesagt hast, wir seien zu unterschiedlich, Mina. Ich hätte dich niemals mit in diese Angelegenheit hineinziehen sollen. Nicht so, wie ich es getan habe. Ich dachte in all meiner Arroganz, dass ich dafür sorgen könnte, dass es gelingt. Für den Moment will ich nur, dass du sicher bist. Ich will, dass du mit Leeson ins Haus gehst und dort bleibst, bis alles vorüber ist. Er wird dich beschützen.«

»Warum redest du so, Mark?« Mina kämpfte gegen die aufsteigenden Tränen an. »Als würden wir Lebewohl sagen? Was hat sich geändert?«

Mark presste eine geballte Faust an seinen Kopf. »Ich kann sie hören, lauter und zorniger denn je. Ich habe ihren ranzigen Geruch in der Nase.«

Seine Worte schmerzten sie – quälten sie. Er litt, und sie wollte bei ihm bleiben. »Ich werde mich nicht so von dir verabschieden. Ich werde nicht in dieses Haus gehen, und ich werde nicht dort bleiben, nicht nach allem, was wir …«

Er packte ihren Kopf mit beiden Händen und küsste sie. In diesem Augenblick spürte Mina die Intensität seiner Gefühle und seiner Bewunderung durch ihre Lippen fließen, ihre Kehle hinunter und hinein in ihre Brust. Mit einem Stöhnen stieß er sie von sich.

»Bleib.« Er wich zurück und hob die Hand zum Abschied.

»Mark …« Sie folgte ihm.

»Verdammt, Mina«, brüllte er. »Ich sagte, *bleib da.*«

Erschüttert und bleich blieb sie wie gelähmt stehen, während er sich zurückzog und um die Ecke des Hauses verschwand.

»Es ist das Beste, wenn Sie tun, was er sagt, Kind«, riet ihr eine sanfte Stimme. Leeson stand einige Schritte hinter ihr.

»Ist er fort? Für immer?«

»Aber nein. Machen Sie sich keine Sorgen.«

Seine Worten beruhigten sie nicht. Hatte Mark die Hoffnung verloren?

Benommen folgte sie Leeson die Treppe hinauf ins Haus. Selbst zu dieser späten Stunde sägten und hämmerten dort Zimmerleute. Sie schnitten Formen aus Holz und passten sie an den entsprechenden Stellen ein. Maler verputzten, weißten und schliffen die Wände. Leeson führte sie von Raum zu Raum und plauderte über Tapeten und Teppiche und erzählte, dass das Haus ein unbeschriebenes Blatt sei und sie sich aussuchen könne, was immer ihr gefiel. Das ganze Gebäude war mit Gasbeleuchtung versehen worden, und wie um zu beweisen, dass sie funktionierte, drehte er in jedem Raum das Gasventil auf. Aber wie wacker er auch versuchte, sie abzulenken, sie scherte sich nicht um das Haus. Mina konnte nur an Mark denken.

Leeson drängte sie die Haupttreppe hinauf. »Sobald in der Welt wieder alles in Ordnung ist und Sie an angenehme Dinge denken können, werden wir durch die Stadt fahren, zu den Lagerhäusern Seiner Gnaden, und Sie suchen sich aus, was immer Ihnen gefällt.«

»Er hat Lagerhäuser?«

Als er lächelte, zitterte sein Schnurrbart. »Er hat drei, voll von Möbeln, Kunstwerken und anderen entzückenden Dingen – einfach allem, was Sie sich nur vorstellen können. Vasen. Stuckornamente. Urnen. Alte und neue. Es ist beinahe so, als hätte er all die Zeit gewartet …«

»Gewartet worauf?«, flüsterte Mina.

»Auf ein Zuhause.«

Tränen schossen Mina in die Augen. Sie schossen auch Mr Leeson in die Augen.

»Oh je. Sehen Sie uns nur an«, stöhnte sie.

Er zog zwei Taschentücher hervor und reichte ihr eins.

»Danke«, schniefte sie, während sie sich die Augen abtupfte.

Er wischte sich das Gesicht ab und hob sogar die Augenklappe an, um die Haut darunter zu trocknen. »Seien Sie herzlich willkommen, meine Liebe.«

»Ich weiß einfach nicht, wie ich ihm helfen kann.«

»Die Dinge werden sich regeln. Sie werden schon sehen. Er ist stark.«

Mina hielt auf dem Treppenabsatz des dritten Stocks inne. »Das Haus ist wunderschön, aber ich will heute Nacht nicht mehr sehen. Ich glaube, ich würde für den Moment einfach gern allein sein.« Da waren so viele Türen in dem Flur. »Gibt es irgendeinen Raum, in dem ich mich hinlegen könnte?«

»Natürlich. Folgen Sie mir.« Leeson führte sie durch den Flur. Ausbesserungen an den Wänden deuteten auf die neu gelegten Gasleitungen hin. »Natürlich werden wir all das mit Tapeten bedecken, wenn Sie bereit sind, die Auswahl zu treffen.«

Er drehte den Knauf und schob die Tür auf.

»Ach herrje«, hauchte Mina.

Während der Rest des Hauses noch unvollständig sein mochte, was Möbel und Einrichtung betraf, war das Schlafzimmer perfekt ausgestattet. Holzvertäfelte Wände glänzten. Dunkelblaue Vorhänge hingen vor den Fenstern, und massive Möbel standen in jedem Teil des Raums, meisterhaft arrangiert. Die Luft roch nach Holz und Politur.

»Sie dürfen gern alles austauschen, was Ihnen nicht gefällt«, sagte er.

»Es ist vollkommen. Ich würde nichts verändern. Sie sind sehr talentiert, Mr Leeson. Ich hoffe, irgendjemand sagt Ihnen das mindestens hundert Mal am Tag.«

Der kleine Mann lächelte stolz. »Dann werden wir Ihre Koffer aus dem Savoy holen lassen?«

»Ja, danke.«

»Ich werde den Wagen gleich losschicken. Sobald Ihre Sachen eingetroffen sind, werde ich anklopfen.«

Als er fort war, nahm Mina ihren Hut und ihr Ascot-Abzeichen ab und betrat das geräumige Ankleidezimmer. Eine Menge Schachteln füllten die Regale. Grüne Schachteln, die gleiche Art, wie sie das Bekleidungsgeschäft benutzte, in dem sie ihre neue Trauerkleidung gekauft hatte. Sie zog an einem Band und hob den Deckel der ersten Schachtel an. Dann der zweiten. Und der dritten. Es waren Kleider. Schöne Kleider, jedes in einer anderen leuchtenden Farbe. Blau, scharlachrot und grün. In der letzten Schachtel entdeckte sie eine Fülle an duftiger Spitzenunterwäsche und eine Karte.

Mit aller Hingabe, M.

Mark. Sie drückte die Karte an die Brust und ging durch den Raum zurück zum Schlafzimmerfenster, um in den dunklen Garten hinunterzuspähen.

Mit aller Hingabe. Er bot ihr Hingabe, selbst wenn sie ihn auf Abstand hielt.

Etwas glitt über ihre Zehen.

Mina blinzelte. *Glitt?* Sie konnte sich nichts vorstellen, was innerhalb der Wände eines Schlafzimmers herumgleiten sollte.

Sie suchte den Teppich ab. Die dunklen Farben und Muster ineinander verschlungener Blätter und Blumen verbargen beinahe den schmalen schwarzen Schwanz, der gerade unter dem Sessel verschwand. Mina keuchte auf, ihr Puls raste. Eine Schlange. Sie hatte schon früher Schlangen gesehen – vor allem in Indien. Eine hatte sie sogar eines Nachts in ihrem Bettzeug entdeckt.

Sie konnte Leeson um Hilfe rufen, aber gewiss würde die Schlange in der kurzen Zeit, die sie brauchte, um ihn herbeizuholen, verschwinden, und sie würde das Tier nicht wiederfinden können. Und der Gedanke, dass sich eine Schlange – möglicherweise eine Giftschlange – im Haus befand, würde sie keine Ruhe finden lassen. Wo war sie hergekommen?

Mit klopfendem Herzen bückte sich Mina und zog ihren Schuh aus. Die Muskeln straff von Anspannung schlang sie die Finger um die Schuhspitze, um den harten, schmalen Absatz als Keule zu benutzen.

Sie schlich sich an den Sessel heran, kniete sich hin und spähte darunter. Die Schlange, dunkel und glänzend – eine Natter, vermutete sie – glitt zum Bett hin davon. Mina sprang auf, eilte der Schlange nach und holte aus …

»Nein, nein, *neiiiin.*«

Eine Frauenstimme. Eine Hand packte ihren Unterarm und hielt ihn fest. Ein Wirbel dunkler Röcke versperrte Mina die Sicht auf ihre Beute.

Mina wich zurück und stieß gegen das Bett. Mit großen Augen blinzelte sie.

Hochgewachsen wie ein Mann und stolz wie eine Königin funkelte die Frau sie an. Dunkles Haar, so glänzend wie ein Nerz, fiel ihr bis zur Taille über den Rücken. Ein mit Elfenbeinnadeln gewickelter Dutt krönte ihre Frisur. Sie trug ein zimtfarbenes Gewand aus reicher, schwerer Seide und einen kirschgroßen Granat am Finger.

»Wo kommen Sie her?«, flüsterte Mina.

»Was hatten Sie mit Ihrem kleinen Schuh vor?« Ihre schwarzen Augen zeigten Missfallen.

Mina ließ den Schuh schwer atmend sinken. »Nun … ich habe hier offenbar eine Schlange in meinem Boudoir. Ich wollte sie erschlagen. Wer sind Sie?«

»Ich bin Selene. Die Gräfin Pawlenko. Und die Schlange gehört mir«, stellte sie fest.

Mina presste sich eine Hand auf die Brust. »Das konnte ich

kaum wissen.« Sie reichte der Gräfin nur bis zur Nase. »Sie sind Marks Schwester.«

»Nun, natürlich bin ich das«, antwortete Selene spitz. Mit langen Schritten eilte sie hinter der Schlange her und hob sie auf. Sie gurrte: »Es ist alles in Ordnung, Mrs Hazelgreaves. Dieses böse kleine Mädchen wird dir nichts tun.«

Kleines Mädchen? Das war sie in der Tat, verglichen mit dieser Amazone.

»Mrs Hazelgreaves?«

Eine dunkle Braue schoss in die Höhe. »Benannt nach einer Freundin.«

»Mrs Hazelgreaves ist eine *Natter*«, versetzte Mina anklagend. »Nattern sind giftig. Haben Sie versucht, mich zu töten?«

»Neiiin.« Selene steckte die Schlange in einen Samtbeutel an ihrer Taille. »Ich hatte einfach auf ein wenig Geschrei und Herumgehüpfe gehofft. Das ist alles. Ich schwöre es.« Ihre Lippen verzogen sich zu einem breiten Grinsen. »Sollte nur ein kleiner Spaß sein.«

Mina erwiderte ihr Lächeln nicht. »Es tut mir leid, dass meine Reaktion Sie enttäuscht hat. Warum sind Sie in meinem Zimmer?«

Das Lächeln löste sich auf. »Weil er es Ihnen immer noch nicht gesagt hat.«

»Mir was gesagt hat?«

»Wer er ist.«

»Er ist Mark.« Mina straffte die Schultern. »Das ist alles, was für mich wichtig ist.«

»Was für eine musterhafte Antwort einer Liebenden.« Selene drückte eine langfingrige, gut manikürte Hand an die Brust. »Aber Sie sind neugierig. Das weiß ich.«

Die Schattenwächterin schlenderte zu einer Chaiselongue am Fenster hinüber. Sie setzte sich hin und lehnte sich in die

Kissen. Schichten von mit Spitze eingefassten Unterröcken bauschten sich um ihre sehr femininen Knöchel und die polierten schwarzen Schuhe. Der schwere Stoff raschelte bei jeder ihrer Bewegungen.

»Marks wahrer Name ist …«

»Nein, sagen Sie es mir nicht …«

»Alexander Helios.«

Mina verschränkte die Arme vor der Brust und atmete aus. »Ich denke, es wäre das Beste, wenn Sie jetzt bitte gehen würden.«

Die Gräfin lächelte nur und ließ sich tiefer in die Kissen sinken. »Sie kennen den Namen nicht, oder?«

Mina zögerte. »Sollte ich?«

»Kleopatra und Mark Anton waren unsere Eltern.« Sie drehte das Kinn über die Schulter. »Sehen Sie die Ähnlichkeit? Natürlich mit den freundlicheren Abbildungen. Mark kommt mehr nach unserem Vater.«

Mina schluckte ihre Ungläubigkeit herunter. Wenn Selenes Offenbarung der Wahrheit entsprach, dann war Mark neunzehn Jahrhunderte alt.

Trotzdem schüttelte sie den Kopf. Dies war einfach nicht richtig. »Bitte, hören Sie auf. Ich denke, ich sollte all das von ihm erfahren. Wann immer er dazu bereit ist.«

»Er wird niemals bereit sein.« Selene untersuchte einen Fingernagel.

»Das liegt bei ihm.«

»Sie kennen die Geschichte, und ja, wir waren dabei. Unsere Mutter erachtete es als eine Ehre für uns, ihrem Selbstmord beizuwohnen.«

Selenes Offenbarung raubte Mina die Luft und jedes vernünftige Argument. »Das ist … schrecklich.«

Selene zuckte die Achseln. Ihre seidenen Röcke reflektierten den warmen Schimmer des Gaslichts. »Intrigen. Verrat. Politische Morde. Das waren die Eckpfeiler unserer Familie – wenn man das, was wir hatten, überhaupt als Familie bezeichnen konnte.« Obwohl die Gräfin ihre Pose der ungezwungenen Trägheit beibehielt, glitzerten ihre Augen so schwarz und hart wie Onyx. »Wir waren zehn Jahre alt. Noch keine Amaranthiner. Sie hatte die Macht, verstehen Sie. Sie hätte sich unsterblich machen können. Als sich Octavian mit seiner Armee Alexandria näherte, haben die Ahnherren ihr die Macht gewährt, es zu tun. Aber sobald sie von Mark Antons Tod erfuhr … verlor sie den Verstand. Tobte und schrie. Sie hat stattdessen Mark und mich unsterblich gemacht.«

»Um Sie vor Octavian zu retten?«

Selene verdrehte die Augen. »Ganz und gar nicht. Wir sollten ihre Waffen sein, ihre trojanischen Pferde nach ihrem Tod, wenn Sie so wollen. Sie hat uns das Versprechen abgenommen, für sie Rache an Octavian zu nehmen.«

Sie bewegte sich und rückte den Samtbeutel an ihrer Taille zurecht.

»Was ist dann passiert?«

Ein gewisses Maß an schlechtem Gewissen begleitete die Frage. Sie sollte überhaupt nichts fragen; sollte nicht so neugierig sein. Nicht, solange diese Enthüllungen von Selene kamen.

Selene sah sich im Raum um. »Haben Sie irgendwelche Bücher?«

»Nicht hier. Es tut mir leid.«

Irritiert rümpfte sie die geschwungene Nase. »Nun denn … um zu verstehen, müssen Sie wissen, dass Kinder, wenn ihnen Unsterblichkeit gewährt wird, bereits im reifen Alter sein müssen – das Alter, in dem sie physisch und geistig am stärksten sind. Also ja, wir hatten jahrelang Unsterblichkeit im Blut, aber keine der damit verbundenen Kräfte. Wir waren Octavian hilflos ausgeliefert. Wir wurden seine Kriegsbeute – wie Kleopatra es befürchtet hatte. Octavian brachte uns nach Rom zurück.« Ihre Stimme klang jetzt gedämpft. »Er hat uns in Goldketten fesseln lassen, die so schwer waren, dass wir kaum gehen konnten, und er hat uns in einer Parade durch die Straßen führen lassen. Die Bürger jubelten. Warfen ranzigen Müll nach uns und Schlimmeres.«

»Mark hat Narben …«

Selene zog die Manschette ihres Ärmels hoch, hob ihr Handgelenk und offenbarte Narben, die identisch mit denen von Mark waren. »Als letzte Beleidigung überantwortete Octavian uns der Fürsorge seiner Schwester – eben jener Ehefrau, die unser Vater verlassen hatte, um sich mit unserer Mutter einzulassen. Wie Sie sich vorstellen können, hat das nicht gerade für eine angenehme Erziehung gesorgt.«

»Das tut mir so leid«, flüsterte Mina.

Eine dunkle Braue fuhr in die Höhe. »Bedauern Sie mich nicht, kleines Mädchen. Und gewiss brauchen Sie ihn nicht zu bedauern. Die Erfahrung hat uns nur härter gemacht. Skrupelloser. Entschlossener, einen Pfad zu unserer eigenen Legende freizusprengen, statt eine Fußnote in der Geschichte des Untergangs unserer Eltern zu werden – was meiner persönlichen Meinung nach außerordentlich feige gewesen wäre. Das ist der Grund, warum die Ahnherren auf uns als passende Kandidaten für die Garde der Schattenwächter aufmerksam wurden.« Ihre Augen wurden schmal. »Rückblickend würde ich nichts ändern wollen.«

»Warum haben Sie mir all das erzählt?«

»Sagen Sie mir die Antwort.«

»Um mir zu helfen, ihn besser zu verstehen?«

»Keine Violinen.« Selene hob eine Hand und stieß ein bissiges Lachen aus. »Falsch.«

Hitze brannte in Minas Wangen. *Gott steh mir bei,* dachte sie, *wenn ich jemals einen Familienfesttag mit dieser Frau überstehen muss.*

»Wofür dann?«, erkundigte sie sich mit brüchiger Stimme.

»Um Ihnen auf die denkbar einfachste Weise klarzumachen … dass Sie ihn gehen lassen sollen. Sie sind seines Schmerzes oder seines Vermächtnisses nicht würdig. Laufen Sie, und laufen Sie jetzt, so schnell Ihre kleinen sterblichen Füße Sie tragen.« Selene stand auf. »Brauchen Sie Geld, um wegzugehen? Ich habe Unmengen.«

»Nein«, antwortete Mina fest. »Ich werde ihn nicht verlassen. Wir sind verheiratet.«

Verheiratet. Die Intensität ihrer Überzeugung verblüffte Mina selbst. Sie *waren* verheiratet. Mark war ihr Ehemann, und sie war seine Frau.

»Verheiratet«, spottete Selene. »Unmengen Leute sind verheiratet. Es muss *nichts* bedeuten.« Selene kam herbeigeschlendert. »Sie sind an diesem Vorabend seines größten Kampfs nur eine Ablenkung für ihn.«

»Er wird die Dunkle Braut aufhalten.«

Sie schnaubte. »Ich spreche nicht von der Dunklen Braut. Ich spreche von mir. Wenn Sie ihn wiedersehen – *falls* Sie ihn wiedersehen –, sagen Sie ihm, dass sich die Portale lange genug geöffnet haben, damit ich meine Befehle erhalten konnte.«

Ihr Bild schwankte und löste sich auf. Kurz bevor sie verschwand … geriet ihr Lächeln ins Stocken. Aber dann war sie fort.

Mina stieß ein Kreischen der Enttäuschung aus. Sie stürmte quer durch den Raum. Was für eine grässliche Frau. Was für eine grässliche Geschichte.

Mark.

Sie ging ans Fenster und schaute in die Nacht hinaus. Er war dort draußen. Allein. Ja, sie hatte die furchteinflößende Kreatur gesehen, zu der er werden konnte. Aber sie hatte auch eine andere Seite an ihm kennengelernt.

Etwas lag mitten auf dem Rasen, etwas, das verdächtig nach einem Zylinder aussah. Ihr Verstand arbeitete fieberhaft. Mark hatte die Kutsche hierher umdirigiert, als die Stimme der Dunklen Braut ihm wieder zuzusetzen begann. Aber warum? Gewiss nicht nur, um sie in einem halbfertigen Haus bei Leeson abzusetzen.

Und als er sie verlassen und ihr zugerufen hatte, dass sie zurückbleiben solle, war er nicht zur Kutsche zurückgekehrt. Er war in den Garten gegangen. Mina verließ das Schlafzimmer und stieg über die Dienstbotentreppe hinunter. Sie schaffte es, eine Begegnung mit Leeson zu vermeiden, und nachdem sie von Raum zu Raum gegangen war, fand sie endlich eine Tür, die zum Garten hinausführte. Ja, sein Hut. Und ein Stück weiter sein Mantel, als hätte er ihn entlang des Wegs abgeworfen. Die beiden Kleidungsstücke führten sie bis zu einem kleinen Hain.

Eine erhöhte Steinmauer, nur etwa dreißig Zentimeter hoch, umrandete einen spiegelglatten Teich. Da war sonst nichts. Kein geheimer Pfad oder magischer Turm. Sie legte seine Sachen auf die Steine und setzte sich enttäuscht hin.

Eine sanfte Brise kräuselte die Oberfläche des Wassers und verzerrte für einen Moment das Spiegelbild des Vollmondes. Orangefarben und silbern gemusterte Karpfen drehten ihre Runden unter der Oberfläche. Ihre Schuppen glitzerten im Mondlicht.

Ihr Spiegelbild spähte ihr entgegen, eine mitfühlende Vertraute.

»Was soll ich tun?«, flüsterte sie, ihr Herz voll Liebe und verletzlich. »Ich liebe ihn. O ja. Das tue ich. Und ich bin unglücklich ohne ihn.«

Ihr Spiegelbild lächelte. Geistesabwesend berührte Mina ihren Hinterkopf und stellte fest, dass ihr Haar, wenn auch vom Tag etwas zerzaust, immer noch festgesteckt war – ganz und gar nicht wie das lange dunkle Haar, das unter ihr kreiselte.

Eine Hand schoss aus dem Wasser und riss sie am Unterarm herunter, sodass sie mit dem Gesicht voran in den schwarzen Teich stürzte.

Der Kälteschock zwang die Luft aus ihren Lungen. Instinktiv atmete sie ein. Luft, nicht Wasser, drang in ihren Mund und ihre Nase. Hände an ihren Unterarmen zogen sie hinunter … hinunter … hinunter. Das Mondlicht wurde schwach. Mina kämpfte. Wand sich. Trat um sich, um sich zu befreien.

Ein bleiches Gesicht tauchte vor ihr auf. Dann ein scharfer, *schmerzhafter* Druck – Zähne klemmten ihre Nase ein. Und schließlich wieder sich kräuselnde dunkle Haare und aufblitzende silberne Schuppen. Zwei Hände stießen und schoben sie durch ein Loch – einen Tunnel. Ihre Füße fanden Halt auf soliden Steinen. Stufen. Mit geweiteten Augen griff sie nach einem orangefarbenen, zuckenden Schimmer.

Mina hechtete aus dem Wasser und fiel keuchend auf einen Mosaikboden. Sie spürte die kühlen blauweißen Kacheln. Ihr Haar. Ihre Haut. Ihre Kleider. Alles vollkommen trocken.

Mark beugte sich über sie. Er lächelte nicht. »Was machst du hier?«

17

»Sie hat mich in die Nase gebissen«, rief Mina empört.

Seine Augenbrauen zuckten in die Höhe. »Ich sehe die Zahnabdrücke.« Er drückte ihre Hand weg und strich mit der weichen Spitze seines Zeigefingers über die empfindliche Stelle. »Aber sie hat die Haut nicht durchdrungen.«

»Was ist sie?«

»Sie ist … eine Frau.« Er zuckte lässig die Achseln. »Im Wasser.«

Mina zog sich hoch. »Ich erwarte eine bessere Erklärung.«

Er stand auf. »Sie ist eine ausgestoßene Nereide, eine Wassernymphe, die ihre Zeit abwartet, bis sie wieder nach Hause kann.«

»Eine *Nereide*«, wiederholte sie ungläubig.

Aber natürlich glaubte sie ihm durchaus.

Er streckte die Hand aus und zog sie hoch. »Für den Moment ist sie die Hüterin dieser Quelle. Sie soll nicht einfach jeden herunterkommen lassen. Sie muss dich gemocht haben.«

Sie befanden sich in einer Höhle, deren Wände aus dichtgefügten Steinblöcken bestanden und die von zwei mehrarmigen Kerzenleuchtern erhellt wurde. Die Fliesen unter ihren Füßen zeigten das Bild eines großen Oktopus, dessen Tentakel sich in alle Richtungen ausbreiteten. Vor einer Wand stand eine schmale Pritsche mit Decken darauf. Der mineralische Duft von Quellwasser füllte ihre Nase.

»Wo bin ich hier?« Ihre Stimme hatte ein schwaches Echo.

»Es ist ein römisches Bad, das im Lauf der Jahrhunderte unter der Stadt begraben worden ist.«

»Kannst du hier unten die Stimme der Dunklen Braut hören?«

Mark lächelte angespannt. »Nicht so deutlich.«

Mina keuchte, und Hoffnung keimte in ihrem Herzen auf. »Also kannst du hierbleiben, geschützt, bis die Welle zu Ende ist?«

»Etwas in der Art.«

Sie würde mit ihm nicht länger über ihren Vater reden, das Auge oder die Dunkle Braut. Es gab nichts mehr zu besprechen. Wenn die Welle vorüber war, würde er jagen. Und in der Folge würde er entweder leben oder sterben.

»Du bist nicht wütend auf mich, weil ich hierher gekommen bin?«, fragte sie.

»Nicht so wütend, wie ich es sein sollte.« Kerzenlicht spiegelte sich auf seinem Kinn und seinen eingefallenen Wangen.

Mina trat in seinen Schatten und berührte die Mitte seines Hemds.

»Nicht, Mina.« Er wich einen Schritt zurück.

Sie ließ die Arme fallen. »Ich habe aus einem Grund nach dir gesucht.«

Er schüttelte den Kopf. »Du hättest es nicht tun sollen.«

»Ich wollte bei meinem Ehemann sein.«

Er schaute herab und schloss die Augen. »Du hattest recht, als du sagtest, dass ich eines Tages … dass ich eines Tages würde gehen müssen.« Der Adamsapfel in seinem Hals hüpfte, als er schluckte. »Ich bleibe nicht, Mina. Ich bin nie geblieben. Ich könnte niemals der Ehemann sein, den du verdienst. Selbst wenn ich dies überstehe, werde ich irgendwann gehen müssen. Es ist nicht richtig, dass ich dich von all den Dingen fernhalte, die dir Glück bringen werden.«

»Glück.« Sie lächelte, und Tränen trübten ihre Sicht. »Dieser Moment … mit dir zusammen zu sein, bringt mir Glück. Es ist genug.«

Mina ging zu der Pritsche hinüber. Mit zitternden Fingern öffnete sie die Knöpfe an ihrem Mieder.

»Alexander Helios, Sohn von Kleopatra und Mark Anton, sei mein Ehemann. Sei mein sicherer Hort, jetzt, heute Nacht, und lass mich deiner sein.«

Seine Lippen teilten sich, um tief Atem zu holen. »Du … weißt es.«

Sie nickte. »Deine aufreizende Schwester, die ich, wie ich befürchte, nicht allzu sehr mag, hat mir heute Abend einen Besuch abgestattet und mir alles erzählt.« Mina schob das Kleidungsstück von ihren Schultern. »Sie will dich wissen lassen, dass sie ihre Befehle erhalten hat.«

Mark blinzelte nicht einmal. Stattdessen schaute er wie gebannt zu, während sie ihr Mieder ablegte und die Röcke aufband. »Ich werde mich morgen mit ihr befassen.«

Abgelenkt von seinem gierigen Blick spürte sie kaum die kühle Luft des unterirdischen Gewölbes.

Mit einem leisen Fluch überwand er die Entfernung zwischen ihnen, packte sie um die Taille, hob sie hoch und drückte sie an sich.

Sie schmiegte sich an ihn, atmete seinen Duft ein und begrub die Hände in seinem Haar. Sanft kniete er sich hin und legte sie auf die Decken. Er riss sich das Hemd vom Leib.

»Meine Frau. Meine wunderschöne Frau.« Auf die Ellbogen gestützt, legte er sich auf sie.

»Du bist die Einzige. In meinem ganzen Leben bist du die einzige Frau, die ich je geliebt habe. Die einzige Frau, mit der ich mich je vermählt habe.«

»Wach auf, Liebling. Es ist Morgen.« Mark lag auf einen Ellbogen gestützt da und schaute auf Minas rosiges, schlaftrunkenes Gesicht herab.

Nackt begrub sie das Gesicht an seinem Hals. »Können wir nicht einfach hierbleiben?«

»Du weißt, dass wir das nicht können.« Er beugte sich vor, um ihr einen Kuss auf die Schläfe zu geben.

Es wurde Zeit für ihn, Mina zu verlassen und in die Stadt hinauszugehen. Schweigend kleideten sie sich an und halfen einander beim Zuknöpfen. Einen Moment später standen sie am Rand der Treppe. Schwarzblaues Wasser kräuselte sich und schwappte gegen die Steine. Minas Nervosität war offensichtlich.

»Hier.« Mark drückte ihr eine Münze in die Hand. »Gib ihr auf dem Weg nach oben etwas Glänzendes. Sie mag hübsche Dinge.«

Dann drückte er sie noch einmal kurz an sich und führte sie die Treppe hinunter. »Bist du bereit?«

Mina nickte.

»Eins. Zwei. Drei.«

Gemeinsam sanken sie unter die Oberfläche. Vertraut mit der Enge des Tunnels, führte er sie und zog sie hindurch. Sobald sie im Schacht waren, der zur Wasseroberfläche führte, stiegen sie auf. Im frühmorgendlichen Licht hob sich die geschmeidige Gestalt der Nereide gegen den grauen Stein ab. Wie eine altertümliche Prinzessin, die für immer und ewig an ihren Turm gebunden war, umkreiste sie die beiden und wühlte das Wasser mit ihrem silbrigen Schwanz auf. Doch ihre Augen waren groß, und sie mied Minas dargebotenes Geschenk. Stattdessen deutete sie nach oben.

Mark schaute in die Richtung. Minas Hände krallten sich um seine Schultern.

Ein Gesicht schaute von der Wasseroberfläche auf sie herab. Sie konnten deutlich eine schwarze Augenbinde erkennen.

Mit kräftigen Tritten brachte Mark Mina an die Oberfläche. Sie hielt sich an dem gemauerten Rand des Teichs fest, und er hievte sie hoch. Leesons offene Hand langte herunter. Mark ergriff sie, drückte seine Stiefel gegen den Stein und kletterte hinaus. Wasser troff von seinen Kleidern, seiner Haut, und er war trocken.

»Euer Gnaden, Sie haben Besucher«, verkündete Leeson.

»Gefährliche Besucher?«, erkundigte sich Mark düster. »Oder Gäste, bei denen ich mit einer freundlichen Aufwartung rechnen kann?«

»Beides, würde ich sagen.«

Marks Neugier war geweckt. Er fasste Mina an der Hand. Zum ersten Mal führte er seine Frau in das Haus, von dem er gehofft hatte, dass sie es als Ehemann und Ehefrau teilen könnten. Ein Haus im Übergang. Eins, in dem noch viele Verbesserungen vorgenommen werden mussten.

»Wo?«, fragte Mark.

»Er ist im Arbeitszimmer.«

Mark zog Mina zur Seite. Leeson wartete an der Tür zum Arbeitszimmer, den Blick auf die Eingangshalle des Hauses gerichtet. Es war noch früh, und bisher war keiner der Arbeiter eingetroffen. Die Flure und Räume lagen still da.

Mark zog die Fingerspitzen über Minas Kinn. »Ich danke dir.«

Das war alles, was er sagen konnte. Gewichtigere, kühnere Worte stockten ihm in der Kehle. Sie nickte.

Er beugte sich vor und küsste sie zärtlich auf ihren Mundwinkel, dann auf die Lippen. Ein mögliches Lebewohl. Sie begriff es ebenfalls, bemerkte er, denn sie blinzelte einen plötzlichen feuchten Glanz in ihren Augen fort.

Mina verließ Mark nur widerstrebend. Sie fürchtete, dass er jeden Moment verschwinden könnte, und ihr würden nur Erinnerungen bleiben. Oben wusch sie sich. Ihre Koffer waren aus dem Savoy hergebracht worden. Konzentriert auf normale Aufgaben, stand sie in ihrer Unterwäsche in dem geräumigen Ankleidezimmer und räumte ihre Sachen ein. Als sie nach einem ihrer schwarzen Trauerkleider griff, hielt sie inne. Nein. Heute würde sie das blaue Gewand tragen, das Mark für sie gekauft hatte. Die Farbe des Kampfs. Die Farbe seiner Augen. Sobald sie sich angezogen hatte, kehrte sie nach unten zurück.

Aus dem Arbeitszimmer hörte sie eine Reihe gebrüllter Flüche. Die Lautstärke ließ das Holz und den Kronleuchter erzittern, etwas krachte gegen die Tür und fiel mit einem zweiten Poltern zu Boden. Sie zuckte zusammen. Sollte sie einfach hier stehen und lauschen? Sollte sie versuchen einzugreifen?

Eine junge Frau kam aus der Küche. Bekleidet mit einem feschen dunkelblauen Reisekostüm, trug sie ein rundes Silbertablett mit einem Teeservice darauf. Ein unbefangenes Lächeln zog ihre Mundwinkel nach oben. »Sie müssen Lady Alexander sein.«

Um eine Spur kleiner als Mina, war die Frau schlicht und einfach schön. Helles Haar kräuselte sich in ihrem Nacken. Ringellöckchen, perfekt eingedreht, umspielten ihr Gesicht.

Krach. Weitere gebrüllte Flüche.

Sie zuckte nicht einmal zusammen. Stattdessen fragte sie munter: »Möchten Sie vielleicht eine Tasse Tee?«

Mina folgte ihr quer durch die Eingangshalle in den Salon direkt gegenüber Marks Arbeitszimmer.

Die kleinere blonde Frau stellte das Tablett auf einen Tisch. Mit einer Drehung ihrer Schultern begrüßte sie Mina erneut. »Ich bin so froh, Sie kennenzulernen. Mark, *verheiratet?* Sie können nicht einfach irgendeine Frau sein, wenn Sie sein Herz erobert haben.«

Mina lächelte. Sie hatte sein Herz erobert. Nach ihrer letzten gemeinsamen Nacht hatte sie keinen Zweifel daran. Tage nach ihrer Hochzeitszeremonie waren sie ohne jeden Zweifel wahrhaft Mann und Frau geworden. Trotz der drohenden Gefahr erschien das Leuchten der Liebe warm in ihren Wangen.

Sie trat näher an die Frau heran. »Es ist klar, dass Sie wissen, wer ich bin, aber ich fürchte, ich tappe ein wenig im Dunkeln, was Ihre Identität betrifft.«

Sie lachte. »Natürlich. Wie unhöflich von mir. Ich bin Elena, Lady Black. Lord Black ist mein Ehemann.«

»Lord Black.« Mina verkrampfte sich. Mark hatte den älteren Schattenwächter bei verschiedenen Gelegenheiten erwähnt, immer in dem Sinne, dass dieser Schattenwächter, wenn er aus dem Inneren Reich zurückkehrte, Mark ermorden würde. Selene hatte ebensolche Befehle erhalten. Umkreisten sie ihn jetzt alle wie die Geier?

»Oje. Ich kann sehen, dass ich Sie aufgeregt habe.« Elenas Lächeln verblasste. Sie ließ sich auf das Sofa nieder und klopfte auf das Kissen neben ihr. »Bitte, nehmen Sie Platz.«

Mina nahm tatsächlich Platz, aber nur weil der Raum sich so wild um sie drehte. Mit einem Stirnrunzeln begegnete sie dem Blick der anderen Frau.

»Warum sind Sie und Lord Black hier?«

»Weil sie mir helfen werden«, sagte Mark von der Tür aus.

Ein anderer Mann erschien hinter ihm, genauso hochgewachsen wie Mark. Sein Haar war dunkler als die Nacht. Intensive graue Augen ruhten auf Mina. Ein kalter Schauder durchzuckte sie, als könne er sie mit einem einzigen Blick vollkommen durchschauen.

»Gute Wahl, Alexander.«

Mark zwinkerte Mina zu.

Mina runzelte verwirrt die Stirn. »Wie meinst du das, sie werden dir helfen? Du hast mir immer erzählt, dass Archer zu fürchten sei.«

Archer stieß Mark den Ellbogen in die Rippen. »Das haben Sie gesagt? Ich fühle mich geschmeichelt.«

Mark verdrehte die Augen.

Elena berührte ihre Hand. »Archer hat die Ahnherren gebeten, den Befehl zu Marks Ermordung auszusetzen. Sie haben sich dem verweigert und Selenes Bitte entsprochen.«

»Ich finde es schrecklich«, sagte Mina stirnrunzelnd, »dass sich eine Schwester freiwillig meldet, ihren Bruder zu ermorden. Ihren Zwilling, nichts Geringeres. Sie ist gestern Nacht ins Haus gekommen, nur um mich mit ihren bösartigen Befehlen zu verhöhnen.«

Mark schaltete sich ein: »Aber von uns als Schattenwächtern wird erwartet, dass wir bösartig sind. Furchteinflößend. Gnadenlos. Ich verstehe die Herausforderung und verüble es ihr nicht.«

Archer nickte zustimmend und hielt ein Stück Pergament hoch, das mit einem dreieckigen schwarzen Siegel abgestempelt war. »Jedoch aufgrund besonderer Umstände haben sie Elena und mir die Erlaubnis gewährt, Mark mit allen Möglichkeiten, die uns zur Verfügung stehen, zu helfen.« Er deponierte das Dokument auf dem Beistelltisch und trat vor das Erkerfenster.

Minas Blick wanderte zwischen ihrem Mann und dem dunkleren Schattenwächter hin und her. »Welche besonderen Umstände?«

»Weil Mark sich vor sechs Monaten geopfert hat und sich dem Prozess der Transzendierung auslieferte, um den Auftrag zur Rettung Archers zu erfüllen«, offenbarte Elena mit leiser Stimme. »Nicht nur der Rettung Archers, sondern auch seiner Schwester und meiner und der ganzen Stadt London. Er hat sich selbst zum Wohl von vielen geopfert.«

»Sie übertreiben gewaltig«, gab Mark zurück. Seine Wangen nahmen eine rötliche, maskuline Schattierung an.

»Ich übertreibe nicht«, murmelte sie in Minas Richtung. »Wäre Ihr Mann nicht gewesen, wäre Archer heute nicht hier, und ich wäre es auch nicht. Die Ahnherren sind trotz ihrer Zurückhaltung dankbar. Archer hat sie überredet, Mark mit dieser letzten Chance zu belohnen.«

Mark kam näher und berührte Minas Nacken. »Die Spannen fehlender Zeit … sie wurden durch die Ahnherren verursacht. Sie haben gebündelte Wellen amaranthinischer Macht benutzt, um mich während der Zeiten außer Kraft zu setzen, in denen ich am verletzbarsten gegenüber der Dunklen Braut war, und mich so gehindert, mich für ihre dunklen Zwecke einspannen zu lassen. Sie haben die Wirkungen meines Verfalls hinausgezögert.«

Archer nickte. »Weil sie wollten, dass du überlebst.«

»Warum dann der Befehl für seine Hinrichtung?«, platzte Mina wütend heraus.

Sie stand auf und ging an den Tisch, wo sie das Pergament ergriff, das Archer nur Momente zuvor dort hingelegt hatte. Sie hob es hoch, um es zu lesen, aber die Schriftzeichen verschwammen … und verschwanden. Sie blinzelte, und in dem Sekundenbruchteil, in dem sie ihre Augen öffnete, erhaschte sie einen Blick auf die kühnen, dunklen Striche, aber genau wie zuvor verschwanden sie zu schnell, als dass sie sie hätte untersuchen können. Sie drehte das Pergament um und strich mit den Fingerspitzen über das Wachssiegel mit dem tief eingeprägten Bild von drei Lotusblüten. Sie drehte sich wieder zu den anderen um. »Sagen Sie mir bitte – warum?«

Archer erklärte geduldig: »Weil sie vor allem anderen die Integrität des Inneren Reichs schützen müssen. Sie können das Risiko nicht eingehen, dass diese letzte Anstrengung, um Mark zu retten, scheitern wird. Selene ist sich darüber im Klaren, dass wir wegen Mark hier sind. Sie wird uns beobachten und bis zum letzten Moment warten, um ihre Befehle auszuführen.«

Mina presste sich eine Hand auf die Stirn. »Ich mag diese Frau nicht.«

»Sie kennen sie nicht«, versicherte Elena ihr. »Ich denke, unter anderen Umständen würden Sie sie lieben, so wie ich sie liebe.« Ihre Lippen verzogen sich zu einem Lächeln. »Haben Sie eines ihrer Schoßtiere kennengelernt?«

Mina nickte. »In der Tat, ich habe Mrs Hazelgreaves kennengelernt.«

»Liebling«, warf Archer ein, »wir haben keine Zeit für Geplauder.«

Elena presste die Lippen aufeinander. »Er hat recht. Wir müssen Ihren Vater finden. Soweit wir es feststellen können, muss er hier in London und auf der Suche nach dem Auge sein.«

Mina seufzte erleichtert. »Also wissen wir mit Bestimmtheit, dass das Auge hier ist?«

Mark antwortete: »So ist es, Liebling.« Mit leiserer Stimme fügte er hinzu: »Dein Vater ist bedauerlicherweise benutzt worden.«

Alle Wärme wich aus Minas Gesicht. »Wie meinst du das?«

Archers Miene wurde ernst. »Aus dem Inneren Reich heraus haben wir gewisse Beobachtungen gemacht. Wir haben die Pfade von Individuen durch die Geschichte verfolgt und beunruhigende Muster gefunden. Die tantalytische Bewegung existiert jetzt schon seit beträchtlicher Zeit im Geheimen.«

»Aber mein Vater … Sie sagen, er sei benutzt worden. Wie?«

»Es ist wie ein Schachspiel, gespielt auf der Erde als Schachbrett«, erwiderte er. »Aber mit Menschen und mächtigen Artefakten als Figuren.«

Elena fügte leise hinzu: »Es geht schon seit Jahrhunderten so, jenseits der Wahrnehmung der Ahnherren.«

»Ist er …« Eine plötzliche Enge in ihrer Brust ließ sie abbrechen.

»Böse?«, ergänzte Mark. »Nein, ganz und gar nicht. Seine Motive sind rein. Aber wie eine große Anzahl anderer wurde er wegen seiner Stärken und Interessen ausgewählt. Ohne es zu wissen, hat er zum Vorteil Tantalos' gehandelt.«

Archer nickte. »Er ist eine Marionette. Tantalos hat eine lange Abfolge von Ereignissen manipuliert – wiederum über Jahrhunderte –, um diese Schriftrollen für sich nutzen zu können. Tantalos brauchte einen Sterblichen, um sie zu übersetzen und seine Anhänger zum Auge zu führen.«

Mina starrte Mark an. »In seinem Verlangen, die Wahrheit offenzulegen, hat er tatsächlich geholfen, ein jahrhundertealtes Vorhaben auszuführen.«

»So ist es«, antwortete Mark gelassen. »In dieser Welt existieren Reliquien von phänomenaler Macht. Reliquien, die, wenn man sie nach einem präzisen Muster zusammenbringt, zum Guten oder Bösen benutzt werden können.«

»Und dieses Auge ist eine von ihnen«, schlussfolgerte Mina.

»Das ist richtig«, bestätigte er. »Offensichtlich hat die Geschichte des Spiegels nicht in London begonnen, aber im Laufe der Zeit hat sein Weg hierher geführt. Archer erzählte mir, dass die Ahnherren immer noch versuchen zu ermitteln, wie. In jedem Fall sind wir uns nicht sicher, was das endgültige Ziel ist, aber es kann nichts Gutes sein. Wir müssen deinen Vater finden, bevor sie zum Zuge kommen.«

»Worauf wartet ihr dann?«, drängte sie und drückte Marks Hand. »Geht.«

Archer lächelte grimmig. »Es wird Zeit, dass wir uns die Stadt vornehmen. Wir werden die Bezirke unter uns aufteilen. Elena kann, obwohl sie keine Wächterin ist, ebenfalls helfen.«

»Elena ist keine Wächterin?«, fragte Mina.

»Ich bin eine Fürsprecherin.« Elena lächelte. »Ich habe eine Begabung für das Heilen, und wenn es passend ist, halte ich Fürsprache, wenn sterbliche Leben ungerechterweise von einem frühen Dahinscheiden bedroht werden.«

Archer fuhr fort: »Wir drei zusammen werden ihn finden. Heute wurde in der *Times* berichtet, dass städtische Arbeiter am Ludgate Hill nahe Little Bridge einen Teil der alten Stadtmauer entdeckt haben. Römischer Herkunft. Ich werde die alte Mauer untersuchen. Man kann nie wissen – das Auge könnte dort schon vor Jahrhunderten versteckt worden sein.«

Leeson brachte zwei große schwarze Schatullen herein. Mina beobachtete, wie Marks Blick mit grimmiger, intensiver Sehnsucht zu den Schachteln wanderte.

Archer schaute zu Mark hinüber. »Noch eine Sache. Ich bin ermächtigt zu übermitteln, dass die Ahnherren ihr Verbot gegen Sie, amaranthinisches Silber zu besitzen und zu benutzen, für die nächsten vierundzwanzig Stunden aufgehoben haben.« Er lächelte, aber seine Augen und Lippen waren hart. »Sie dürfen voll bewaffnet jagen. Wenn Sie die Dunkle Braut vor Selene oder vor mir finden, dürfen Sie sie richten. Sie wird alles tun, um Tantalos' wachsenden Zugriff auf diese Stadt zu schützen. Er will London als seinen Thron.«

»Warum gerade London?«, fragte Mina. Ihr Kopf schmerzte von den Ungeheuerlichkeiten, die sie gerade gehört hatte.

Mark erklärte: »Es gibt auf der Erde keine größere Ballung an Armut, aber auch von Exzessen und Lastern. Wir glauben, dass das Übermaß an Elend, dieser Verfall der sterblichen Seelen, ihn hierhergezogen hat. Sobald er eintrifft, würde er Zugang zu Tausenden und Abertausenden von Rekruten für seine Armee von Kriechern haben.«

Archer zog die Brauen hoch. »Kriecher?«

Mark nickte. »Ich habe noch nie so etwas wie sie gesehen. Sie dienen der Dunklen Braut, haben aber selbst keinerlei Sinn dafür, ob etwas böse ist oder nicht. Sie sind einfach leer.«

»Wir haben die Ausbreitung solcher Diener beobachtet«, offenbarte Archer. »Sie sind Menschen, deren Seelen unterworfen wurden, während sich ihre moralische Abwehr in einem geschwächten Zustand befand. Zum Beispiel während eines Wutanfalls oder eines Anfalls von Eifersucht. Sie sind verdammt schwer aufzuspüren.«

Marks Mundwinkel zogen sich nach unten. »Aber was ist, wenn mein Verfall voranschreitet? Wie sehr ich es auch will … ich sollte die Macht der Vollstreckung nicht ausüben. Nicht, wenn ich völlig ausgezehrt bin. Die Macht könnte ich dann gegen Sie richten.«

Archer trat an ihn heran, bis sich ihre Nasen fast berührten. Er lächelte schwach. »Hören Sie jetzt ihre Stimme?«

»Nicht im Moment.«

»Es liegt nicht daran, dass sie nicht spricht, nicht alles versucht, dass Sie sich gegen uns wenden.«

Mark legte den Kopf schräg. »Was sagen Sie da?«

»Es ist dieselbe gebündelte Macht der Ahnherren, die Sie entkräftete – um Sie zu beschützen –, sie wird jetzt quer durch die Stadt ausgesendet, um ihre Befehle zum Schweigen zu bringen. Aber sie haben nur so viel gespeicherte Energie, um diesen Grad an Intensität bis morgen zu halten. Daher das zuvor erwähnte Vierundzwanzig-Stunden-Limit.«

Mark grinste. »Dann lassen Sie uns anfangen.«

Während der nächsten halben Stunde drückte sich Mina in den Ecken des Salons herum. Die drei Unsterblichen entwarfen Strategien, schärften Waffen und bereiteten ihren Aufbruch vor. Eine gewisse Aufregung, sogar Optimismus, elektrisierte den Raum.

Endlich kam Mark zu ihr. »Dies ist kein Lebewohl.«

»Das weiß ich.« Sie lächelte ihn an. »Ich wünschte, ich könnte mit euch gehen, aber mir ist klar, dass das nicht möglich ist.«

»Bleib bei Leeson.« Er beugte sich vor, um sie zu küssen.

Ihre Finger glitten über seine Schultern und gruben sich in seinen Leinenkragen. Sie zog ihn zu einem zweiten, innigen Kuss an sich. Dann flüsterte sie: »Komm zu mir zurück, Ehemann. Ich werde hier auf dich warten.«

Dreizehn Stunden später lag die Stadt in nächtlichem Dunkel. Mark setzte seine Suche fort; er nahm sich methodisch die Bezirke entlang der Themse vor. Ernüchterung dämpfte seinen anfänglichen Optimismus. Er hatte nichts gefunden. Keinen Professor. Kein Auge. Keine Dunkle Braut. Nicht einmal einen verwünschten Kriecher. Die Stunden flogen allzu schnell vorüber. Dreizehn Stunden. Elf blieben ihm noch.

Das Savoy erhob sich vor ihm, seine Schönheit noch immer hinter Planen und Gerüsten verborgen. Kleopatras Nadel stach vor dem Hintergrund des bewölkten Himmels ab. An den Ecken des Platzes bewachten vier kolossale steinerne Sphinxe den Obelisken. Die stille Nachtluft trug ihm das Rumpeln von Kutschenrädern über Pflastersteine zu. Glocken läuteten von fernen Schiffen. Aber hier war das Ufer verlassen. Sein Blick wanderte an dem großen Obelisken empor. Zum ersten Mal begriff er, wie sich seine Mutter gefühlt haben musste, als Octavians Legionen heranrückten.

Beeil dich. Beeil dich, William. Bevor sie dich finden.

Mark hörte die Gedanken der Sterblichen so deutlich, als würden sie neben ihm ausgesprochen.

Sein Puls beschleunigte sich. Mit wenigen Sprüngen umrundete er das Monument. Eine schattenhafte Gestalt kauerte in dem noch dunkleren Schatten einer der steinernen Sphinxen. Eine Erleichterung, größer, als er sie je erfahren hatte, spülte wie Sonnenschein durch seine Adern.

»Professor Limpett.«

Der alte Herr sprang aus seiner geduckten Position auf und stolperte weg. Er schwang einen Hammer und einen Meißel. Sein Gesichtsausdruck zeigte Furcht.

Einer von ihnen.

»Nein, das bin ich nicht.« Mark hielt seine Stellung und schüttelte den Kopf.

»Ich erinnere mich an Sie. Ihr Gesicht. Wir haben uns getroffen, in …«

Vor dreißig Jahren, echoten seine Gedanken.

»In Petra, ja.«

»Aber Sie sind … Sie sind …«

»Ich bin das, wonach Sie gesucht haben.« Mark lächelte. »Und ich habe nach Ihnen gesucht.«

Dem Professor klappte der Unterkiefer herunter.

»Ich bin einer der Unsterblichen, deren Existenz Sie zu beweisen versuchen. Und die Schriftrollen in Ihrem Besitz, das Auge, nach dem Sie suchen … es ist von größter Wichtigkeit, dass wir es finden, und zwar schnell.«

»Die Leute, die hinter mir her sind, wollen die Menschheit zerstören.«

»Dann lassen Sie uns sie aufhalten.«

Der Professor beäugte ihn argwöhnisch.

Ein Knurren kam aus der Dunkelheit. Ein Schatten sprang durch die Luft, auf den Professor zu. Mit einer Drehung der Hand zückte Mark sein Schwert. Seine Haut, seine Augen *veränderten* sich. Amaranthinisches Silber blitzte auf.

Mark sprang vor und schlug zu. Der Kriecher sackte kopflos in sich zusammen, und der abscheuliche Gestank seiner plötzlichen Verwesung verpestete die Luft. Der Professor hockte sich aufs Pflaster und keuchte. Er starrte die Überreste an.

»Muss ich Sie immer noch davon überzeugen, auf welcher Seite ich stehe?«

»Oh, nein«, antwortete der Professor. »Das ist für meine Begriffe vollkommen ausreichend. Haben Sie eins von diesen Schwertern auch für mich?«

»Das Silber würde Ihnen die Hände verbrennen. Die Klinge ist aus urzeitlichem Silber und Feuer geschmiedet.«

»Wunderbar«, staunte der alte Mann.

»Ich muss Sie informieren, dass ich Ihre Tochter geheiratet habe.«

»*Sie!* Ich wusste aus der Heiratsanzeige, dass sie geheiratet hat, aber Ihr Gesicht war unscharf.«

»Ich werde Sie später zu ihr bringen.« Mark ruckte mit dem Kopf zu den Werkzeugen, die der Professor noch immer umklammert hielt. »Warum sind Sie hier? Haben Sie die Schriftrollen?«

Der Professor nickte. »Aber für den Moment zum Teufel mit den Schriftrollen. Lassen Sie uns das Auge holen.«

Das Auge.

Mark ballte die Fäuste. Er konzentrierte sich und übermittelte die Neuigkeit an Archer. *Kleopatras Nadel. Kommen Sie sofort. Das Auge.*

Limpett zeigte auf den Hammer. »Wir müssen diese Bohrlöcher an den beiden Seiten der Nadel freimachen.«

»Bohrlöcher?«

Graue Augenbrauen zuckten in die Höhe. »Sie werden sie sehen, wenn Sie hinschauen. Sie öffnen das eine.« Er hielt ihm einen Meißel hin.

Mark hob sein Schwert. »Ich habe alles.«

»Ich werde das andere übernehmen.«

Mit einem Druck seiner Fingerspitzen gegen die Oberfläche des Granits entdeckte Mark tatsächlich ein rundes Loch im Sockel der Nadel. Er verkeilte punktgenau sein Schwert in dem Loch. Ein Steinring fiel heraus, und das Loch gab eine größere Öffnung frei. Auf der anderen Seite mühte Limpett sich, mit seinem voranzukommen.

»Treten Sie zurück«, befahl Mark. Als sich der Professor bewegte, legte er auch dort mit der gleichen Effizienz eine größere Öffnung frei.

»Was jetzt?«

»Schauen Sie einfach zu.« Der Professor schlug seinen Mantel auf. Darunter hatte er sich vier elfenbeinerne Stäbe an die Seite gebunden.

Ein weiteres Knurren kam aus der Dunkelheit, dann ein leises Zischen. Zwei Kriecher sprangen auf sie zu, die Gesichter lüstern, die Arme ausgestreckt. Mark schützte den Professor, dann schwang er das Schwert. Köpfe flogen und prallten von dem Beton ab, bevor sie ins Gras rollten.

»Verdammt, Professor. Beeilen Sie sich.«

18

Leeson sprang aus dem Sessel hoch. »Da kommt jemand an die Tür.«

Mina legte die Zeitung, die sie gelesen hatte, beiseite. »Wissen Sie, wer es ist?«

Seine Augen verengten sich. »Es sind Ihr Onkel, Lord Trafford, und seine Töchter.«

»Ach du meine Güte.« Sie presste sich die Hände auf die Wangen. »Es ist Tage her, seit ich sie besucht oder mit ihnen korrespondiert habe.«

»Wir lassen sie nicht herein«, sagte er entschieden. Er ging zur Salontür und spähte in die Eingangshalle.

Von der Tür erklang ein Klopfen.

Mina biss sich auf die Unterlippe. »Ich kann sie nicht einfach draußen vor der Tür stehen lassen.«

»Natürlich können Sie.«

»Das ganze Haus ist beleuchtet. Sie wissen, dass jemand da ist.«

»Ich werde das Gas jetzt löschen.«

»Mr Leeson.«

»Na schön«, gab er nach. »Sprechen Sie einfach durch die Tür mit ihnen.«

»Welchen von meinen Verwandten haben Sie im Verdacht?« Trotz der Anspannung des Tages kicherte Mina. »Lord Trafford oder eine meiner Cousinen?«

»Gegenwärtig ist ganz London verdächtig. Ich weiß nicht, ob irgendjemand wirklich dagegen geschützt ist, zu solch einer Seelenmutation – einem dieser Kriecher – zu werden.« Er zog die Schultern hoch und heuchelte ein Schaudern. Dann grinste er. »Ziehen Sie die Tür nur einen Spalt auf. Sagen Sie ihnen, Sie seien krank. Typhus wirkt immer, dann werden sie zu ihren Kutschen zurückhuschen.«

Wie um seiner Entscheidung Nachdruck zu verleihen, schob er sich hinter die Tür. Er drehte den Schlüssel und den Türknauf. Nur einen Spaltbreit erlaubte er ihr.

»Guten Abend«, sagte Mina. Sie war nie gut darin gewesen, Krankheit zu heucheln, nicht mal als Kind.

Die Tür flog auf.

»Das Haus ist wunderschön«, schwärmte Astrid und preschte an Mina vorbei.

»*Prächtig*«, stimmte Evangeline zu, während sie jede Ecke mit ihrem Blick abtastete. Sie schloss sich ihrer Schwester an. »Du musst uns herumführen.«

Hinter der offenen Tür stieß Leeson ein entnervtes Stöhnen aus. Die Mädchen – zwei Wirbelwinde mit schwarzen Häubchen – rauschten von Raum zu Raum.

Lord Trafford stand unschlüssig auf der Türschwelle, eine Visitenkarte in der Hand. »Ich entschuldige mich vielmals für die Störung. Wir brechen morgen zu meinem nördlichen Besitz auf, und wir wollten Ihnen Adieu sagen. Der Herr im Savoy hat uns diese Adresse gegeben.«

»Es ist vollkommen in Ordnung«, erwiderte Mina. »Aber ich fühle mich ein wenig angegriffen und würde die Mädchen nicht gern mit einem abscheulichen Virus anstecken.«

Er nickte. »Lassen Sie sie mich holen. Ohne Lucindas strenge Führung sind die beiden ziemlich impulsiv. *Oh* …« Er hob einen Finger, als erinnerte er sich an etwas.

»Ja?«

»Da war noch ein Herr in dem Hotel, der sich nach Ihnen erkundigt hat.« Er drehte sich um, um über die Schulter zu blicken. »Ich habe ihm gesagt, dass Sie meine Nichte sind. Ich hoffe, das findet Ihre Zustimmung. Er sagt, er sei ein Bekannter Ihres Vaters. Ich glaube, er ist uns hierher gefolgt.«

Minas Herz pochte ängstlich. Denn wirklich, da eilte Mr Matthews, der eine schwarze Melone trug, schon den Gehweg auf das Haus zu.

Lord Trafford trat in die Eingangshalle mit den Kacheln.

»Miss Limpett.« Ein lächelnder Mr Matthews kam die Treppe herauf.

»Mr Matthews.« Sie zwang sich zu einem Lächeln.

Leeson hinter der Tür räusperte sich.

»Ich freue mich ja so, Sie endlich hier zu Hause anzutreffen, denn ich habe verzweifelt versucht, Ihnen meine Aufwartung zu machen. Ich bin entsetzt darüber, dass ich den Beerdigungsgottesdienst Ihres Vaters versäumt habe, aber ich war in Geschäften des Museums außer Landes.«

»Vielen Dank, Sir. Ihr Mitgefühl ehrt mich.«

Er schritt kühn an ihr vorbei. Sie sah Leeson an. Seine Wangen waren rot, die Lippen schmal vor Missvergnügen. Sie schloss die Tür.

Ein Schrei durchdrang das Haus, von einem der Mädchen. Mina biss sich auf die Unterlippe. Sie konnte nicht umhin, sich an die letzte Gelegenheit zu erinnern, da sie die Mädchen hatte schreien hören.

»Was war das?«, erkundigte sich Mr Matthews und drehte sich auf dem Absatz um.

Lord Trafford kam aus dem Salon. »Hat da nicht gerade eine meiner Töchter geschrien?«

»Kein Grund zur Beunruhigung.« Mina hob die Hand. »Vielleicht ist es nur eine – eine Maus.« *Oder eine Schlange.* »Das Haus ist alt, und die Renovierungsarbeiten könnten sie aufgestört haben. Ich werde die Mädchen zurück nach unten holen.«

Mit einer Hand in ihren Röcken hastete Mina die Stufen zum ersten Stockwerk hinauf. Sie fand Astrid und Evangeline im ersten Schlafzimmer, wo sie einander an den Händen hielten. Der Raum war noch nicht möbliert. Nur ein Teppich lag in der Mitte des Zimmers, und die Tür zum Ankleidezimmer stand offen.

»Alles in Ordnung?«

Evangeline kicherte verlegen. »Es tut mir so leid, Mina. Astrid hat mir Angst eingejagt, dieses böse Mädchen. Sie sagte, sie habe ein Gesicht im Fenster gesehen, dann hat sie mich gepackt, und vor Schreck habe ich geschrien.«

Astrid stierte auf das nachtdunkle Fenster. »Ich *habe* ein Gesicht gesehen. Ein weißes Gesicht. Eines, das wie eine Maske aussah.«

Mina lief es kalt den Rücken hinunter.

Plötzlich loderte das Gaslicht, das den Raum erhellte, mit einem Zischen auf … und verlosch.

Mina blinzelte in die Dunkelheit. Mondlicht strömte durchs Fenster, aber schwach.

»Mina? Die Lichter …«, sagte Astrid.

»Hier herüber«, befahl Mina, so gelassen ihr hämmerndes Herz es zuließ. »Kommt mit mir.«

Plötzlich tauchte eine düstere Gestalt aus der Dunkelheit auf, nicht mehr als ein Schatten, bis auf die weiße Maske, die sie als Gesicht trug.

Zu spät sah Mina das Aufblitzen einer langen silbernen Klinge.

Mark vernahm Minas Schrei in seinem Kopf. Panik durchzuckte ihn so heftig, dass er beinahe sein Schwert fallen ließ.

Der Professor murmelte: »Es ist wie verhext. Diese beiden funktionieren nicht, jedenfalls nicht zusammen. Verstehen Sie, da sind zwei Löcher, aber ich habe vier Stäbe. Es geht alles darum, die richtige Kombination zu finden.«

Archer. Beeilen Sie sich. Kleopatras Nadel.

Nur eine Minute entfernt, antwortete Archer. *Bin von Kriechern aufgehalten worden.*

»Ich muss gehen«, erklärte Mark.

»Gehen?« Die Augen des Professors Augen weiteten sich erschrocken. »Was, wenn mehr von diesen Dingern in der Nähe sind?«

»Es geht um Mina.«

Der Professor erbleichte. »Dann gehen Sie. Ja, gehen Sie. Ich werde hier alles fertigmachen und mich in Ihrer Residenz wieder einfinden. Ja, ja, ich kenne die Adresse. Ich bin nicht immer ein tadelloser Vater gewesen, aber ich liebe meine Tochter sehr, und ich habe mich über ihre Situation und ihr Wohlergehen auf dem Laufenden gehalten.«

»Ein anderer Unsterblicher wird gleich hier eintreffen. Sein Name ist Archer.«

Mit einem grimmigen Stirnrunzeln nickte der Professor und steckte einen der Stäbe in ein Loch. »Geben Sie ihr einen Kuss von ihrem Papa. Sagen Sie ihr, ich werde bald alles erklären.«

Mark verwandelte sich in Schatten. Lichtströme blitzten auf, als er schwebte, herumwirbelte und über Kopfsteinpflaster, Häuser und Kutschen aufstieg. Er trieb sich selbst an, beanspruchte seine ganze Energie bis zum Äußersten.

Binnen dreier Minuten erreichte er das Haus. Furcht ließ seine Eingeweide verkrampfen. Die Fenster waren schwarz, und die Türen standen offen. Mit einem gequälten Knurren materialisierte er sich und stürmte hinein.

»Mina«, brüllte er.

»Sie haben sie mitgenommen«, erklang Leesons Stimme aus dem Salon. »Verteufelte Bastarde.«

Mark fand den kopflosen Körper des Unsterblichen in der Mitte des blutbespritzten Teppichs.

»Hier drüben. Hier drüben.«

Sein Kopf lag hinter dem Sofa. Mark hockte sich über ihn und drehte sein Kinn, sodass sie sich in die Augen sahen. »Wer hat sie entführt?«

»Ich bin mir nicht sicher.« Leesons blutbefleckte Lippen bewegten sich. Sein Auge rollte hin und her, er versuchte, seinen Blick zu fokussieren. Die Augenklappe saß immer noch an ihrem Platz. »Es war entweder Lord Trafford oder dieser Matthews aus dem Museum, der mich nicht beachtet hat.«

Mark schäumte vor Zorn. Die unbekannten Gegner, die diesem Unsterblichkeitskult huldigten, begannen Gestalt anzunehmen, wie er es befürchtet hatte. »Wohin? Wohin haben sie sie gebracht?«

Eine Stimme antwortete: »Da ist ein Brief an seine Brust geheftet.«

Mark wirbelte herum. Archer beugte sich über Leesons Körper.

»Oje.« Elena eilte vorbei, um Leesons Kopf zu holen. »Eine Enthauptung. Eine schwierige Verletzung, aber keine Sorge, mein Lieber. Ich werde Sie im Handumdrehen kurieren.«

»Ich habe Ihnen gesagt, dass Sie zu Kleopatras Nadel gehen sollen«, brüllte Mark.

»Wir sind auch dort gewesen.« Archers Augen blitzten auf. »Wir haben nichts gefunden als ein klaffendes Loch im Sockel.«

»Was ist mit dem Professor?«

Archer schüttelte den Kopf. »Er war nicht da.«

»Zur Hölle«, fluchte Mark. »Was steht in dem Brief?«

»Es ist eine Einladung.« Archer sah ihn gelassen an. »Sie ist für Sie bestimmt.«

Mark riss Archer die quadratische Karte aus der Hand. Ein vertrauter, widerwärtiger Gestank beleidigte seine Nase.

Gehetzt überflog er die Worte, die mit schwarzer Tinte geschrieben waren:

Die Dunkle Braut
erbittet Ihre Anwesenheit
bei der Verheiratung ihrer selbst
der Dunklen Braut
mit
Jack the Ripper
heute
um Mitternacht
Westminster, Glockenturm

Das wirkliche Beunruhigende aber war, dass Jack the Rippers Name mit einem dicken schwarzen X durchgestrichen war. In einer runden, kindlichen Handschrift war sein Name durch Marks ersetzt worden. Am unteren Rand hatte sie hinzugefügt: *»PS: Komm allein!«*

»Das ist in einer Stunde.«

»Dann sollten wir unsere Strategie besser auf dem Weg dorthin entwerfen.«

Sie hielten nur inne, um Elena zu helfen, Leesons Körper auf das Sofa zu legen. Sie ließen ihn dort, wo er fluchte und sich darüber beklagte, zurückgelassen zu werden, sein Hals dick bandagiert.

Mina wurde von dem Ruf eines Mannes geweckt. In der Dunkelheit tastete sie blind um sich. Sie hatten sie in irgendeine Art Schrank gesperrt, nur durch einen schmalen Spalt schimmerte ein wenig Licht unter der Tür hervor.

Ihre Lippen waren trocken. Es roch nach Chemikalien, und deren Geschmack lag auf ihrer Zunge. Plötzlich trat sie jemand.

»Autsch, autsch. Lassen Sie das.« Sie ergriff eine Wade und stieß den tretenden Stiefel von sich weg.

»Willomina?«

Ihr Herz tat einen Satz bei der vertrauten Stimme. »Vater?«

Er fiel halb auf sie, und kurz danach lagen sie einander in den Armen. O ja. Sie atmete ein, Tinte, Papier und Tabak. Sie berührte sein Gesicht. Schnurrbarthaare. Seine markante Nase. Er tat das Gleiche.

»Haben sie dir wehgetan?«, fragte er.

»Nein.«

»Es tut mir so leid. Ich wollte dich nur beschützen.«

»Das weiß ich, Vater.«

»Ich habe mich für so klug gehalten, dass ich ihnen so lange ausgewichen bin. Aber sobald ich das Auge entdeckte, kamen sie über mich. Es waren zu viele. Zu viele, als dass ich ihnen hätte entfliehen können.«

»Du hast das Auge gefunden?« Sie umklammerte seinen Arm. »Und jetzt haben sie es? O nein. Nein, nein, nein.«

»Sie wollen es für etwas Böses, Mina. Aber mach dir keine Sorgen. Er wird uns finden.«

»Wer?«

»Dein unsterblicher Ehemann.«

Sie lachte und schluchzte gleichzeitig. »Du hast Mark kennengelernt?«

»Ja – wieder. Genau genommen habe ich ihn bereits vor langer Zeit kennengelernt. Natürlich wusste ich damals nicht, was er war. Kann nicht behaupten, dass ich mir jetzt sicher bin, wie ihr zwei eine Ehe hinbekommen wollt, aber auf einen interessanteren Schwiegersohn konnte ich nicht hoffen.«

»Oh, Vater.« Sie legte den Kopf an seine Brust. Die Tränen brannten in ihren Augen. »Ich habe dich vermisst. Ich habe mir solche Sorgen um dich gemacht – dass sie dich bekommen würden, und jetzt sieh uns an. Sie haben uns beide bekommen.«

»Kind, wer hat dich hierher gebracht?«

»Lord Trafford und Mr Matthews.«

»Dein Onkel? Und Matthews?«, wiederholte er ungläubig.

»Sie haben mich entführt. Ich bin mir sicher, dass sie Teil der Gruppe sind, die dich verfolgt hat.«

Seine schmale Gestalt versteifte sich in ihren Armen. »Gott verzeih mir, ich habe dich direkt in die Gefahr geschickt.«

»Es ist nicht deine Schuld. Wie hättest du das wissen können?« Sie stöhnte leise. »Was werden sie mit uns machen?«

Und was würde mit Mark geschehen?

Aus dem Schatten des Parlamentsgebäudes sah Mark zu Big Bens erleuchtetem Ziffernblatt auf.

Er zischte: »Wie meinen Sie das, Sie können die Mauer nicht erklimmen?«

Elena warf ein: »Hören Sie auf zu zanken, meine Herren. Wir sind alle aus demselben Grund hier.«

Archer runzelte finster die Stirn, dann atmete er scharf aus. »Der Turm verströmt irgendeine Art von abstoßender Energie. Sie wissen genauso gut wie ich, dass wir selbst als Schatten nicht die Fähigkeit haben, einfach direkt in den Himmel hinaufzuschießen und durch Fenster einzudringen. Wir brauchen Zugkraft und Halt. Selbst die Tür ist mit dieser Energie verbarrikadiert – ich kann dort nicht hinein. Wahrscheinlich werden sie nur Sie durchlassen.«

»Verdammt«, fluchte Mark.

»Ich vermute, genau wie die Ahnherren ihre ganze Energie aufbringen, um diesen Kampf zu unterstützen, macht es auch Tantalos.«

»Es ist fünf Minuten vor Mitternacht. Ich werde allein hineingehen müssen.«

Archer starrte in die Dunkelheit. »Wissen Sie, ob Leeson immer noch diesen Ballon hat?«

»Das ist eine *dumme* Idee.«

Archers Augenbrauen hoben sich, der einzige Hinweis auf das Auflodern von Ärger.

Mark murmelte: »Aber es ist besser als jede Idee, die ich habe, und wir haben keine Zeit mehr, um neue Strategien zu ersinnen.«

»Das Lagerhaus ist nicht weit von hier.«

»Na gut.« Mark nickte. »Aber ich gehe hinauf. Ich werde versuchen, das Ganze so gut ich kann hinauszuzögern, bestenfalls um eine halbe Stunde.«

»Was wird passieren, sobald Sie dort oben sind? Was hat diese dritte Schriftrolle gesagt?«

Mark reckte den Hals und versuchte, die Anspannung in seinen Muskeln zu lockern. »Jede Verwendung des Auges ist nur einmal möglich. Die Verbindung kann von einer Person nicht wieder benutzt werden, um zwischen sterblichem und unsterblichem Zustand hin und her zu wechseln.«

»Also, was ist Ihr Plan?«

Mark lachte düster. »Ich habe keinen. Aber ich muss das Auge in die Hände bekommen, um meine Transzendierung umzukehren. Sobald ich das geschafft habe, werde ich die Vollstreckung an der Dunklen Braut vornehmen, bevor sie irgendeine Gelegenheit hat, sich in eine Unsterbliche zu verwandeln. Ich bin mir sicher, dass das Miststück genau das während der Zeremonie zu tun gedenkt.« Mark ging einige Schritte auf und ab. Er erwähnte nicht das größte anzunehmende Unheil; er wollte sich diese Möglichkeit selbst nicht eingestehen. »Ich brauche Sie dort oben, Archer. Tun Sie, was immer Sie tun müssen, um Mina zu befreien.«

»Vertrauen Sie mir, Mark. Ich werde dort sein. Irgendetwas anderes, was ich noch wissen muss?«

»Sie kennen die Ordnung der Dinge. Wenn es schiefgeht … wenn *ich* versage, tun Sie, was immer Sie tun müssen. Erschlagen Sie mich, wenn Sie müssen.«

Mark schloss die Augen und dachte an Mina. *Bitte, Gott. Lass sie noch am Leben sein.* Er würde alles tun, um sie zu retten. Alles geben.

Archer streckte eine Hand aus. »Nun denn, es scheint, als hätten wir in der Tat einen Plan.«

Mark ergab sich in sein Schicksal, und sie reichten sich die Hände. »Was immer heute Nacht mit mir geschieht, kümmert euch um sie.«

»Das werden wir«, antwortete Elena.

Er ließ sie allein, zwei Schatten in der Dunkelheit, und eilte zum Turm. Wachposten waren nicht aufgestellt. Obwohl er das Rumpeln von Kutschen auf den nahen Straßen hören konnte, schienen der Turm und die angrenzenden Parlamentsgebäude verlassen zu sein. Leer. Tot. Diese Feststellung erfüllte ihn mit bösen Ahnungen.

Er trat durch die Tür. Wärme, Hitze aus dem Heizraum im Keller, berührte seine Haut. Er wanderte durch verschiedene Räume, und an einer im Dunkeln liegenden Tür zur Treppe hielt er inne, um zu lauschen. Er hörte nichts.

War dies alles eine Falle? *Höchstwahrscheinlich.*

Er untersuchte den rechteckigen Treppenschacht. Am oberen Rand der ersten Treppenflucht umrundete er die Ecke, um die nächsten Stufen hinaufzusteigen.

Er erstarrte. Da waren Gesichter, grau und lüstern, mit rollenden Augen, Straßenhändler und Prostituierte und Herren und Damen. Sie säumten die Treppen zu beiden Seiten, die Kriecher der Dunklen Braut. Sein Herz raste. Das war schlimmer, als er sich je vorgestellt hatte.

»Lassen Sie Ihr Schwert hier«, befahl einer.

»Trennen Sie sich von Ihrer Klinge«, sagte ein anderer.

Gott, ihr Geflüster … ihr stinkender Atem füllte das Treppenhaus aus. Er hätte sie alle erschlagen können, aber die Dunkle

Braut hielt Mina gewiss in dem Glockenturm über ihm gefangen. Er konnte ihr Leben nicht mit einer so unbedachten Handlung gefährden. Da ihm keine andere Wahl blieb, öffnete er eine Hand. Sein Schwert schoss heraus, ein sengender Blitz von metallischem Weiß. Rufe der Bewunderung hallten von den Wänden wider, fast lustvolle Leidenschaft. Ehrfürchtig legte er die Waffe auf eine der Treppenstufen. Ein Lächeln umspielte seine Lippen, als er sich durch die Menge zwängte.

Die Horde gestikulierte, lachte, trieb ihn an und fluchte. Hände streckten sich nach ihm aus, um ihn zu berühren. Hinter sich hörte er zischende Geräusche und ein Jaulen des Schmerzes von jenen, die es gewagt hatten, das amaranthinische Silber zu berühren. Er kletterte. Zweihundertzweiundneunzig Stufen. Endlich hatte er die letzte Treppe hinter sich und stand in dem Raum, dessen Außenwände durch die vier großen Zifferblätter der Uhr mit ihren gusseisernen Rahmen gebildet wurden. Sie schienen wie riesige Opale, beleuchtet von dem Licht der Gasbrenner. Ein Pianoforte stand am Fuß des nördlichen Zifferblatts. Hier schien die Luft schwerer zu sein. Ein widerlicher Gestank stach ihm in die Nase – Schwefel und Verfall, der deutliche Geruch eines *Brotos.*

Ein langsames Ticken – alle zwei Sekunden – akzentuierte die Stille.

Tick.

»Ich bin hier«, brüllte er. »Lass uns diese Hochzeit feiern.«

Tick.

Aus den schattigen Ecken erschienen fünf Männer, von Kopf bis Fuß in Leichentücher gehüllt. Er sah ihre Gesichter. Matthews. Lord Trafford. Die anderen kannte er nicht.

Und dann sah er *sie* … die Dunkle Braut.

Nicht eine Frau, sondern *zwei.*

Evangeline und Astrid. Sie lächelten schelmisch und boshaft und zogen undurchdringliche schwarze Schleier über ihre Gesichter. Unbehagen glitt über sein Rückgrat. Aber es gab nur *eine* Dunkle Braut. Ihre Schritte klackerten auf dem Holzboden.

»Geliebter. *Ehemann.* Du bist gekommen, so wie ich es vorhergesehen habe.« Die beiden Mädchen sprachen wie aus einem Mund, ihre Stimmen vereint zu einer furchterregenden Harmonie. Sie reichten sich die Hände, die in schwarzen Handschuhen steckten, und umkreisten einander. Das Rascheln ihrer dunklen Röcke erfüllte den im Dämmerlicht liegenden Ort. Vor seinen Augen verschmolzen die beiden und fügten sich zu einem Wesen zusammen.

Mark hatte schon viele seltsame Dinge gesehen … aber angesichts dieses Spektakels weiteten sich seine Augen vor Staunen.

Natürlich. Das war der Grund, warum er ihren Verfall in Hurlingham oder im Haus der Traffords nicht gespürt hatte. Sie waren nur dann ein *Brotos,* wenn sie vereint waren.

Die Dunkle Braut ließ sich auf die Sitzbank vor dem Pianoforte sinken und glitt mit ihren Fingern über die Tasten. Misstönende Klänge erfüllten die Luft.

»Ich habe immer gern ein wenig Musik gehabt, um an einem Abend wie diesem die richtige Stimmung hervorzurufen, du nicht auch?«, fragte sie.

Aber nach nur wenigen Takten fuhr sie von der Bank auf und schritt zwischen ihm und den Männern in den Leichentüchern hindurch.

Mit einer Neigung ihres Kopfs riss sie ihren Schleier zurück. Sie trug dieselbe weiße Maske wie zuvor, aber sie hatte Farbe aufgetragen: einen verschmierten Strich Rot auf den Mund und rund um die Augen dicke Linien mit Kohlstift.

»Lass uns zum Glockenraum hinaufgehen.« Sie deutete mit

einer Geste auf eine schmale eiserne Treppe. »Die Beleuchtung ist dort oben besser. Perfekt für eine Hochzeit.«

Sie huschte hinauf. Ihre Schuhe klapperten über das Metall. »Beeil dich«, drängte sie mit leiser, verführerischer Stimme. »Zögere nicht zu lange.«

Mark folgte ihr, erpicht darauf, Mina zu sehen und bestätigt zu finden, dass sie lebte. Die fünf Männer kamen hinter ihm her. Im Glockenraum war es finster. Ohne seine amaranthinische Sehfähigkeit hätte er die kolossale Glocke im Zentrum des Turms nicht einmal wahrgenommen. Eins der Fenstergitter war entfernt worden, um eine klare Sicht auf die Themse zu gewährleisten. An diesem Fenster, auf einem hölzernen Ständer, lag das Auge, ein flacher, runder Spiegel von der Größe eines Fassdeckels. Mondlicht spiegelte sich auf seiner Oberfläche. Mark entdeckte noch etwas anderes. Durch das Fenster sah er in einiger Entfernung die Spitze der Nadel Kleopatras, die genau auf das Auge ausgerichtet war.

Es ist wie ein Schachspiel, gespielt auf der Erde als Schachbrett, aber mit Menschen und mächtigen Artefakten.

Eine vage Bewegung erregte seine Aufmerksamkeit. In der gegenüberliegenden Ecke erschien eine Gruppe von Kriechern, die Mina hinter sich herzerrten und ihren Vater vor sich herschoben.

»Mark«, rief Mina.

Die Braut flüsterte: »Ihr Opfer wird dein Hochzeitsgeschenk an mich sein.«

Mark biss die Zähne zusammen, um einen Aufschrei zu unterdrücken. Er konnte es nicht riskieren, den *Brotos* zu verärgern. Nicht, bis Mina sicher war.

»Komm jetzt, Liebling.« Das bemalte, ausdruckslose Gesicht legte sich schräg und musterte ihn. »Ein Opfer ist nur dann wirklich eines, wenn es wehtut, nicht wahr? Um dir meine Hingabe zu beweisen, werde ich noch jemanden opfern.«

Sie deutete mit einem Arm auf die Reihe von Männern. Lord Trafford hustete und stieß hintereinander erstickte Laute aus. Weitere Kriecher traten aus den Schatten hervor, um ihn zu ergreifen. Er wehrte sich. Das Leichentuch glitt von seinem Kopf.

»Mir wurde Unsterblichkeit versprochen«, rief er, als sie ihn hinüberzerrten. »Matthews hat verlangt, dass ich die Mädchen für die Sache aufgebe. Das war so nicht verabredet.«

Jemand kicherte. Matthews. Die Kriecher ließen von Lord Trafford ab und wichen zurück.

Die Dunkle Braut wirbelte im Kreis um den Lord herum. Vor Angst stand er wie gelähmt da. Sie lachte, ein dunkles, bösartiges Geräusch.

»Ich bin dein *Vater*«, flüsterte er.

»Aber Papa«, gurrte sie, »du hast uns Tantalos überlassen, um eine Braut für seinen Boten zu erschaffen.«

Er zitterte.

»Welche Überraschung«, knurrte sie. »Die Mädchen leben nicht mehr.«

Sie warf die Arme um ihren Kopf. Ein Windstoß schoss durch den Glockenturm. Lord Trafford stöhnte und krümmte sich. Er brach auf dem Boden zusammen. Mina schrie.

Mark trat einen Schritt vor und beugte sich über Trafford, um mit seinen Fingern den Puls an dessen Hals zu ertasten. Aber der Mann war tot. Ihn überfiel die dunkle Erkenntnis, dass die Braut, wenn sie Trafford mit solcher Leichtigkeit getötet hatte, auch Mina töten konnte, wenn er ihr Missfallen erregte.

Eine Glocke schlug laut und dann eine weitere – die viertelstündlichen Schläge in jeder Ecke des Glockenturms. Die vertrauten Klänge breiteten sich aus, und dunkle Vögel flatterten auf den Dachsparren über ihnen auf. Ein Moment der Stille verstrich, und dann hob sich Big Bens riesiger Hammer und fiel hart auf die Glocke, um Mitternacht zu läuten. Das markerschütternde Dröhnen ließ den Glockenturm erbeben.

»Komm her, mein Liebster. Es wird Zeit, dass wir vereint werden. Zeit für uns zu heiraten. Wir werden die Opferungen anschließend fortsetzen.« Die Dunkle Braut näherte sich dem Auge. »Gib mir die Hand.«

Ihre Absicht wurde klar. Was er für das größte mögliche Unheil hielt, sollte wahr werden. Sie wollte eine Vereinigung, eine *wahre* Vereinigung, sodass sich ihre Seelen – ihr *Brotoismus* und seine Transzendierung – vermischten. Durch die Vereinigung würden sie beide teuflische Macht erlangen.

Mit einem Ruck zog sie den Handschuh von ihrer Hand und offenbarte knorrige Finger und verknotete Gelenke. Sie hielt die Hand mit gespreizten Fingern über das Auge, ohne bereits das Glas zu berühren. Sobald sie den Spiegel berührte, würde die Verbindung mit ihrer Boshaftigkeit erfüllt werden. Und wenn das passiert war, konnte die Transzendierung nicht mehr rückgängig machen werden – dann könnte er nur Böses aus der Braut ziehen und seinen eigenen Verfall teilen. Sein Herz würde entzweigerissen werden.

Er konnte zurückweichen und sich weigern, das Auge zu berühren, und damit Minas sofortigen Tod riskieren – und wahrscheinlich den Tod Tausender, falls das Auge eine Waffe war, um Massen zu töten, wenn es mit der Nadel verbunden war. Oder er konnte seine Energie benutzen, seine *stärkere* Energie, um das Böse der Braut in sich aufzunehmen, um auf diese Art ihre Macht auszubluten. Er würde die Kontrolle über sich selbst lange genug bewahren, um durch Archers amaranthinisches Schwert zu sterben. Er sah Mina an – seine schöne Mina, seine Ehefrau – und begriff, dass er überhaupt keine Wahl hatte. Er würde alles tun, um sie zu retten. Er liebte sie viel mehr, als er jemals sein unseliges, arrogantes Ich geliebt hatte.

Mark ging auf den Spiegel zu und betrachtete Mina. *Ich liebe dich, mein Schatz,* sagte er ihr stumm und wünschte, er könnte die Worte rufen, wünschte, er könnte sie aussprechen, nur ein einziges Mal, während seine Lippen sich auf ihre pressten.

»Nein, Mark. Tu das nicht.« Sie schluchzte in ihre Hände.

Die Braut umklammerte seinen Unterarm. »Jetzt gibt es kein Zurück mehr.«

Sie war stärker, als er erwartet hatte. Sie zog seine Hand näher … näher …

Als sich seine Hand dem Spiegel näherte, begann dieser in einem hypnotischen Grün zu leuchten. Er versuchte nicht länger, sich loszureißen.

Ein anderes Geräusch erfüllte die Luft, ein rhythmisches, tiefes *Wusch … Wusch … Wusch.* Es kam näher … wurde lauter. Schatten kräuselten sich über ihnen und über die Oberfläche des Spiegels. Überall in dem engen Raum kreischten und schrien die Kriecher. Schritte erklangen. Matthews brüllte in offenkundiger Qual. Doch Mark konnte den Blick nicht von dem Spiegel abwenden. Das Licht faszinierte ihn.

»Ich bin hier, Bruder.« Eine Frauenstimme.

Die Dunkle Braut drückte seine Hand hinunter. Kontakt. Gleichzeitig schob sich eine fremde Hand dazwischen und presste sich gegen den Spiegel. Mit einem Aufschrei flog die Braut zurück und verschwand aus seinem Sichtfeld.

Selene, seine Schwester, hatte den Platz der Dunklen Braut eingenommen. Mark sah ihr in die Augen, und für einen Moment fühlte er sich zurückversetzt in eine Zeit, da sie zehn Jahre alt gewesen waren und niemanden mehr hatten außer einander.

Ihre Wimpern flatterten, ihre Augen rollten … dann konzentrierte sie sich wieder auf ihn. »Geh jetzt. Rette dein Mädchen.«

Bevor er reagieren konnte, schob sie ihn zur Seite. Er taumelte rückwärts, während sie auf dem Boden zusammenbrach. Was hatte sie getan?

Licht. Licht bewegte sich unter seiner Haut. Wärme. Erwachen. Er starrte auf seine Hände und wusste … *fühlte,* dass etwas anders war, dass der Verfall seines Geists und seiner Seele aufgehört hatte und umgekehrt worden war. Aber da war noch etwas anderes.

Die Braut wirbelte herum, sprang auf ihn zu und erreichte ihn. Zornig, dass seine Schwester sich geopfert hatte, trat Mark dem *Brotos* mit aller Kraft vor die Brust. Die Dunkle Braut flog rückwärts und krachte gegen die Wand. Die Maske fiel herab. Er zuckte zusammen beim Anblick ihres deformierten Kopfes, ihrer fleckigen Haut und der leeren, dunklen Augenhöhlen. Sie brüllte, und Reihen gezackter gelber Zähne kamen zum Vorschein. Dann sprang sie auf, über Selene hinweg, und riss den Spiegel von seinem Ständer.

»Halt!« Mark machte einen Satz, aber zu spät. Sie schleuderte das Auge in die Nacht hinaus. Die leuchtende Scheibe flog … flog … und senkte sich auf den Fluss hinab. Das Wasser der Themse loderte leuchtend auf wie ein Blitz, bevor das Auge in seinen Tiefen verschwand.

»Mark!« *Archers Stimme.*

Er drehte sich um. Durch das Fenster erhaschte Mark einen Blick auf den Ballon, bemannt von Leeson und Elena. Archer setzte gerade zum Sprung in den Glockenraum an.

»Führe die Vollstreckung aus.« Der Schattenwächter warf ihm rasch hintereinander zwei lange, funkelnde Dolche zu. Mark fing sie an den Griffen auf. Hitze schoss durch seine Handflächen. Das Gefühl verwirrte ihn. Er fauchte und umfasste sie fester.

Die Braut kam auf ihn zugeflogen, eine schwarze Wolke mit purpurnem Gesicht. Er rammte ihr die Klingen tief in die Brust.

Sie schrie – ein klägliches Geheul. Archer stürzte vorwärts, ein Schwert in der Hand. Mark duckte sich. Der Kopf der Braut flog durch den Glockenturm, über einen großen Krieger mit dunklen Flügeln hinweg. Der in schwarzes Leder gekleidete Krieger riss sein Schwert aus Matthews' Brust und trat aus dem Kreis getöteter Kriecher. Der Rabenmeister. Mark wurde jetzt klar, wie Selene in den Glockenturm gekommen war.

Die Braut stolperte einige Schritte, eine wandelnde, kopflose Leiche, und zerfiel in ein Häufchen schwarzen Sandes – vulkanischen Sandes, ein Zeichen für den Niedergang eines *Brotos.*

Mark ließ die Klingen fallen und starrte seine Hände an. Schwielen überzogen seine Haut – seine *sterbliche* Haut. Seine Schwester hatte seine Transzendierung auf sich genommen und ihm seine Unsterblichkeit zurückgegeben. Und die Verbindung durch den Spiegel hatte ihn als Unsterblichen erkannt und in einen Sterblichen zurückverwandelt.

»Mark!« Mina warf sich in seine Arme. Er zog sie an sich, hin- und hergerissen zwischen Euphorie und Trauer. Er hatte sich darauf vorbereitet, Lebewohl zu sagen.

Der Rabenmeister hockte auf dem Boden, die dunklen Flügel weit ausgebreitet. Er hielt Selene in den Armen und schaute Mark mit grünen Augen kalt an.

Mark zog Mina mit sich, und sie knieten sich neben sie.

»Richte mich«, flüsterte Selene. »Vollstrecke mich ebenso.«

»Warum hast du das getan, Selene?«, fragte Mark, überwältigt von seiner Trauer.

»Geh, übe Rache.« Sie schob den Arm des Rabenmeisters von sich, der sie schließlich auf den Boden niederließ und zurückwich.

Sie hob den Kopf und stieß mit knirschenden Zähnen hervor: »Weil die Braut *mein* Ziel war. *Mein* Auftrag. Ich musste diejenige sein, die das Opfer bringt.« Ihre Nasenflügel bebten. »Und

Mark … du hast etwas, wofür es sich zu leben lohnt. Du und dein Mädchen.« Ihr Blick wanderte zu Mina. »Ein sterbliches Leben der Liebe ist besser als überhaupt keine Liebe. Unsere Mutter wusste das. Du weißt es ebenfalls.«

Er spürte die Berührung einer Hand auf seiner Schulter. Elenas Gesicht, gefasst und leuchtend, lächelte auf ihn herab. Auch sie kniete neben Selene, ihre dunklen Röcke breiteten sich um sie herum aus.

»Kannst du sie retten?«, fragte er.

»Nein. Aber ich kann sie beschützen, bis wir herausgefunden haben, wie.«

Hoffnung. Das war alles, was er sich wünschen konnte.

»Elena«, flüsterte Selene und griff nach der Hand der Fürsprecherin. »Freundin.«

Elenas Hand bewegte sich über die großen, dunklen Augen seiner Schwester, und schon bald ließ die Anspannung in Selenes Gliedern nach. Ihr Kopf rollte zur Seite.

Mark gesellte sich zu Archer an das Fenster mit Blick auf die Themse.

Ein Wasserstrudel glühte … und löste sich auf.

Drei Tage später saßen Mark und Archer im Arbeitszimmer des Alexander'schen Hauses. Leeson kam mit einem großen silbernen Tablett mit Teetassen herein.

Mark hielt eine Zeitung in der Hand. Er las die Schlagzeile der ersten Seite laut vor. *»Lord Trafford und seine zwei Töchter verschwunden.«*

»Und sie werden verschwunden bleiben. Für immer.« Archer stand auf und trat an das Fenster. »Was treiben denn die Damen? Da ist ein Wagen. Und Mr D'Oyly Carte.«

Mark trat zu ihm. »Es ist eine Lieferung aus dem Savoy.«

»Was denn?« Archer blinzelte.

»Ah … nun, ein Möbelstück aus unserer Suite im Savoy.« Mark zuckte die Achseln. »Es hat Mina gefallen. Also … habe ich es hierher bringen lassen.«

»Du wirkst sehr glücklich, Mark.« Archer umfasste seine Schultern. »Sehr zufrieden bei der Aussicht auf ein Leben als Sterblicher.«

Mark lächelte. Um die Wahrheit zu sagen, er war glücklicher als je zuvor. Er hatte sich selbst immer als ein hoffnungsloses Rätsel betrachtet – dem nur Ruhm und Anerkennung wichtig waren. Aber Mina war sein fehlendes Puzzlestück. Seine Liebste. Seine Frau.

Das Leben würde vollkommen sein, sobald sie das Auge aus der Themse geholt und herausgefunden hatten, wie sie Selene retten konnten. Er hatte darauf bestanden, über sie zu wachen, aber die Wünsche einer Königin hatten Vorrang vor denen eines Bruders. Nachdem Victoria von Selenes Opfer gehört hatte und von der entscheidenden Rolle, die sie beim Schutz der Bürger Londons gespielt hatte, hatte Victoria darauf bestanden, dass seine Schwester unter ständigem Schutz im Tower von London blieb. Gegenwärtig wurde Selene nicht nur durch den Rabenmeister persönlich, sondern durch alle acht Rabenkrieger ständig bewacht.

Archer beugte sich vor. »Was ist passiert, Mark? Was ist aus all der Arroganz und der Prahlerei geworden? Der Entschlossenheit, die größte unsterbliche Legende in der Geschichte der Amaranthiner zu werden?«

»Ich *bin* unsterblich.« Mark lächelte. »Unsterblich auf die einzige Weise, die für mich von Belang ist. Ich werde in den Herzen und dem Geist meiner Ehefrau weiterleben und meiner Kinder und ihrer Kinder. Es ist genug, Archer. Es ist mehr als genug.«

»Dann hast du in diesem Leben Erfolg gehabt.« Archer ergriff seine Hand und drückte sie fest. Seine Brauen fuhren in die

Höhe. »Aber du denkst doch nicht, dass eine Kleinigkeit wie Sterblichkeit dich daran hindern wird, deine Rolle zu spielen … oder?«

Mina kam auf dem Weg zur Treppe an der offenen Tür des Arbeitszimmers vorbei. Als sie Marks Schritte auf den mit Teppich belegten Stufen hinter sich hörte, blickte sie sich lächelnd um. In ihrem Schlafzimmer besah sie sich die Lieferung aus dem Savoy.

»Ein Geschenk? Für mich?«

»Für uns.« Er grinste.

»Was kann das nur sein?« Sie riss das braune Papier auf, und zum Vorschein kam die Chaiselongue, auf der sie sich zum ersten Mal geliebt hatten.

»Wie aufmerksam und praktisch.«

Mark beugte sich vor, um ihr einen Kuss zu geben. »Ich dachte, du würdest dich darüber freuen.«

»Ich finde, wir sollten es auf der Stelle benutzen.«

»Ich stimme dir zu, Liebes.« Mit einem weiteren Kuss drückte er sie auf die gestreifte Chaiselongue hinunter. »Ich stimme dir von ganzem Herzen zu.«

Danksagung

Man muss schon zu einer besonderen Sorte von Menschen gehören, um mit einem Schriftsteller auszukommen. Mein aufrichtiger Dank für ihre anhaltende Liebe, ihre Hilfe und ihre Geduld gilt:

Meinem von ganzem Herzen und mit Hingabe geliebten Eric – weil er von Anfang an an mich und meine Schriftstellerei geglaubt hat.

Cindy Miles, meinem Beistand in alltäglichen Katastrophen und Chaos – und bei der Erkundung von NYC Taxi!

Kim Frost wegen unserer Schreibtreffen im Empire Café und Java Dave's.

Kelley Thomas für unsere Gespräche, gemeinsamen Spaß und Freundschaft.

Kim Lionetti, meiner Agentin, weil sie so unerschütterlich an meine Arbeit und meine Fähigkeiten glaubt.

Laura Cifelli, meiner Lektorin, weil sie die Schwachstellen findet und mich zu immer größeren und besseren Geschichten bringt.

Gene, Victor und Shirley, weil sie für die Reihe so schöne Cover machen.